Eiland in de wolken

Van Tamara McKinley verschenen:

Matilda's laatste dans
Storm over Jacaranda
Windbloemen
Zomerstorm
Onderstromen
Droomvlucht
Het land achter de horizon
De verre kolonie
De erfgenamen van het land
Kind van de oceaan
Morgenrood
Woestijnwind
Stemmen uit het verleden
Eiland in de wolken

Tamara McKinley

Eiland in de wolken

De Fontein

Eerste druk september 2018

Oorspronkelijke titel *Spindrift*
First published in Great Britain in 2017 by Quercus Editions Ltd, an Hachette UK company

Vertaling Erica Feberwee
Omslagontwerp Baqup
Omslagillustratie achtergrond © Angus Alexander Chisholm / Alamy Stock Photo; vrouw © Arcangel/Rekha Garton
Opmaak binnenwerk ZetSpiegel, Best
ISBN 978 90 261 4376 2
ISBN e-book 978 90 261 4377 9
NUR 302

MIX
Papier van verantwoorde herkomst
FSC® C014496

www.uitgeverijdefontein.nl

Een woord van de schrijver

Het eiland Skye – *an t-Eilean Sgiathanach* in het Gaelic – ontleent zijn naam aan het Oudnoors; de Vikingen noemden het 'wolkeneiland', een verwijzing naar de door mist omsluierde Cuillin Hills, de bergketen die het eiland domineert. *Eiland in de wolken* is mijn eerbetoon aan de pachters en keuterboeren die niet alleen werden geteisterd door hongersnood als gevolg van de aardappelziekte, maar in de achttiende en negentiende eeuw bovendien werden geconfronteerd met gedwongen emigratie en een onzekere toekomst door de *Fuadach nan Gaidheal*, de Ontruiming van de Hooglanden. Op de ruïnes van hun boerderijtjes na, en hier en daar een stapelmuur die nog overeind staat, herinnert bijna niets meer aan de gebeurtenissen van die tijd, maar wanneer de Cuillin Hills en verlaten valleien in nevelen gehuld zijn, vertelt de stilte het verhaal van de Hooglanden.

MacInnes Bay en Gilleasbuig zijn producten van mijn verbeelding, maar bij de beschrijving van de Ontruiming heb ik me gebaseerd op historische feiten.

Port Dalrymple, de beschutte rivierhaven aan de monding van de Tamar in Tasmanië, kreeg zijn naam in 1798, en in 1804 ontstond daar het stadje George Town. Een jaar later stichtte William Paterson een volgende nederzetting, verder stroomopwaarts, die hij Patersonia noemde. Deze werd in 1907 omgedoopt tot Launceston, vernoemd naar gouverneur Philip King, die afkomstig was uit Launceston in het Britse graafschap Cornwall.

Proloog

Bellerive, Tasmanië

Het jaar 1904 liep ten einde, Christy zat voor de openslaande deuren in de stoel van wijlen haar man en keek uit over Storm Bay en het Tasman Peninsula, het schiereiland aan de zuidkant van Tasmanië. Een koele bries vanuit zee, die de geur van eucalyptus- en dennenbomen met zich meevoerde, maakte de hitte draaglijk. In de bomen klonk de roep van klokvogels, een vredig geluid waarvan ze doorgaans genoot, net als van het weidse panorama. Maar op dit moment was ze daarvoor te gespannen, in angstige afwachting hoe haar familie zou reageren op de plannen die ze had aangekondigd.

Haar kinderen woonden verspreid over heel Australië, dus het gebeurde nog maar zelden dat de familie compleet was. Maar voor de begrafenis van hun vader, inmiddels twee weken geleden, waren ze allemaal naar Hobart gekomen. Omdat iedereen de volgende dag weer zou vertrekken, had Christy een lunch belegd om niet alleen het leven te vieren, maar ook het feit dat haar kleindochter was toegelaten tot de universiteit van Sydney, waar ze geschiedenis zou gaan studeren. Christy was reusachtig trots op Kathryn, want het volgen van een universitaire studie was voor een meisje bepaald geen vanzelfsprekendheid.

Maar na de lunch, na de champagne, had Christy haar familie verrast – om niet te zeggen geschokt – door te onthullen wat ze zich had voorgenomen. Daarop was de stemming abrupt en dramatisch omgeslagen.

Hamish, haar oudste zoon, had met zijn vrouw Beryl de lange reis vanuit Queensland gemaakt, waar ze in de outback de veefokkerij bestierden die deel uitmaakte van het familie-imperium. Een grote, wat bruuske kerel, maar doorgaans hartelijk en joviaal, behalve wanneer hem iets niet zinde; dan liet hij zich met bulderende stem gelden. De vurige blos op zijn wangen was Christy niet ontgaan, en de strijdlustige flonkering in zijn blauwe ogen voorspelde weinig goeds, vreesde ze.

De twee jaar jongere James zwaaide de scepter over Yarrabinda, de wijngaard van de familie in de Barossa Valley. In tegenstelling tot zijn broer was James een bedachtzaam mens, die conflicten zo veel mogelijk uit de weg ging. Hoewel hij al tegen de veertig liep, was hij pas recentelijk getrouwd met de schuchtere Clarice, die zich bij voorkeur begroef in haar boeken en zich in gezelschap niet echt op haar gemak voelde. Ze zat naast haar man en keek schichtig om zich heen, merkbaar geïntimideerd door de plotseling omgeslagen stemming.

Christy had vurig gehoopt dat haar jongste zoon zich achter haar voornemen zou scharen. James en zij hadden doorgaans aan een half woord genoeg. Maar bij het zien van de diepe frons in zijn voorhoofd vroeg ze zich af of ze ook in dit geval op zijn begrip kon rekenen.

Rusteloos verschuivend in haar stoel keek ze naar Anne, haar oudste, en zoals altijd voelde ze een steek van pijn in het besef dat ze de laatste jaren uit elkaar waren gegroeid en er niet in slaagden de ooit zo hechte band te herstellen. Christy was zich bewust van de reden van die verwijdering, maar ze wist ook dat ze machteloos stond en dat de kloof pas kon worden gedicht als Anne bereid was haar te vergeven.

Ze liet haar blik over Annes flatteuze hoed gaan, over haar hooggehakte knooplaarsjes, haar getailleerde jasje en modieuze rok tot op de enkels. Wat moest ze het warm hebben in die dikke, strakke kleren! Anne was de veertig inmiddels gepasseerd, maar nog altijd een jeugdige, charmante verschijning; ze was getrouwd met Harold en moeder van de achttienjarige Kathryn. Helaas deden haar stuurse trekken vaak afbreuk aan haar schoonheid, en vandaag las Christy in de woedende blik in haar donkere ogen de waarschuwing dat er storm op komst was.

Overmand door schuldgevoel vouwde ze haar handen krampachtig in haar schoot. Het was niet haar bedoeling geweest om op een bijzondere dag als deze onrust te zaaien, maar de tijd drong. Ze kon niet langer wachten met het bekendmaken van haar plannen, en ze had gehoopt om haar familie mild te stemmen met champagne en een verrukkelijke lunch; om daarmee begrip te kweken voor haar verlangen eindelijk haar droom te verwezenlijken; om haar kinderen ervan te doordringen hoezeer de verwezenlijking van die droom voor haar een noodzaak was. Maar het leek erop dat ze die hoop vergeefs had gekoesterd.

'Het is belachelijk!' tierde Hamish. Zijn verweerde gezicht was rood aangelopen tot in de wortels van zijn kastanjebruine, door de zon gebleekte haar. 'Je bent nog in de rouw. In je verdriet om vader haal je je blijkbaar de idiootste dingen in je hoofd.'

Christy keek haar oudste zoon aan, die met de dag meer op zijn vader ging lijken. Het zou niet meevallen om hem van de redelijkheid van haar voornemen te overtuigen. 'Natuurlijk ben ik nog in de rouw,' zei ze beheerst. 'Maar dat wil niet zeggen dat ik mijn verstand heb verloren.'

'Ik ben het met Hamish eens,' zei Anne. 'Het is niet gepast dat een vrouw op jouw leeftijd onbegeleid op reis gaat. En dan ook nog zo ver! Stel je voor dat je ziek wordt. Of dat je, wat God verhoede, komt te overlijden!'

'Ik mag dan vijfenzestig zijn, maar ik ben niet kinds! En ik heb geen plannen om dood te gaan voordat ik er klaar voor ben.'

'Het is niet aan jou om dat moment te bepalen. Wanneer het je tijd is, dan ga je,' luidde Annes scherpe repliek.

'Dat hele plan is je reinste waanzin,' mopperde Hamish. 'Ik verbied het je.'

'Je vader heeft me nooit iets verboden,' wierp Christy hem, nog altijd beheerst, voor de voeten. 'En ik laat me door mijn kinderen niet de wet voorschrijven.' Ze schoof naar voren in haar stoel om haar woorden kracht bij te zetten. 'Jullie zijn blijkbaar vergeten dat ik heel wat heb afgereisd in mijn leven. Sterker nog, zonder mijn vastberadenheid en drang naar avontuur zou het familiebedrijf waarin jullie je brood verdienen er nooit zijn gekomen.'

'Toen was je nog jong, en de omstandigheden waren anders,' wierp Anne tegen. 'Bovendien had je vader naast je. Het opbouwen van het familiebedrijf is niet alleen jouw prestatie.'

Christy ergerde zich mateloos aan haar zelfingenomen houding, en het kostte haar dan ook de grootste moeite niet scherp uit te vallen.

'Het is inderdaad je reinste waanzin wat je voorstelt,' vervolgde Anne onbekommerd. 'En ik weet zeker dat de anderen er net zo over denken.' Ze liet haar blik gebiedend in het rond gaan, naar haar broers en hun echtgenotes, naar haar man en haar dochter, alsof ze hen tartte het met haar oneens te zijn.

Het bleef even stil. 'Ik vind dat we moeders wens moeten respecteren,' klonk ten slotte de zachte stem van James. 'Ze heeft zo veel voor ons gedaan, en het is altijd haar droom geweest om ooit terug te gaan naar haar geboorte-eiland.'

'Dan had ze dat moeten doen toen vader nog leefde,' bulderde Hamish. Hij rukte zich los van zijn vrouw, die haar hand op zijn arm had gelegd. 'We hebben het hier niet over de oversteek van Bass Strait. Ik zal niet toestaan dat moeder haar leven in de waagschaal stelt voor de een of andere dwaze gril.'

'Het is geen gril,' protesteerde Christy verontwaardigd. 'Het gaat om een lang gekoesterde wens, en je weet heel goed dat je vader een dergelijke zeereis nooit zou hebben overwogen, na wat hij als kind had doorgemaakt.'

De beelden die haar laatste woorden opriepen waren bijna onverdraaglijk. 'Jullie hebben je eigen leven,' vervolgde ze dapper. 'Het is al verdrietig genoeg dat we jullie vader moeten missen. Maar dat geeft mij nu wel de kans om een vurige wens in vervulling te laten gaan.'

'Dat is erg egoïstisch van je.' Anne snoof minachtend. 'Je hebt hier je verantwoordelijkheden en je kunt ons en je kleinkinderen niet zomaar in de steek laten.'

'Behalve Kathryn zie ik mijn kleinkinderen nauwelijks. Omdat ze te ver weg wonen. En wat mijn verantwoordelijkheden betreft, ik heb een notaris en een boekhouder die voor me kunnen waarnemen, ik heb een buurman die op de paarden kan passen, en ik heb drie zoons die het familiebedrijf ook zonder mij draaiende kunnen houden.' Bij die laatste woorden keek ze Harold aan, om duidelijk te maken dat ze hem ook als een zoon beschouwde.

'In plaats van zulke onbezonnen plannen te maken, zou je je tijd beter kunnen gebruiken door bij ons langs te gaan en je kleinkinderen te leren kennen,' bromde Hamish nijdig.

'Dat doe ik na mijn terugkeer,' beloofde Christy. 'Voorlopig zal het bij kaarten en brieven moeten blijven.'

'Zo te horen staat je besluit vast, moeder.' James liet de dieprode Yarrabinda-shiraz in zijn glas rondwalsen. 'Maar weet je zeker dat het verstandig is? Zo'n verre reis, en dan helemaal in je eentje?'

'Het hele plan is volstrekt krankzinnig.' Hamish snoof minachtend terwijl hij zichzelf nog eens inschonk. 'Natuurlijk is het niet verstandig, al helemaal niet om zo'n reis alleen te maken, zonder begeleiding.'

'Hamish heeft gelijk, Christy,' zei Beryl, zijn vrouw, ernstig. 'Het is een gevaarlijke onderneming voor een vrouw, ongeacht haar leeftijd. Al was het maar omdat je op reis allerlei onverkwikkelijke bestemmingen zult aandoen.'

Clarice keek naar James, voordat ze iets zei. 'Ik ben het met Beryl eens.' Haar uilenogen knipperden achter haar brillenglazen. 'Stel je voor dat je wordt gevangengenomen door handelaren in blanke slavinnen. Of dat je een verschrikkelijke ziekte oploopt in die vreemde oorden. James en ik begrijpen je verlangen om terug te gaan naar je eiland, maar het lijkt ons niet verstandig.'

'Misschien zouden we er geruster op zijn als iemand van ons met haar meeging,' opperde Kathryn, die tot op dat moment had gezwegen.

'Ik kan niet zo lang weg uit Yarrabinda. Wijnstokken zijn lastig spul, ook onder de gunstigste omstandigheden. Ik moet ze voortdurend in de gaten houden.' James keerde zich naar zijn broer, wiens gezicht nog altijd op onweer stond. 'En ik betwijfel of Hamish zijn vee in de steek kan laten. Zeker nu de droogte zo veel slachtoffers maakt onder de kuddes.'

Hij schonk Christy een hartverwarmende glimlach. 'Ook al ben ik bang dat we daardoor een groots en meeslepend avontuur mislopen.'

Kathryn boog zich naar voren, haar gezicht straalde van opwinding. 'Maar ik kan wel mee,' zei ze ademloos. 'Ik hoef op de universiteit pas in oktober te beginnen, en volgens mij zou ik van zo'n reis meer opsteken dan van alle boeken in de bibliotheek.'

Er ging een koor van protesten op, maar Christy's hart zwol van liefde. Kathryn had iets liefs, iets zachts, met daaronder een kern van staal die ze van haar moeder had geërfd, maar die zich bij haar heel anders manifesteerde. In tegenstelling tot Anne had Kathryn al jong geleerd dat ze moest nadenken voordat ze iets zei; dat ze alleen op die manier anderen kon overtuigen.

'Geen sprake van,' snauwde Anne. 'Je bent veel te jong om verantwoordelijkheid te dragen voor je grootmoeder, al was het maar omdat ze zich voortdurend in de nesten werkt. Weet je nog, vorige zomer, toen ze zo nodig moest meedoen met de wagenrennen? Het resultaat was een gebroken pols en een hersenschudding.'

'Ik vond het juist dapper dat ze het probeerde,' protesteerde Kathryn ferm. 'Bovendien, ze moet toch zelf weten wat ze doet? Nu kan het nog.'

'Zo mag ik het horen!' James knipoogde naar zijn nichtje. 'Moeder staat nog lang niet met één been in het graf. Sterker nog, volgens mij heeft ze meer energie dan wij allemaal bij elkaar. Ik vind het een puik idee, Kathryn, en het betekent een enorme geruststelling voor me als jij met moeder meegaat.'

Christy glimlachte, want ze kon zich tijdens haar lange reis geen heerlijker gezelschap voorstellen dan dat van haar kleindochter.

Maar toen boog Anne zich voor Kathryn langs en gaf haar echtgenoot een por in zijn ribben. 'Harold! Zeg jij nou ook eens wat,' beet ze hem toe. 'Zeg dat je het me eens bent.'

Christy nam haar schoonzoon onderzoekend op. Die schraapte zijn keel en schoof heen en weer in zijn stoel, duidelijk slecht op zijn gemak doordat hij bij het familieconflict werd betrokken. Harold Ross was schatrijk, en op zakelijk gebied, als directeur van zijn groeiende exportimperium, hoefde niemand hem iets te vertellen. Maar in de relatie met zijn bazige echtgenote had hij weinig in te brengen. Waar het ging om huiselijke kwesties kwam hij zelden tegen haar in verzet, al helemaal niet wanneer er anderen bij waren.

'Volgens mij staat je moeders besluit vast. En de ervaring leert dat ze zich daar niet meer vanaf laat brengen, wat we ook zeggen.' Hij koos zorgvuldig zijn woorden en ontweek welbewust de woedende blikken van zijn vrouw. 'Maar het lijkt me inderdaad niet verstandig wanneer ze zo'n lange reis alleen zou maken, zonder begeleiding.'

Annes verbeten uitdrukking maakte plaats voor een tevreden glimlach, totdat Harold verder sprak. 'Als de universiteit er geen bezwaar tegen heeft dat Kathryn mogelijk haar introductieperiode misloopt, dan heeft ze mijn zegen om met Christy op reis mee te gaan.'

Er viel een doodse stilte, waarin iedereen met ingehouden adem de reactie van Anne afwachtte.

Die staarde hem geschokt aan, en de spanning steeg terwijl ze zorgvuldig nadacht over haar antwoord. 'Onze dochter is net achttien,' wist ze ten slotte uit te brengen. 'Nog bijna een kind. Je lijkt wel niet goed wijs!'

Harold bloosde – van boosheid of gêne, vroeg Christy zich af – en rechtte zijn rug. Terwijl Kathryn zijn hand pakte, sloten zijn vingers zich om de hare en ontmoette hij onverschrokken de woedende blik van zijn echtgenote. 'Reizen verbreedt je horizon,' zei hij op ferme toon. 'Onze dochter is nog nooit naar het buitenland geweest, dus ik verwacht dat de ervaring haar enorm zal verrijken.'

Christy juichte hem in gedachten toe, innig dankbaar voor zijn steun, maar Anne volhardde in haar woede. 'Ik vraag niet veel van je,' zei ze kortaf. 'En de hemel weet dat je de belangrijkste beslissingen doorgaans aan mij overlaat. Maar voor deze ene keer had ik het op prijs gesteld als je je verantwoordelijkheid als vader zou hebben genomen.'

Er speelde een vastberaden trek om zijn mond, zijn groene ogen fonkelden. 'Ik néém mijn verantwoordelijkheid,' zei hij ijzig. 'En mijn besluit staat vast. Als Kathryn met Christy mee op reis wil, dan heeft ze mijn zegen.'

Terwijl Kathryn hem glimlachend de hand drukte en Anne wanhopig probeerde zich een houding te geven, schraapte de rest van het gezelschap wat ongemakkelijk de keel.

Het was Christy die de gegeneerde stilte verbrak. Ze was er niet opuit geweest een wig te drijven tussen haar dochter en haar schoonzoon, maar ze kon niet ontkennen dat Kathryn als reisgezelschap de ideale oplossing was om de zorgen van haar familie weg te nemen.

'Het spijt me, Anne, maar Harold vindt het goed en Kathryn wil dolgraag mee. Dus ik begrijp niet waarom je bezwaar blijft maken.' Ze ontweek de woedende blik van haar dochter en glimlachte naar Kathryn. 'Ik neem je aanbod maar al te graag aan, lieverd.'

Kathryns groene ogen, die ze van haar vader had geërfd, schitterden van opwinding. 'We gaan samen op avontuur, oma!' fluisterde ze. 'Was het maar vast zover!'

'Ik weiger hiermee akkoord te gaan,' zei Anne, ziedend van woede.

'Volgens mij heb je geen keus.' Er dansten pretlichtjes in de ogen van James. 'Harold wint, jij trekt aan het kortste eind.'

Als blikken konden doden, zou James ter plekke zijn bezweken. Maar als jongste van de drie was hij vertrouwd met de woede-uitbarstingen van zijn zuster en raakte hij er allang niet meer van onder de indruk. Hij hief zijn glas naar zijn zwager, die zijn knipoog beantwoordde.

'Ik vind het nog altijd je reinste waanzin,' gromde Hamish, ook al was zijn ergste woede gezakt. Hij keek de kamer rond en snoof geergerd. 'Maar als Harold akkoord gaat, wie ben ik dan om nog bezwaar te maken? Soms moet je je verlies nemen.'

Anne wierp Harold een giftige blik toe, haar rug werd zo mogelijk nog rechter. 'In dat geval zie ik me als moeder genoodzaakt met mijn dochter mee te gaan. Dat is niet meer dan mijn plicht.'

Gemompel, gehijg, geluiden die als ritselende herfstbladeren door de kamer dwarrelden, en terwijl Kathryn zich vol afschuw naar haar moeder keerde, moest Christy alle zeilen bijzetten om haar gezicht in de plooi te houden.

'Dat hoeft echt niet, Anne,' zei ze haastig. 'Ik wil je geen last bezorgen. Kathryn en ik zullen ons prima weten te redden.'

'Lastig is het zeker. Mijn agenda staat voor het nieuwe jaar alweer vol met sociale verplichtingen. Maar mijn dochter gaat vóór. Ik moet om haar welzijn denken, haar goede naam. Het is niet gepast om op haar leeftijd een dergelijke reis zonder chaperonne te maken.'

'Ze heeft mij toch?' Het duizelde Christy bij de gedachte dat haar bazige, vijandige dochter zich haar zorgvuldig gemaakte plannen toe-eigende. En ze durfde zich nauwelijks voor te stellen hoe Anne zich, eenmaal op reis, met alles zou bemoeien.

Anne gebaarde minachtend. 'Op jou kan ik niet vertrouwen. Je wordt ziek, of je stort je in een of ander dwaas avontuur en brengt niet alleen jezelf maar ook je kleindochter in gevaar. Zo gaat het altijd. Je laat je meeslepen door je enthousiasme, door je nieuwsgierigheid, met rampzalige gevolgen.'

Christy voelde zich bezeerd door Annes botheid, door haar gebrek aan gevoel, aan inlevingsvermogen. Tegelijkertijd moest ze denken aan die keer dat ze met Kathryn – haar kleindochter was destijds vijf – de bush in was getrokken, op zoek naar een zeldzame vogel die was gezien door de mannen die langs de Gordon River aan het werk waren. Het had een avontuur moeten worden, maar uiteindelijk waren ze hopeloos verdwaald. En het was meer geluk dan wijsheid geweest dat ze de weg naar huis had teruggevonden, waar ze werd opgewacht door haar radeloze dochter en schoonzoon.

'Ik zie aan je gezicht dat je weet waar ik het over heb,' zei Anne grimmig. 'En dat was niet de enige keer dat je de hele familie de stuipen op het lijf hebt gejaagd.'

Christy besefte dat de anderen gespannen toekeken, benieuwd hoe ze zou reageren. De discussie ontaardde in een spektakel. Dat moest afgelopen zijn. Ze streek haar linnen rok glad, schikte de ceintuur om haar smalle taille en richtte zich in haar volle – zij het bescheiden – lengte op om de aanval van haar dochter het hoofd te bieden.

'Als je vader nog had geleefd, zou je het niet in je hoofd hebben gehaald zo'n toon tegen me aan te slaan,' zei ze ferm. 'En ik weiger die nog langer te tolereren. Als je dan zo nodig mee wilt, zal je moeten accepteren dat ik je moeder ben en me met respect moeten behandelen. Dit is mijn reis, het gaat om mij, om mijn gevoelens, en ik zal niet toestaan dat jij de ervaring voor me bederft. Is dat duidelijk?'

Anne bloosde, maar weigerde in te binden. 'O, het is me volkomen duidelijk. Maar respect is iets wat je moet –'

Voordat haar dochter iets kon zeggen waar ze spijt van zou krijgen, viel Christy haar in de rede. 'Ik weet dat je het beste wilt voor Kathryn, maar in je bezorgdheid om je dochter heb je niet in de gaten hoe kwetsend je soms kunt zijn. Ik hoop dat ook jij iets van deze reis zult leren. Dingen als nederigheid en begrip voor anderen.'

'Nederigheid? Anne?' Hamish snoof.

Er werd nerveus gegrinnikt, waarop Christy haar blik streng in het rond liet gaan, voordat ze James vroeg nog een fles Yarrabinda open te trekken zodat ze een toost konden uitbrengen.

Toen hij de glazen weer had gevuld, schonken moeder en zoon elkaar een warme glimlach. 'Waar drinken we op?' vroeg James.

'We heffen het glas op het eiland Skye. En op mijn langverwachte thuiskomst,' antwoordde Christy met een vastberadenheid die geen ruimte liet voor angstige voorgevoelens. Maar ondertussen vroeg ze zich heimelijk af wat de komende maanden aan het licht zouden brengen, niet alleen over haarzelf, maar ook over haar relatie met haar enige dochter.

1

Inverness, juni 1905

Na hun aankomst met de stoomboot uit Londen waren ze rechtstreeks naar de oude herberg op de oever van de Moray Firth gegaan. Vandaar hadden ze een wandeling gemaakt door de stad van kerktorens, stenen bruggen en fraaie gebouwen opgetrokken uit graniet. Bij terugkeer in de herberg had Christy voorgesteld om al vroeg te dineren en tijdig naar bed te gaan, zodat ze uitgerust waren voor de volgende dag. Ze had de lange reis als excuus aangevoerd om zich te kunnen terugtrekken zonder dat de anderen zich zorgen maakten, want ze voelde zich voor het eerst oud met haar vijfenzestig jaar.

De eeuwenoude balken van de herberg kraakten en kreunden, van buiten klonk het geratel van paard-en-wagens over de keien onder haar open raam, en terwijl Christy aan haar kaptafel zat en peinzend haar donkere haar borstelde, rook ze de zilte geur van de Moray Firth. Hoewel het dunner werd, en steeds zilvergrijzer, droeg ze haar haar nog altijd lang. Haar man had het heerlijk gevonden het door zijn vingers te laten glijden, en ze kon er niet toe komen het af te knippen. Dat zou voelen als een amputatie, alsof ze zich abrupt losmaakte van alles wat ze met haar echtgenoot had gedeeld; het zou een gruwelijke leegte achterlaten die ze nog niet onder ogen kon zien.

Met een diepe zucht keek ze naar haar spiegelbeeld; verlies overschaduwde haar bruine ogen, haar gezicht was getekend door het verstrijken van de jaren. Ze wendde zich af, niet bereid te aanvaarden dat het meisje van vroeger, het meisje dat ze ooit was geweest, alleen nog voortleefde in haar hart, in haar herinnering, en dat de wereld – en haar familie – haar zag als een oude vrouw.

Ze liet de kamerjas van haar schouders glijden, sloot het raam, doofde de gaslamp en klom in het hoge hemelbed. De zware gordijnen roken muf door stof, vocht en ouderdom, maar de lakens waren schoon, de zachte dekens beschermden haar tegen de avondkilte. Verlangend naar slaap nestelde ze zich in de kussens. Maar hoe vermoeid ze ook was, het opwindende vooruitzicht van wat de dag van morgen zou brengen maakte haar rusteloos, en ze slaagde er niet in de maalstroom van haar gedachten een halt toe te roepen.

Vijftig jaar lang had ze van deze reis gedroomd, en ze kon bijna niet geloven dat ze nu echt, eindelijk naar huis ging. Toch had ze voor de vrijheid om na al die jaren haar droom te verwezenlijken een hoge prijs moeten betalen. Niet alleen had ze afscheid moeten nemen van haar geliefde man, ze was ook op hevig verzet gestuit bij haar familie. Met als gevolg dat haar vastberadenheid vervaarlijk aan het wankelen was geraakt.

Ze staarde in het donker voor zich uit, luisterend naar de geluiden van de straat, naar de dwingende roep van de meeuwen boven de kades, waar de harde oostenwind schrille klanken ontlokte aan de tuigage van de schepen. Terwijl de confrontatie met haar familie naar de achtergrond verdween, verbeeldde Christy zich dat ze de doordringende geur van zeewier op een rotsachtige kust rook, dat ze de klaaglijke kreten van de wulpen hoog boven de Cuillin Hills hoorde, dat ze de harde, stekelige hei in de dalen onder haar blote voeten voelde.

Haar ogen vielen dicht. Hoe zou haar familie het diepgewortelde verlangen kunnen begrijpen dat aan deze reis – aan deze pelgrimstocht – ten grondslag lag? Ze had haar kinderen zo min mogelijk verteld over vroeger, over de ontberingen die ze in haar jeugd onder ogen had moeten zien. De harde, onopgesmukte werkelijkheid van haar jonge jaren had ze alleen gedeeld met haar man, in het besef dat ook *hij* had geleden en onrecht had ervaren. Samen waren ze het erover eens geweest dat de herinneringen aan dat verre verleden te grimmig waren om hun kinderen ermee te confronteren, te duister om het nieuwe leven dat ze hadden opgebouwd erdoor te laten overschaduwen; een nieuw leven in een nieuw vaderland waar de zon altijd scheen en waar ze de kansen die hun waren geboden met beide handen hadden gegrepen.

Maar naarmate het einde van de reis naderde, werd de behoefte om die herinneringen alsnog te delen steeds sterker. En toen de slaap haar ten slotte overmande, wist Christy dat met het einde van de reis ook het moment naderde waarop ze aan het vertellen van haar verhaal zou beginnen; het moment waarop haar ziel eindelijk rust zou vinden.

In haar smalle bed in de kamer die ze deelde met haar moeder – gelambriseerde muren, een plafond van dikke balken – staarde Kathryn voor zich uit in het donker. Haar wilde bos kastanjebruin haar lag uitgewaaierd op het kussen. Rusteloos van opwinding, benieuwd naar wat de dag van morgen zou brengen, kon ze de slaap niet vatten.

Ze draaide zich om, sloeg haar armen om het kussen en liet de beelden van hun reis aan zich voorbijtrekken. Toen haar oma vertelde over haar voornemen om terug te gaan naar Skye, was Kathryn onmiddellijk enthousiast geweest en had ze de kans die haar werd geboden met beide handen gegrepen. Ze was niet in haar verwachtingen teleurgesteld, ook al had haar moeder altijd wel wat te klagen en maakte ze overal een drama van.

De SS *Celtic* was een buitengewoon chic en comfortabel schip gebleken, met grote eersteklashutten, een deftige eetzaal, een welvoorziene bibliotheek, een zwembad van zeildoek op het voordek en zelfs een schitterende balzaal, waar de scheepsofficieren in hun witte uniform zorgden dat geen vrouw die alleen reisde, ongeacht haar leeftijd, langs de kant bleef zitten. Kathryns moeder had zich aanvankelijk weinig toeschietelijk getoond, maar haar oma had gemopperd dat ze geen spelbreker moest zijn en haar kleindochter aangemoedigd te zorgen dat haar balboekje elke avond vol was.

De zeereis was gelukkig rustig verlopen, zelfs bij het ronden van de beruchte Kaap Hoorn, dus er was niemand zeeziek geworden en

Kathryn had het allemaal verrukkelijk romantisch gevonden. Ze was elke avond duizelig van geluk in bed gerold, opgewonden door alle aandacht, en ze had lange brieven aan haar vriendinnen in Melbourne geschreven waarin ze hoog opgaf van de genoegens van een zeereis en melding maakte van een bijzonder knappe eerste officier die met haar het dek op was gelopen en haar had gekust in het maanlicht.

Ze grijnsde, terugdenkend aan die gestolen momenten, zonder daar meer in te zien dan wat vrijblijvend vertier, passend bij de romantiek van de lichtende zee, met daarboven een hemel bezaaid met sterren. Inmiddels had de knappe officier ongetwijfeld al een ander meisje gevonden dat zich gestreeld voelde door zijn aandacht.

En dan alle exotische geuren en beelden en geluiden wanneer ze aan land gingen! Kathryn had er uitvoerig verslag van gedaan in haar dagboek, om te voorkomen dat ze ook maar iets van de reis zou vergeten. Onderweg hadden ze aangelegd bij de prachtige, met palmen begroeiden eilanden van Vanuatu en Fiji alvorens op te stomen naar Tonga en de westkust van Chili. Na het ronden van de Kaap waren ze aan wal gegaan in Montevideo en in het hectische, lawaaiige Rio de Janeiro, vanwaar ze waren overgestoken naar de kust van Afrika, waar ze in de exotische havens van Senegal en Marokko hadden afgemeerd.

De Marokkaanse havenstad Safi, waar ze een dag verbleven, had een schokkend contrast gevormd met alle eerdere plaatsen die ze hadden bezocht, want niet alleen de hitte was er ondraaglijk geweest, dat gold ook voor het vuil en de ellende waarmee ze geconfronteerd waren. In de overvolle stad stonk het naar specerijen, mest en brandend vuilnis. Maar hoe verontrustend ze het ook allemaal had gevonden, hoe ongemakkelijk ze zich ook had gevoeld door de brutale blikken van donkere mannen in lange gewaden, door het klaaglijke gejammer van opdringerige bedelaars, toch hadden de eeuwenoude ruïnes haar vervuld met verwondering, net als de woestijn die zich oneindig ver leek uit te strekken achter de dikke muren rond de stad: het domein van de nomaden met hun kameelkaravanen en hun vrouwen en kinderen gehuld in stralende kleuren.

Vanaf het moment dat ze uit Melbourne waren vertrokken had

Kathryns toch al heerszuchtige moeder zich overal mee bemoeid en voortdurend iets op Christy aan te merken gehad, waarmee ze het plezier van de reis behoorlijk had vergald. Maar tijdens hun dag in Safi waren de onderlinge spanningen tot een uitbarsting gekomen. Het was voor Kathryn een schokkende ervaring geweest te ontdekken hoe vijandig haar moeder tegenover haar oma stond.

Christy's nieuwsgierigheid was ook in Safi weer onverzadigbaar gebleken en ze had het geduld van haar dochter en kleindochter danig op de proef gesteld door hun gids de rug toe te keren en op eigen houtje op verkenning uit te gaan in de ruïnes van het Portugese fort, omstuwd door een horde Arabische kooplui en bedelaars. Anne en Kathryn konden haar nauwelijks bijhouden toen ze de soek in dook om te onderhandelen met de marktkooplui en zich een weg te zoeken door de dichtbevolkte doolhof van straten en stegen. Tot overmaat van ramp waren Anne en Kathryn haar uiteindelijk uit het oog verloren.

Met stijgende paniek hadden ze bijna een uur naar haar gezocht. Toen ze haar eindelijk vonden zat ze innig tevreden gehurkt in het stof, omringd door gesluierde vrouwen op wie ze enthousiast inpraatte, terwijl de vrouwen voor hun lemen hutjes stonden en hun kinderen wasten in tinnen kommen.

Kathryn kreeg tranen in haar ogen van opluchting, maar voordat ze haar oma om de hals kon vallen, had haar moeder Christy bij de arm gegrepen en haar ruw overeind getrokken, waarna ze haar dwars door de menigte heen naar het schip had gesleurd.

Vervuld van afschuw probeerde Kathryn tussenbeide te komen, maar Christy wist zich al snel los te rukken, waarna ze met een verbeten gezicht Annes tirade aanhoorde, die de aandacht trok van de omstanders. In haar angst dat haar moeder zichzelf niet in de hand had en haar oma zou aanvliegen, wilde Kathryn net tussen hen in gaan staan toen haar oma haar schouders optrok, poeslief glimlachte en zich onverstoorbaar, met haar armen vol souvenirs, de loopplank op haastte.

Kathryn had haar arm door die van haar moeder geschoven en eenmaal aan dek geprobeerd de ruzie bij te leggen. Maar Anne had Christy de rug toegekeerd, was naar haar hut gegaan en had zich tot de volgende ochtend niet meer laten zien.

Terwijl ze nog dieper onder de dekens kroop, vroeg Kathryn zich af wat de oorzaak kon zijn van Annes vijandigheid. Uit haar prille jeugd herinnerde ze zich de hechte band tussen haar moeder en haar oma. Wat was er gebeurd?

Kathryn had gehoopt dat de lange reis de twee vrouwen weer nader tot elkaar zou brengen. Maar hoezeer Kathryn ook haar best had gedaan om de kloof te dichten, de omgang tussen Anne en Christy was koel en afstandelijk gebleven. En inmiddels betwijfelde Kathryn of ze er ooit achter zou komen wat er tussen haar moeder en haar oma was voorgevallen.

2

Ze waren al bij het krieken van de dag uit Inverness vertrokken, na een haastig maar verrukkelijk ontbijt van havermoutpap en sterke koffie. De lange reis met paard-en-wagen naar de westkant van de Kyle of Lochalsh had de hele dag in beslag genomen, en na een nacht in een kleine, sjofele herberg gingen ze aan boord van de SS *Pioneer*, de veerboot naar Skye, voor de laatste etappe van hun reis.

Het weer was van de ene op de andere dag omgeslagen, en terwijl de *Pioneer* vastberaden door de ruwe wateren voor de zuidkust van het eiland ploegde, stond Christy in de stromende regen aan dek, vechtend tegen haar tranen. De tijd en de afstand hadden haar beeld van het eiland niet aangetast. Alles zag er nog net zo uit als zij het zich herinnerde. Zonder acht te slaan op de wind die beukte op haar hoed en haar veel te dunne regenjas of op het opspattende zeewater dat haar rok aan haar enkels deed plakken, keek ze omhoog naar de steile kliffen waarlangs watervallen zich in zee stortten, naar de nevelen van vlokschuim die opgingen in de sluier van zachte regendruppels.

Ze plantte haar voeten steviger op het glibberige, stampende dek en greep zich vast aan de reling. De emoties dreigden haar te machtig te worden bij de rijke geur van turf die opsteeg van het ogenschijnlijk dorre, onvruchtbare land dat zich voor haar uitstrekte. '*An t-Eilean Sgiathanach*,' fluisterde ze in de taal van haar jeugd. Dit was haar 'wolkeneiland', zoals de Vikingen het hadden genoemd. Ze was blij dat ze moederziel alleen aan dek stond, waardoor ze ten volle en ongestoord kon genieten van haar thuiskomst.

Terwijl de *Pioneer* met haar lading van passagiers, post, levensbehoeften en vee traag koers zette naar het noorden, ontrolde het landschap zich aan de einder. Een landschap waarin de tijd leek te hebben stilgestaan. Het bezorgde Christy een vreemd gevoel van verwarring, alsof de vijftig jaar sinds haar vertrek in een vloek en een zucht waren verstreken. Ze werd overmand door de herinneringen die ze al die jaren met zich had meegedragen. Herinneringen die nog niets aan levendigheid hadden ingeboet, maar waarvan ook de pijn en het verdriet haar nog onverminderd raakten.

Beschutting zoekend onder het dak van de stuurhut streek ze liefkozend over de verbleekte Schots geruite sjaal die ooit van haar moeder was geweest. Ze trok hem strakker om haar smalle schouders, begroef haar gezicht in de vochtige plooien en verbeeldde zich de geur van haar moeder nog in de wol van de Hooglanden te ruiken. Het patroon, door haar grootmoeder geweven in tinten blauw en groen, nu en dan afgewisseld met een smalle baan oranje, was de eeuwenoude ruit van de clan MacInnes. De sjaal was een kostbaar bezit, behalve rijk aan herinneringen ook nog bijna het enige wat haar uit die lang vervlogen tijd restte.

'Moeder, wat doe je hier? In de stromende regen?'

De strenge, bazige stem van Anne deed Christy opschrikken uit haar gedachten, en het duurde even voordat ze haar antwoord klaar had. 'Genieten van mijn thuiskomst,' verklaarde ze toen vastberaden.

'Zo krijg je nog longontsteking,' zei Anne nijdig, met één hand op haar hoed en met haar hoofd gebogen tegen het opspattende water dat door de wind vanaf de boeg in haar gezicht werd geblazen.

'Ik ben wel wat gewend,' antwoordde Christy kortaf. Ze keerde zich weer naar het voorbijtrekkende panorama, vurig wensend dat haar dochter zou begrijpen dat ze met rust gelaten wilde worden. Maar ze had beter moeten weten.

'Dat zal best. Maar dat is wel jaren geleden. Je bent inmiddels op leeftijd,' zei Anne belerend.

Christy negeerde haar nadrukkelijk. Ze had gehoopt dat ze tijdens de lange reis weer nader tot elkaar zouden komen. Maar wat ze ook deed om Anne milder te stemmen, ze leek erop gebrand haar op een afstand te houden. Bovendien had ze op alles wat Christy zei iets aan te merken.

Die had dan ook de grootste moeite niet uit haar slof te schieten en haar dochter eens flink de waarheid te zeggen. Nadat ze zich inmiddels al wekenlang had moeten beheersen, begon haar geduld op te raken.

Anne was vernoemd naar haar Schotse grootmoeder, maar behalve haar naam had ze niets gemeen met de moedige vrouw die armoede en ontberingen met stoïcijnse kalmte had verdragen en die veel te jong een tragische dood was gestorven. Het stemde Christy verdrietig te zien hoe een gebrek aan vergevingsgezindheid haar dochter tot een onaangename vrouw maakte; een vrouw die hard op weg was iedereen tegen zich in het harnas te jagen, zelfs haar eigen Harold, die het zichtbaar niet gemakkelijk had met zijn twistzieke echtgenote. Christy had al jaren het idee dat Anne en hij niet gelukkig waren, en de manier waarop hij destijds in Bellerive tegen haar in opstand was gekomen sprak boekdelen.

Met veel moeite wist Christy een glimlach te forceren, terwijl ze Anne sussend op de arm klopte. 'Laat me nou maar, kindje. Ik vind het fijn om aan dek te staan. Dat maakt me gelukkig. En die bui is zo weer over.'

Nuffig huiverend trok Anne haar bontstola strakker om zich heen, nog altijd met een hand op haar hoed. 'En dat in juni!' mopperde ze. 'Wordt het hier ooit nog droog, denk je?'

'Ja, natuurlijk. Maar we zitten hier erg noordelijk. Daar is het weer altijd onvoorspelbaar.' Christy veegde wat verwaaide grijzende lokken uit haar gezicht. 'Trouwens, dat geldt ook voor Tasmanië. Ik kan me menige Kerstmis herinneren waarop we binnen moesten blijven omdat de regen tegen de ruiten kletterde.'

Anne snoof misprijzend. 'Hoe dan ook, je bent veel te oud om met al die nattigheid buiten te staan.'

Christy slaakte heimelijk een zucht, ze had er schoon genoeg van door haar dochter oud te worden genoemd.

'En wat moet je met die sjofele sjaal?' vervolgde Anne. 'Waar is de bontstola die je in Londen hebt gekocht?'

Met haar vingers diep in de geruite plooien nam Christy haar dochter beheerst op. 'Die zit in mijn hutkoffer. Deze sjaal is een erfstuk. En hij past perfect bij de gelegenheid.'

'Een aanfluiting, dat is het!' Anne greep haastig de reling toen de boot abrupt begon te slingeren. 'Je kunt soms echt onmogelijk zijn,' zei ze nijdig. 'Wat moeten de mensen wel niet denken?'

Christy grinnikte. 'Het kan me hoegenaamd niets schelen wat ze van me denken. Trouwens, als ik dan toch stokoud ben, zal niemand ook maar enige aandacht aan me schenken. Maar eenmaal aan land zullen de mensen de MacInnes-ruit herkennen, en dan zullen ze begrijpen dat ik er trots op ben die te dragen, hoe haveloos en verschoten hij ook mag zijn.

'Ga naar binnen, Anne,' drong ze aan toen ze zag dat haar dochter nog altijd stond te huiveren. 'En laat me alleen met mijn herinneringen.'

'Wat ben jij toch altijd koppig!' zei Anne verwijtend, waarbij ze voor het gemak vergat dat ze zelf minstens zo koppig was. 'Deze hele reis is één grote beproeving. Ik begrijp niet waarom ik me heb laten overhalen.'

Wat een onbeschaamdheid, dacht Christy. Anne had zich aan Kathryn en haar opgedrongen. Ze hadden haar niet gevraagd om mee te gaan. Integendeel. 'Je had ook thuis kunnen blijven.'

'Natuurlijk niet,' bitste Anne. 'Ik weet hoe roekeloos je kunt zijn. Je denkt toch niet dat ik mijn dochter met jou naar de andere kant van de wereld had laten reizen? Moet je jezelf nou eens zien staan! In de stromende regen! Met een beetje pech wordt het je dood.'

Christy smoorde een diepe zucht. 'Ga naar binnen, Anne. Ik blijf hier staan tot we hebben aangelegd.'

'Het is binnen ook bepaald geen pretje, op een kluitje met mensen zonder enige beschaving. En dan heb ik het nog niet eens over al die stinkende beesten. Ik begrijp niet hoe Kathryn het uithoudt.'

'Dan blijf je hier. Zolang je je mond maar houdt,' zei Christy scherp. 'Je bederft mijn thuiskomst.'

Anne verroerde zich niet. 'Ik heb eens op de kaart gekeken, en volgens mij hadden we deze ellendige bootreis helemaal niet hoeven maken. Het zal wel weer een van je grillen zijn om het ons lastig te maken. We hadden gewoon de pont rechtstreeks naar Portree kunnen nemen, en daar een rijtuig kunnen huren. Dus waarom hebben we dat niet gedaan?'

Christy beet op haar lip en wendde zich af. Ze was er nog niet klaar voor om de confrontatie aan te gaan met de duistere herinneringen die met Portree verbonden waren. 'Ik wilde de kust langs,' zei ze. 'En ik dacht dat Kathryn en jij het misschien interessant zouden vinden om via deze route naar het eiland te varen.'

Anne keek haar strak aan. 'Interessant zou ik het niet willen noemen,' zei ze bruusk. 'Ik heb het koud, het regent, de boot is allesbehalve comfortabel, en wat het uitzicht betreft...' Ze liet haar blik misprijzend over de laaghangende wolken gaan die de heuveltoppen aan het oog onttrokken. 'Er valt weinig te zien.' Na die woorden draaide ze zich om en verdween ze weer naar binnen.

Christy voelde zich gekwetst – hoe kon haar dochter zo vernietigend oordelen over zo veel schoonheid? – maar ook opgelucht weer alleen te zijn. Ze wist dat ze haar dochter irriteerde, en dat was geheel wederzijds. Helaas was het onmogelijk gebleken hun ooit zo hechte band te herstellen, en het ergerde Christy mateloos dat Anne haar consequent behandelde als een oude vrouw die ze niet meer allemaal op een rijtje had. Desondanks hield ze zielsveel van haar dochter en had ze nu al spijt van haar scherpe woorden, want dat Anne aan dek was gekomen, bewees dat ze genoeg om haar moeder gaf om zich zorgen te maken. Het was alleen jammer dat ze die bezorgdheid op zo'n bazige manier uitte.

Christy keerde zich weer naar de reling en besefte dat Ardtrek Point in zicht kwam en het smalle schiereiland Ullinish. Als de bewolking voldoende optrok, zou ze spoedig ook de oude houten vuurtoren kunnen zien en de overblijfselen van de *dun*, het stenen fort dat volgens de legende dateerde van voor Christus en dat al eeuwenlang de wacht hield, hoog op de kliffen.

Om de kustlijn naar het noorden te blijven volgen zouden ze afbuigen naar het westen, de landtong ronden en het Loch of Dunvegan, hun eindbestemming, binnenvaren. En hoewel ook die was verbonden met verontrustende herinneringen, verwachtte ze daar gemakkelijker mee in het reine te kunnen komen dan met wat er lang geleden in Portree was gebeurd.

Ze hijgde van vreugde toen ze de zeehonden zag; gladde, glimmend zwarte lijven op de rotsen, met daarboven de rondcirkelende vogels die hoog op de kliffen hun nest hadden gemaakt. Ooit waren de mannen daar met gevaar voor eigen leven naartoe geklommen, om met zowel de vogels als hun eieren de vele hongerige monden van hun gezin te kunnen voeden.

Ondanks de vreugde over het weerzien werd Christy tegelijkertijd overvallen door een gevoel van moedeloosheid, murw gemaakt door de stelselmatige afwijzing en kritiek van haar dochter. Terwijl ze daar stond, in de wind en de regen, begon haar vastberadenheid niet voor het eerst te wankelen.

Was het inderdaad dwaas om op haar leeftijd nog naar de andere kant van de wereld te reizen, vroeg ze zich weifelend af. Was het dwaas om te willen terugkeren naar een plek die was verbonden met de herinnering aan zo veel verdriet, zo veel ontberingen? Had ze naar de waarschuwingen van Hamish en de anderen moeten luisteren? Hadden ze gelijk wanneer ze zeiden dat een dergelijke reis 'je reinste waanzin' was en alleen maar op een bittere teleurstelling kon uitlopen?

Wat verwachtte ze met haar terugkeer te bereiken?

Opnieuw dreigden de tranen, maar ze knipperde ze vastberaden weg. Ze mocht het niet laten gebeuren dat Anne alles bedierf, net nu haar droom eindelijk werkelijkheid zou worden. Ze had haar kans gegrepen, zonder zich ook maar iets aan te trekken van de bezwaren van haar familie; zonder zich te laten ontmoedigen door haar leeftijd, noch door de ongemakken die zo'n reis onvermijdelijk met zich zou meebrengen. Die kans zou ze niet verloren laten gaan.

Bij het geluid van naderende voetstappen verdrong ze haar tranen en zette ze zich schrap voor de zoveelste ruzie. Maar toen ze zich omdraaide en de tengere gedaante zag die zwijgend naast haar kwam staan, ontspande ze.

'En, Kathryn?' vroeg ze glimlachend. 'Wat vind je van mijn eiland?'

De groene ogen boven het schattige neusje bedekt met sproetjes stonden bezorgd. 'De kust doet me aan Tasmanië denken.' Ze pakte de hand van haar oma.

Christy knikte. 'De twee eilanden lijken inderdaad sterk op elkaar,' viel ze haar kleindochter bij. 'Vandaar dat ik me op Tasmanië van meet af aan thuis heb gevoeld.'

'Is alles goed met u, oma?'

'Ja hoor, met mij gaat het prima, wat je moeder ook zegt. Dit is een belangrijke dag voor me, dus ik vind dat ik best een beetje emotioneel mag zijn. Wat jij?' Ze schonk Kathryn een waterige glimlach en hield de hand van haar kleindochter stevig vast terwijl ze langs adembenemende kliffen voeren en traag in de richting van Dunvegan Head opstoomden. Dicht naast elkaar, gehuld in een kameraadschappelijk stilzwijgen, keken ze naar de verlaten inhammen met hun zwarte rotsen, hun grofkorrelige zand, naar de talloze ruïnes van wat ooit boerderijtjes en schuren waren geweest, verspreid over de valleien, in de schaduw van de hoog oprijzende heuvels en de voortjagende wolken.

Christy herinnerde zich nog als de dag van gisteren hoe ze hier bruinwier had verzameld, terwijl haar jongere broers schelpdieren zochten in de getijdepoelen. Wat zag het er nu allemaal dor en verlaten uit! De vervallen muren van de boerderijen staken scherp, als eenzame wachters, af tegen de lage einder; op het harde, ruwe gras en de stekelige hei, nog zwart en doods na de lange winter, graasden schapen.

Christy sloeg haar kleindochter onopvallend gade. Kathryn was zichtbaar geroerd door het voorbijtrekkende landschap. Misschien begreep ze nu beter waarom haar oma voor deze omweg had gekozen. Christy's hart zwol, dankbaar dat ze de ervaring met haar kleindochter kon delen. Zonder haar zou ze zich erg eenzaam hebben gevoeld.

'O, wat prachtig,' fluisterde Kathryn toen de pont een bocht rondde en Dunvegan Castle in zicht kwam, helemaal aan het eind van het *loch*. 'Het lijkt wel een sprookjeskasteel! Nu begrijp ik waarom u voor deze route hebt gekozen.' Ze keerde zich naar Christy, haar ogen straalden. 'Hoe is het om na al die tijd weer thuis te komen?'

Opnieuw voelde Christy tranen branden. Ze trok de sjaal dichter om zich heen, vermeed welbewust de aanblik van het gehate kasteel en concentreerde zich op het gevoel van opwinding dat in haar naar boven borrelde bij het naderen van haar bestemming. 'Het is verwarrend.' Ze bette haar ogen. 'Ik voel me gelukkig en verdrietig tegelijk. Veel is hetzelfde gebleven, maar er is ook veel veranderd, en dat maakt me bijna bang voor wat ik in MacInnes Bay zal aantreffen.'

Kathryn sloeg een arm om haar schouders. 'Ik ben bij u, oma, en als u een potje wilt grienen, moet u dat gewoon doen. Dat is niks om u voor te schamen.'

'Dank je wel, lieverd.' Christy streek het meisje over de wang. 'Je hebt geen idee hoe blij ik ben dat ik jou bij me heb.'

Kathryn glimlachte. 'Ik had het voor geen goud willen missen. De kans om met u op reis te gaan, om meer te weten te komen over de geschiedenis van onze familie, om te zien waar u hebt gewoond en om uw verhalen te horen... Dit is iets wat me de rest van mijn leven zal bijblijven. En een verrukkelijke ervaring om ooit door te geven aan mijn kinderen.'

'Het zijn niet alleen vrolijke verhalen,' waarschuwde Christy. 'Maar het wordt tijd dat jij en je moeder ze horen. Deze baai, de mensen die hier ooit woonden en dat afschuwelijke kasteel maken deel uit van de geschiedenis van onze familie.'

Bij die harde woorden fronste Kathryn haar wenkbrauwen, waarop Christy zich afwendde, om te voorkomen dat haar kleindochter de woede in haar ogen zou zien. Het verhaal hoe haar leven door het ingrijpen van de MacDonalds en hun rentmeesters voorgoed was veranderd zou spoedig genoeg verteld worden.

Om haar duistere gedachten te verdrijven keek ze omhoog, naar de wolken die door de wind uiteen werden gejaagd. Een schacht zonlicht viel op de steile kliffen en op de zachtgele muren van het kasteel dat nog altijd streng de wacht hield over het *loch*. Het was opgehouden met regenen.

Zonder iets te zeggen wees ze naar de volmaakte regenboog. Alle kleuren waren duidelijk afgetekend in hun gewelfde baan boven het woeste, lege land; het leek een geschenk van de hemel om haar te verwelkomen bij haar thuiskomst.

Kathryn was vervuld van ontzag door de aanblik, maar Christy begroef huiverend haar handen in de geruite sjaal. Destijds was er op die laatste dag geen regenboog geweest om afscheid van haar te nemen, alleen een gure wind die langs de hemel joeg, verduisterd door regenwolken. Een gure wind en een intens gevoel van wanhoop en onmacht.

Christy stak haar kin naar voren, vastberaden om zich niet te laten meeslepen door haar emoties en te genieten van het moment. Het verhaal van haar leven, het verhaal van allen die hier ooit hadden gewoond, moest verteld worden. Maar niet vandaag. Vandaag wilde ze alleen maar dankbaar zijn dat ze nog leefde, dat ze na al die jaren mocht terugkeren naar het eiland van haar jeugd.

Anne had zich vastberaden in een hoekje teruggetrokken, zo ver mogelijk weg van de stapel kisten met vis en van de twee geiten die haar met hun duivelsogen leken aan te kijken terwijl ze onverstoorbaar hun drek op de grond deponeerden. Ze was kotsmisselijk door de stank van gerookte haring en ongewassen lijven, en door het deinen en stampen van de pont, maar ze had zich vast voorgenomen haar ontbijt binnen te houden. Het laatste wat ze wilde was zichzelf te kijk zetten tegenover mensen die niet eens normaal, beschaafd Engels spraken.

Ze keerde hun de rug toe, veegde de met zout aangekoekte patrijspoort schoon en keek jaloers naar haar moeder en haar dochter die gearmd aan de reling stonden. Al vanaf Kathryns geboorte hadden oma en kleindochter een hechte band, en als ze eerlijk was moest Anne bekennen dat hun vanzelfsprekende kameraadschap haar tegenstond.

Ze wendde zich af, negeerde de schaamteloos nieuwsgierige blikken van haar medepassagiers en haalde haar poederdoos tevoorschijn. In het spiegeltje keek ze misprijzend naar haar verwaaide haren, naar de vochtige pieken die aan haar huid plakten. Tot overmaat van ramp leek haar fraaie hoed onherstelbaar bedorven.

Ze fatsoeneerde haar kapsel zo goed en zo kwaad als het ging, in het besef dat de wind er weer vat op zou krijgen zodra ze van boord stapte.

Als ze niet oppaste, zou haar maquillage ook onder het weer te lijden hebben. Ze bracht zorgvuldig wat poeder aan op haar neus en haar wangen. De afgelopen maanden waren een aanslag geweest op haar teint; de hemel mocht weten wat haar chique vriendinnen zouden zeggen als ze haar nu konden zien.

Ze klapte de gouden poederdoos dicht, liet hem in haar leren handtas glijden en schudde de regen van haar bontstola. Haar smaakvolle mantelpak van gabardine voelde klam aan, de roesjes langs haar witte bloes hingen er troosteloos bij nu ze die al voor de tweede dag aanhad omdat haar hutkoffer die nacht in een pakhuis aan de kade had gestaan. Ze hoopte vurig dat hun volgende accommodatie comfortabeler zou zijn, want ze had geen oog dichtgedaan op de hobbelige, nogal smoezelige matras. Bovendien snakte ze naar een warm bad en warme kleren.

Toen ze opnieuw naar buiten keek, zag ze dat de bewolking was opgetrokken. Een schitterende regenboog welfde zich boven een imposant kasteel dat zowaar nog intact leek te zijn, anders dan de vele andere waar ze langs waren gevaren.

In het besef dat ze door haar medepassagiers brutaal werd gadegeslagen, en omdat ze geen zin had in nieuwsgierige vragen – in tegenstelling tot haar moeder, die altijd dol was op een praatje – rechtte Anne haar schouders en keek ze weer naar buiten, naar haar moeder en haar dochter, die nog steeds aan de reling stonden.

Als kind had ze haar moeder aanbeden. Ze had haar bewonderd om haar energie, haar ondernemingslust, haar vermogen om van het leven te genieten; ze had rotsvast vertrouwd op haar wijsheid, haar eerlijkheid, en ze had altijd gedacht dat niets de band tussen hen zou kunnen verbreken. Maar dat vertrouwen was beschaamd, in duizend stukken uiteengevallen, en Anne kon zich er niet toe zetten haar moeder te vergeven. De kilte tussen hen was ongemakkelijk, vooral wanneer ze met de hele familie bij elkaar waren, die gelukkig niets wist van Christy's onthutsende bekentenis. Doordat Anne haar gevoel van gekwetstheid had laten doorwoekeren, was dat inmiddels allesoverheersend.

Zou ze het ooit kunnen opbrengen zich met haar moeder te verzoenen, vroeg ze zich af. En wilde ze dat? Ondanks de pijn, ondanks de verbittering hield ze nog altijd van haar moeder, maar de schok door de ontdekking dat ze was voorgelogen had ze niet kunnen verwerken. De leugen had haar hele wereld op zijn kop gezet en alles kapotgemaakt wat haar dierbaar was.

Haar moeder had geprobeerd het uit te leggen, had bittere tranen vergoten van spijt, had haar gesmeekt om begrip. Maar Annes vertrouwen was onherstelbaar beschadigd. En zonder dat vertrouwen was het haar onmogelijk de hechte relatie die ze ooit met haar moeder had gehad weer op te pakken.

Anne slaakte een zucht. Ter wille van haar dochter had ze tijdens deze reis haar best gedaan aardig te zijn tegen haar moeder, maar ze besefte terdege hoe bruusk en bazig haar goedbedoelde bezorgdheid was overgekomen, met als gevolg dat de onderlinge afstand alleen maar groter was geworden.

Ze trok haar bontstola nog dichter om zich heen, rillend van de tocht die door de slecht sluitende deur naar binnen drong. Ondertussen zocht ze een rechtvaardiging voor haar dwingende, bazige gedrag. Doordat de meeste huishoudelijke en sociale beslissingen in haar huwelijk met Harold op haar neerkwamen, had ze zich aangewend anderen te commanderen. Dat was de enige manier om dingen gedaan te krijgen, en ze was niet van plan daar ook maar iets aan te veranderen.

Er ging een huivering door haar heen toen ze zag dat Kathryn een arm om Christy heen sloeg, dat oma en kleindochter zich lachend naar elkaar toe bogen. Ze kon zich niet herinneren wanneer Kathryn en zij voor het laatst samen hadden gelachen, samen zo'n intiem moment hadden gedeeld, en ze ervoer een steek van rauwe jaloezie die haar de adem benam. Kathryn was haar enige kind, en ook het enige goede wat er uit haar teleurstellende huwelijk met Harold was voortgekomen. Ze had altijd het beste voor haar dochter gewild. Kathryn zou alles krijgen wat háár als kind was ontzegd. En ze had gehoopt dat de band met haar dochter met het verstrijken van de jaren alleen maar hechter zou worden. Dat ze de juiste man voor Kathryn zou weten te vinden; een man die haar zou beschermen, een man die haar zou koesteren en verwennen zoals ze dat verdiende.

Maar Kathryn bleek net zo koppig te zijn als haar oma; ze had geweigerd zich als debutante te laten presenteren, maar was vastbesloten geweest naar de universiteit te gaan. Anne, die net als haar moeder alleen de meest elementaire vorm van onderwijs had genoten, begreep niet waar die dorst naar kennis vandaan kwam. Harold was een selfmade man. Nadat hij al jong zijn moeder had verloren, had hij zich opgewerkt van een bestaan op de opaalvelden, waar hij samen met zijn vader het kostbare kwarts had gedolven, en carrière gemaakt als ondernemer. Hij beschikte over een buitengewoon scherp zakelijk instinct, maar zijn vrouw had hem moeten leren lezen en schrijven; iets wat Anne aanvankelijk aandoenlijk had gevonden. Het nieuwtje was er echter al snel af gegaan, de verliefdheid gesleten en het prille huwelijksgeluk vervangen door een leven vol sociale verplichtingen.

Anne beet op haar lip terwijl ze naar haar dochter keek, die er zelfs verwaaid en verregend nog schattig uitzag. Het voelde ongepast, dat zo'n charmant, verfijnd opgevoed meisje een 'blauwkous' werd. Anne vond Kathryns vriendinnen maar vreemd, om niet te zeggen dubieus, met hun korte kapsels en hun weinig flatteuze, bijna mannelijke kleren. Ze hoopte vurig dat haar dochter geen voorbeeld aan hen zou nemen.

Ze werd overmand door wrok toen haar blik op Christy viel. Natuurlijk had die Kathryn aangemoedigd, en doordat Harold er niets tegen had gedaan, had Anne geen andere keus gehad dan toekijken terwijl Kathryn een heel ander pad voor zichzelf uitstippelde dan zij als moeder voor haar dochter in gedachten had gehad. En daar zat ze nu, ver van de beschaving, in een smerige oude veerboot die als een logge oude zeug door het ijzige water ploegde, terwijl die twee daarbuiten volmaakt tevreden en onbekommerd leken.

De patrijspoort was weer beslagen geraakt, maar ze nam niet de moeite de condens weg te vegen. Ze had genoeg gezien. Als bescherming tegen de ziektekiemen die natuurlijk overal loerden in deze smerige drijvende tobbe, trok ze haar handschoenen nog hoger over haar polsen. Toen pakte ze het dagboek waarin ze verslag deed van de reis.

Ze waren uit Melbourne vertrokken met de SS *Celtic* – haar moeder had het schip gekozen vanwege de naam, het zoveelste bewijs dat ze sentimenteel begon te worden op haar oude dag. Harold had hen namens de familie uitgeleide gedaan, en terwijl de band speelde en er serpentines dwarrelden tussen het schip en de kade, had Anne op hem neergekeken en zich afgevraagd of hij net zo opgelucht was als zij. Want de spanningen in hun huwelijk waren die laatste maanden bijna ondraaglijk geworden.

Denkend aan haar man liet ze het boek ongeopend in haar schoot liggen. Harold was een goed mens. Een knappe, wilskrachtige verschijning, met dik kastanjebruin haar, gebleekt door de zon. Bovendien kon hij buitengewoon charmant zijn als hij ergens zijn zinnen op had gezet. En hij had destijds, al bij hun eerste ontmoeting, zijn zinnen op háár gezet. Ze had zich gevleid gevoeld door zijn attenties, zijn rijkdom, het gemak waarmee hij zich in de hogere kringen van Melbourne bewoog. En ze was verliefd op hem geworden – althans, ze had gedacht dat ze van hem hield – en ondanks de waarschuwingen van haar moeder geen overhaaste beslissingen te nemen, was ze halsoverkop met hem getrouwd.

Met het verstrijken van de jaren waren hun verwachtingen, hun dromen verbleekt, door wederzijdse teleurstelling en een steeds verder afstand nemen van elkaar; door onverschilligheid en een gebrek aan respect voor de gevoelens, de opvattingen van de ander; met als gevolg dat ze ieder min of meer hun eigen leven waren gaan leiden. De verhoudingen waren verder onder druk komen te staan door het vooruitzicht dat Kathryn het huis uit ging, om in Sydney een nieuw leven te beginnen. Daardoor zouden Anne en Harold nog meer op elkaar aangewezen zijn.

Anne verdrong de gedachte uit alle macht en boog zich weer over haar dagboek. Ondanks haar weerzin tegen de reis had ze van meet af aan beseft dat die haar de kans zou bieden om althans tijdelijk aan de huiselijke spanningen te ontsnappen en na te denken over de toekomst;

een toekomst waarin Kathryn het huis uit zou zijn. Wat ze niet had verwacht was het gevoel van bevrijding dat het reizen, met alle ervaringen die daarbij hoorden, haar had bezorgd.

Haar blik ging over een bladzijde, en opnieuw zag ze de serene eilanden in de Stille Zuidzee voor zich, die zo'n opvallend contrast vormden met de kleurige, lawaaiige menigten in Rio en met de drukke, stinkende soeks van Marokko. Op de ochtend na haar confrontatie met Christy had ze vanaf het dek van het schip naar de weidse woestijn achter de stadsmuren staan turen, naar de kleine jongens die voor een muntje het donkere water in doken.

Natuurlijk had haar moeder het niet kunnen laten om al haar losse geld overboord te gooien, plus al het fruit uit haar hut, zonder een zweem van berouw omdat ze hun dagje aan wal al had bedorven. Anne huiverde bij de herinnering aan haar wanhoop toen ze haar moeder was kwijtgeraakt. Het had weinig gescheeld of ze had haar moeder geslagen, besefte ze geschokt. Haastig sloeg ze de bladzijde om.

De reis naar Portugal was zonder incidenten verlopen, en ze had eindelijk kunnen ontspannen, ze had eindelijk echt kunnen genieten. Lissabon bleek een verrukkelijk beschaafde stad te zijn, met weelderige parken, fraaie gebouwen en brede, door bomen omzoomde avenues die haar een beetje aan Melbourne deden denken. Haar moeder had zich keurig gedragen en zich, eenmaal in Londen, ontpopt als een boeiende, goedgeïnformeerde gids, zelfs al was het ook voor haar de eerste keer en ontleende ze haar kennis aan de vele reisgidsen die ze had meegenomen.

Anne sloeg het dagboek dicht en borg het weg toen ze luide stemmen hoorde, die van de wal leken te komen, gevolgd door rennende voetstappen op het dek. Blijkbaar hadden ze hun bestemming bereikt. Ze hoopte vurig dat haar moeder niet van plan was erg lang op het eiland te blijven. Schotland had er al gruwelijk verlaten uitgezien, maar hier op Skye was helemaal niets, behalve schapen en oude ruïnes.

3

Met een diepe zucht keek Christy omhoog naar Dunvegan Castle. De stenen kantelen die hun lange schaduwen over de kleine haven wierpen herinnerden haar nog altijd aan de macht en de wreedheid van de rentmeesters van de MacDonalds. Ze had gehoopt dat de tand des tijds het kasteel zou hebben aangetast, dat de neergang en de armoede die de MacDonalds aan zichzelf te danken hadden zichtbaar zouden zijn in de vorm van afbrokkelende muren en ingestorte torens. Maar Dunvegan Castle leek niets veranderd en verhief zich nog net zo imposant als altijd op de top van de heuvel.

Terwijl de veerboot traag naar de aanlegsteiger tufte, verdween het kasteel uit het zicht. Christy zette haar duistere gedachten van zich af en keek naar de bemanning, die zich voorbereidde op het aanmeren.

'Het is zover, oma,' zei Kathryn. 'Het grote moment is aangebroken. Ik ga kijken of ik mama kan helpen, dan kunt u straks alleen en ongestoord aan land gaan.'

Christy knikte haar kleindochter toe, dankbaar voor haar begrip. Dit bijzondere moment wilde ze inderdaad met niemand delen. Ze wisselde glimlachend wat woorden in het Gaelic met de andere passagiers die van boord gingen, en toen iedereen weg was stapte ze als laatste op de loopplank af.

'*Beannachd leat*,' wenste de oude kapitein van de veerboot haar vaarwel.

'*Mar sin leat*,' luidde Christy's traditionele antwoord.

Zijn ogen waren stralend blauw in zijn verweerde gezicht, en terwijl hij haar op de loopplank hielp was zijn blik op de verbleekte MacInnes-ruit gevestigd. Het leek wel alsof hij wist waaróm ze hier was, en alsof hij begreep dat ze zijn hulp verder niet nodig had, want hij deed een stap naar achteren en tikte vluchtig met zijn vingers aan zijn pet. '*Sealbh math dhuit!*'

Breed glimlachend bedankte ze hem voor zijn heilwens. '*Tapadh leat.*' Na die woorden liep ze de loopplank af naar de houten kade, die op zijn beurt naar de ruwe stenen pier voerde.

Eenmaal op vaste grond bleef ze even staan, maar zette toen al snel koers naar de weidsheid van heide en hard gras aan de andere kant van de onverharde weg die de zuidelijke bocht van het *loch* volgde.

Zonder acht te slaan op de blikken van de kapitein en zijn bemanning, en van een jongeman die even verderop naast een houten wagen stond, liet ze zich in het vochtige gras ploffen en begon ze haar veters los te maken. Ze gooide haar laarzen van zich af, krabbelde weer overeind en plantte haar voeten stevig in het gras en de stekelige hei, blij dat ze zo verstandig was geweest geen kousen aan te trekken.

Met haar ogen dicht voelde ze de rijke, vochtige grond tussen haar tenen door omhoogkruipen naar haar enkels. Boven haar hoofd hoorde ze de roep van de zeevogels, ze vulde haar longen met de schone lucht van Skye en ze rook de vertrouwde geur van een vuur van verse turf. Van het ene op het andere moment was ze weer een kind; een haveloos kind op blote voeten, met om haar schouders de sjaal van haar moeder, innig verbonden met het land waar ze zo veel van hield. Nu pas durfde ze het te geloven. Ze was weer thuis.

Kathryn had haar moeder geholpen haar spullen te pakken en geprobeerd tijd te rekken door te vragen of ze wel warm genoeg gekleed was. Inmiddels kon ze geen excuus meer verzinnen om nog langer aan boord te blijven. Een blik door de patrijspoort maakte duidelijk dat hun bagage al van boord was gehaald en door een gespierde jongeman in een tweed jasje met daaronder een felrood geruite kilt op een grote kar werd geladen. De andere passagiers waren nergens meer te zien, en hetzelfde gold voor Christy. De bemanning was druk bezig het dek aan te dweilen.

'Waar is moeder?' vroeg Anne streng.

'Die is al van boord gegaan. Ze wacht op ons aan de wal. Volgens mij wilde ze even alleen zijn.'

'Hm. Sterker nog, volgens mij hadden we net zo goed helemaal niet mee kunnen gaan.' Bij de loopplank gekomen tuurde Anne bijziend naar de pier. 'Laten we hopen dat ze er niet weer vandoor is. Ik ben te moe voor dat soort onzin.'

Kathryn kreeg Christy onmiddellijk in de gaten. Voor het eerst was ze dankbaar dat haar moeder uit ijdelheid weigerde haar bril te dragen, want haar oma stond op blote voeten, als in trance tussen hoge graskluiten en pollen hei, met haar armen gespreid, haar hoofd opgeheven naar de zon, waardoor ze dreigde haar hoed te verliezen.

'Ze staat aan de overkant van de weg,' zei Kathryn zacht. 'Kom mee, moeder. Voorzichtig maar. Pas op waar je je voeten neerzet.'

Anne liet zich door haar dochter bij de arm nemen en liep onzeker de loopplank af, gehinderd door haar nauwe rok en hoge hakken. Toen ze, eenmaal op vaste wal, om zich heen keek hijgde ze van afschuw. 'Goeie genade, wat moet dat voorstellen?'

'Laat haar nou maar even,' drong Kathryn aan toen Anne aanstalten maakte driftig naar de overkant te benen. 'Dit is een bijzonder moment voor haar. Dat wil ze alléén beleven. Als je haar stoort zal ze je dat niet in dank afnemen.'

'Dat kan me niet schelen,' snauwde Anne. 'Straks krijgt ze longontsteking, en wie moet er dan voor haar zorgen? Ik natuurlijk! Want ik betwijfel of er in dit verlaten oord een verpleegster te vinden is, om van een dokter nog maar te zwijgen.'

Ze rukte zich los en stak zorgvuldig navigerend de hobbelige, modderige weg over. 'Wat bezielt je?' beet ze haar moeder toe. 'Hou op jezelf te kijk te zetten en gedraag je!'

Opgeschrikt uit haar herinneringen, half in trance dankzij het bijna sensuele gevoel van de rijke grond van Skye onder haar voeten, deed Christy haar ogen open en keek haar dochter niet-begrijpend aan. 'Waarom ben je toch altijd zo boos, Anne?'

'Je zou een heilige nog tot razernij brengen!' Anne raapte de laarzen op en hield ze haar moeder voor. 'Trek aan en probéér althans enige waardigheid uit te stralen. De mensen zouden denken dat je je verstand hebt verloren.'

Met een zucht pakte Christy de laarzen aan, maar ze maakte geen aanstalten ze aan te trekken. 'Ik wilde weten hoe het ook alweer voelde,' zei ze zacht. 'Vroeger droeg ik alleen laarzen op zondag, naar de kerk. En die zaten gruwelijk ongemakkelijk, omdat ze van mijn oudere broer waren geweest.' Ze grijnsde ondeugend. 'Het is een verrukkelijk gevoel om je voeten te laten wegzinken in de natte turf. Je zou het ook eens moeten proberen.'

'Niet plagen, oma,' zei Kathryn haastig, voordat Anne met een nijdige uitval de zaak alleen nog maar erger maakte. 'Het is al laat. Als we nog voor het donker bij het hotel willen zijn, kunnen we beter op weg gaan.'

Christy drukte de bemodderde laarzen tegen zich aan, schikte de geruite sjaal om haar schouders en keek naar het westen. 'Het blijft nog uren licht,' zei ze dromerig. 'In deze tijd van het jaar wordt het hier in het noorden pas heel laat donker.'

'Hoe dan ook, het wordt tijd om te gaan,' verklaarde Anne kordaat. 'Je bent helemaal nat en smerig. Zo vat je nog kou. En ik snak naar een bad en een fatsoenlijke maaltijd. Je hebt toch wel een rijtuig geregeld om ons naar het hotel te brengen?'

Bij het zien van de twinkeling in Christy's ogen begreep Kathryn dat haar oma iets in haar schild voerde, en ze wachtte geamuseerd af wat er ging komen.

'Ja, ik heb vervoer geregeld,' antwoordde Christy luchtig. 'Daar staat het.'

Kathryn en Anne draaiden zich om naar de pier, die er inmiddels verlaten bij lag, en naar de onverharde weg vol kuilen. 'Ik zie alleen een paard-en-wagen met onze bagage,' zei Anne geërgerd. 'Geen rijtuig.'

'Je zou toch echt vaker je bril moeten dragen, kindje,' wees Christy haar vriendelijk terecht. Ze schoof haar hoed naar voren, zodat hij zwierig schuin op haar hoofd kwam te staan, nam haar laarzen onder de arm en stapte de modderige weg op.

Bij het zien van de afschuw op haar moeders gezicht moest Kathryn zich beheersen om niet te giechelen. Oma ging nu wel erg ver, vond ze, om van haar dochter te verwachten dat ze op zo'n primitieve kar klom.

'Daar ga ik niet op zitten!' verklaarde Anne gedecideerd.

Christy negeerde haar en liep door de modder en de plassen naar de wagen, waar ze onmiddellijk een geanimeerd gesprek begon met de jeugdige voerman.

'Zo te zien hebben we weinig keus,' zei Kathryn zacht. 'Maak alsjeblieft geen scène, moeder. Dit is oma's grote dag. Die mag je niet bederven.'

'En dat mijn dag wordt bedorven, dat moet ik maar accepteren, zolang zij zich als een idioot, een klein kind kan gedragen!' Annes woedende blik ging van de modderige weg naar haar moeder, die nog altijd naast de kar stond. 'Ze heeft het expres zo geregeld. Dat weet ik zeker.'

Kathryn schoof haar arm door die van haar, om haar te helpen zich een weg te banen tussen de kuilen en de plassen. 'Dat denk ik niet,' sprak ze haar moeder tegen. 'Op zo'n klein eiland hebben ze waarschijnlijk geen rijtuigen.'

'Het is allemaal zo primitief, zonder enige verfijning.' Anne huiverde. 'We leven in de twintigste eeuw! Maar volgens mij is dat besef hier nog niet doorgedrongen.'

Kathryn wist uit ervaring dat het geen zin had om tegen haar in te gaan. Ze had weliswaar met haar moeder te doen, maar ze zag ook het grappige van de situatie en ze vroeg zich gespannen af of haar moeder zich zou laten overhalen toch op de kar te klimmen.

Christy draaide zich met een bedrieglijk onschuldige glimlach naar hen om. 'Dit is Gregor MacGregor. Een verre neef, hebben we net ontdekt.' Ze straalde van verrukking. 'De clans MacInnes en MacGregor zijn altijd aan elkaar gerelateerd geweest.'

Kathryn schudde zijn eeltige hand, zich scherp bewust van de gouden vlekjes in zijn groenbruine ogen, van de geamuseerde grijns op zijn verweerde gezicht en van de kracht waarmee zijn vingers de hare omsloten.

Anne hield haar handschoenen aan, knikte hooghartig en beperkte zich tot een uiterst vluchtige begroeting.

'Gregor is behalve onze voerman ook onze gids hier op Skye,' vertelde Christy. 'Hij heeft zelfs een ontmoeting met zijn familie voorgesteld. Is het niet enig?'

Het bloed trok weg uit Annes gezicht. 'Bedoel je dat we... dat we elke keer op dat... op dat díng moeten als we ergens heen willen?'

'Daar komt 't wel op neer, dame.' Met zijn groenbruine ogen nam hij Anne nieuwsgierig op. 'Begrijp ik goed dat u niet staat te juichen?'

'Ik ben gewend me aanzienlijk comfortabeler te verplaatsen,' antwoordde ze koel, terwijl ze haar blik minachtend over de kar en het boerenpaard liet gaan. 'Thuis heb ik mijn eigen rijtuig, met een span fraaie raspaarden.'

Gregor hield zijn hoofd scheef, en toen hij grijnsde verschenen er aantrekkelijke lachrimpeltjes in zijn verweerde gezicht. 'Tja, Jock wordt al een dagje ouder.' Hij klopte het geduldige dier op de hals. 'Maar hij mag dan van eenvoudige komaf zijn, hij houdt niet van kritiek. Afijn, een deftige dame als u moet hij het maar vergeven.'

Kathryn beet op haar lip toen haar blik die van haar oma kruiste. Gregor MacGregor leek volstrekt niet van Anne onder de indruk. Dat kon nog wat worden!

'Hoe ver is het naar het hotel?' vroeg Anne ijzig.

'Ik zou zeggen, vanaf de overkant een kilometertje of vijf,' antwoordde Gregor.

Anne keek de weg af. 'Dan ga ik wel lopen,' zei ze ten slotte. 'Een beetje beweging zal me goeddoen, na al dat geschommel op die ellendige, bedompte boot.'

Kathryn en Christy keken elkaar geschokt aan. Anne ging nooit ergens te voet naartoe.

Gregor schoof zijn pet naar achteren en streek door zijn dikke bruine haar, waardoor het recht overeind bleef staan. 'Tja, u moet het natuurlijk zelf weten. Maar die knappe laarsjes worden er niet beter van.'

Anne aarzelde, heen en weer geslingerd tussen een rit op een boerenkar, met een houten plank als zitplaats, en de kans dat ze haar dure laarzen bedierf.

'Kom op, Anne,' zei Christy ongeduldig. 'Het is niet wat je gewend bent. Dat begrijp ik. Maar zie het als een avontuur. Een nieuwe ervaring.'

Annes gezicht stond grimmig. 'Jaja, maak er maar grapjes over,' beet ze haar moeder toe, in het besef dat Gregor, die tegen de kar geleund stond, het gesprek aandachtig volgde. 'Je hebt het expres zo geregeld. Om mij een hak te zetten.'

'O, Anne, dat zou ik toch nooit doen!' reageerde Christy geschokt. 'Het is niet mijn schuld dat er geen ander vervoer te vinden was. Als ik ook maar één moment had vermoed dat je zo van streek zou zijn, had ik rijpaarden gehuurd.' Ze keek beteuterd. 'Sterker nog, daar heb ik naar geïnformeerd, maar die zijn blijkbaar ook moeilijk te krijgen.'

Anne keek haar moeder doordringend aan, toen zuchtte ze geërgerd. 'Nou, het lijkt er inderdaad op dat ik weinig keus heb. Maar klauteren ben ik ook niet gewend. Dus hoe stel je je voor dat ik op die kar kom?'

'Gregor zal je wel helpen. Waar of niet, Gregor?'

'Natuurlijk.' Er speelde een zweem van een glimlach om zijn lippen. 'Zo zwaar is ze niet.'

Anne bloosde tot in haar haarwortels. 'Je denkt toch niet dat ik... Nou ja, ik bedoel... Ik kan het heus wel zonder hulp.'

'Ik zal het je voordoen.' Christy gaf haar laarzen aan Gregor, hees haar rok omhoog tot aan haar knieën en zette een modderige blote voet op de metalen stang die als opstap dienstdeed. Met haar hand om de zijkant van de kar geklemd hees ze zich op de bank van de voerman.

Vandaar keek ze met een verrukte glimlach op de anderen neer. 'Kom op, Kathryn. Als ik het kan, kan jij het ook.'

Kathryn klauterde vliegensvlug naar boven. 'Kom op, moeder!' zei ze terwijl ze naast haar oma ging zitten. 'Nu jij.'

Anne aarzelde, verplaatste haar gewicht van de ene naar de andere voet en gaf Gregor ten slotte opdracht zich om te draaien zodat ze haar rok kon ophijsen.

Met een brede grijns deed hij wat ze vroeg, leunde met zijn armen over elkaar geslagen tegen de brede flank van zijn paard en mompelde iets in het Gaelic in het rusteloos bewegende oor van het dier.

Nog altijd weifelend trok Anne haar strakke rok omhoog, greep zich vast aan het bemodderde wiel en tilde een sierlijke voet op naar de provisorische treeplank. Maar haar rok was te strak, ze had niet genoeg kracht in haar armen om zich op te hijsen, en de uitgestoken hand van haar dochter bleef buiten bereik.

Ze zette haar kiezen op elkaar, hees haar rok nog verder omhoog, waardoor de zoom van haar lange korset zichtbaar werd, en probeerde het opnieuw. Maar het was vergeefs. 'Het lukt me niet,' bracht ze hijgend uit, rood van inspanning. 'Misschien is het toch het beste als ik ga lopen.'

'Och, meissie. U weet niet wat u zegt,' bulderde Gregor. 'Hoe dan ook, de klok tikt door, we verspillen onze tijd. En Jock houdt er niet van als hij te lang op zijn eten moet wachten.' Hij wierp een vluchtige, taxerende blik op Anne, en voordat ze besefte wat haar overkwam, had hij haar opgetild en enigszins hardhandig naast Kathryn op de bank gepoot.

'Ziezo.' Hij sprong aan Christy's kant op de bok en greep de teugels. 'Dat viel best mee, waar of niet?'

Anne voelde zich gruwelijk vernederd bij het zien van zijn spottende blik, zijn brede grijns. Haar gezicht gloeide, en ze wist niet waar ze moest kijken terwijl de kar zich langzaam in beweging zette.

'Trek het je niet aan, moeder,' zei Kathryn zacht. Ze pakte haar hand. 'Oma heeft gelijk. Zie het als een avontuur. Laten we proberen ervan te genieten.' Ze giechelde. 'Het gebeurt je tenslotte niet dagelijks dat een knappe jongeman je in zijn armen neemt.'

'Nee, gelukkig niet. Je vader is te oud voor dat soort onzin,' antwoordde Anne stijfjes. 'Ik kan het bepaald niet waarderen, zo'n lompe, ruwe bejegening.' Ze haalde een geparfumeerd zakdoekje tevoorschijn en wapperde zichzelf koelte toe.

Annes hart ging wild tekeer bij het vooruitzicht dat Gregor haar bij elk uitstapje op de kar zou moeten tillen. Tenzij ze een manier wist te bedenken om dat zelf te doen, met behoud van haar waardigheid.

Vechtend om haar kalmte te hervinden bette ze haar gezicht met het zakdoekje. Gregor herinnerde haar op een verontrustende manier aan Harold in zijn jonge jaren, toen hij nog slank en gespierd was geweest, met een innemende glimlach en ogen die haar betoverden. In Gregors sterke armen had ze de geur van paarden, van hooi, van het buitenleven geroken; geuren die ook Harold ooit hadden omgeven, in combinatie met het aroma van pijptabak en degelijke tweed. Het was allemaal erg verwarrend.

Kathryn had met haar moeder te doen, maar dat Anne zich zo ongemakkelijk voelde, had ze volledig aan zichzelf te wijten. Christy had haar op het hart gedrukt zich op de reis te kleden en gewaarschuwd dat ze meerdere malen van boot zouden veranderen, met alle ongemakken van dien. Kathryn had naar haar oma geluisterd, maar zoals gebruikelijk had Anne de goede raad van haar moeder in de wind geslagen.

Voor haar oma langs wierp Kathryn een onopvallende blik op de jongeman die de teugels hield. Ze schatte Gregor MacGregor ergens achter in de twintig. Hij was knap op een ruwe, ongepolijste manier. Met zijn verweerde, gebruinde gezicht, het web van lijntjes bij zijn ooghoeken en zijn eeltige handen deed hij haar een beetje aan haar ooms denken. Ook mannen die hun dagen voornamelijk in de buitenlucht sleten.

Ze keek naar de gespierde knieën die onder zijn kilt uitstaken, naar de lange wollen kousen. Er waren ongetwijfeld maar weinig mannen die met een dergelijke uitmonstering indruk wisten te maken. In zijn geval stond het perfect en het vormde een volmaakte combinatie met het landschap en met zijn charmante, brouwende accent.

Hun blikken kruisten elkaar, en Gregor schonk haar een grijns alsof hij wist wat ze dacht. Kathryn wendde zich haastig af en keek overdreven geïnteresseerd om zich heen. De houten wielen draaiden, de kar schommelde, en af en toe zorgde een diepe kuil of een grote steen dat de reizigers door elkaar werden geschud.

Het paardje met zijn ruige, bruin met witte vacht zwoegde onverdroten voort over de bochtige weg die de kust van het *loch* volgde;

Kathryn werd slaperig van het deinende ritme. De zon stond inmiddels laag aan de hemel, maar het was droog, de wind was gaan liggen.

Het duurde niet lang of ze voelde zich betoverd door het landschap, want nu de heuvels aan de overkant van het water hun wolkensluier hadden afgelegd kon ze de plooien en hellingen duidelijk onderscheiden, begroeid met vergeeld gras en zwarte heide. Oma had uitgelegd waarom de heide nog niet bloeide, maar Kathryn kon een gevoel van teleurstelling niet ontkennen. Na Christy's levendige beschrijvingen had ze zich verheugd op velden van paars die zich uitstrekten over heuvels en valleien.

Ze keek naar de brede rug van het paard en tussen zijn opstaande oren door naar de weg voor hen, nog altijd modderig en onverhard, maar verderop belegd met grote platte stenen. Inmiddels zag ze ook hier en daar een kerktoren en het dak van een boerderij. Ze keek naar haar moeder, die zich aan de zijkant van de kar vastklemde alsof haar leven ervan afhing. 'Zo te zien zijn we er bijna.' Ze klopte haar bemoedigend op de arm. Anne knikte slechts, haar gezicht stond grimmig.

Kathryn drong niet verder aan en luisterde mee naar het gesprek aan haar andere kant. Oma had haar verteld dat ze in haar jeugd alleen maar Gaelic had gesproken, de taal van de eilanden. Maar het verraste Kathryn te horen hoe vloeiend ze het na al die jaren nog steeds beheerste. Het klonk melodieus, maar ook rijk aan woorden waar je gemakkelijk je tong op kon breken. Kathryn wenste dat ze kon verstaan wat ze zeiden. Het was blijkbaar erg grappig, want Gregors diepe gegrinnik ging vergezeld van de hartelijke lach van haar oma.

Kathryn glimlachte. Ze was blij dat haar oma weer gelukkig kon zijn. Het verlies van opa was een zware slag voor haar geweest. Kathryn had gezien hoezeer haar oma eronder had geleden. Haar grootouders waren uit liefde getrouwd en altijd van elkaar blijven houden. Ooit hoopte Kathryn ook zo gelukkig te worden, maar niet voordat ze haar studie had afgerond en werk had gevonden in het onderwijs.

Christy, die naast Gregor zat, werd door het hotsen en botsen van de wagen regelmatig tegen hem aan geschud. Het deed haar denken aan haar jaren in de outback, aan de man die destijds naast haar had gezeten, op net zo'n kar.

'Wat moet het vreemd zijn om na al die jaren terug te komen,' zei Gregor zacht toen ze de geplaveide weg bereikten.

'Ja,' antwoordde ze in het Gaelic. 'Het is vreemd, maar ook heerlijk.' Ze keek glimlachend naar hem op. 'Ik ben blij dat ik hier nog familie heb. En dat jij tijdens ons hele verblijf met ons meegaat.'

Hij grijnsde. 'Volgens mij denkt uw dochter daar heel anders over. Het spijt me als ik te haastig was en haar in verlegenheid heb gebracht.'

'Mijn dochter zou er goed aan doen een toontje lager te zingen. Ze is veel te deftig geworden. Maar hier zal ze er snel genoeg achter komen dat andere dingen belangrijker zijn. Hoe dan ook, ik zou het waarderen als je haar een beetje ontziet.' Christy giechelde. 'Zo veel spontaniteit is ze niet gewend.'

Gregor en zij keken elkaar geamuseerd aan, toen liet hij de teugels knallen om Jock tot meer vaart aan te sporen. 'Het Dunvegan Hotel ligt daar, aan het water.' Hij wees naar een witgepleisterd gebouw met een leien dak en een houten veranda langs de voorkant.

Even later kon Christy het verweerde bord onderscheiden dat boven de deur hing. 'Ik neem aan dat het eigendom is van de MacDonalds?'

'Dat was het ooit wel. Zoals bijna het hele eiland. Maar ze hebben het grootste deel van hun land moeten verkopen om hun schulden af te betalen, en het hotel is vorig jaar in handen gekomen van een rijke zakenman uit Inverness. Die heeft er een bedrijfsleider in gezet. Mungo MacGregor, ook een verre neef. Bij hem en zijn Betsy bent u in goede handen.'

'Ik zou bijna denken dat de hele stad draait op de MacGregors,' grapte ze.

Hij grinnikte. 'Zover is het nog niet, maar er wordt aan gewerkt.' Hij bracht de kar tot stilstand voor het hotel, sprong van de bok en stak zijn hand op naar Christy om haar te helpen met afstappen.

'Vergeet deze niet.' Hij gaf haar de laarzen. 'Of was u van plan het eiland op blote voeten te verkennen?'

Ze beantwoordde zijn plagende glimlach, pakte de laarzen van hem aan en stak haar bemodderde voeten erin. 'De verleiding is groot.' Ze begon haastig de veters te strikken. 'Maar ik ben bang dat het tijd wordt dat ik me gedraag. Denk je ook niet?'

'Ja, dat zal wel. Maar maak er geen gewoonte van, Christy MacInnes. En word vooral niet te keurig. Dan is het gedaan met de pret.' Met een knipoog draaide hij zich weer om naar de kar. Kathryn was inmiddels op eigen kracht naar beneden geklauterd, dus hij stak zijn hand op naar Anne.

'Ik red me wel,' verklaarde die zelfverzekerd. Ze klemde haar handen om de zijkanten van de kar, draaide hem de rug toe en tastte met haar voet naar de treeplank.

Gregor keek Christy aan, niet wetend of hij moest helpen. Christy schudde haar hoofd, en gedrieën wachtten ze gespannen af terwijl Annes voet heen en weer zwaaide buiten het bereik van de treeplank. Ondertussen begon haar greep op de kar te verslappen.

Gregor ving haar op toen ze achteroverviel. Haar tas en haar bontstola belandden in de modder. 'Niks aan de hand, ik heb u vast.' Hij hield haar in zijn armen. Net iets langer dan nodig.

'Dank je wel.' Met een vurige blos op haar wangen ontweek ze zijn lachende ogen. 'Zet me nu maar weer neer.'

Dat deed hij, heel voorzichtig, terwijl Kathryn haastig de tas en de stola van de grond raapte.

Anne nam ze gretig in ontvangst, draaide zich om en liet haar blik enigszins misprijzend over het hotel gaan. Ondertussen begon Gregor hun bagage af te laden. 'Is dit het enige hotel?' Toen Christy knikte, slaakte Anne een geërgerde zucht. 'Dan zullen we het ermee moeten doen, vrees ik.'

Christy en Kathryn keken elkaar aan en volgden haar op de voet toen Anne kordaat naar binnen liep.

4

Melbourne

Harold stond altijd vroeg op. Bij het eerste licht was hij uit de veren. Dus hij was al aangekleed en had al ontbeten tegen de tijd dat de klok in de eetkamer acht uur sloeg. De winterochtend oogde somber, de hemel bewolkt, er dreigde regen, en er stond een harde wind vanuit de pool in het zuiden.

Het weer paste bij zijn stemming, want hoewel hij er heimelijk naar had uitgezien het huis voor zich alleen te hebben, zonder Annes voortdurende gevit, besefte hij dat hij haar miste. Wat volstrekt belachelijk was, omdat ze zich hadden aangewend ieder hun eigen gang te gaan en elkaar zo veel mogelijk te negeren.

En zijn dochter miste hij ook. Kathryn straalde jeugdige energie uit; hij had het altijd heerlijk gevonden als ze vriendinnen mee naar huis nam, hij had genoten van hun dwaze gebabbel en hen van meisjes zien opbloeien tot lieftallige jonge vrouwen. Harold was ongelooflijk trots op haar, en ook al had het tot een hevig conflict met Anne geleid, hij was er nog altijd vast van overtuigd dat de buitenlandse reis een enorme verrijking voor haar zou betekenen. En dat niet alleen, de reis zou haar ook voorbereiden op het moment dat ze het ouderlijk huis vaarwel zei om naar Sydney te vertrekken.

Net zoals het voor hem een voorbereiding op deze nieuwe fase in hun leven zou zijn, peinsde hij, terwijl hij zijn pijp opstak en in het haardvuur staarde. De afgelopen maanden hadden hem doen beseffen dat hij verloren was zonder haar en haar moeder; dat de opwinding van een succesvolle transactie bij lange na niet opwoog tegen wat hem werkelijk dierbaar was.

Aanvankelijk had hij het als een bevrijding ervaren om met zijn vrienden te kunnen dineren zonder op de klok te hoeven kijken, om naar de renbaan te kunnen gaan zonder dat Anne zich bemoeide met hoeveel hij dronk, hoeveel geld hij vergokte, om simpelweg een plunjezak te pakken en voor een paar dagen met zijn paard en een tentje de bush in te trekken. Het was iets wat Anne nooit had begrepen, maar soms ervoer hij Melbourne als verstikkend. Dan had hij de behoefte om aan de drukte te ontsnappen, om alleen te zijn en vrijelijk door de natuur te kunnen zwerven, om terug te gaan naar wie hij werkelijk was, om weer te beseffen waar hij vandaan kwam. Het was zo gemakkelijk om dat te vergeten, nu hij in een groot huis in de deftigste buurt van Melbourne woonde en zich financieel geen enkele beperking hoefde op te leggen, als directeur van een bloeiend bedrijf dat koeien en schapen vervoerde, suiker, rundvlees en wol exporteerde.

Maar naarmate de weken verstreken, was het nieuwtje eraf gegaan en was hij zich hoe langer hoe pijnlijker bewust geworden van de hol klinkende kamers, van de leegte en de stilte in huis, met alleen de bedienden als aanspraak. Hij trok aan zijn pijp, keek naar de foto's op de schoorsteenmantel: geposeerde studioportretten van Anne en Kathryn, die ze vóór hun vertrek hadden laten maken. Terwijl hij keek naar het hautaine gezicht van zijn vrouw, vroeg hij zich af hoe het geluk hun door de vingers had kunnen glijden. Wat was er gebeurd met het lachende meisje dat hij ooit in zijn armen had gehouden, dat zo vol liefde en vertrouwen naar hem had opgekeken? Wat was er gebeurd met de jongeman die zo veel dromen had gekoesterd over hun leven samen?

Geërgerd door zijn gedachten, verdrietig door het besef dat zijn dromen waren verwelkt, weggekwijnd terwijl hij carrière maakte en zijn imperium opbouwde, en dat het lachende meisje een humeurige, verbitterde vrouw was geworden, keerde hij het vuur de rug toe en beende hij naar de grote ramen die uitkeken op Phillip Bay. De regen sloeg tegen de ruiten, de verre kust ging schuil achter laaghangende bewolking, en terwijl hij daar stond voelde hij een traan over zijn wang glijden.

Een zachte klop op de deur deed hem opschrikken. Haastig veegde hij de traan weg. 'Wie is daar?'

'Er is bezoek voor u.'

Hij haalde zijn zakhorloge tevoorschijn en keek op naar het dienstmeisje dat nerveus in de deuropening stond. 'Het is nog te vroeg voor bezoek,' zei hij bruusk. 'Zeg maar dat ze later terugkomen.'

'Het is Mr. Baker, en het gaat om een dringende kwestie, zegt hij.'

Op slag ongerust haastte Harold zich de eetkamer uit. De gezette advocaat van de familie wachtte vol ongeduld in de grote hal. 'Wat is er zo dringend dat het niet kan wachten tot kantooruren?'

'Het spijt me, Harold, maar dit werd vanmorgen per koerier bij me thuis afgeleverd.'

Harold pakte de dikke bruine envelop van hem aan, gaf het dienstmeisje opdracht hun een pot thee te brengen en ging Baker voor naar zijn kantoor. Eenmaal achter zijn bureau ontdeed hij de envelop van zijn inhoud, die bleek te bestaan uit diverse juridische documenten, met een begeleidend schrijven van een advocaat in Adelaide. Tijdens het lezen van de brief voelde hij dat al het bloed wegtrok uit zijn gezicht.

'Het spijt me dat ik de brenger moet zijn van zulk slecht nieuws,' zei Baker zacht, nadat het meisje de thee had gebracht en de kamer weer had verlaten. 'Maar dit moet met de grootste spoed worden afgehandeld.'

'Dat moet het zeker!' Woedend smeet Harold de papieren op zijn bureau. 'Hoe pakken we dat aan? Wat stel je voor?'

'We kunnen de aanspraak aanvechten en op onze beurt de eiser dagvaarden.'

'Ik wil geen rechtszaak. Daar gaat de pers mee aan de haal, met het onvermijdelijke gevolg dat er reputaties sneuvelen, om nog maar te zwijgen van de enorme schade in de privésfeer.'

Harold kauwde op zijn duimnagel, terugdenkend aan de flarden van een gesprek die hij jaren eerder in het Tasmaanse Bellerive had opgevangen. Destijds had hij er weinig van begrepen, en ook al was het afluisteren onbedoeld gebeurd, doordat hij toevallig langs een open raam kwam, het had hem niet verstandig geleken vragen te stellen over iets wat duidelijk persoonlijk en vertrouwelijk van aard was. Maar inmiddels werd hij bij de herinnering aan wat hij destijds had gehoord, in combinatie met wat er in de brief stond, bekropen door angstige voorgevoelens.

'We moeten onmiddellijk in actie komen, voordat de zaak escaleert.' Ongedurig van woede en stijgende bezorgdheid schoof hij zijn stoel naar achteren en begon door zijn kantoor te ijsberen.

'Ik kan de antecedenten laten natrekken van het advocatenkantoor dat de zaak behandelt,' opperde Baker. 'Wie weet hebben we met oplichters te maken, mensen die geld ruiken en zich advocaat noemen.'

'De documenten zien er anders behoorlijk authentiek uit.' Harold liet zijn blik over de lakzegels gaan, compleet met lint.

Baker snoof. 'Iedere klerk die bij een advocatenfirma heeft gewerkt kan zoiets in elkaar zetten.'

'Dat zal best, maar Thomasina Brown is duidelijk niet over één nacht ijs gegaan. Wat doen we als – de hemel verhoede – haar aanspraken geldig blijken te zijn?'

'Dan zullen we uiterst behoedzaam te werk moeten gaan.' Baker schonk Harold vanonder zijn wenkbrauwen een sombere blik. 'Wat denk je? Bestaat er ook maar enige kans dat de aanspraken gefundeerd zijn?'

'Ik weet het niet. Echt niet,' moest Harold bekennen. 'Maar wie deze Thomasina Brown ook mag zijn, ze is goed op de hoogte van het familiebedrijf.' Hij voelde zich machteloos, in het nauw gedreven, totdat hij besefte dat hij wel degelijk iets kon doen. Plotseling ongeduldig om een eind aan het gesprek te maken, keerde hij zich naar Baker.

'Laat iemand dat advocatenkantoor natrekken, én die Mrs. Brown. Zeg dat ze geen steen op de andere laten. We moeten exact weten met wie we te maken hebben, en wat hen drijft, voordat we verder ook maar iets ondernemen.'

'Ik ga er meteen mee aan de slag.' Baker werkte zich overeind. 'En ik zal alle eigendomspapieren van het familiebezit bij elkaar zoeken. Zodra ik meer weet, neem ik contact op.'

'Dat zal dan per telegram moeten. Want ik ga op reis.'

Baker keek hem geschokt aan. 'Dit lijkt me niet het moment om –'

'Ik ga naar mijn zwagers,' onderbrak Harold hem voortvarend. 'Misschien kunnen Hamish en James licht op de zaak werpen en bewijzen dat de aanspraken ongeldig zijn. Dus ik vertrek vandaag nog naar de Barossa Valley.'

Skye

Het hotel bleek verrassend comfortabel, met grote kamers die uitkeken op het *loch*, en een smaakvol gemeubileerde lounge waar een gastvrij vuur brandde. De gasten waren ontvangen door de allervriendelijkste hotelier en zijn vrouw, die het enig vonden om nog meer leden van hun wijdvertakte familie te leren kennen. Terwijl Gregor hun bagage naar binnen bracht, dronk Christy met haar dochter en kleindochter een kop thee bij het haardvuur, tot hun kamers in gereedheid waren gebracht.

Christy voelde zich opgelucht dat zelfs Anne niets op het hotel had aan te merken, maar vroeg zich af of dat misschien een kwestie van vermoeidheid was; of het gemopper en gevit de volgende morgen opnieuw zouden beginnen. Ze hoopte vurig van niet, want ze had al plannen gemaakt en wilde niet dat die werden bedorven.

Toen het kamermeisje de kleine badkuip naast de lustig brandende haard met warm water had gevuld, liet Christy zich er met een zucht van genot in zakken. Ze was doodmoe, ze voelde zich smoezelig en verreisd, en ze had nog altijd koude voeten van het natte gras en de modderige turf. Anne had natuurlijk gelijk gehad. Het was onverstandig geweest om haar laarzen uit te trekken. Maar ze had er geen spijt van.

Ze keek naar haar gekraste voetzolen, naar het vuil onder haar nagels, en vroeg zich af of haar emotionele reactie bij terugkeer naar het eiland van haar jeugd een teken van beginnende seniliteit was. Er was sindsdien een mensenleven verstreken, maar ze herinnerde zich nog goed hoe rood en gezwollen haar voeten waren geweest toen ze als kind door de heuvels en de dalen had gezworven, toen ze op het kleine stukje boerenland had moeten werken en tussen de scherpe rotsen langs de baai naar bruinwier en schaaldieren had gezocht. Destijds had ze een dikke laag eelt onder haar voeten gehad, hard als leer. Maar door de kou en het vocht kwamen er soms barsten in het eelt, die erg pijnlijk waren en die door haar moeder met een verzachtende kruidenbalsem werden behandeld.

Met het nagelborsteltje ging ze het vuil onder haar nagels te lijf, en toen haar tenen eenmaal schoon waren, waste ze de rest van haar voeten grondig met een rijk schuimende spons. Haar huid was in de loop der jaren zacht geworden, ze zou hem die avond voor het naar bed gaan met crème insmeren. Ontspannen liet ze zich nog dieper in het bad glijden, tot het water tegen haar kin klotste en de pijnen en pijntjes van de lange dag door de warmte werden gesust.

Het avondeten was een stevige maaltijd bestaande uit *haggis* met koolraap en aardappelpuree; Anne had er aanvankelijk wat wantrouwend in geprikt maar had er vervolgens van genoten. Christy had haar verfijnde smaak maar niet nodeloos op de proef gesteld door te vertellen hoe *haggis* werd bereid. In plaats daarvan had ze haar tafelgenoten uit de doeken gedaan dat in plaats van koolraap soms ook knolraap werd gebruikt in combinatie met de romige aardappelpuree.

Onder de andere gasten bevonden zich twee gepensioneerde, maar nog buitengewoon energieke en spraakzame onderwijzeressen. Ze waren op Skye om te wandelen en vonden niets heerlijker dan een partijtje bridge na het eten. Toen ze Christy vroegen of zij en haar reisgenoten interesse hadden in een robber of twee, had Christy voor de eer bedankt. Ze had de charme van het bridgespel nooit begrepen. Zodra Anne en Kathryn aan de kaarttafel zaten, glipte ze weg om haar jas te halen.

Met de geruite sjaal van haar moeder stevig om haar hals gewikkeld liep ze langzaam langs de oever van het *loch*, genietend van de maan die zich spiegelde in het stille water. De hemel was onbewolkt, in de zachte lucht lag de belofte van de zomer besloten, het enige geluid was het knerpen van het kiezelpad onder haar laarzen.

Ten slotte bleef ze staan, om zichzelf er opnieuw van te doordringen dat haar droom werkelijkheid was geworden, dat ze naar huis, naar haar eiland was teruggekeerd. Toen keerde ze het *loch* de rug toe en liep ze terug naar het hotel, om zich voor te bereiden op de volgende dag.

Anne was tijdens het ontbijt ongewoon stil, dus Christy vroeg zich bezorgd af wat er nu weer aan scheelde. 'Ik heb zo heerlijk geslapen,' zei ze opgewekt, in een poging de somberheid van haar dochter te verdrijven.

'Ik ook!' Kathryn smeerde een dikke laag goudgele boter op een snee brood en daaroverheen bramenjam, net als het brood afkomstig uit eigen keuken. 'Dat komt natuurlijk doordat we de hele dag buiten zijn geweest.'

'En jij, Anne? Hoe heb jij geslapen?'

'O, het bed was goed,' antwoordde die bijna met tegenzin. 'Maar ik heb erg slecht geslapen. Volgens mij heb ik een koutje onder de leden.' Ze drukte snotterend en aanstellerig een zakdoek tegen haar neus, als om te bewijzen dat ze inderdaad niet lekker was.

'O, moeder! Dat kan niet, hoor. Uitgerekend vandaag mag je niet ziek zijn. Oma laat ons zien waar ze is geboren. En dan gaat ze ons haar levensverhaal vertellen.'

'Ik denk niet dat ik nog een rit op die kar zou kunnen verdragen,' antwoordde Anne. 'Ik heb altijd al een teer gestel gehad, en die hele dag buiten, blootgesteld aan de elementen, eist zijn tol. Dat was natuurlijk onvermijdelijk. Dus ik denk dat ik er beter aan doe binnen te blijven.'

'Maar dat kan niet!' protesteerde Kathryn. 'Jij moet ook mee!'

'Als je je goed inpakt, is er niets aan de hand,' zei Christy, die nooit had geweten dat haar dochter een teer gestel had. 'Ik heb Mungo's vrouw gevraagd een picknickmand klaar te maken en te zorgen voor extra dekens.'

Anne keek uit het raam, naar de stralend blauwe hemel. 'Maar als het gaat regenen worden we drijfnat,' zei ze klaaglijk.

'Dan nemen we paraplu's en regenjassen mee,' verklaarde Christy voortvarend. Ze liet haar blik over Annes kleren gaan: een dunne bloes met een rok en een jasje die ook al niet bijster warm waren. 'Je kunt beter dat tweed pakje aantrekken dat we in Inverness hebben gekocht, en het wollen ondergoed dat ik je uit Hobart heb gestuurd. Je hebt er toch wel aan gedacht stevige laarzen in te pakken? We moeten vandaag veel lopen, over ruig terrein.'

'Maar die zijn zo onelegant,' protesteerde Anne. 'En dat ondergoed vond ik afschuwelijk. Het prikt. Dus ik heb het thuisgelaten.'

Christy slikte een nijdige repliek in. 'Dan kun je wel wat van mij lenen.'

'Maar snap dat dan! Ik heb helemaal geen zin om mee te gaan,' beet Anne haar toe. 'Ik wil hier blijven, bij het vuur. Ik laat me niet nog een keer door elkaar schudden op een open kar, en die verhalen van je interesseren me geen zier. Die zal je ook wel uit je duim hebben gezogen, net als de verhalen die je mij vroeger hebt verteld.'

'Moeder!' riep Kathryn geschokt uit.

Christy voelde zich tot in het diepst van haar ziel gekwetst door de woorden van haar dochter. Maar ze klopte Kathryn op de hand en dwong zichzelf te glimlachen. 'Het is natuurlijk jammer dat je moeder niet mee wil, maar dan gaan jij en ik samen op avontuur. Eet je bord leeg. Gregor kan elk moment hier zijn.'

Ze wachtte tot haar kleindochter naar boven ging om haar jas en haar handschoenen te halen, toen keerde ze zich naar haar dochter, die nog altijd met een stuurs gezicht tegenover haar zat. 'Ik weet wat je dwarszit. En waarom je niet mee wilt,' zei ze zacht, zich bewust van de andere gasten in de eetzaal. 'Maar ik zal niet toestaan dat Kathryn daarvan de dupe wordt.'

'Dat wordt ze niet.'

'Ja, dat wordt ze wel. Je bederft onze reis met je botheid, je voortdurende gevit en gemopper. Mag ik je erop wijzen dat je je zelf aan ons hebt opgedrongen? Je had niet mee gehoeven, en ik heb je bij voorbaat gewaarschuwd dat ik dit soort gedrag niet zou tolereren.'

'Ik voel me niet lekker,' klaagde Anne. 'Het slechte weer is op mijn borst geslagen. Dat heb ik altijd.'

Christy gooide haar servet op tafel en boog zich naar haar toe. 'Je kunt Harold en Kathryn misschien voor de gek houden, maar mij niet. Je bent altijd zo sterk geweest als een os. Als je ergens je zinnen op had gezet, heeft een koutje je daar nog nooit van weerhouden. Hou op met die spelletjes, Anne. Want ik waarschuw je. Je speelt met vuur.'

Over de tafel heen keken ze elkaar aan. Het was ten slotte Anne die de geladen stilte verbrak. 'Het zou misschien helpen als jij ophield een spelletje te spelen met de waarheid,' zei ze bot. 'Je kunt nog zulke mooie verhalen vertellen, ik geloof ze niet.'

Christy leunde met een zucht naar achteren. 'Dat spijt me meer dan je ooit zult weten.' Haar stem brak. 'Ik begrijp dat dingen onherroepelijk veranderen na een vertrouwensbreuk. Maar er komt een moment waarop we zullen moeten accepteren dat wat er is gebeurd in het verleden ligt. Dat we daar geen van beiden nog iets aan kunnen veranderen. In het belang van iedereen in de familie zullen we moeten proberen de geschillen bij te leggen en achter ons te laten.'

Ze wilde de hand van haar dochter pakken, maar Anne trok hem weg.

'Ik hou van je, Anne. En ik ben bereid te wachten tot je me kunt vergeven. Hoelang dat ook duurt.'

Annes lippen vormden een smalle streep, in haar kaak bewoog een spiertje terwijl ze haar kiezen op elkaar klemde en de blik van haar moeder ontweek.

'Ik wil graag dat je vandaag meegaat, omdat het belangrijk is,' vervolgde Christy. 'Het wordt tijd dat je weet waar onze familie vandaan komt, hoe we zijn geworden wie we zijn. Toe, Anne, als je het niet voor mij doet, doe het dan voor Kathryn.'

'Dat is emotionele chantage,' zei Anne verbitterd.

'Het is het enige wapen dat ik heb.'

Anne duwde haar stoel naar achteren en wilde net van tafel opstaan, toen Gregor de eetkamer binnenkwam.

'En, dames, zijn jullie er klaar voor?' vroeg hij met een brede grijns.

'Ja. Ik moet alleen nog even mijn jas halen en stevige schoenen,' antwoordde Christy. 'Maar mijn dochter heeft helaas besloten dat ze niet meegaat.'

'Ach, wat jammer. En ik heb nog wel een verrassing voor Mrs. Ross. Iets waar ze erg blij mee zal zijn.'

Anne bloosde en kon niet verhullen dat haar nieuwsgierigheid was geprikkeld. Maar ze stak koppig haar kin naar voren en schonk hem een hautaine blik. 'Ik kan me van jou geen verrassing voorstellen waar ik blij mee zou zijn.'

Hij trok een wenkbrauw op, zijn ogen stonden plotseling uitdagend. 'Kijkt u zelf, zou ik zeggen. En als het u niet aanstaat, laten we u verder met rust.'

Anne besefte ineens dat de overige gasten het gesprek nieuwsgierig volgden. Ze nam de uitdaging aan. 'Goed. Als ik rust wil, neem ik aan dat ik geen andere keus heb,' mompelde ze nijdig. 'Waar is die verrassing?'

'Buiten,' antwoordde hij. Hij deed een stap naar achteren om ruim baan voor haar te maken en knipoogde naar Christy.

Die volgde hen nieuwsgierig naar de hal en liep naar buiten, de veranda op. Toen begon ze verrukt te grinniken.

Gregor had Jock geborsteld tot zijn stoffige vacht glansde onder het blinkend gepoetste tuig. Het paardje stond trots tussen de lamoenstokken van een rijtuig dat weliswaar ouderwets oogde maar glom als een spiegel.

'En je zei dat er op het eiland geen rijtuigen waren,' zei Anne beschuldigend.

'Mungo wees me erop dat er nog een in de stallen stond, helemaal achterin.' Gregor wees naar de enigszins haveloze bijgebouwen. 'Het was wel een beetje smerig, en een van de wielen had onderhoud nodig, maar een likje verf en wat boenwas doen wonderen.'

Anne stapte van de veranda om het rijtuig aan een kritische inspectie te onderwerpen. 'Het leer van de banken is er slecht aan toe. Niet erg comfortabel om op te zitten.' Christy zag dat Gregors frons nog dieper werd en kwam haastig tussenbeide. 'Ik vind het schitterend, Gregor! Wat een vondst. Je moet wel de halve nacht in touw zijn geweest.'

'Ach, dat viel wel mee. Mungo en Betsy hebben me geholpen.' Hij keerde zich naar Anne. 'Aan de leren zittingen konden we niet veel doen. Maar Betsy heeft nog wel wat dikke dekens. Als we die eroverheen leggen, weet ik zeker dat u heerlijk zit.'

Christy zag aan het gezicht van haar dochter dat ze koortsachtig zocht naar een reden om alsnog niet mee te gaan.

'Dan hoop ik wel dat de veren in orde zijn,' zei Anne. 'Ik heb er geen behoefte aan opnieuw door elkaar te worden geschud.'

Gregor glimlachte, maar zijn groenbruine ogen stonden kil. Toch verried zijn stem geen zweem van ergernis. 'Ze zijn grondig geolied en getest, Mrs. Ross. Dus maakt u zich geen zorgen. U wordt niet door elkaar geschud.'

'Dan moet ik wel iets warmers aantrekken.' Ze ontweek de geamuseerde blik van haar moeder. 'Dus jullie zullen nog even geduld moeten hebben.'

Christy en Gregor keken elkaar aan. Het uitstapje zou weleens een enorme beproeving kunnen worden.

Kathryn wilde net de trap af rennen toen ze haar moeder op de overloop tegen het lijf liep. 'Ga alsjeblieft mee,' zei ze smekend. 'Ik zou het zo jammer vinden om zonder jou te gaan.'

'Ik heb al gezegd dat ik meega,' antwoordde Anne. 'Maar alleen omdat jij dat zo graag wilt. Bovendien heeft MacGregor voor een soort rijtuig gezorgd. Dus ik kan niet meer terug.'

'Een rijtuig?' herhaalde Kathryn verbaasd. 'Wat geweldig!'

'Zo geweldig is het niet. Maar we zullen het ermee moeten doen.'

Kathryn smoorde een giechel en rende de trap af, nieuwsgierig naar wat Gregor had geregeld. Toen ze Jock zag, tot in de puntjes verzorgd met geborstelde manen en helderwitte sokken, en het glimmend gepoetste ouderwetse rijtuig, klapte ze van verrukking in haar handen. 'Wat prachtig!' Ze klopte Jock liefkozend op zijn hals voordat ze het inwendige van het rijtuig inspecteerde. 'Nee maar, Mr. MacGregor, wat geweldig dat u dit kon regelen.'

Toen ze zag dat hij bloosde, besefte ze dat ze hem met haar enthousiasme in verlegenheid had gebracht. Haastig wendde ze zich af om Betsy te helpen, die kwam aanlopen met een armvol dekens en een reusachtige picknickmand.

De dekens werden over het gebarsten leer van de zittingen gelegd, de picknickmand verdween onder een van de banken, en Kathryn en Christy klommen alvast in het rijtuig, in afwachting van Anne.

Het duurde zo lang dat Jock verveeld met zijn voorbeen begon te schrapen en Gregor rusteloos werd. Kathryn stond al op het punt weer naar binnen te gaan om te kijken waar haar moeder bleef, toen Anne in de deuropening verscheen.

Haar gezicht stond stuurs, het zinde haar duidelijk niet dat ze haar modieuze uitmonstering had moeten verruilen voor stevige wandelschoenen en een mantelpak van zware tweed. Ze droeg een paraplu en een regenjas over de arm en had een bontje om haar hals geslagen en handschoenen aangetrokken. Onder de onflatteuze vilten hoed had ze haar haar in een strakke knot bij elkaar gebonden.

Kathryn slaakte heimelijk een zucht van teleurstelling toen ze Gregor koeltjes toeknikte en zich via de treeplank door hem in het rijtuig liet helpen. Het aanbod van een deken over haar knieën accepteerde ze minzaam. Als ze in die houding volhardde, zou ze alles bederven, dacht Kathryn somber.

Gregor verdween uit het zicht, het rijtuig schommelde heen en weer toen hij op de hoge bok klom, en even later zette Jock zich in beweging en liep gretig de dorpsstraat uit.

De paardenhoeven schalden op de keien, de wielen ratelden, de geoliede veren zorgden dat de reizigers niets van de oneffenheden in het plaveisel merkten. Ze kwamen langs de verlaten scheepshelling aan het *loch*, waar vissersboten lagen afgemeerd die de vorige avond waren thuisgekomen. En verder ging de tocht, door het kleine dorp met een houten kerkje, een bescheiden warenhuis en een smidse. De meeste huizen waren opgetrokken uit steen en telden maar één verdieping. Wit gepleisterd groepten ze samen tegen de helling, hun zware luiken waren opengezwaaid om de zon binnen te laten.

'Hoe ver is het naar MacInnes Bay, oma?' vroeg Kathryn toen ze het dorp achter zich lieten en aan de lange klim heuvelopwaarts begonnen, waardoor hun een adembenemende blik op het *loch* werd geboden.

'O, een aardig eindje,' antwoordde Christy. 'Dus ga er lekker voor zitten en geniet van het uitzicht.'

Kathryn leunde achterover terwijl het rijtuig deinend voortrolde over het onverharde, hobbelige pad dat zigzag over de helling liep alsof het niet kon besluiten welke kant het uit zou gaan. Ze keek naar het verlaten landschap, naar de schapen die her en der graasden, de afgelegen cottages die nu en dan in de verte opdoemden, en ze vroeg zich af wat haar vader van dit alles zou hebben gevonden. Ze kende de verhalen uit zijn jeugd, en ze wist dat hij die tijd graag terughaalde door er af en toe alleen met zijn paard en een plunjezak opuit te trekken, de bush in. Maar hier was het landschap weids en open, zonder bomen, zelfs zonder het gezang van vogels. Het enige geluid was het ruisen van de wind in het gras.

Ze dacht aan de ranch van haar oom Hamish, midden in de outback van Queensland. Ook daar was het leeg en verlaten, maar groepjes eucalyptusbomen, met hun vezelige bast en rode hars, verschaften althans enige bescherming tegen de zinderende hitte. En in de takken nestelden parkieten en kaketoes met hun gele kuif. Hun stralende kleuren vormden een opvallend contrast met het diepe rood van de grond, hun gekras verbrak de stilte van een land dat sinds het begin der tijden niet was veranderd.

Kathryn herinnerde zich nog levendig haar eerste en enige bezoek aan Wallangarra. Ze had het er erg eenzaam gevonden, en veel te heet in vergelijking met het milde klimaat van Melbourne, maar ze was onder de indruk geweest van de uitgestrektheid, de rauwe schoonheid.

Terwijl ze haar blik over de zwarte hei liet dwalen, over de eindeloze weidsheid van vergeeld gras en donkere heuvels, vroeg ze zich af hoe het haar grootmoeder was vergaan na haar aankomst in een land dat zo sterk verschilde van het landschap van haar jeugd. Op die vraag zou ze ongetwijfeld antwoord krijgen wanneer Christy begon aan het verhaal van haar leven.

5

Anne had blijkbaar genoeg van het uitzicht en leunde achterover, met haar ogen gesloten, haar hoofd tegen de rugleuning van de bank, maar Kathryn nam de omgeving gretig in zich op en leek geen detail te willen missen, ook al moest Christy toegeven dat het landschap vrij eentonig was.

Haar blik gleed bewonderend over haar kleindochter. Kathryn droeg het charmante jasje met wijdvallende rok in gespikkeld, lavendelblauw tweed dat ze in Inverness had gekocht. Haar dikke bos kastanjebruin haar met koperen en gouden accenten had ze losjes bij elkaar gebonden met een lavendelblauw lint. Haar dieplila wollen baret stond zwierig op haar hoofd, haar stralende huid bezat de gezonde onberispelijkheid van de jeugd. Ze was bezig zich te ontwikkelen tot een buitengewoon aantrekkelijke vrouw, met een goede smaak en gevoel voor stijl.

Christy richtte haar aandacht weer op het landschap. De weg werd vlakker, en in de verte ving ze een glimp op van het *loch*, dat in directe verbinding stond met de zee, en van de groep eilanden aan de horizon. Haar hart begon sneller te slaan, haar mond werd droog, terwijl het rijtuig schommelend de heuvel afdaalde naar de onverharde weg die dwars door de vallei naar de vredige baai voerde waaraan ze haar vroegste herinneringen bewaarde. Beelden kwamen in haar op die haar na al die jaren nog levendig voor de geest stonden, en ze moest diep graven om de kracht te vinden ze onder ogen te zien.

Ten slotte bracht Gregor het rijtuig tot stilstand, hij klom van de bok en deed de deur open. 'Dichterbij kan ik niet komen,' zei hij verontschuldigend. 'Dan zakken de wielen weg en komen we vast te zitten.'

Christy had slechts oog voor de baai. 'Dat geeft niet. Het is prima zo.' Ze stapte uit en liep rechtstreeks naar het ruwe terrein tussen enorme stenen en rotspunten die uit de grond staken, omgeven door de beschermende muren van hoog oprijzende zwarte kliffen aan weerskanten van de baai.

Zonder op de anderen te wachten stapte ze over graspollen en donkere stroompjes, haar blik op de andere kant van de baai gericht, op de overblijfselen van de cottage die daar eens had gestaan. Daar aangekomen hoorde ze boven zich de klaaglijke roep van een wulp. Er trok een huivering door haar heen. Vroeger dachten de mensen dat de kreet van een wulp een sterfgeval aankondigde. En de dood was geen vreemde in deze contreien. Tallozen waren hier gestorven.

Christy huiverde opnieuw, niet van de kou maar door de herinneringen en de stemmen van de overledenen die de wind met zich leek mee te voeren. Ze begroef haar vingers in de sjaal van haar moeder, haalde diep adem om moed te vatten en baande zich een weg tussen de brokstukken en het puin van wat eens haar huis was geweest.

Haar grootvader had de boerderij gebouwd van rotsblokken die hij op de kliffen had verzameld. Het huis stond op een vlak, vooruitstekend rotsplateau, ruimschoots boven het hoogwatermerk. Christy herinnerde zich hoe veilig ze zich had gevoeld binnen die dikke muren, waar de vlammen van het turfvuur zorgden voor warmte en een zachte gloed die de duisternis verdreef, terwijl buiten de wind over de baai huilde en de zee opzweepte tot hoge golven. Nu stond alleen de schoorsteen nog overeind, als een eenzame wachter tussen de verspreid liggende stenen.

Christy streek over de door rook zwartgeblakerde stenen die wind en regen hadden weerstaan, maar aan de mens en zijn wreedheid waren bezweken. Het was alsof deze schaarse overblijfselen nog altijd de ziel bevatten van hen die hier eens hadden gewoond. Ze verbeeldde zich dat ze hun stemmen nog kon horen, dat ze de geur van het rokerige turfvuur nog kon ruiken.

'Gaat het wel, oma?'

Christy knikte, met haar hand nog altijd op de stenen die hun eigen verhaal vertelden. Haar gedachten, haar gevoelens verkeerden in het verleden, haar ogen zagen wat de anderen niet konden zien – beelden, gebeurtenissen waarvan geen kind ooit getuige zou moeten zijn.

Ze dwong zichzelf afstand te nemen van de beelden, de geluiden, en besefte dat Anne en Gregor zich bij hen hadden gevoegd. 'Hier stond ons huis,' zei ze zacht. 'Gebouwd door mijn grootvader, Alasdair MacInnes, kort voor zijn huwelijk met Morag MacGregor.' Met een vluchtige glimlach keek ze Gregor aan. 'Hun jongste zoon, Angus, was mijn vader. Hij trouwde met Anne, een verre nicht, en samen gingen ze hier wonen.'

'Het moet wel erg vol zijn geweest.' Kathryn liet haar blik over de slordige contouren gaan van wat eens een kleine cottage was geweest.

'Vast wel, maar dat heb ik nooit zo gemerkt. Het was overal hetzelfde, in alle boerderijen.'

'Hoe zag het eruit, oma? En was jullie boerderij de enige in deze baai?'

Christy deed een stap bij de muur vandaan en keek uit over het dal, waar alleen nog wat ruwe stenen de markering vormden van wat eens boerenland was geweest. Opnieuw klonk de huiveringwekkende roep van de wulp.

'Nee, het was een vrij grote gemeenschap, een *baile*, zoals wij het noemden. De boerderijen stonden verspreid over het hele dal.' Ze staarde naar de verlaten vallei, het lege strand. 'We hadden allemaal ons eigen stukje grond om gewassen op te verbouwen. Helaas was de bodem eigenlijk te nat en te zout voor landbouw. Er graasden hier wat koeien en schapen, en de meeste boeren hadden kippen. Mijn grootvader was een visserman. Toen hij stierf nam mijn vader de boot over, ook al was hij een boer in hart en nieren. In de oogsttijd was hij veel van huis, dan ging hij werken voor de landheer om de huur te kunnen betalen en om voorraden te kunnen inslaan voor de winter.'

Ze liep langs de stenen fundering en begon de helling achter het huis te beklimmen, naar een platte richel onder een overhangende rots. 'Dit was mijn lievelingsplek. Hier zat ik altijd te wachten tot ik vaders boot in zicht kreeg,' vertelde ze toen Kathryn zich bij haar voegde terwijl Anne door Gregor de helling op werd geholpen.

Christy wachtte tot hij de dekens op de koude rotsgrond had uitgespreid, en toen iedereen zat haalde ze diep adem en begon haar verhaal.

'Je vroeg hoe de cottage eruitzag,' zei ze tegen Kathryn. 'Het dak was van riet. Dat sneden we bij de rivieroevers. De vloer bestond uit een combinatie van steengruis en aangestampte aarde. Daar legden we stro op en wilde kruiden, zodat het lekker rook. De twee ramen en de deur vormden diepe nissen in de dikke muren. Ze zaten niet aan de zeekant, maar aan de kant van het dal, zodat we beschermd waren tegen de stormen in de winter. Daardoor was het wel erg donker in huis. Het enige licht kwam van een olielamp en van het haardvuur.'

Ze sloeg haar handen om haar knieën en begroef haar kin in de plooien van haar sjaal. 'Bedden hadden we niet, zelfs geen matrassen. We sliepen op strozakken bij het vuur. Maar we waren rijk aan liefde en verbondenheid.'

Terwijl ze sprak, verdween het heden naar de achtergrond en was ze weer een kind van tien. Een klein meisje dat op blote voeten over de paarse hei rende, op die dag aan het eind van augustus toen ze zich door de avondschemering naar haar moeder haastte, die op de schrale grond aan het werk was.

'Ik heb wat brood en kaas voor u,' bracht ze hijgend uit. 'De kaas heb ik van de weduwe Cameron gekregen, in ruil voor twee eieren.'

Haar moeder leunde op haar schoffel, rechtte behoedzaam haar rug en streek toen liefkozend over haar dikke buik. 'Wat lief van de weduwe,' zei ze met een blik op de cottage in de verte. Haar donkere haar was verwaaid, haar bruine ogen stonden bezorgd. 'Je hebt haar vanmorgen toch wel geholpen met melken? Dat kan ze nauwelijks meer zelf nu ze zo moeilijk loopt.'

'Natuurlijk heb ik haar geholpen.' Christy voelde zich bijna een beetje gekwetst. Hoe kon haar moeder denken dat ze zoiets belangrijks zou vergeten? 'En vanavond doet oom Fergus het. Hij heeft beloofd dat hij op tijd terug zou zijn.'

Anne MacInnes knikte en liet zich op een droog heuveltje van gras zakken om te genieten van de snee brood en het stuk kaas. 'Waar zijn je broers?'

'Jamie is met kleine Callum naar het strand gegaan, om schaaldieren te zoeken in de getijdepoelen.' Ze ging naast haar moeder zitten en keek toe terwijl die gretig in het brood hapte. Het water liep haar in de mond bij de gedachte aan de verrukkelijk pittige kaas, maar ze misgunde haar moeder het lekkers niet. Die had het meer nodig dan zij nu er een kindje in haar buik zat.

Haar moeder scheurde een stuk van het brood, brak een stuk kaas af en gaf het haar. 'Toe, jij moet ook wat eten. Anders hou je het niet vol tot de avond.'

Niet in staat de verleiding te weerstaan, al helemaal niet toen haar moeder haar bemoedigend toeknikte, pakte Christy het brood en de kaas aan en begon genietend te eten.

'Oma heeft uw sjaal bijna af,' zei ze ten slotte. 'En ze heeft beloofd dat we morgen verdergaan met de les. Dan kan ik later ook zulke mooie dingen maken.'

Anne MacInnes glimlachte. 'En wat heb je nog meer gedaan vandaag, behalve de koe van de weduwe Cameron melken en de kunst van je oma afkijken aan het weefgetouw?'

'Ik heb bij laag tij bruinwier verzameld, en dat heb ik te drogen gelegd zoals u het me hebt geleerd. Het wier dat al droog was, hebben Jamie en ik naar de oven gebracht. Dan kan Iain MacGregor het verbranden en dan kan het naar de fabriek.'

Anne MacInnes legde haar ruwe werkhand langs Christy's wang. 'Mijn flinke kleine meid,' zei ze teder. 'Wat zou ik zonder jou moeten beginnen?' Ze streek met een hand over haar buik, haar gezicht stond plotseling somber. 'Nog even, dan hebben we nog een mondje te voeden.' Ze keek naar de aardappels die ze had uitgegraven en die door ziekte waren aangetast. 'Als de oogst weer mislukt...'

Christy wist maar al te goed hoe wreed de winter kon zijn. Zonder aardappels als aanvulling op de pap van zeewier en de stoofpotten van brandnetels hadden ze de vorige twee winters amper overleefd. Bij het zien van de bezorgde uitdrukking op het gezicht van haar moeder pakte ze haar hand. 'We redden het wel, mama,' zei ze vastberaden. 'Papa vangt een heleboel haring, en wanneer de vangst eenmaal gezouten in de vaten zit, helpt die ons door de winter.'

Anne MacInnes glimlachte, maar dat kon de bezorgdheid in haar ogen niet verhullen. 'Natuurlijk, je hebt gelijk.' Ze werkte zich overeind en pakte haar schoffel. 'Zo, ga jij nu maar bij de jongens kijken, en bij oma, dan maak ik hier het werk af. Je vader en Finlay zullen zo wel thuiskomen, en dan moet er eten op tafel staan.'

Christy ging er op een holletje vandoor, haar blote voeten spetterden door de kleine stroompjes die de vallei doorkruisten. Ze rende naar het strand, over de strook kiezels langs het harde, natte zand, en toen ze zag dat haar broers nog druk op schaaldierenjacht waren, haastte ze zich naar huis. Al rennend wuifde ze naar haar oma, die voor de cottage zat, nog altijd aan haar weefgetouw. Toen klauterde ze naar de vlakke richel onder de overhangende rots, vanwaar ze haar blik over het *loch* liet gaan, op zoek naar een zeil.

Ze aanbad haar vader, een grote, knappe man met een bos vuurrode krullen, een weelderige baard en een diepe stem waar ze uren naar kon luisteren. Het heerlijkst vond ze het als hij haar en haar kleine broertjes op schoot nam en hun in de veilige beschutting van zijn sterke armen verhalen vertelde over de Vikingen die in hun schitterende schepen uit het noorden waren gekomen en het leven van de eilanders voorgoed hadden veranderd.

Finlay, haar grote broer, leek uiterlijk sprekend op hun vader, maar dan zonder baard en nog zonder diens breedgeschouderde postuur. Bovendien miste hij het geduld van hun vader. Daardoor was Christy soms een beetje bang voor hem.

Na lang turen ontdekte ze ver voorbij de landtong het zeil van haar vaders schip. Blijkbaar hadden de jongens het ook gezien, want ze hadden hun schaaldierenjacht gestaakt en stonden wild te zwaaien in de ondiepe poelen van het opkomende tij. Christy wilde net naar beneden rennen, naar het strand, toen ze iets hoorde wat haar deed verstijven.

Ze keek in de richting van het geluid, en de adem stokte in haar keel. Er kwamen ruiters naar de *baile*, maar ook mannen te voet, met bloeddorstig blaffende honden aan de riem. Het was de wrede rentmeester, met zijn leger van minstens zo wrede *Sassenachs* uit de laaglanden, en ze waren gekomen om hen te verjagen.

Christy kon zich niet verroeren terwijl ze haar moeder, gehinderd door haar dikke buik, van het aardappelveld naar de cottage zag rennen; haar waarschuwende kreten gingen bijna verloren in het bloedstollende geschreeuw dat achter haar klonk. Jamie en Callum stonden nog altijd in de branding, hand in hand, met hun ogen wijd opengesperd van angst. Oma beefde en zag lijkwit. Vaders boot was nog voorbij het rif, in de diepe ruwe wateren van de zeearm.

Doodsbang, struikelend over haar eigen benen, stormde Christy de heuvel af. Haar moeder was al bij de cottage, ze had haar arm om de schouders van oma geslagen en hielp haar uit haar stoel. 'Ga naar je broers!' droeg ze Christy op. 'Verstop je tussen de rotsen bij het strand en blijf daar tot we jullie komen halen.'

'Maar hoe moet het dan met u en met oma?'

'Oma is te zwak om weg te vluchten, en zelfs de mannen van de rentmeester zullen een hulpeloze oude vrouw geen kwaad doen,' antwoordde haar moeder grimmig. 'Vooruit, Christy! Rennen!'

Ondanks haar ongerustheid zette Christy het, verblind door tranen, op een rennen naar de kust; haar blote voeten vlogen over de ruwe stenen. 'Vlug! We moeten ons verstoppen!' riep ze al van verre naar haar broers. 'Daar! Tussen de rotsen!'

Haar vaders boot was inmiddels dichterbij gekomen, maar moest nog door de smalle opening in het rif. Christy zag haar vader en haar broer op de boeg staan, maar de afstand was nog te groot om hun gezicht te kunnen onderscheiden. Toen ze achteromkeek zag ze oranje vlammen en een dikke lijkwade van zwarte rook opstijgen van de cottages die dieper het dal in lagen.

Jamie en Callum waren nog klein – magere jongetjes van acht en vijf – en omdat Callum door zijn klompvoet moeilijk liep, nam Christy onder elke arm een broertje en rende naar de rotsen.

Haar hart bonsde en ze was buiten adem toen ze het tweetal eindelijk weer kon neerzetten. 'Vlug, we moeten ons verstoppen!' zei ze hijgend tegen de doodsbange kinderen. 'Maak je zo klein mogelijk! Vlug! Die spleet in!'

Jamie vocht tegen zijn tranen terwijl hij en de snikkende Callum de diepe kloof in strompelden die het klif in tweeën spleet. Christy wurmde zich achter hen aan. Eenmaal uit het zicht van het strand sloeg ze haar armen om haar broertjes heen. 'Sst,' fluisterde ze. 'We moeten heel stil zijn. Nog even, dan zijn papa en Finlay er weer. Die zorgen wel dat ons niets kan gebeuren.'

'Waar is mama?' jammerde Callum. 'Ik wil naar mama.'

'Mama is bij oma. Ze weet dat Jamie en jij heel flink zijn. Dat jullie doen wat ze heeft gezegd en dat jullie je muisstil zullen houden.'

'Maar wie zijn die akelige mannen? Wat komen ze doen?' vroeg hij gesmoord, door zijn tranen heen.

'Ze willen ons hier weg hebben,' antwoordde Jamie verbitterd. Hij balde zijn kleine vuisten, in zijn betraande ogen glinsterde een haat die een kind nog niet zou moeten voelen.

'Maar waarom dan?'

Jamie trok zijn broertje ruw tegen zich aan. 'Omdat ze ons haten.' Zijn gezicht stond grimmig. 'Stil, Cal. Flink zijn. Je wilt toch niet dat papa je ziet snotteren?'

Dat leek Callum te kalmeren. Christy wierp Jamie een dankbare blik toe. Maar terwijl ze dicht bij elkaar kropen in de smalle kloof, begroeid met scherpe eendenmossels en glibberig van het stinkende, natte zeewier, voerde de wind de angstaanjagende geluiden aan van schreeuwende mannen en blaffende honden. Omdat ze haar nieuwsgierigheid niet kon bedwingen, gluurde Christy behoedzaam om de vlijmscherpe rand van de kloof.

De mannen hadden hun huis nog niet bereikt. Haar moeder haalde koortsachtig spullen uit de cottage en gooide ze buiten op een hoop, terwijl oma de net voltooide sjaal omklemde, te zwak en te angstig om zich zelfs maar te kunnen verroeren. De boot was inmiddels door de smalle opening gevaren. Haar vader stond aan het roer, zag Christy. Hij probeerde uit alle macht elk zuchtje wind te vangen om zo snel mogelijk aan land te kunnen gaan.

'Papa is er bijna,' zei ze zacht, toen werd haar blik weer naar het dal getrokken, waaruit de afschuwelijkste geluiden opstegen.

De opbollende rook boven de brandende cottages vulde de hele vallei en verduisterde de hemel. In de heide lagen roerloze lichamen, vrouwen en kinderen gilden, ruiters probeerden hun steigerende paarden in bedwang te houden. De mannen met honden omsingelden de cottage van de weduwe Cameron.

Een snik van wanhoop en ontzetting ontsnapte haar toen Christy zag dat de hulpeloze oude vrouw naar buiten werd gesleurd. Fergus MacInnes, die had geprobeerd haar te beschermen, was neergeknuppeld en halfdood achtergelaten tussen zijn rottende aardappeloogst, waarna de mannen zich naar de oude vrouw aan hun voeten keerden. Woest tierend zwaaiden ze met hun knuppels, de honden rukten grauwend aan hun riem, de schichtige paarden dreigden haar met hun hoeven te vertrappen.

Christy zou het liefst haar ogen sluiten, maar ze kon zich niet van het tafereel losrukken en zag dat de weduwe probeerde zich kruipend in veiligheid te brengen. Een van de mannen haalde met zijn zware laars uit naar haar broze lichaam, en de weduwe bewoog niet meer. Vlammende fakkels zetten het rieten dak van haar huisje in lichterlaaie en maakten korte metten met haar schamele bezittingen.

Christy beefde zo dat haar benen haar in de steek lieten en ze door haar knieën zakte. Zonder te merken dat de puntige rotsen haar armen schaafden trok ze zich weer terug in de kloof, waar de beelden van wat ze zojuist had gezien genadeloos door haar hoofd bleven spelen. Doodsangst om haar moeder en haar oma sneed als een scherpe kling door haar heen, de tranen stroomden over haar gezicht, ijzige huiveringen deden haar lichaam schokken.

'Christy, wat is er?' Jamie pakte haar bij de armen en schudde haar ruw door elkaar tot ze uit haar verlamming ontwaakte.

Ze schudde haar hoofd, niet in staat iets te zeggen, totdat ze besefte dat ze haar broertjes met haar zwijgen de stuipen op het lijf joeg. 'Niks, er woei gewoon zand in mijn ogen,' antwoordde ze beverig, in een poging hen gerust te stellen.

Jamie keek haar doordringend aan. Het was duidelijk dat hij haar niet geloofde. Terwijl Callum zich snikkend aan hem vastklampte bleef Jamies blik op Christy gericht.

Toen klonk er een luide schreeuw, en ze keken alle drie naar het strand. Daar stond hun vader, zijn gezicht zag asgrauw. 'Blijf daar!' bulderde hij, waarop hij zich afwendde en uit het gezicht verdween.

Christy schonk haar broertjes een waterige glimlach en deed haar uiterste best op te houden met trillen. 'Zie je nou wel? Papa en Finlay zijn er. Zij zullen ervoor zorgen dat mama en oma niets overkomt.'

De jongens klemden zich aan haar vast, dikke tranen van angst en opluchting trokken sporen door het vuil op hun wangen. Christy hield haar armen stevig om hen heen, terwijl ze bad dat de mannen haar vader en Finlay geen kwaad zouden doen. Maar ze had de haat en de wreedheid gezien waarmee ze een oude vrouw schopten en tegen de grond knuppelden; ze had gezien hoe ze haar oom Fergus hadden behandeld – trouwens, iedereen die verzet pleegde. Had God Zijn blik afgewend? Waarom maakte Hij geen eind aan de slachtpartij?

Toen het geschreeuw nog luider werd en de ondergaande zon door rook werd verduisterd, droeg Christy de jongens op zich zo klein mogelijk te maken terwijl ze zelf opnieuw aarzelend uit de spleet naar buiten gluurde.

De adem stokte in haar keel toen ze zag dat het dal was veranderd in een vlammenzee en dat de mannen van de rentmeester het nu op hun huis gemunt hadden. Haar vader hield oma in zijn armen, Finlay probeerde hun moeder af te schermen, en zo probeerden ze te ontkomen aan de happende, grauwende honden en de mannen met hun dreigende knuppels.

Christy zag dat haar vader, met oma in zijn armen, probeerde de mannen tot rede te brengen, terwijl hij met zijn laarzen de honden op een afstand hield.

Maar de dieren roken zijn angst, en de mannen rukten onverbiddelijk op. Haar vader werd steeds verder achteruit gedreven, tot hij met zijn rug tegen de rotsachtige heuvel stond. Weerloos, niet in staat zich te verdedigen, werd hij op het hoofd geknuppeld tot hij door zijn knieen zakte. Oma gleed uit zijn armen en smakte tegen de harde grond.

Christy schreeuwde het uit, verlamd door de gruwelijkheid van het tafereel. De honden stortten zich op de hulpeloze oude vrouw. Finlay schopte naar ze, woest om zich heen maaiend met zijn vismes, in een wanhopig poging zijn oma te beschermen. Maar tegen tien man kon hij niet op, en het duurde niet lang of het mes werd uit zijn hand geslagen en de slagen regenden ook op zijn hoofd neer tot hij niet langer bewoog.

Anne MacInnes zakte door haar knieën; met haar gezicht verwrongen van angst gilde ze het uit en smeekte ze de mannen om genade. De laars raakte haar recht in de keel, haar geroep verstomde abrupt en ze viel achterover tegen de rotswand, slap als een lappenpop.

'Mama!' Jamie en Callum waren uit hun schuilplaats gekropen en hadden alles gezien.

Christy beefde zo dat ze zich amper kon bewegen, maar ze slaagde erin hen naar zich toe te trekken en hun gezicht in haar rokken te begraven terwijl de wrede lach van de mannen opklonk en de cottage in vlammen opging. Ze begon te snikken, en toen de volle omvang van de gruwelen eindelijk tot haar doordrong, zette ze het op een gillen. Het wanhopige, gekwelde geluid voegde zich bij de kreten in het dal, maar werd overstemd door het geblaf van de honden, door het gehinnik van de paarden, het geschreeuw van de mannen.

Christy ontwaakte langzaam uit haar duistere herinneringen, verrast dat het nog licht was, dat het dal er vredig bij lag, zich koesterend in de zon. Toch kon ze de wanhoopskreten nog altijd horen, de brandlucht ruiken, de loodzware, gruwelijke stilte voelen die over de *baile* was neergedaald nadat de mannen waren vertrokken.

'Toen ze weg waren raapten we al onze moed bij elkaar en kwamen we uit onze schuilplaats tevoorschijn. Het was inmiddels donker, de vallei was gehuld in de gloed van de vlammen, de opkomende maan werd verduisterd door wervelende, zwarte rook. Het haar en de baard van onze vader zaten onder het bloed, hij hield onze moeder in zijn armen en bedekte oma met de lange geruite doek die hij om zijn schouders droeg. Finlay was nog *glaikit* – versuft – door de klappen die hij had gekregen, onze moeder hijgde van de pijn en leek zich nauwelijks bewust van haar omgeving.'

Christy keek Anne en Kathryn aan. Ze zag hoe diep haar verhaal hen had geschokt, en het ontging haar niet dat Gregors ogen schitterden van woede. 'De vrouw die in het hele dal de kraamvrouwen bijstond was gedood. Zo kwam het dat ik mijn moeder moest helpen haar kindje ter wereld te brengen. Maar het kwam te vroeg, en nog voordat de nieuwe dag begon was mijn kleine zusje gestorven.'

Er kwamen tranen in haar ogen en ze nam niet de moeite ze weg te vegen. 'Voor de komst van de mannen telde onze kleine *baile* twaalf cottages, maar terwijl de hemel die hele nacht oplichtte door het vuur, verloor onze gemeenschap acht zielen, onder wie de weduwe Cameron en twee *bairns*. Vier van de mannen die verzet hadden gepleegd waren afgevoerd naar de gevangenis in Portree. Mijn oom Fergus was een van hen. We hebben ze geen van allen ooit teruggezien.'

Er viel een drukkende stilte en het duurde geruime tijd voordat Christy haar verhaal kon vervolgen. 'De overlevenden raapten hun schaarse bezittingen bij elkaar en zochten hun toevlucht in de grotten. Het was een nacht van rouw. We hadden allemaal dierbaren verloren, onze huizen waren in rook opgegaan, ons vee was verjaagd, de oogst was vertrapt en verbrand.'

Ze slaakte een beverige zucht. 'Toen de zon opkwam klonk overal het klaaglijke geluid van wulpen. Het was alsof de zielen van de doden ons riepen. Na al die jaren doet het geluid me nog altijd huiveren.'

Ze wikkelde de sjaal om haar handen, liet haar blik over het dal gaan. 'De volgende dag begroeven we onze doden, en geleidelijk aan vertrok de een na de ander, op zoek naar werk op het vasteland, of naar een schip dat hen naar Canada zou brengen. Ze waren alles kwijt, en als ze hier bleven vreesden ze de terugkeer van de rentmeester en zijn mannen.'

‘En u? Wat hebt u gedaan?’ vroeg Kathryn zacht.

‘Wij wisten zo goed en zo kwaad als het ging te overleven in de grot, totdat moeder voldoende was hersteld om de lange reis naar het westen te maken, naar haar familie in Gilleasbuig.’

Annes gezicht zag asgrauw. ‘Ik wist niet... Waarom heb je dit nooit eerder verteld?’

‘Omdat het verhaal te gruwelijk is voor kinderoren,’ antwoordde Christy.

‘O, oma,’ fluisterde Kathryn met tranen in haar ogen. ‘Je was zelf nog maar een kind. Geen wonder dat de herinnering je nog steeds achtervolgt.’

Christy knikte. ‘Ja, dat is zo. Maar tallozen op de eilanden hebben de ontruimingen meegemaakt, dus ik sta niet alleen.’ Ze keek naar Gregor en zag aan zijn gezicht dat ook zijn familie had geleden, dat hij dit soort verhalen maar al te goed kende.

Ze werkte zich overeind en streek haar dikke wollen rok glad, plotseling gretig om deze plek, waar nog altijd de echo’s van het verleden weerklonken, achter zich te laten.

Alsof hij haar gedachten kon lezen volgde Gregor haar voorbeeld, hielp Anne overeind en begon de dekens op te vouwen. ‘Als u dat leuk vindt, weet ik op een uurtje rijden hiervandaan een mooi plekje om te picknicken.’

‘Ik denk niet dat ik na dit verhaal nog een hap door mijn keel zou kunnen krijgen,’ zei Anne huiverend. ‘Moeder vertelde het zo beeldend, ik zag het allemaal voor me. En ik ben bang dat ik er nog weken van zal dromen.’

Christy droomde er nog steeds van, een mensenleven later, maar ze zei niets en keerde zich naar Gregor. ‘Dat lijkt me een uitstekend idee,’ zei ze met geforceerde opgewektheid. ‘We mogen een mooie dag als vandaag niet laten overschaduwen door het verleden. Bovendien zou het zonde zijn om niet te genieten van alle heerlijkheden die Betsy ons heeft meegegeven.’

Ze legde een hand op Gregors arm. ‘Maar eerst wil ik nog even naar de kerk, om mijn respect te betuigen.’

Toen hij knikte begon ze vastberaden aan de afdaling, weg van de verwoeste cottage die ze nooit meer zou terugzien, naar de geduldige Jock, die zijn neus in zijn voerzak had begraven. De geschiedenis was vaak bloederig en wreed – vooral wanneer ze op een plek als deze werd verteld – maar door terug te keren en die verschrikkelijke uren opnieuw te beleven, werd ze gedwongen haar demonen onder ogen te zien en eindelijk met ze in het reine te komen.

De houten kerk en het huis van de dominee waren verdwenen, afbrokkelende muren markeerden de plek waar ze ooit hadden gestaan. Het kerkhof was vervallen. Eenzaam en verlaten, ver van de bewoonde wereld. Het gras was hoog opgeschoten, de graven waren overwoekerd door hei, onkruid en doornstruiken. Hier en daar stond nog een zerk overeind, maar de elementen hadden de namen, de inscripties aangetast, die ooit zo zorgvuldig in het graniet waren gebeiteld.

Het hoge gras streek langs haar rok toen Christy haar weg zocht over het vergeten kerkhof, waar de naam MacInnes op veel zerken nog vaag zichtbaar was. Na lang zoeken vond ze het graf waarin haar oma en haar kleine zusje waren bijgezet. Braamstruiken bedekten de ruwe zerk, klampten zich met hun scherpe doorns hardnekkig vast aan het gras, verzetten zich tegen de wind die door de langgerekte vallei tussen de steile heuvels joeg.

Christy probeerde de takken weg te duwen, maar het was onbegonnen werk, de doorns prikten dwars door haar handschoenen. Ze richtte zich op, en terwijl ze haar blik in het rond liet gaan herinnerde ze zich het afschuwelijke gejammer van de vrouwen die, naar Schotse gewoonte, buiten het hek moesten blijven wanneer de mannen hun doden naar het graf droegen. Omdat ze als kind het hartverscheurende geluid niet had kunnen verdragen, was ze tegen alle conventies in weggeglipt en had zich verborgen achter een rotsachtig uitsteeksel. Vandaar had ze gezien hoe de mannen en de jongens de alom gewantrouwde dominee volgden, die van graf tot graf ging om zijn gebeden te zeggen.

'We dachten dat de dominee ons zou beschermen,' zei Christy toen de anderen zich bij haar voegden. 'Hij had ons verzekerd dat hij met de landheer en de rentmeesters had gesproken, en dat die hem de garantie hadden gegeven dat niemand ook maar iets van hen te vrezen had zolang we onze huur betaalden en deden wat ons werd opgedragen.'

'Als man van God was dat zijn plicht,' zei Anne.

Christy schudde haar hoofd. 'Die indruk mag hij hebben gegeven, maar het bleek dat hij geen ruggengraat had, dat hij niet te vertrouwen was.' Met een zucht liet ze haar blik over het verlaten kerkhof gaan. 'Hij drukte ons herhaalde malen op het hart dat we ons geen zorgen hoefden te maken, dat hij achter ons stond, dat hij voor ons bemiddelde bij de landheer zodat we konden blijven, ondanks de aanzegging tot vertrek die de rentmeester op de deur van de kerk had gespijkerd. Omdat er geen datum op de aanzegging stonden, vertrouwden we erop dat de dominee gelijk had en dat we veilig waren.

'De dominee wist blijkbaar meer dan wij,' vervolgde ze met haperende stem. 'Want op de dag dat de mannen kwamen, waren hij en zijn gezin nergens te bekennen. Later hoorden we dat hij zijn huid had gered door de kant te kiezen van de bewindvoerder van de MacDonalds. En dat hij na de ontruiming van de *baile* een aanzienlijk rijkere parochie kreeg op het vasteland.'

Kathryn fronste. 'Maar waarom verbrak de landheer zijn belofte?'

Christy haalde haar schouders op. 'Volgens mijn vader was het nog maar de vraag of hij die belofte ooit had gedaan. Of hij die zelfs maar had kúnnen doen. Want de landheer was failliet, zijn bezittingen werden beheerd door bewindvoerders die vastberaden waren de schuldenlast te verminderen door schapen in te voeren, bomen te planten en de rijken uit het zuiden hierheen te halen voor de hertenjacht.' Ze beet op haar lip. 'En daar konden ze geen boeren en pachters bij gebruiken.

Het bleef even stil voordat Christy verderging. 'Maar er was één belofte die de landheer wel hield. Hij bezat grote stukken land in Canada, en als we vrijwillig vertrokken, kregen we van hem vrije overtocht en een stukje grond.'

'Waarom is uw vader niet op dat aanbod ingegaan?' vroeg Kathryn. 'Was dat niet beter geweest dan op Skye blijven? Ik heb over die periode gelezen, en de dreiging van uitzetting is nog jaren blijven bestaan.'

'Mijn vader was trots, een echte Hooglander, hij stamde af van de Vikingen. Dus hij liet zich door niemand dwingen om zijn eiland te verlaten.'

'Hij moet uiteindelijk toch van gedachten zijn veranderd,' zei Anne. 'Want hoe ben je anders in Tasmanië terechtgekomen? En waarom niet in Canada, als de landheer jullie vrije overtocht en een stuk grond aanbood?'

'Dat is een verhaal voor een andere keer.' Christy legde vluchtig een hand op de verweerde zerk, zond een stil gebed ten hemel dat zij die hier waren begraven rust hadden gevonden en liep terug naar het rijtuig.

Haar kleindochter keek haar kleine, kaarsrechte gestalte na, overweldigd door bewondering voor haar wilskracht, haar doorzettingsvermogen, haar onvermoeibare volharding om ten volle van het leven te genieten, ondanks de gruwelen in haar jeugd. Misschien lagen de beproevingen in haar verleden wel ten grondslag aan haar kracht, haar gedrevenheid, haar ambitie; misschien hadden die haar gemaakt tot de rijke, onafhankelijke vrouw die ze was. Door een succes van haar leven te maken had ze iedereen die haar had verraden en verbannen laten zien dat ze zich niet klein liet krijgen; dat ze meer waard was dan een kudde schapen en dat ze zich overal staande wist te houden.

Kathryn liet haar blik over het dal gaan. De zon stond op zijn hoogste punt, de glooiingen en richels van de omringende heuvels tekenden zich scherp af, een zachte bries fluisterde door het gras. Christy's verhaal had haar diep geraakt; de beelden die haar oma had opgeroepen stonden haar levendig voor de geest. Ze kwamen overeen met wat ze zich had voorgesteld bij het lezen van de dagboeken van Schotse migranten die naar Australië waren gekomen, en ze voorzagen de nuchtere feiten in de geschiedenisboeken die ze voor deze reis had bestudeerd van een menselijk aspect. Blijkbaar waren de boeren van Skye, net als de inheemse bevolking van Australië en Amerika ten tijde van de eerste kolonisten, het slachtoffer geworden van een groot onrecht; een onrecht dat lang was verzwegen en zelfs verdraaid, met als gevolg dat latere generaties de waarheid nooit zouden kennen.

Ze huiverde bij het horen van de klaaglijke roep van de wulpen. Nog onder de indruk van Christy's verhaal kon ze zich heel goed voorstellen dat het de zielen van de overledenen waren die de levenden riepen.

Kathryn wendde zich af. Haar moeder was al naar het rijtuig gelopen, maar Gregor stond nog naast haar en staarde somber, nadenkend voor zich uit.

'Mag ik iets vragen?' vroeg ze aarzelend.

Hij zette zijn sombere gedachten van zich af en keek haar aan. 'Vragen mag altijd, *bonny lass*, maar ik kan niet beloven dat je antwoord krijgt.'

'Toen oma over haar jeugd vertelde had ik het gevoel dat je precies wist waar ze het over had. Is jouw familie hetzelfde overkomen?'

Hij zweeg geruime tijd, en Kathryn wilde zich net verontschuldigen voor haar vrijpostigheid, toen hij een diepe zucht slaakte.

'Dat klopt. Mijn familie heeft hetzelfde meegemaakt. Maar nadat zijn boerderij was verwoest en zijn halve familie uitgemoord, heeft mijn opa het aanbod van een stuk grond in Canada aangenomen en daar een nieuw leven opgebouwd.'

'Dus hij was ook boer?'

Gregor haalde zijn schouders op. 'Dat had hij kunnen zijn, net als zijn medereizigers, maar hij koos een stuk grond dat niemand wilde. Het lag hoog in de heuvels, dichtbegroeid met bomen en struiken, en er liep een snelstromende rivier doorheen.'

'Maar was het daardoor niet nutteloos?'

Gregor glimlachte wrang. 'Niet voor een man als mijn opa. Hij had visie, en hij was slim.' Bij het zien van haar frons vervolgde hij: 'In die periode groeide de bevolking van Canada explosief. Vanaf de kust rukten de kolonisten op naar het binnenland, waar het ene na het andere pioniersstadje werd gesticht. Mijn opa had onmiddellijk door dat er een grote behoefte zou ontstaan aan hout, om huizen mee te bouwen. Dus hij kapte zijn bomen, gebruikte de rivier om de stammen te vervoeren naar Chesterfield, aan de Hudson Bay. Daar bouwde hij een zaagmolen en een handelspost voor pelzen.'

'Sjonge,' fluisterde ze. 'Wat slim.'

'Dat was het zeker. Al die verhalen heb ik van mijn vader gehoord. Mijn opa breidde zijn land voortdurend uit, hij verkocht steeds meer hout, steeds meer pelzen, hij bouwde nog meer zaagmolens, werd schatrijk en klom op tot een gerespecteerd lid van de maatschappij. Ik heb hem helaas nooit ontmoet.'

'Hoe komt dat?'

Gregor grinnikte. 'Hij is inmiddels in de negentig. Een deftige oude man. En hij woont met zijn derde, veel jongere vrouw in Alberta.'

Kathryn glimlachte. 'En jij? Waarom woon jij niet in Canada?'

'Mijn vader deed hetzelfde als jouw oma. Hij kwam terug om het eiland te zien waarover zijn ouders hem hadden verteld. Toen leerde hij in Inverness een Schots meidje kennen, ze trouwden en na een kort verblijf in Canada hebben ze zich hier gevestigd.' Zijn grijns werd breder. 'Dus dat is het antwoord op je vraag. Daarom ben ik hier. Op de plek waar het allemaal is begonnen.'

'Je opa zal wel teleurgesteld zijn geweest dat je vader hem niet opvolgde in het bedrijf.'

'Mijn vader had vijf broers, dus er was geen gebrek aan opvolgers. Mijn vader is nooit in het bedrijf geïnteresseerd geweest. Door alle ongelukken onder de houthakkers is hij medicijnen gaan studeren. Hij doet liever praktijk in Portree, terwijl hij ondertussen aan zijn golfhandicap werkt, dan dat hij door metersdikke sneeuw zou moeten waden om bij zijn patiënten te komen, en zijn dieren moet beschermen tegen hongerige beren en wolven.'

Wolven, beren, metersdikke sneeuw... het klonk Kathryn opwindend in de oren, maar ze was niet zo naïef om dat hardop te zeggen.

'En jij?' vroeg ze in plaats daarvan. 'Wat zijn jouw ambities?'

Hij streek grinnikend door zijn verwaaide haar. 'Ach, voorlopig ben ik heel tevreden met mijn leventje. Ik heb een dak boven mijn hoofd, genoeg te eten en geen gebrek aan goed gezelschap.'

'Maar je moet toch geld verdienen?' Het was eruit voordat ze er erg in had. Haar wangen begonnen te gloeien, en ze ontweek zijn geamuseerde blik. 'Neem me niet kwalijk. Waar bemoei ik me mee,' zei ze gegeneerd.

Hij haalde zijn schouders op. 'Maak je geen zorgen, ik verdien genoeg,' zei hij met een knipoog. Toen keek hij naar het rijtuig, waar Anne ongeduldig stond te gebaren. 'Maar we kunnen dit gesprek beter op een ander moment voortzetten. Volgens mij heeft je moeder je nodig.'

Dankbaar voor een excuus vluchtte Kathryn naar het rijtuig, nog altijd met een blos van gêne op haar wangen.

'Wat bezielt je?' beet Anne haar toe, met een blik op Gregor, die op enige afstand volgde.

'Wat is er? We stonden gewoon wat te praten.'

'Het is ongepast om zo vertrouwelijk met personeel om te gaan. Die jongeman behoort tot de arbeidersklasse. Je zou hem een volkomen verkeerde indruk kunnen geven door je gedrag.'

Kathryn slaakte heimelijk een zucht en klom in het rijtuig, waar ze door haar oma met een begrijpende glimlach en een bemoedigend klopje op haar schouder werd begroet. *Als oma er toch niet was!* Ze glimlachte terug. Zonder haar zou het gemopper en gevit van haar moeder onverdraaglijk zijn.

6

Melbourne

Zodra Baker was vertrokken ging Harold op weg naar het telegraafkantoor. Hij moest opletten hoe hij zijn boodschap formuleerde, want het telegram werd in morse overgebracht, op de bestemming gedecodeerd en bij de geadresseerde afgeleverd.

Draadloze telegrafie was van levensbelang voor de bewoners van de verafgelegen, geïsoleerde plattelandsgemeenschappen, maar betekende ook een rijke bron aan informatie waarover driftig werd geroddeld en gespeculeerd. Harold hield zijn tekst dan ook kort, verzekerde de broers dat met de reizigers alles goed was, maar dat hij vanwege een dringende zaak die hij met hen moest bespreken naar Yarrabinda kwam.

Hij had aanvankelijk overwogen per spoor naar Adelaide te gaan en daar over te stappen op de particuliere vrachttrein van het familiebedrijf naar de Barossa Valley. Het reizen per spoor was echter onbetrouwbaar, weinig comfortabel vanwege het veelvuldig overstappen en bovendien tergend langzaam. Ondanks het overheidsstreven de verbindingen te reguleren, waren de meeste lijnen tussen Melbourne en Adelaide nog altijd in handen van diverse maatschappijen, stuk voor stuk met hun eigen spoorbreedte. Dat zorgde voor enorm oponthoud bij het wisselen van trein en betekende langdurig rondhangen op afgelegen stations, in afwachting van een trein die soms helemaal niet kwam.

De reis zou een stuk aangenamer zijn als hij zijn eigen tempo kon bepalen. Dus hij gaf de stal opdracht zijn sterkste, meest betrouwbare paard te zadelen, want hij had een lange reis voor de boeg.

Inmiddels was hij op weg, met de teugels losjes in de hand, terwijl de kastanjebruine ruin een gestage draf aanhield tussen de bomen, langs uitgestrekte weidegronden, waar glimmend, weldoorvoed vee tot de knieën in het malse gras stond.

Hij had zijn leren hoed diep over zijn ogen getrokken, regen droop hoorbaar van de rand op de schouders van zijn lange, waterdichte drijverjas. Onder de hoeven van zijn paard spatte de modder hoog op. Hij had er nu twee reisdagen op zitten, waarin hij regelmatig rust had genomen om zijn paard te ontzien, wat te eten en een uiltje te knappen. Toch schoot hij flink op. De volgende dag tegen het middaguur verwachtte hij het stadje Tanunda in zicht te krijgen, en de uitgestrekte groene vallei met de eindeloze rijen wijnstokken rond Yarrabinda.

Zijn ogen brandden door slaapgebrek, zijn jas en zijn laarzen zaten onder de modder. Maar ondanks de kou en de regen, ondanks zijn stijve nek en pijnlijke rug, was hij klaarwakker en een en al vastberadenheid. De documenten zaten veilig weggestopt in een borstzak onder zijn drijverjas, hun vernietigende inhoud woekerde door tot in het diepst van zijn wezen. Hij moest een manier zien te vinden om zijn dierbaren te beschermen, om deze zaak in de kiem te smoren en buiten de publiciteit te houden. Hij hoopte vurig dat Hamish zijn telegram had ontvangen en inmiddels ook op weg was naar Yarrabinda. Dat ze er gedrieën in zouden slagen deze kwestie op te lossen, zo snel en zo pijnloos mogelijk.

Hij dwong zijn paard van draf in stap en liet zijn gedachten de vrije loop toen hij begon aan de lange klim van de glooiende heuvelketen. Baker was volstrekt betrouwbaar, de advocaat bezat een wijdvertakt netwerk van contacten in heel Australië, onder wie diverse privédetectives. Als hij erin slaagde het advocatenkantoor in Adelaide te ontmaskeren als een stel oplichters, en de eiser als een schurk die eropuit was een van de rijkste families in Australië te chanteren, zou de reis naar Yarrabinda onnodig blijken.

Het was iets wat Harold oprecht hoopte. Tegelijkertijd vreesde hij dat de wens de vader was van de gedachte en bereidde hij zich voor op het ergste. Want hoe kwam de eiser aan zo veel belastende informatie over het familiegeheim? Een geheim dat altijd diep weggestopt was geweest en dat de bewaarder, uit angst voor de consequenties, nooit zou hebben onthuld.

En toch... De gespreksflarden die hij zo'n acht jaar geleden onbedoeld had opgevangen, leken ineens op een afschuwelijke manier hout te snijden. En ze verklaarden ook wat er daarna was gebeurd. Het was echter duidelijk dat de eiser afkomstig was van buiten de familie; iemand die op welke manier dan ook achter de waarheid was gekomen en nu dreigde hen allemaal kapot te maken.

Harold liet het paard zelf zijn weg zoeken, de steile helling af naar een vallei, dichtbegroeid met struiken. Bij de boomgrens gekomen probeerde hij de gespannenheid die zijn schouders deed verkrampen van zich af te zetten. Zolang hij geen nieuws had van Baker, en zolang hij de broers niet had gesproken, kon hij verder niets ondernemen. Toen hij zag dat de sombere hemel nog donkerder begon te kleuren, besloot hij dat het tijd was om zijn kamp op te slaan.

Hij bracht zijn paard tot stilstand onder een dikke baldakijn van bomen die hem zou beschermen tegen de regen. Rollend met zijn schouders en zijn heupen kon hij een wrange glimlach niet verbijten. Hij was pas tweeënveertig. Nog in de kracht van zijn leven. Althans, dat had hij altijd gedacht. Maar de lange rit viel hem zwaar, zijn conditie was er niet op vooruitgegaan, verwend als hij was door luxe en comfort.

Met een spijtige zucht om het klimmen der jaren en het afnemen van zijn krachten zadelde hij zijn paard af, wreef het droog en bond de voorbenen van het dier aan elkaar, zodat het vrijelijk kon grazen op een nabijgelegen stukje gras.

Vervolgens maakte hij het koord van zijn plunjezak los, hing het grootste van de twee zeilen die hij bij zich had als een provisorische tent over een paar laaghangende takken en spreidde het andere zeil uit op de grond daaronder. Hij sprokkelde wat hout, groef een kuil en ging op een boomstam zitten wachten tot zijn vuurtje brandde en hij er een ijzeren pot op kon zetten, met water voor een kop thee.

De regen werd minder terwijl hij gretig de dikke sneden ongezuurd brood met koud schapenvlees verorberde en wegspoelde met sterke thee, op smaak gemaakt met een eucalyptusblad. Moe en verzadigd wikkelde hij daarop zijn lange jas om zich heen, legde zijn hoofd op het zadel en trok zijn deken op tot zijn kin.

Voorbij het zeildoek en tussen de bomen door kon hij zien dat de hemel opklaarde en dat de sterren geleidelijk aan tevoorschijn kwamen. Nog even en ze zouden in uitgestrekte stroken tegen de donkere achtergrond van het uitspansel schitteren, en in de diepe stilte van het woud zouden de nachtdieren ontwaken en in het zilveren maanlicht op jacht gaan, in een landschap zo oud als de wereld.

Met een zucht van tevredenheid dommelde Harold in slaap, want ook al was de aanleiding voor zijn reis verre van aangenaam, dit was waar hij thuishoorde: buiten, in de vrije natuur, waar hij de oude sporen volgde en het bestaan leidde dat zijn vader en hij vroeger hadden geleid, met eucalyptusbladeren als matras en een oude paardendeken over zich heen, bijgelicht door de gloed van een langzaam dovend kampvuur.

Hij werd gewekt door het gelach van kookaburra's in de bomen boven zijn hoofd, vergezeld van het rauwe gekrijs van een zwerm kleurige parkieten die luidruchtig fladderend opstegen uit een struik. Zijn hele lijf deed zeer, en hij had nog uren kunnen doorslapen, maar dat was een luxe die hij zich niet kon veroorloven. Dus hij werkte zich moeizaam overeind en wreef krachtig met zijn handen over zijn wangen, in een poging de vermoeidheid te verjagen.

Haastig pookte hij in de sintels van het vuur en bracht het met wat verse takken weer tot leven. Terwijl het water opstond at hij het laatste restje brood met schapenvlees. Na een kop sterke thee stopte hij alle spullen weer in zijn plunjezak, gooide zand op het vuur en zadelde zijn paard. Een nieuwe dag was begonnen, hoogste tijd om weer op weg te gaan.

De zon stond hoog aan de onbewolkte hemel toen hij de top van Mengler Hill bereikte, vanwaar hij neerkeek op de weidse vallei waar zich in de eerste helft van de vorige eeuw immigranten uit Beieren hadden gevestigd nadat ze de religieuze vervolgingen in hun vaderland waren ontvlucht. *Tanunda* betekende 'waterpoel' in de taal van de Aboriginals, en het stadje vormde inmiddels het hart van een uitgestrekt wijngebied, met hectare na hectare keurige rijen wijnstokken die gedijden in het milde klimaat en de goed bewaterde grond van Zuid-Australië.

Harold gunde zijn paard een moment om te grazen, maar drukte toen al snel zijn hielen in de flanken van het dier om aan de afdaling naar Yarrabinda te beginnen, waarvan de daken en de opslagtanks al te zien waren.

Bij de witgepleisterde muur en de fraaie smeedijzeren toegangshekken gekomen knikte hij goedkeurend. James wist hoe hij indruk moest maken op zijn bezoekers. Alles oogde tot in de puntjes verzorgd, inclusief de eindeloze rijen wijnstokken die zich achter het huis uitstrekten tot de licht glooiende heuvels in de verte. De wijnpers en de opslagtanks werden afgeschermd door een groepje peperbomen; de opslag van de machines, de smidse en diverse schuren stonden bij elkaar, een eind verder naar achteren.

Harold reed door de geopende hekken het lange sintelpad op, omzoomd door groenfluwelen gazons en stralend gekleurde bloembedden, waarin tuinlieden druk aan het werk waren. In het midden van de draaicirkel voor het huis stond een fraaie fontein, de opspattende waterdruppels weerkaatsten het zonlicht en zorgden voor kleine regenbogen. Het geluid van water dat in het witmarmeren bekken stroomde had een aangenaam verkoelend effect, zeker op een dag als deze, waarop het ongebruikelijk heet was voor de tijd van het jaar.

Het huis dateerde uit 1842 en was gebouwd door een van de eerste kolonisten uit Beieren, die zijn kostbare wijnstokken had meegenomen naar de Barossa Valley. Vele jaren later hadden Christy en haar man het gekocht en was de wijngaard onderdeel geworden van het familiebedrijf. De fraaie boerderij was opgetrokken uit roomwitte steen en had een dak van rode pannen. De donkergroene luiken voor de vele ramen combineerden fraai met het groen van de omringende wijngaarden. De brede zuilengang bij de indrukwekkende eiken voordeur verschafte welkome schaduw aan kuipen met vuurrode geraniums.

Aan de zijkant van het huis, een beetje naar achteren gelegen en aan het zicht onttrokken door een stenen muur, bevonden zich de stallen, de zadelkamer en de voeropslag, opgetrokken uit baksteen, met daarvoor een geplaveid erf. Paarden waren nergens te zien, dus Harold nam aan dat ze buiten liepen, in een van de paddocks.

Terwijl hij zich uit het zadel liet glijden kwam er een jonge stalknecht aanrennen. Hij pakte zijn plunjezak en gaf de teugels aan de knecht, met instructies over het voeren en drenken van zijn paard voordat het de wei in werd gelaten. Daarop klopte hij zijn jas af en liep naar het huis, klaar voor de ontmoeting met zijn zwagers.

'Zo te zien kun je wel een bad gebruiken. En je zult ook wel honger hebben.' James was in de deuropening verschenen, in zijn vaste uitmonstering van een rijbroek met een wit overhemd en hoge, glimmend gepoetste geelbruine laarzen. 'Kom binnen, Harry.'

Ze schudden elkaar de hand en Harold volgde zijn zwager de koele hal in, waar een dienstmeisje klaarstond om zijn hoed en zijn jas aan te nemen. 'Is Hamish er al?'

'Nee, maar hij heeft wel bericht gestuurd. Zodra hij je boodschap had ontvangen is hij van Wallangarra vertrokken. Wat is er aan de hand, Harry? Er is toch niets met moeder, hè?'

'Nee. Voor zover ik weet maken ze het alle drie uitstekend. Het gaat om iets anders. Iets heel anders.' Hij keek de hal rond. 'Waar is Clarice?'

'Die heb ik een tijdje naar haar moeder gestuurd. Opwinding is niet goed voor een vrouw in haar toestand.'

Harold sloeg hem grijnzend op de schouder. 'Gefeliciteerd, kerel. Dat heb je mooi geheim weten te houden.'

'Het is eigenlijk nog een beetje te vroeg om het rond te bazuinen,' zei James een beetje stuurs. Hij verplaatste zijn gewicht naar de andere voet. 'Maar eh... krijg ik nog te horen wat er aan de hand is?'

'Het verbaast me dat jullie niet benaderd zijn. Hoe dan ook, het lijkt me beter om te wachten tot Hamish er is.'

'Kom op, Harry.' James keek hem dwingend aan. 'Dat kan nog uren duren. Zo lang kan je me niet in spanning houden. En vanwaar al die geheimzinnigheid? Zo ernstig zal het toch niet zijn?'

'Dat is het wel. Heel ernstig. Het zou ons allemaal kunnen raken.' Hij trok zijn pijnlijke rug hol en onderdrukte een geeuw terwijl hij de bruine envelop uit zijn borstzak haalde. 'Lees maar. Dan ga ik ondertussen in bad. We praten verder als ik weer schoon ben en iets in mijn maag heb.'

James draaide de envelop fronsend om en om. 'Je weet de weg,' mompelde hij verstrooid. 'Dan zien we elkaar straks weer.'

Harold liep de brede, indrukwekkende trap op, de royale gang door naar de kamers in de westelijke vleugel. Hij was al vaker op Yarrabinda geweest, voor zakelijk overleg met James, en hij keek verlangend naar het comfortabele bed. Helaas, het zou waarschijnlijk nog uren duren voordat hij onder de dekens kon kruipen.

'Wat moet dit allemaal voorstellen?'

Geschrokken deed Harold zijn ogen open en keek in het rood aangelopen gezicht van Hamish, die zich woedend over hem heen boog, wapperend met de inhoud van de bruine envelop. Harold probeerde uit alle macht de slaap te verdrijven. Het badwater was behoorlijk afgekoeld.

'Ik geef geen antwoord op vragen zolang ik in mijn blote reet in een ijskoud bad zit,' zei hij nijdig. 'Ga weg! Ik kom zo beneden.'

'Als je maar opschiet,' bulderde zijn zwager. 'Je hebt heel wat uit te leggen, makker.' Hamish beende driftig de badkamer uit. De deur viel met een dreun achter hem in het slot.

Harold klom zuchtend uit het bad en greep een handdoek. Hamish had nu eenmaal een kort lontje; hij was een ongeleid projectiel en niet de gemakkelijkste wanneer hij zo over zijn toeren was. Natuurlijk had hij het volste recht zich op te winden, maar Harold wenste dat hij niet zo veel lawaai maakte. Dat deed zijn nog altijd wazige brein bepaald geen goed.

Een halfuur later was hij aangekleed en liep hij de trap af naar de grote salon, die uitkeek over de uitgestrekte wijngaarden en de graasweiden. De twee broers schoten overeind toen hij binnenkwam en begonnen tegelijk te praten.

Harold hief zijn handen. 'Zeg, doe me een plezier. Ik weet dat jullie kwaad zijn en dat jullie je zorgen maken, maar ik moet echt eerst iets eten.'

'Er staat wat voor je op tafel,' zei James. 'We praten wel terwijl je eet.'

Met een zucht van genot nam Harold het deksel van het bord. Het water liep hem in de mond bij de geur van gebraden kip en romige aardappelpuree. Hij tastte gretig toe. In het besef dat zijn zwagers vol spanning en ongeduld afwachtten, keek hij op van zijn bord zodra hij zijn eerste honger had gestild.

Hamish liep getergd de kamer op en neer, nog met zijn leren hoed op, zijn handen diep begraven in de zakken van zijn stoffige broek. Zijn laarzen lieten een modderspoor achter op de glimmend gewreven vloer. James leek kalm, maar het trekken van een spiertje in zijn kaak verried dat die kalmte slechts schijn was.

'James, jij hebt langer de tijd gehad om na te denken over wat er in die papieren staat,' zei Harold. 'Dus ik stel voor dat jij begint. Wat is je indruk?'

'Die aanspraken raken kant noch wal. Dat lijkt me duidelijk,' antwoordde James grimmig. 'Iemand probeert ons de stuipen op het lijf te jagen, in de hoop dat we erin trappen en zwijggeld betalen.'

'Schurken, dat zijn het,' tierde Hamish. 'Van mij krijgen ze niks! Nog geen penny! We zouden die klootzakken voor het gerecht moeten slepen. Dat zal ze leren!'

'Dat lijkt me niet raadzaam, Hamish,' protesteerde James. 'Als de zaak voor de rechter komt, kan de hele wereld kennisnemen van haar smerige leugens en insinuaties. En dan kunnen we ze nog zo hard ontkennen, maar het kwaad is geschied. Nee, we kunnen het ons niet veroorloven te reageren als een stier op een rooie lap. Daarvoor staat er te veel op het spel.'

Hamish snoof hartgrondig en liet zich in een stoel vallen. 'Als het aan mij lag, pakte ik mijn geweer en schoot ik haar neer,' gromde hij.

'Laten we dankbaar zijn dat moeder op reis is,' verzuchtte James. 'We moeten zorgen dat de kwestie uit de wereld is voordat ze terugkomen.'

Beide broers verzonken in gepeins, en Harold verorberde de rest van zijn late lunch, dronk zijn glas rode wijn leeg en stopte zijn pijp. Daarop vertelde hij Hamish en James in zorgvuldige bewoordingen over Baker en dat hij opdracht had gegeven de eiser en haar advocaten te laten natrekken.

'Dus het hangt ervan af wat daaruit komt,' besloot hij. 'Maar we mogen niet achteroverleunen en hopen dat het zaakje als een nachtkaars uitgaat. Schurken of niet, ze zijn bloedserieus.'

'Natuurlijk zijn het schurken,' snauwde Hamish. 'Als ik de kans kreeg knoopte ik ze op.'

'Dat snap ik,' zei James laconiek, 'maar we schieten er niks mee op als jij vervolgens ook wordt opgeknoopt, wegens moord.' Hij begon fronsend door de kamer te ijsberen. 'Het gaat erom te bewijzen dat haar aanspraken ongeldig zijn. En zo moeilijk kan dat niet wezen. Alle documenten betreffende Yarrabinda liggen in een kluis in Adelaide, en daar heeft Baker kopieën van.'

'De papieren van Wallangarra liggen ook ergens, maar ik weet even niet waar,' moest Hamish bekennen. 'Drie jaar geleden, bij de brand, zijn er heel wat spullen verloren gegaan. Beryl is steeds van plan om alles wat we hebben kunnen redden te ordenen. Maar door alle drukte, met de kinderen en het vee, is het er nog niet van gekomen.'

Harold en James namen hem vol afschuw op. 'Om deze kwestie op te lossen moet je je eigendomsrecht kunnen aantonen,' bracht James ademloos uit. 'Waarom heb je dat soort dingen niet bij onze notaris ondergebracht? Of bij de bank?'

Hamish liep rood aan. 'Ik had mijn handen vol aan de droogte, aan het vee dat ik daardoor ben kwijtgeraakt. Dus ik heb geen tijd om me druk te maken om een stelletje papieren,' mopperde hij. 'Ze zaten in een oude tinnen kist. Toen er brand uitbrak, hebben we zo veel mogelijk spullen uit het huis gehaald en bij de voeropslag in de schuur gelegd, in de hoop dat de golfplaten ze tegen de vlammen zouden beschermen.'

'En?' vroeg Harold.

Hamish haalde zijn schouders op. 'De meubels waren een beetje geschroeid, maar verder hebben ze het redelijk doorstaan. De rest van de spullen staat nog steeds in de schuur. We hebben nog geen tijd gehad om ze uit te zoeken.'

James ademde diep in en balde zijn vuisten. 'Dan stel ik voor dat je Beryl vandaag nog bericht stuurt, om te zeggen dat ze die kist moet zien te vinden. En laten we hopen dat de inhoud nog intact is. Want zonder die documenten heb je voor de rechter geen poot om op te staan.'

'Ik ben niet van plan het zover te laten komen,' antwoordde Hamish. 'Bovendien, het gaat de eiser om Yarrabinda. Niet om Wallangarra.'

'Dan heb je die documenten niet goed gelezen,' zei Harold nijdig. 'Er staat duidelijk in dat jullie allebei doelwit zijn. Dat het haar in eerste instantie gaat om Wallangarra, maar dat ze ook aanspraak maakt op Yarrabinda.'

Hamish trok snuivend aan de rand van zijn hoed. 'Over mijn lijk.'

'Wat ik niet begrijp is waarom die Thomasina Brown, wie dat ook mag zijn, hier nu ineens mee komt,' merkte James op. De frustratie was van zijn gezicht af te lezen.

'Ja, dat snap ik ook niet,' viel Harold hem bij. 'De naam zegt me niets. Ik heb me suf gepiekerd, ik heb al mijn oude agenda's erop nageslagen, maar ik heb geen idee.'

'Ik ook niet,' zei Hamish. 'Maar we hebben in de loop der jaren natuurlijk allemaal vijanden gemaakt. Dat is in het zakenleven helaas onvermijdelijk.' Vanonder zijn zware wenkbrauwen keek hij de andere twee aan. 'Maar als dit puur een kwestie is van wraak vanwege een misgelopen overeenkomst, een afgesprongen transportcontract, waarom dan al die lasterpraat? Dat snijdt toch geen hout?'

'Misschien heeft ze die verzonnen om haar eisen kracht bij te zetten,' opperde James. 'Ook al is het natuurlijk stuitend laag-bij-de-gronds om je van dat soort middelen te bedienen.'

Harold verschoof onrustig in zijn stoel, speelde nerveus met zijn pijp. Er was iets wat hij de broers moest vragen, ook al besefte hij terdege dat hij daarmee een lont in een kruitvat gooide.

'Wat is er, Harry?' James nam hem onderzoekend op. 'Wat zit je dwars? Heb je ons nog niet alles verteld?'

Slecht op zijn gemak onder hun doordringende blikken koos Harold zijn woorden uiterst zorgvuldig. 'Hebben jullie de mogelijkheid overwogen dat ze die laster niet heeft verzonnen? Dat er een kern van waarheid in zit?'

'Hoe durf je het zelfs maar te suggereren?' Hamish vloog overeind. 'Dat neem je terug, Harold! Of ik doe je wat!'

Hamish was langer, met bredere schouders en in een aanzienlijk betere conditie dan Harold, die besloot dat hij beter kon zitten, om zijn zwager niet verder tegen zich in het harnas te jagen. Hij was geen vechter, en dit was niet het moment om elkaar te lijf te gaan, hoe hoog de emoties ook waren opgelopen.

'Met dreigen verander je niets aan de situatie,' zei hij zo beheerst mogelijk. 'Het spijt me oprecht als je de vraag als kwetsend hebt ervaren, maar ik moest hem stellen.'

'Hoezo, je moest hem stellen?' James zag grauw van woede. 'Hamish heeft gelijk! Hoe durf jij, in jouw positie, het zelfs maar te suggereren?'

Harold deed zijn uiterste best kalm te blijven. 'Het is juist vanwege mijn positie dat ik de geldigheid van de beweringen ter sprake breng. Als jullie me lieten uitspreken, zou je misschien begrijpen waarom.'

'Ik luister niet meer naar je.' Hamish reikte naar de karaf met whisky. 'Ik heb je altijd een goeie vent gevonden, Harold. Maar ik ben geschokt door je gebrek aan loyaliteit.'

Nu kon Harold zich niet langer beheersen. 'Ik ben nooit, geen moment deloyaal geweest. De familie betekent alles voor me, Hamish. Ik ben net zo geschokt, net zo woedend, net zo gefrustreerd als jij. Maar ik eis dat je me laat uitspreken.'

Hamish trok woedend een wenkbrauw op. 'Ik laat me door niemand commanderen. Al helemaal niet door jou.' Hij dronk zijn glas leeg en zette het hardhandig op de schoorsteenmantel.

'Wil je dat deze puinhoop wordt opgelost?' Harold keek hem strak aan.

'Ja, natuurlijk!'

'Hou dan je mond en laat me uitpraten!' Harold sprak nu ook met stemverheffing.

Hamish liet zich weer in zijn stoel vallen en sloeg zijn gespierde armen over elkaar. 'Vertel op dan!' zei hij nijdig. 'Maar als het me niet bevalt, sla ik je je hersens in.'

Daar twijfelde Harold niet aan, maar het was van wezenlijk belang dat de broers luisterden naar wat hij te zeggen had. 'Wie Thomasina Brown ook mag zijn, ze is verontrustend goed op de hoogte, zowel van de familie als van onze zakelijke belangen. Ze heeft zelfs documenten overlegd om enkele van haar kwalijke, belastende beweringen te ondersteunen. En die zullen we in alle kalmte en nuchterheid moeten bespreken.'

Hamish keek hem nog altijd woedend aan. 'Documenten kunnen worden vervalst. Dat weet jij ook. Wat ze beweert is je reinste lasterpraat. En daar zal ik tot mijn laatste snik tegen vechten.'

Harold keek naar James, die diep onderuitgezakt in zijn stoel hing en peinzend voor zich uit keek. 'Wat denk jij, James? Zou het kunnen dat die documenten vervalst zijn?'

'Dat hoop ik vurig, in ons aller belang,' antwoordde hij kribbig. 'Maar hoe langer ik erover nadenk, hoe meer ik een soort authenticiteit bespeur in de genoemde namen en jaartallen die ik verontrustend vind.'

Harold nam de broers aandachtig op. James beet op de nagel van zijn duim, Hamish keek nog altijd nijdig, maar het leek erop dat zijn ergste drift was gezakt. 'Dat vind ik ook. Het is buitengewoon verontrustend, om niet te zeggen schokkend.' Harold zweeg even, aarzelend om opnieuw olie op het vuur te gooien. 'Maar ik heb jaren geleden onbedoeld wat flarden van een gesprek opgevangen, en nu vraag ik me af...'

Hamish boog zich naar voren, met zijn handen gevouwen tussen zijn knieën. 'Nou? Wat vraag je je af?' snauwde hij. 'Vertel op, Harold! Voordat ik mezelf niet meer in de hand heb.'

Harold schonk zichzelf nog een glas wijn in en nam een grote slok voordat hij vertelde wat hij destijds in Bellerive had gehoord. In de drukkende stilte die daarop volgde kon hij de raderen in het hoofd van de anderen bijna horen draaien.

Hij keek naar Hamish, die opstond uit zijn stoel en met zijn handen in zijn broekzakken naar het raam liep. 'Wel heb je ooit,' fluisterde hij, naar buiten starend. 'Ik kan het gewoon niet geloven.'

'Weet je zeker dat je het goed hebt verstaan?' James boog zich gespannen naar voren, de blik in zijn bruine ogen was bijna smekend.

Harold knikte en schonk zijn zwagers een glas wijn in. Hij vond het afschuwelijk wat hij moest doen. De twee mannen waren als broers voor hem, en in de loop der jaren waren ze ook vrienden geworden. Maar als ze deze zaak niet wisten op te lossen, zouden de gevolgen rampzalig zijn. Voor de hele familie.

Hamish stond nog altijd voor het raam. Plotseling liet hij zijn schouders hangen en zakte zijn kin op zijn borst. 'Ik neem aan dat ik je mijn excuses moet aanbieden, kerel.' Hij draaide zich om en keek Harold aan.

'Welnee, in een afschuwelijke situatie als deze is het onvermijdelijk dat de gemoederen hoog oplopen.'

Hamish schonk zichzelf nog een whisky in, sloeg die in één teug achterover en stak een sigaar op. 'Je zei iets... Dat heeft me aan het denken gezet. Over iets wat jaren geleden is gebeurd. Ik was nog maar een kleine jongen,' verklaarde hij ernstig. 'Destijds dacht ik dat ik het had gedroomd, maar daar ben ik ineens niet meer zo zeker van.'

Harold en James verstijfden, bang voor wat ze te horen zouden krijgen.

Al rokend keek Hamish peinzend voor zich uit, ver weg met zijn gedachten. 'Het was op Wallangarra, op het heetst van de dag. Ik lag op de veranda aan de achterkant van het huis voor mijn middagdutje. Dat vond ik maar niets, want ik wilde met Anne en de andere kinderen mee, naar de rivier. Maar dat mocht niet van pa.'

'Hoe oud was je?' vroeg James.

'Ik moet een jaar of vier, vijf zijn geweest.' De blik van Hamish werd weer alert toen hij terugkeerde naar het heden. 'Het is zo lang geleden. Ik was het eigenlijk al vergeten. Maar door wat Harry net zei, staat het me ineens weer levendig voor de geest.'

De spanning was bijna tastbaar. Hamish kauwde op zijn sigaar, drukte die vervolgens driftig uit in de asbak en slaakte een zucht. Toen begon hij te vertellen over wat er die dag was gebeurd. Iets waarvan hij tot op dat moment had gedacht dat hij het had gedroomd. Het bleef lang stil nadat hij zijn verhaal had gedaan. Uiteindelijk was het James die het zwijgen verbrak.

'Wel heb je ooit,' fluisterde hij, met beide handen over zijn gezicht wrijvend. 'Dat lijkt de aanspraken inderdaad te bevestigen.' Hij keek van zijn broer naar Harold, zijn ogen schitterden vastberaden. 'Het lijkt erop dat het niet gemakkelijk zal worden. Zijn jullie klaar voor de strijd?'

Harold en Hamish knikten, in het besef dat ze deze strijd koste wat kost moesten zien te winnen. In geval van verlies zouden de financiële gevolgen niet te overzien zijn. En dat niet alleen. De reputatie van de familie zou bovendien ernstige schade oplopen.

Hun zaak leek er echter niet gunstig voor te staan, en ze hadden geen van allen ook maar enig idee hoe ze zich zouden moeten verdedigen.

7

Skye

De afgelopen drie dagen hadden ze de omgeving van het hotel verkend en waren ze door Duirinish getrokken, een streek met snelstromende rivieren en indrukwekkende kliffen waarlangs watervallen zich in eenzame baaien stortten. Christy vertelde over de legendes die hier waren ontstaan, over gevechten met reuzen tussen de hoge, vlak afgetopte bergen.

Het weer was steeds beter geworden, de zon stond stralend aan een onbewolkte hemel, dus ze picknickten in beschutte kreken, waar Christy herinneringen ophaalde aan hoe zij en haar moeder ooit geld hadden verdiend door bruinwier te verzamelen dat werd verbrand voor het verkrijgen van loogzout, nodig voor de productie van zeep en andere schoonheidsproducten. Het was voor het hele eiland een vaste bron van inkomsten, maar de industrie was van het ene op het andere moment ingestort door belastingverhoging en het gebruik van de goedkopere Spaanse variant. In combinatie met het jaar op jaar mislukken van de aardappeloogst had het geleid tot grote armoede, waardoor de eilandbewoners meer honger hadden geleden dan ooit.

Om de anderen een indringend beeld te schetsen van haar leven op Skye had Christy het slopende werk beschreven van het turfsteken in de veenpoelen en hoe ze de plaggen op hun rug naar huis droegen, in biezen manden die ze *kishies* noemden. Eenmaal thuis moest de natte turf zorgvuldig worden gestapeld zodat de plaggen konden drogen en als brandstof worden gebruikt. Ze vertelde hoe haar vader en haar ooms hun leven hadden gewaagd door langs de steile kliffen omhoog te klimmen om vogels te vangen, waarvan ze ook de eieren aten, en ze haalde enthousiast herinneringen op aan het feestmaal bij hun terugkeer. Want de vogels werden beschouwd als een delicatesse; het lekkerste en het beste wat er op het eiland te vinden was.

Ook Gregor leverde zijn bijdrage, door de drie vrouwen mee te nemen naar de verweerde Keltische kruisen met hun geheimzinnige inscripties die over het hele eiland verspreid stonden, en naar de eeuwenoude ruïnes van kerken die waren gebouwd door de Heilige Columba en waarin nog altijd de gedenktekens voor de doden te zien waren. Terwijl Jock vredig liep te grazen, hielp Gregor hen de enigszins angstaanjagende restanten van een *dun* te verkennen, hoog op de kliffen.

Tijdens de momenten van rust die volgden op hun picknick vertelde hij legendes van de Vikingen, die hun vaardigheden en hun vreemde taal naar de eilanden hadden gebracht. De vrouwen luisterden als betoverd; vooral Christy voelde zich weer een kind, veilig op de schoot van haar vader terwijl die zijn verhalen vertelde.

Op de vierde dag was het feest in het hotel; een verrukkelijk avond waarop ze werden voorgesteld aan een stoet van verre verwanten, onder wie Gregors ouders en verdere familie. Tijdens de overvloedige maaltijd waren er verhalen verteld, en daarna was er enthousiast gedanst en gezongen. Dat alles rijkelijk besproeid met whisky. Christy en Kathryn hadden enorm van de avond genoten, en zelfs Anne had zich door de feestelijke stemming laten meesleuren en diverse *reels* gedanst met Gregors vader.

Op de vijfde dag namen ze in alle vroegte afscheid van Mungo en Betsy, en ook al speet het Christy zulke lieve mensen vaarwel te moeten zeggen, ze keek tegelijkertijd uit naar de volgende etappe van de reis. Hun bagage werd stevig vastgesnoerd op het rijtuig, en vanwege het extra gewicht en de lange afstand had Gregor ook zijn tweede paardje ingespannen, om Jock te helpen.

Hector, zoals het dier heette, bleek een eigenzinnige lastpak, die voortdurend naar één kant trok, waardoor hij met Jock uit de pas raakte. Bovendien hapte hij soms naar hem, uit chagrijn dat hij geen kant uit kon. Hij deed Christy aan Hamish denken, die ook altijd wel ergens nijdig over was.

Terwijl de zon hoger aan de hemel klom en het rijtuig voortrolde over het brede pad dat door de heuvels naar het westen voerde, naar Gilleasbuig, leunde Christy achterover en liet het landschap aan zich voorbijtrekken. Ze zou het nooit meer terugzien, wist ze, maar er was een vreemde tevredenheid over haar neergedaald. Het gevoel dat ze hier hoorde was altijd gebleven; het was nog net zo sterk als destijds. En ondanks alle beproevingen die zich hier hadden afgespeeld, leek het door de tijd en de afstand alsof ze een ander waren overkomen. Een andere Christy, in een ander leven.

Ze dacht aan de brieven die ze haar zoons had geschreven, waarin ze had verteld over de plaatsen die ze hadden bezocht en in kort bestek verslag had gedaan van wat ze haar dochter en kleindochter had verteld, opdat ook het thuisfront zou begrijpen waarom deze reis nodig was geweest. Wat haar zoons van haar verhaal zouden vinden wist ze niet. Maar ze hoopte dat ze ervan zouden leren; dat ze zouden beseffen dat hoe zwaar het leven soms ook kon zijn, karakter en geestkracht een mens door alle moeilijkheden heen hielpen.

Die geestkracht was bij haar al op jonge leeftijd ontwaakt, en in haar lange, veelbewogen leven waren er herhaaldelijk momenten geweest waarop die had gehaperd en gedreigd haar te verlaten. Toch was het innerlijk vuur telkens weer krachtig opgelaaid. De zwaarste slag was de dood van haar man geweest, want hij was haar zo plotseling ontvallen dat ze zelfs nu nog verwachtte dat hij de kamer zou binnenkomen, of dat hij naast haar in bed lag wanneer ze 's nachts wakker werd. De pijn van dat verlies zat heel diep. Ze wenste dat hij nu bij haar kon zijn; dat ze, al was het nog maar één keer, met hem kon praten.

Ze werd uit haar gedachten opgeschrikt door Anne, die al de hele dag chagrijnig was; al sinds ze in alle vroegte aan het ontbijt was verschenen. 'Ik begrijp eerlijk gezegd niet waarom we deze weg volgen,' zei ze nors. 'Waarom steken we niet gewoon recht door naar Portree?

Dan kunnen we daar een eerdere veerboot nemen naar het vasteland, terug naar de beschaving.'

'Dat doen we niet, omdat ik nog niet naar Portree wil,' antwoordde Christy op ferme toon. 'We hebben dit gesprek al eerder gevoerd, Anne, en ik krijg er genoeg van.'

'En ik krijg er genoeg om dit hele ellendige eiland af te sjouwen,' snauwde Anne terug. 'Ik heb het aan Gregor gevraagd, en er is helemaal niks te zien waar we naartoe gaan. Dus wat is het nut van zo'n enorme omweg?'

'Het nut is dat ik erheen wil en dat ik het met eigen ogen wil zien,' antwoordde Christy scherp.

'Dan had je Kathryn en mij in het hotel moeten laten en alleen moeten gaan,' zei Anne. 'Gregor had het vast niet erg gevonden om ons op de terugweg op te pikken. Dan hadden we vanaf het hotel allemaal samen naar Portree kunnen gaan.'

'Hè, moeder,' verzuchtte Kathryn. 'Dat zou alles hebben bedorven, en dat weet je best. Oma moet terug naar de plekken van haar jeugd om haar verhaal te kunnen vertellen. En ik wil graag horen wat er destijds allemaal is gebeurd.' Ze pakte de hand van haar moeder. 'Ik begrijp dat je moe bent. Het is laat geworden gisteravond. Maar probeer althans te genieten van de rit en je te verdiepen in het doel ervan.'

Anne legde een hand op haar voorhoofd, als om duidelijk te maken dat ze leed in stilte. 'Ik zal mijn best doen,' zei ze beverig. 'Maar ik hoop wel dat moeders verhalen niet al te somber zijn. Ik voel me al beroerd genoeg zonder nog meer ellende.'

In het besef dat Annes hoofdpijn het gevolg was van te veel whisky en te uitbundig feestvieren keken Kathryn en Christy elkaar aan, maar ze zeiden niets terwijl Anne onder het slaken van een gekwelde zucht nuffig haar nek en haar polsen bette met eau de cologne.

Christy dook in de mand die Betsy had meegegeven, haalde er een veldfles met sterke koffie uit en schonk die zorgvuldig in drie mokken. 'Hier, Anne. Daar knap je van op. En probeer te ontspannen. Ik begrijp dat het niet meevalt, maar kijk naar buiten, het is hier prachtig. Je zult zien dat je van de reis geniet.'

'Er valt niks te zien. Dus ook niks te genieten,' mopperde Anne. 'Het terrein is zo ruig dat de veren van het rijtuig het niet aankunnen. Door al dat gehots word ik spuugmisselijk.'

Christy dacht aan de lange, uitputtende tocht die ze al die jaren geleden had moeten afleggen, over deze zelfde weg. 'Je zou dankbaar moeten zijn dat je zo comfortabel kunt reizen,' zei ze dan ook. 'Toen wij uit MacInnes Bay weggingen hadden we geen geld voor een rijtuig. Er kwam zelfs geen kar langs die ons kon meenemen. Dus we moesten lopen.'

Er verscheen een uitdrukking van afschuw op Annes gezicht. 'Lopen?' Ze keek uit het raampje naar het ruwe terrein en de ogenschijnlijk eindeloze rij heuvels waar ze doorheen trokken. Toen snoof ze misprijzend. 'Maar je was jong, en gehard. En waarschijnlijk was je het gewend om zulke einden te lopen.'

'Ik mag dan jong zijn geweest, we waren verzwakt door de honger,' zei Christy onomwonden. 'In de tijd dat we ons schuilhielden in de grot leefden we van schaaldieren en een dunne bouillon van zeewier. Net te veel om dood te gaan, maar te weinig om op krachten te blijven.'

'Maar je vader had zijn boot toch nog? Kon hij niet gaan vissen?'

Christy schudde haar hoofd. 'In de chaos, in zijn paniek, zijn haast om bij mama en oma te komen, had hij de boot niet goed vastgelegd. Toen de zee ruw werd, raakte de boot op drift en werd uiteindelijk op het rif geslingerd. Finlay en hij zijn er nog naartoe gezwommen om te zien wat er nog te redden viel, maar hij was onherstelbaar beschadigd.'

'Dus jullie hadden echt geen andere keus dan te lopen,' zei Kathryn zacht. 'En uw arme moeder! Ze was geschopt en geslagen, en ze had net haar kind verloren!'

'Het viel niet mee, maar ze was voldoende hersteld om de tocht te maken. Het had wel lang geduurd voordat ze weer op krachten was, en ze werd nooit meer helemaal de oude. Bovendien had ze afschuwelijk veel last van haar kaak. Die was gebroken geweest en niet goed genezen. Daardoor had ze een scheef gezicht en kon ze amper eten. Zelfs praten kostte haar moeite. En ze had altijd pijn.'

Christy slikte krampachtig, vastbesloten zich niet door de herinneringen te laten overweldigen. Ze rilde, want de heuvels waar ze doorheen reden verduisterden de zon. 'We vertrokken eind september naar Gilleasbuig, in de hoop dat het weer goed zou blijven. Maar de winter begon dat jaar al vroeg, met een gure wind uit het noorden die ijsregens met zich meevoerde. Het duurde niet lang of we waren doorweekt en verkleumd tot op het bot, met als gevolg dat de honger ons nog meer parten speelde en we dreigden de moed te verliezen.'

Bij het zien van de tranen in Kathryns ogen drukte ze haar kleindochter bemoedigend de hand. 'Maar de clan MacInnes laat zich niet zo snel uit het veld slaan. Op de een of andere manier vonden we de kracht om door te gaan.'

'Wat moeten jullie dapper zijn geweest,' zei Kathryn zacht.

'Het was geen dapperheid die ons op de been hield. Het was de ijzeren wil om niet te verliezen. Als we tijdens de tocht bezweken, zouden de rentmeesters hebben gewonnen. Opgeven was geen optie.'

'Ik weet nu van wie Hamish zijn koppigheid heeft geërfd,' merkte Anne op.

Christy glimlachte, want ook Anne bezat de koppigheid van de clan MacInnes. 'Ja, hij lijkt erg op mijn vader. Ook uiterlijk. Maar mijn vader was een zachtmoedige reus die zelden zijn zelfbeheersing verloor en conflicten liever uit de weg ging. Tenzij iemand zijn gezin te na kwam.'

Het werd stil in het rijtuig, het enige geluid was het gekerm van de veren terwijl ze de heuvels achter zich lieten en de zon weer ruim baan kreeg om hen met zijn stralen te verwarmen.

'We hadden niet veel te dragen,' vervolgde Christy ten slotte. 'Onze weinige bezittingen hadden we in de strozakken gepakt waar we op sliepen, mijn vader had het weefgetouw van mijn oma uit elkaar gehaald en droeg het als een bundel stokken op zijn rug. Moeder en ik deden onze spullen in onze *kishies*, en omdat ze zonder de natte turf lichter waren dan we gewend waren, merkten we amper dat we ze droegen.'

In gedachten zag Christy het beeld scherp voor zich: hoe ze over de zwarte hei hadden gestrompeld, de talloze snelstromende riviertjes waren overgestoken; het hoofd gebogen tegen wind en regen, haar blote voeten net zo gezwollen en gevoelloos als die van Jamie.

'Finlay en vader namen om beurten kleine Callum op hun rug. Door zijn klompvoet had hij onmogelijk zo ver kunnen lopen. Jamie droeg een zak met spullen op zijn schouders, zijn gezicht stond grimmig van vastberadenheid.'

Christy glimlachte wrang. 'Hij was pas acht, maar waarschijnlijk de taaiste van ons allemaal, want het was woede die hem dreef; een razende woede jegens de mannen die ons hadden verdreven. Het zou jaren duren voordat hij die woede kwijtraakte.'

'Je had het weleens over hem als het ging over jullie begintijd in Tasmanië,' zei Anne. 'Ook over Finlay. Waarom hebben we ze nooit ontmoet?'

'En hoe is het met die arme kleine Callum afgelopen?' vroeg Kathryn bijna fluisterend.

'Dat is weer een ander verhaal,' antwoordde Christy verdrietig. 'Binnenkort vertel ik jullie hoe het mijn broers is vergaan. Maar de tocht naar Gilleasbuig hebben we, wonder boven wonder, allemaal overleefd.'

Haar stem haperde bij de herinnering aan de ijzige nachten die volgden op de bitterkoude dagen, aan de voortdurend knagende honger. 'We hadden geen eten, geen beschutting, onze kleren waren weinig meer dan vodden. Soms wisten we op een verlaten akker nog iets uit de grond te halen wat niet verrot was. We sliepen onder overhangende rotsen, of onder bomen of struiken. Als we geluk hadden, konden we terecht in een verwoeste boerderij of schuur. Maar dat gebeurde zelden.'

'Hoelang heeft de tocht geduurd?' vroeg Kathryn.

'Met goed weer en een volle maag hadden we de afstand gemakkelijk in twee dagen kunnen afleggen. Maar naarmate de honger nijpender werd en het weer slechter, vorderden we steeds langzamer. Uiteindelijk hebben we er meer dan een week over gedaan.'

Toen de paarden langzamer gingen lopen en de wielen van het rijtuig over harde grond ratelden, keken ze naar buiten en zagen dat ze waren begonnen aan de afdaling naar een brede vallei, waar in de verte een uitgestrekte watervlakte glinsterde.

Met een kreet van herkenning leunde Christy vervaarlijk ver uit het raampje. 'Wil je hier alsjeblieft stoppen, Gregor?'

Het rijtuig stond amper stil of Christy rukte de deur open, tuimelde naar buiten en belandde met een dreun op haar achterwerk. Kathryn schoot haar haastig te hulp, net als Gregor. 'Alles goed?' vroegen ze bezorgd. 'Hebt u zich pijn gedaan?'

Christy begon te lachen. 'Ik vergeet steeds dat ik geen meisje meer ben.' Ze fatsoeneerde haar rokken en zette haar hoed recht. 'Het is maar goed dat het een zachte landing was. Dat noemen ze nou een modderfiguur!'

'Je ziet er belachelijk uit!' snauwde Anne vanuit het rijtuig. 'Ik schaam me voor je!'

Christy ging er niet op in en liet zich door Gregor en Kathryn overeind helpen. Haar handen trilden van de schrik terwijl ze haar kleren gladstreek en wat losgeschoten plukken haar achter haar oren stopte. Om niet te laten merken hoe geschrokken ze was, keek ze stralend om zich heen. 'Niets aan de hand, alleen een gekneusd achterwerk en een buts in mijn waardigheid,' verklaarde ze opgewekt.

Er dansten pretlichtjes in Gregors ogen en Kathryn giechelde, maar Anne snoof misprijzend en liep naar de andere kant van het rijtuig, om zich van haar moeder te distantiëren.

'Probeer je maar niet te verstoppen,' riep Christy. 'We moeten nog een eindje lopen voordat we kunnen picknicken.'

Anne keek op het kleine horloge dat ze op een revers van haar jasje had gespeld. 'Het is anders allang lunchtijd geweest,' merkte ze op. 'En we hebben op een onzalig vroeg uur ontbeten. Dus ik stel voor dat we eerst eten, en dan gaan wandelen.'

'Het duurt niet lang. Dat beloof ik.' Christy bedwong haar ergernis. 'En dan kun je zo veel eten als je wilt.'

Anne liet haar blik over de weidse verlatenheid gaan, met slechts hier en daar wat schapen, nog in hun ruige wollen vacht. 'Waar gaan we naartoe?'

'Daarheen.' Christy wees naar het bochtige pad, de heuvel af, naar het glinsterende *loch* in de diepte.

'Ik ben niet gekleed op een wandeling.' Anne stak een kleine voet onder haar rok vandaan, gestoken in een sierlijk laarsje van geitenleer.

'Dat geeft niet.' Christy voelde onder de bank. 'Ik heb het kamermeisje gevraagd je wandelschoenen apart te houden toen ze je koffer pakte.' Ze hield ze triomfantelijk aan de veters omhoog. 'Vooruit, Anne! Trek aan. Een beetje beweging zal je goeddoen. En we hebben niet de hele dag de tijd.'

Anne keek woedend om zich heen, toen pakte ze met tegenzin de wandelschoenen aan.

'Het is best een eind voor iemand die niet gewend is veel te lopen,' zei Gregor zacht. 'Zal ik haar met het rijtuig naar het *loch* brengen?'

'Dat is lief van je, maar ik wil dat mijn dochter met me meeloopt. Net zoals ik destijds met mijn moeder meeliep.'

Anne kwam het rijtuig uit, inmiddels beter op de wandeling toegerust. Ze liep een eindje bij het rijtuig vandaan om de lange helling misprijzend in ogenschouw te nemen. 'Dat gaat een eeuwigheid duren, en ik –'

Verder kwam ze niet, want Hector vond blijkbaar dat haar strohoed er lekker uitzag. Hij klemde zijn grote gele tanden om de rand en probeerde hem van haar hoofd te trekken.

'Mijn hoed!' Anne greep hem vast en probeerde met haar andere hand Hector weg te jagen.

Het werd een wedstrijdje touwtrekken. Een krachtmeting die Anne verloor. 'Mijn hoed,' jammerde ze. 'Mijn mooie dure hoed.'

Hector kauwde gelukzalig op het stro en de fraaie linten, met zijn ogen halfdicht van genot.

'Mormel dat je bent!' Anne gaf hem een harde tik op zijn neus.

Op slag liet Hector de hoed los en keek haar strijdlustig aan.

Voordat iemand haar kon waarschuwen, was Anne zo onverstandig om te bukken, met de bedoeling haar geruïneerde hoed op te rapen. Hectors ogen begonnen kwaadaardig te glinsteren, toen zette hij zijn tanden in haar achterwerk. Anne gilde, liet de hoed vallen en greep naar wat ze haar 'derrière' noemde. Hector hinnikte uitbundig en griste de hoed van de grond, zijn enorme hoeven deden triomfantelijk een dansje.

Toen ze de anderen gesmoord hoorde lachen, keerde Anne zich driftig naar hen toe. 'Het is niet grappig!' riep ze, buiten zichzelf van gêne en woede. 'Dat paard is vals. Het moet afgemaakt worden.'

'U vroeg erom, Mrs. Ross,' zei Gregor lijzig. Hij deed zijn uiterste best niet in de lach te schieten terwijl hij haar bij het paard wegtrok. 'Hector houdt er niet van om geslagen te worden.'

'En ik hou er niet van om gebeten te worden,' tierde Anne. Ze keerde zich nijdig naar de anderen, en toen ze zag dat die moeite hadden hun lachen in te houden, begon ze te stampvoeten. 'Die hoed heeft een vermogen gekost,' jammerde ze. 'En dan heb ik het nog niet over de pijn! Hoe dúrven jullie me uit te lachen!'

'Het spijt me, Anne, maar Gregor heeft gelijk,' merkte Christy op. 'Je mag een paard nooit slaan uit woede. Dat geldt zeker voor een lastpak als Hector. En om dan ook nog te bukken, terwijl je weet dat hij nogal bijterig is...' Ze kon zich niet langer beheersen en stikte van het lachen.

Kathryn schoof haar arm door die van haar moeder, terwijl ze krampachtig probeerde haar gezicht in de plooi te houden. 'Doet het zo'n pijn?' vroeg ze gesmoord.

Er verschenen pretlichtjes in Annes ogen. Ze knikte, wreef over haar achterwerk. 'Een beetje wel,' bekende ze met onvaste stem. 'Hij heeft zulke grote tanden, en dan de schrik...' Plotseling begon ze te giechelen. 'Over een modderfiguur gesproken...'

'En dit is nog veel erger dan mijn duikeling uit het rijtuig,' merkte Christy op. 'Ik ben bang dat we vanavond allebei een zeer achterwerk hebben.'

Ze lieten zich gedrieën op de grond zakken, stikkend van de lach, en bij het zien van Gregors ongelovige gezicht gierden ze het uit, totdat de tranen over hun wangen stroomden.

Gregor schudde zijn hoofd. 'Vrouwen! Ik zal ze nooit begrijpen,' zei hij tegen Hector, die druk bezig was de hoed definitief te ruïneren. Met een diepe zucht klopte Gregor hem en Jock op de hals. Paarden waren een stuk gemakkelijker in de omgang, en heel wat verstandiger.

Jock trok zijn bovenlip op en toonde zijn reusachtige gele tanden in een paardenlach, Hectors ogen glansden veelbetekenend terwijl hij nog altijd op de verrukkelijke hoed knabbelde.

Toen ze uitgelachen waren, werd er besloten alsnog boven op de heuvel te picknicken en daarna naar het *loch* te wandelen.

'Het is heerlijk om jou en oma weer te horen lachen,' zei Kathryn terwijl ze Betsy's heerlijke vlees-en-aardappelpasteien en haar verse salade soldaat maakten. 'Ik kan me niet herinneren wanneer jullie voor het laatst zo'n plezier hadden.'

Anne fatsoeneerde glimlachend haar kapsel. Tijdens de worsteling om haar hoed waren er heel wat spelden losgeraakt, waardoor er een paar lokken op haar schouders hingen. 'Ja, het was grappig, hè? En je hebt gelijk, het is lang geleden dat ik zo heb gelachen.' Ze keek naar Christy, maar wendde zich toen haastig af.

'Straks, als we weer thuis zijn, en als ik in Sydney zit, zouden papa en jij samen op reis moeten gaan. Jullie zijn de laatste tijd zo somber. Misschien doet het jullie goed om een tijdje uit Melbourne weg te zijn.'

Anne nam haar dochter doordringend op. 'Je vader heeft het veel te druk om vakantie te nemen, en ik zal ook alle zeilen moeten bijzetten om de draad weer op te pakken en alles klaar te hebben voor het nieuwe seizoen.'

'Bij papa op zijn werk kunnen ze het best zonder hem af,' verklaarde Kathryn met grote stelligheid. 'En jouw sociale verplichtingen zijn nou ook weer niet zó belangrijk. Ik wil gewoon dat papa en jij het leuk hebben, dat jullie van elkaar genieten.'

Anne dacht aan Harold, aan hoe het ooit tussen hen was geweest. En ze dacht aan het plezier dat ze de vorige avond had gehad, toen ze met Gregors vader had gedanst. De *reels* hadden haar doen terugdenken aan de dansavonden waar ze met Harold naartoe ging toen ze net getrouwd waren, aan hoe hij haar in zijn sterke armen had gehouden terwijl ze over de dansvloer wervelden, aan zijn knappe gezicht, aan de blik waarmee hij haar had aangekeken... Haastig verdrong ze het beeld, want het bracht haar uit haar evenwicht. 'Ik begrijp niet waar je het over hebt. Onze sociale agenda is altijd vol en we hebben het heel leuk samen.'

'O ja?' Kathryn keek haar aan. Ze liet zich niets wijsmaken. 'Waarom zijn jullie dan zo ongelukkig?'

Angst maakte dat Annes huid begon te tintelen. 'We zijn heel tevreden,' antwoordde ze stijfjes. 'Zo is het wel genoeg, Kathryn. Je bederft het uitstapje. Ik wil het er niet meer over hebben.'

'Maar mama, ik ben toch niet blind? Ik zie toch hoe afstandelijk je doet? En dat papa liever op kantoor zit of er met zijn paard opuit trekt dan dat hij thuis is?' Ze kreeg tranen in haar ogen. 'Je houdt toch nog wel van hem?'

'Natuurlijk hou ik van hem.' Anne voelde zich in de verdediging gedrongen.

'Waarom ben je dan altijd zo boos?' Kathryn gaf niet op. 'En waarom lachen jullie nooit meer samen?'

'Zoals ik al zei, we hebben een druk leven, en met een groot huishouden dat ik draaiende moet houden, terwijl je vader vaak weg is voor zaken, ben ik vaak moe. Het leven is niet gemakkelijk, Kathryn. Zelfs niet met alle luxe waar je vader voor zorgt. En met jouw aanstaande verhuizing naar Sydney er ook nog eens bij is het toch geen wonder dat ik soms gespannen ben?'

'Hebben oma en jij dáárom ruzie?'

Anne werd rood en durfde haar moeder niet aan te kijken. 'Nee, helemaal niet.' Ze kwam overeind, trok haar jasje aan en bond haar haar bij elkaar in een slordige knot. 'En zoals ik al zei, laten we erover ophouden.'

'Maar –'

'Het is tijd voor onze wandeling,' viel Anne haar in de rede. 'En na al die pasteien kan ik wel wat beweging gebruiken.'

'Precies,' viel Christy haar bij, voordat Kathryn nog iets kon zeggen. 'We kunnen allemaal wel een beetje beweging gebruiken om de lucht te zuiveren. Maar je moet wel een hoed op, kindje. De zon is erg krachtig, dus pas op. Je hebt een beeldige teint, en die wil je niet bederven.'

Anne vroeg Gregor om een van haar vele hoedendozen van het dak van het rijtuig te pakken. Ondertussen nam Christy haar kleindochter bij de arm en trok haar buiten gehoorsafstand. 'Het spijt me dat je je zorgen maakt, lieverd. Maar je ouders zijn al zo lang bij elkaar. Het komt vast wel weer goed.'

'Denkt u dat echt?' Er laaide hoop op in Kathryns groene ogen.

'Ja, dat geloof ik vast,' antwoordde Christy vol overtuiging. 'Weet je, in elk huwelijk slaat op enig moment de sleur toe. Maar nu we op reis zijn, zullen je ouders merken hoe verschrikkelijk ze elkaar missen. Ik weet zeker dat ze na onze terugkomst een nieuwe start willen maken.'

Ze klopte haar kleindochter op de wang. 'En over mij hoef je je ook geen zorgen te maken. Ik red me wel, ondanks de spanningen tussen je moeder en mij.'

'Maar waarom zijn die spanningen er dan? Wat is er gebeurd?'

'Ach, ze heeft gewoon ergens de pee over in,' antwoordde Christy ontwijkend. 'En daar blijft ze aan vasthouden. Vraag er maar niet naar. Dat zou het alleen maar erger maken. Anne en ik komen er ooit wel uit. Maak je geen zorgen.'

'Het komt toch niet doordat ik naar de universiteit ga, hè? Daar waren jullie het helemaal niet over eens, en ik zou het afschuwelijk vinden als ik de oorzaak was van jullie ruzie.'

Christy omhelsde haar. 'Daar heeft het niets mee te maken, lieverd,' zei ze naar waarheid. 'Je moeder is inmiddels aan het idee gewend. Sterker nog, ze is heel erg trots op je, ook al laat ze dat niet merken.' Ze gaf haar kleindochter een kus op de wang. 'Kom, tijd om op weg te gaan. We mogen zo'n verrukkelijke dag niet laten bederven door somberheid.'

Anne kwam aanlopen met een nieuwe strohoed op. Haar gezicht stond wantrouwend toen ze zag dat haar moeder en haar dochter elkaar omhelsden, en ze voelde een steek van jaloezie omdat Kathryn troost had gezocht bij Christy.

Maar nog veel erger vond ze het dat haar dochter blijkbaar in de gaten had dat het huwelijk van haar ouders verre van gelukkig was. Er brandden tranen in haar ogen terwijl ze moest toegeven dat haar leven op één grote mislukking was uitgedraaid. Haar huwelijk met Harold bestond alleen nog in naam, haar relatie met haar dochter was verre van perfect, en Christy en zij groeiden met de dag verder uit elkaar. Haar wereld was langzaam bezig uiteen te vallen, en ze had geen idee hoe ze de stukken weer aan elkaar moest lijmen.

'Wat een leuke hoed,' zei Christy vrolijk. 'Maar pas op dat je bij Hector uit de buurt blijft. Anders denkt hij dat het zijn toetje is.' Ze ruimde de laatste picknickspullen op, zette de mand weer onder de bank en keerde zich naar Gregor. 'We zien je beneden bij het *loch*.'

Anne zette vastberaden haar sombere gedachten van zich af. Het was een heerlijke middag, de leeuweriken zongen, de zon stond stralend aan de hemel en Kathryn oogde weer een stuk opgewekter. Dus Anne wilde de stemming niet bederven.

Ze waren misschien tien minuten onderweg toen Kathryn vooruit rende, nieuwsgierig naar iets wat eruitzag als een vogelnestje. Anne was diep in gedachten verzonken toen ze voelde dat Christy haar hand pakte. Ze was zo verrast dat haar tred haperde.

'Ach Anne, het spijt me zo. Wat Kathryn zei… maar ook dat je er met mij blijkbaar niet over kunt praten. Over Harold en jou, bedoel ik. Maar ik ben er voor je, lieverd. Vergeet dat nooit.'

Anne hoorde de oprechtheid in de stem van haar moeder, ze zag het begrip in haar ogen en ze verzette zich niet tegen die liefhebbende, vertrouwde hand die ze zo lang had gemist, maar waar ze in haar trots, haar boosheid niet naar had willen reiken.

Ze keken elkaar aan. De woorden die niet werden uitgesproken hingen bijna tastbaar tussen hen in. Toen herinnerde Anne zich hoe gemakkelijk haar moeder tegen haar had gelogen, haar alles had afgenomen wat haar dierbaar was. Ze rukte zich los en haastte zich achter Kathryn aan, niet in staat te vergeven en te vergeten.

8

Heel even had Christy gehoopt dat haar dochter en zij de kloof zouden weten te overbruggen. Ze had het verlangen in Annes ogen gelezen, ze had de verbeten trek om haar mond zien verzachten, ze had de druk van haar hand gevoeld en gebeden dat haar dochter zich zou laten vermurwen. Maar al snel was de harde blik in Annes ogen teruggekeerd, net als de grimmige trek om haar mond, waarop ze driftig haar hand had losgerukt. Verblind door tranen, bezeerd tot in het diepst van haar ziel, volgde Christy haar dochter en kleindochter de heuvel af. Haar anders zo vaste tred was strompelend terwijl ze haar weg zocht over de zwarte, verdorde hei.

Ze bleef even staan om de brok in haar keel weg te slikken en haar emoties weer onder controle te krijgen. Er moest een manier zijn om tot Anne door te dringen, om haar ervan te overtuigen dat de leugen die haar was verteld was voortgekomen uit liefde; dat ze had gehandeld met het belang van haar dochter voor ogen; dat er niets was veranderd, althans niets wat er echt toe deed. Maar geconfronteerd met Annes vastberaden afwijzing zag Christy geen oplossing voor de afstand die tussen hen was ontstaan.

Ze besefte dat de anderen op haar wachtten bij de ruïne van de kerk, een eindje verder de heuvel af. Dus ze wuifde en liep langzaam verder, diep in gedachten verzonken.

In haar verbittering maakte Anne haar eigen leven kapot, raakte ze vervreemd van haar familie en bracht ze haar huwelijk ernstige schade toe. Als Christy geen manier wist te vinden om haar te helpen, zou het niet lang duren of Anne stond alleen.

Haar gedachten gingen naar Harold, die haar erg dierbaar was geworden en voor wie ze grote bewondering koesterde. Een aantrekkelijke man, boordevol energie, maar hij was de laatste jaren steeds stiller geworden, steeds meer in zichzelf gekeerd, steeds vaker op de vlucht voor die enorme villa met zijn lege, galmende kamers, voor zijn vrouw die de indruk wekte dat hij haar onverschillig liet, dat ze hem niet langer respecteerde. Maar toen Kathryn te kennen had gegeven dat ze wilde gaan studeren, was Harolds oude rebelsheid weer naar boven gekomen, net als toen zijn dochter had geopperd haar oma op haar reis te vergezellen. Christy vroeg zich af hoe ver hij bereid was te gaan in zijn verzet.

Was Annes langdurige afwezigheid de doodssteek voor hun huwelijk, of zouden ze daardoor allebei tot bezinning komen voordat de aangerichte schade onherstelbaar was? Christy hoopte dat laatste, want haar gevoel zei haar dat ze nog altijd van elkaar hielden, ook al was die liefde in de loop der jaren naar de achtergrond gedrongen.

'Wat kijkt u somber, oma.' Kathryn schoof haar arm door die van Christy. 'Komt dat door de herinneringen aan deze plek? Zijn ze heel erg pijnlijk?'

Christy dwong zichzelf terug te keren naar het heden. Haar blik ging naar de ruïne van de kerk. Anne bestudeerde de ingestorte muren overdreven nadrukkelijk, alsof ze zich wilde distantiëren van het gesprek. Ja, de herinneringen waren pijnlijk, maar ze kon ze nog even niet onder woorden brengen, zo kort na Annes afwijzende reactie.

'Tegen de tijd dat we hier aankwamen hadden we zere voeten en waren we uitgeput van de honger en van het lopen,' antwoordde ze zacht. 'Maar de aanblik van het kerk en van het *loch* gaf ons weer nieuwe moed. Nog even, dan waren we bij mama's familie.'

Christy's blik bleef rusten op de verwoeste kerk en het overwoekerde kerkhof. Er was geen zerk meer te zien, geen gedenkteken voor wie ooit in deze afgelegen vallei hadden gewoond en er waren gestorven. Ze dacht terug aan de dramatische gebeurtenissen op de dag dat ze vijftien was geworden, ervoer opnieuw het schrijnende gevoel van verlies, maar ze kon er niet over praten.

'We zaten elke zondagmorgen op de harde houten banken, om te horen hoe de dominee ons streng de les las. Na de preek nam hij onze schamele offerandes in ontvangst, dan stapte hij in zijn sjees en reed hij naar zijn fraaie huis in de volgende baai.' Ze slaakte een zucht. 'Een onaangenaam mens,' vervolgde ze ten slotte. 'Echt een hel-en-verdoemenispreker, net als de verkondigers van het Woord die ik later in Australië tegenkwam, in de mijnwerkerskampen. Ze gingen met de pet rond, en het geld dat ze ophaalden gaven ze uit aan drank en vrouwen.'

Kathryn zette grote ogen op. 'Echt waar?'

Christy grinnikte. 'Nou en of. Geen zondaar zo slecht als een man van God die zijn geloof verloochent. En geloof me, ik heb er heel wat ontmoet.'

'Sjonge... wat opwindend,' bracht Kathryn ademloos uit.

Christy glimlachte wrang. Haar tijd op de goudvelden was inderdaad opwindend geweest, maar dat gold niet voor haar ontmoetingen met de rondtrekkende dominees. Gearmd liepen zij en Kathryn het smalle pad af, ooit platgetreden door generaties gelovigen, maar inmiddels bijna volledig overwoekerd door gras en hei.

'Het was een stralende dag toen we ons nieuwe thuis in zicht kregen, maar er stond een harde, ijzige wind, de golven in het *loch* hadden witte schuimkammen. Het *loch* staat rechtstreeks in verbinding met de zee, ook al lijkt het vanhier alsof het wordt ingesloten door heuvels. Er is eb en vloed, het is heel erg diep, en er zit veel vis.'

Ze liepen zwijgend verder, op enige afstand gevolgd door Anne. Christy deed geen moeite haar in het gesprek te betrekken, uit angst opnieuw te worden afgewezen. In plaats daarvan dronk ze het uitzicht in, net zoals ze dat destijds had gedaan.

De vruchtbare, groene vallei lag op het oosten, de omringende heuvels daalden glooiend af naar een brede kust van rotsblokken en grofkorrelig zwart zand, waar plevieren en scholeksters in het ondiepe water naar voedsel zochten. De vissersboot van haar oom Robert had hier ooit op het zand gelegen, boven de hoogtijgrens. De netten werden uitgelegd op het gras om te drogen, en laag op de hellingen hadden boeren hun akkers bewerkt. Nu liepen er alleen maar schapen, die er met hun wollige witte vacht uitzagen als kleine wolkjes tegen de achtergrond van het malse, diepgroene gras.

Verdrietig liet Christy haar blik over de vervallen huizen en schuren gaan, verspreid over het dal. Ze vormden nog de enige getuigen van de bloeiende gemeenschap die hier jaren geleden had bestaan.

'Toen wij hier kwamen telde de *baile* eenentwintig cottages en woonden er meer dan honderd mensen in het dal,' vertelde ze. 'Voornamelijk boeren en landarbeiders. Sommige van hun vrouwen weefden, en zo heb ik op het weefgetouw van mijn oma leren werken.'

Ze liet haar hand strelend over de geruite sjaal gaan die ze sinds haar aankomst in Schotland dagelijks droeg, ongeacht het weer, en liep naar het *loch*. De onbewolkte hemel spiegelde zich in het blauwe water, en nu de zon langzaam naar het westen bewoog, wierpen de verbrijzelde muren en schoorstenen van de cottages langgerekte, donkere schaduwen over de verlaten landerijen, waar tussen het hoge gras nog vaag de overblijfselen van stenen stapelmuren te zien waren.

'We trokken bij mijn oom in. Hij woonde daar.' Ze wees naar een eenzame, afgebrokkelde schoorsteen. 'Robert en Morag MacInnes hadden het hart op de goede plaats. Ze waren erg gastvrij maar ze hadden vier kinderen, dus het werd wel erg vol in hun kleine cottage.'

Ze glimlachte bij de herinnering aan hoe ze 's nachts op de aangestampte aarde rond het vuur lagen, dicht naast elkaar, als haringen in een ton. 'Maar het was er warm en droog, en we hadden genoeg te eten. Want ook al waren de aardappels aangetast door ziekte, de overige gewassen deden het hier geweldig, en vis was er bijna altijd.'

Christy liep een eindje verder langs het water en klom toen naar boven, naar de afgebrokkelde muur van een van de verlaten huizen. Gezeten op de stenen, opgewarmd door de zon, wachtte ze op de anderen. Gregor was er ook al. Hij had de paarden uitgespannen zodat ze konden grazen. Toen iedereen zat, vervolgde Christy haar verhaal.

'Die eerste winter ging mijn vader met de andere mannen aan het werk om een cottage voor ons te bouwen.' Ze klopte op de oude stenen. 'En de daaropvolgende vijf jaar was dit ons huis,' zei ze zacht.

'Was u gelukkig hier?' vroeg Kathryn.

'Nou en of.' Christy slaakte een zucht. 'We werden omringd door vrienden en familie, we hadden genoeg te eten en een fatsoenlijk dak boven ons hoofd. Er was zelfs een soort schooltje, waar wij als kinderen leerden lezen en schrijven. Het schooltje was daar, in de cottage van miss Fleming. Ze was een beetje streng, maar lang niet zo streng als de dominee, die ons met het rietje gaf als we niet stilzaten of als we praatten onder de catechisatie.'

'Dus u miste MacInnes Bay niet?'

'Ik verlangde er soms wel naar, gewoon om het weer eens te zien, maar ik had in die tijd andere dingen aan mijn hoofd.' Ze grinnikte zacht, haar blik werd dromerig. 'Ik werd ouder, en er was een jongen die ik leuk vond...'

'Hoe heette hij? En hoe hadden jullie elkaar leren kennen?'

'Hij heette Fraser, en hij werkte op de vissersboot van mijn oom. We waren nog erg jong, en het is lang geleden, dus het was volmaakt onschuldig.' Ze dacht vertederd terug aan de blonde jongen met zijn stralend blauwe ogen en innemende glimlach. 'Ik zat aan het water naar hem te kijken als hij oom Robert hielp met netten boeten, en ik weet nog dat mijn hart wild begon te slaan als ik hem zag, en hoe rood ik werd als hij toevallig naar me keek.'

Kathryn schoot in de lach. 'Ik weet nog dat ik dat ook had. Met Paul Simmons. Ik was een jaar of dertien. Paul was in mijn ogen de knapste, de slimste jongen van de hele wereld. 's Nachts droomde ik van hem.'

Anne wierp haar een zijdelingse blik toe. 'Dat heb ik nooit geweten.'

'Hij was mijn stille liefde,' antwoordde Kathryn. 'Ik heb het nooit aan iemand verteld, maar mijn hart was gebroken toen hij naar Adelaide verhuisde.' Ze keek haar oma weer aan. 'En hoe is het met u en Fraser afgelopen?'

'Zijn familie en nog twee andere gezinnen meldden zich aan bij het Highland and Island Emigration Scheme, een instantie die – ook financieel – hielp wanneer je wilde emigreren. Ze wilden ergens anders een nieuw leven opbouwen, weg van de dreiging te worden uitgezet. Want ze waren bang dat ook dit vredige dal daarvoor niet gespaard zou blijven.' Christy boog haar hoofd. 'Maar het noodlot sloeg toe. Ze kregen overtocht op de HMS *Aramis*, met als bestemming Australië. Onderweg brak er koorts uit. De meeste passagiers waren al dood voordat het schip Ierland bereikte. De arme Fraser was een van hen.'

'O, wat vreselijk,' fluisterde Kathryn. 'Wat tragisch.'

'Dat was het zeker.' Christy zuchtte. 'Daarna durfde niemand de riskante reis nog te maken. Het gerucht ging dat de omstandigheden aan boord zo slecht waren dat het schip zelfs geen dieren zou mogen vervoeren, laat staan mensen. Het duurde dan ook niet lang of het Highland and Island Emigration Scheme werd opgeheven.'

'Dus ondanks de dreiging van uitzetting bleven u en uw familie hier wonen?'

Christy knikte. 'Net als de rest van de mensen in de *baile* konden we nergens heen, en mijn vader weigerde emigratie zelfs maar te overwegen. Naïef als we waren dachten we dat de rentmeesters ons waren vergeten omdat we netjes onze huur betaalden. Trouwens, sommigen van ons werkten nota bene op de akkers van de landheer.'

Christy liet haar blik over de vredige, stille vallei gaan, over het spiegelgladde *loch*, en trok huiverend de sjaal van haar moeder dichter om zich heen. 'Maar toen gebeurde het. Van het ene moment op het andere veranderde alles. Het was op de dag van mijn vijftiende verjaardag. Een dag die ik nooit meer zal vergeten.'

Het werd doodstil toen ze de beelden onder woorden bracht die haar al vijftig jaar achtervolgden.

Christy zat buiten, aan het weefgetouw van haar oma. Het was ochtend, de zon scheen. Ze maakte een deken van de zachte, fijne plukken wol die ze de afgelopen winter op de weilanden van de landheer had verzameld en tot draad gesponnen. Ze had de wol gevonden aan braamstruiken en tussen de hei, maar ook in de nissen van muren waartussen de schapen van de landheer beschutting zochten tegen de elementen. De rentmeester zou waarschijnlijk zeggen dat ze de wol had gestolen, maar zelf zag ze geen kwaad in het gebruik van die rondzwervende plukken. De spinnerijen in Inverness zouden er niets aan hebben, want die hadden voor hun reusachtige weefgetouwen complete vachten nodig.

De zomer liep ten einde, maar het was nog een prachtige dag, met een lichte, warme bries uit zee. Waadvogels zochten aan de oevers van het *loch* naar voedsel, aalscholvers zaten met hun vleugels gespreid, hun nek gestrekt in het zonnetje. De vissersboot was bij dageraad uitgevaren en zou pas over twee dagen terugkomen, met hopelijk een goede vangst. De vrouwen werkten in hun groentetuin of deden de was in de gemeenschappelijke tobbe op het strand, waaronder een lustig vuur brandde van turf en zeewier.

Christy's moeder was de heuvel op gelopen, naar de kerk, om haar weekloon te verdienen met vloeren schrobben en ramen lappen, zodat alles er netjes uitzag voor de dienst van de volgende dag. Jamie, die inmiddels dertien was en als leerling-timmerman bij Joseph MacInnes werkte, was met zijn baas in de volgende baai aan het werk, waar ze de kozijnen van het domineeshuis repareerden.

Terwijl ze haar spoel heen en weer liet schieten, vroeg Christy zich vluchtig af waar Callum kon zijn. Hij was met zijn tien jaar klein voor zijn leeftijd, met magere armen en benen, en met slechte longen die hem tijdens de vochtige, koude winters veel last bezorgden.

De kleine Callum gaf voortdurend reden tot bezorgdheid, want hij had er een handje van te verdwijnen. Vandaag werd hij geacht tante Morag te helpen met water halen uit de bron op de helling. Maar omdat hij nergens te bekennen was, vermoedde Christy dat hij naar het *loch* was geslenterd, naar de getijdepoelen, zijn favoriete jachtterrein, waar hij uren kon doorbrengen, verdiept in de kleine schepselen die in het water leefden.

Christy begreep hoe frustrerend het voor hem moest zijn te worden gehinderd door zijn klompvoet. Toch was hij altijd bereid een handje te helpen met simpele karweitjes en verloor hij nooit zijn opgewektheid. Ze glimlachte bij de gedachte aan zijn brutale grijns, aan de nieuwsgierige blik in zijn stralende ogen. Hij mocht dan een ondeugd zijn, iedereen was dol op hem.

Ze wijdde zich weer aan haar werk, haar gedachten gingen naar haar vader en haar grote broer. Finlay was nu zeventien. Een gespierde, knappe kerel die veel bewondering oogstte bij de meisjes. Hun vader en hij waren een paar weken geleden met een aantal van de andere mannen uit de *baile* naar het vasteland vertrokken om te helpen bij de oogst. Ze werden pas over twee, misschien zelfs drie weken terugverwacht.

Christy zuchtte. Ze miste haar vader. Het leven in de cottage was zonder hem niet hetzelfde. Haar moeder miste hem ook, maar ze verborg haar gevoelens achter een opgewekt gezicht en ze zorgde dat haar handen altijd bezig waren. Christy wist echter dat ze slecht sliep, zonder de armen van Angus om zich heen.

Ze stond op van haar kruk, trok haar rug hol en rekte zich uit. Aan de stand van de zon te zien had het middaguur al geslagen. Meestal was haar moeder dan weer thuis, maar misschien was ze onderweg aan de praat geraakt met een van de andere vrouwen, of misschien was ze naar de rotsachtige kreek gegaan om een duik te nemen. De verborgen baai, vlak bij hun huis, was hun geheime plek, waar Christy en zij vaak naartoe gingen als het erg heet was, en waar ze in hun blootje verkoeling konden vinden zonder bang te hoeven zijn voor vreemde ogen.

De gedachte aan het zijdezachte, verfrissende gevoel van water dat langs haar huid streek was verleidelijk. En ze was tenslotte jarig, dus ze besloot zichzelf te trakteren. De winter zou niet lang meer op zich laten wachten, en omdat het maar zelden voorkwam dat het nog zo laat in de zomer zo heerlijk warm was, kon dit weleens haar laatste kans zijn dit jaar.

Ze dekte de nog onvoltooide deken op het weefgetouw zorgvuldig af met een jutezak, om te voorkomen dat er meeuwenpoep op kwam, en liep naar binnen om wat brood en gerookte haring te pakken. Die deed ze in een doek, bij wijze van lunch. Voor op het strand, na hun duik. Haar moeder zou onderhand wel trek hebben.

Met grote stappen liep ze de heuvel op, verlangend naar een rustig moment met haar moeder. Onderweg naar de kerk kwam ze niemand tegen, en ook op het steile pad naar de volgende baai was geen spoor van Anne te bekennen. Blijkbaar was ze nog aan het werk. Ze zou haar helpen, besloot Christy. Dan konden ze daarna samen gaan zwemmen.

Toen ze de kerk naderde, hoorde ze geen gezang. Dat was vreemd, want Anne vond het altijd heerlijk om te zingen in de weergalmende ruimte, met haar stenen vloer en hoge dakbalken. Bovendien beweerde ze met grote stelligheid dat het werk sneller ging wanneer je erbij zong.

Christy duwde de deur open. 'Mama? Waar blijf je zo lang?' Ze liep naar binnen. 'Ik dacht dat we misschien –' Ze verstijfde, de woorden stokten in haar keel.

Anne lag op de stenen vloer, met de ladder waar ze vanaf was getuimeld over zich heen en met de emmer water, omgevallen, leeggelopen, naast haar voeten. Op de plavuizen onder haar hoofd lag bloed, een heleboel donker bloed.

'Mama!' Christy rende naar haar toe, trok de ladder weg, viel op haar knieën en legde haar handen liefkozend langs haar moeders wasbleke gezicht. 'Mama?' fluisterde ze. 'Mama, het komt allemaal goed. Ik ben bij je.'

Maar de blauwe ogen staarden strak omhoog, er was zelfs niet het zachtste geluid van adem die over haar licht geweken lippen streek, haar tengere borstkas bleef onbeweeglijk.

'Mama! Mama!' Christy nam het slappe lichaam in haar armen en wiegde het heen en weer. De tranen stroomden over haar wangen. 'Mama, je mag ons niet alleen laten,' bracht ze snikkend uit.

Maar Anne MacInnes had de wereld vaarwel gezegd, haar blik was gericht op een nieuwe horizon, ver van de kerk, de vallei, de mensen die van haar hielden.

Christy huilde terwijl ze haar moeder wiegde en terwijl het bloed langzaam stolde op de pas geschrobde plavuizen. Ze legde de handen van de dode onder de sjaal die haar moeder had gedragen sinds de dag dat oma MacInnes was gestorven en kuste de koele, gladde wang. 'Lieve mama, ik hou zo veel van je,' fluisterde ze.

Langzaam droogden haar tranen, kroop de kilte van de plavuizen omhoog naar de kilte in haar hart. Christy besefte dat ze Morag moest waarschuwen, maar ze wilde haar moeder niet alleen laten.

Ze trok Anne tegen zich aan en werkte zich moeizaam overeind, verrast door het gewicht van haar kleine, tengere moeder. Haar naar huis dragen was onmogelijk, dus Christy legde haar voorzichtig op een kerkbank, in een baan zonlicht die naar binnen viel door een raam dat haar moeder net had gelapt.

Zorgzaam trok ze haar moeders rok over haar benen, toen sloot ze de ogen van de dode, zoals ze tante Morag dat had zien doen nadat de oude Mr. Campbell was gestorven. Na een kus op haar moeders wang streek ze het met bloed aangekoekte haar naar achteren, ze legde de sjaal over de gevouwen handen, kuste haar moeder nogmaals en rende snikkend de kerk uit.

Toen ze halverwege de heuvel was, hoorde ze geschreeuw achter zich. Ze kwam struikelend tot stilstand, draaide zich om en schermde haar betraande ogen af tegen de zon. Joseph MacInnes, de timmerman, kwam aanrennen, samen met Jamie, haar broer. Ze riepen iets, zwaaiden wild met hun armen. Christy begreep dat ze bang waren, dat ze haar ergens voor probeerden te waarschuwen.

Het duurde even voordat ze kon verstaan wat Joseph haar toeschreeuwde. 'Ze komen eraan! Ze komen eraan! Rennen, Christy! Rennen! En waarschuw de anderen!'

Ze aarzelde, heen en weer geslingerd tussen de drang om te vluchten en het verlangen om bij haar moeder te blijven. Maar toen hoorde ze hondengeblaf en het gedreun van paardenhoeven. Ze draaide zich om en terwijl ze de helling af vluchtte, schreeuwde ze naar de vrouwen op het strand en riep ze Callums naam.

Joseph en Jamie zaten haar dicht op de hielen, maar ze was zo buiten adem dat ze geen woord meer kon uitbrengen. Verteerd door angst vloog ze de heuvel af, op zoek naar Callum.

In de cottage was hij niet, en de paniek had zich inmiddels meester gemaakt van de rest van de *baile*. Iedereen verzamelde haastig zijn bezittingen en dreef de kinderen bij elkaar. Christy wenste vurig dat Callum nog bij de getijdepoelen was, uit het zicht van de mannen van de rentmeester.

Hijgend, snikkend zocht ze kookpotten, kleren en beddengoed bij elkaar. Ze gooide de spullen naar buiten, zo ver mogelijk bij de cottage vandaan. Daarop pakte ze de zak met groenten die ze de vorige avond op hun landje had geoogst en bracht die samen met de kleine zak haver ook naar buiten. Als laatste tilde ze het kleine weefgetouw op, compleet met de opgespannen deken die eronderuit bengelde, en droeg het naar het strand.

Eenmaal daar keek ze langs de helling omhoog. De mannen kwamen eraan. Hun silhouet tekende zich af op de top van de heuvel. Ze kon hun honden horen blaffen, de hoeven van hun paarden over het verharde pad horen roffelen.

Om haar heen heerste chaos. Kinderen huilden, vrouwen gilden, probeerden nog zo veel mogelijk spullen uit hun huis te halen, hielpen de oudjes en de hulpbehoevenden uit bed. Behalve Joseph waren er alleen wat oude mannen en kleine jongens om hen te verdedigen. Wie groot en sterk genoeg was werkte op de akkers van de landheer, was uitgevaren om te vissen of hielp bij de oogst op het vasteland.

Christy droeg hun bezittingen nog verder bij de cottage vandaan en haastte zich toen om Morag te helpen haar kinderen om zich heen te verzamelen en haar huis leeg te halen. Van Callum was nog altijd geen spoor te bekennen, en ze kon alleen maar hopen dat hij bleef waar hij was. Waar dat ook mocht zijn.

Jamie was buiten adem toen hij zijn zak met timmergereedschap op de stapel met hun bezittingen gooide. 'Ze zijn eerst in de baai hiernaast geweest,' bracht hij hijgend uit, terwijl hij Christy en Morag hielp een vat gezouten vis naar het strand te slepen. 'Daar staan alle cottages al in lichterlaaie.' Hij keek om zich heen. 'Waar zijn mam en Callum?'

Christy kreeg niet de kans om te antwoorden. De mannen hadden de vallei bereikt, hun stemmen klonk luid en dreigend, hun honden trokken grommend en happend aan hun riem. Brandende stukken hout werden in de cottages naar binnen gegooid, er werd met knuppels gezwaaid en wie zich verzette of zich niet snel genoeg uit de voeten maakte kreeg ervan langs. Ondertussen dreigden de kleinste kinderen door de paarden onder de voet te worden gelopen.

De mannen drongen de cottage van de oude Mrs. Kinross binnen, sleurden haar uit bed en duwden haar jammerende dochter opzij. Buiten smeten ze de oude vrouw als een baal stro tegen de grond, en terwijl haar dochter haar overeind hielp, bulderden ze van het lachen toen een vonk van het vlammende rieten dak op de rok van het oudje viel, waardoor die in brand vloog.

Schreeuwend van afschuw wist de dochter het vuur te doven met haar sjaal. Een van de andere vrouwen schoot toe om te helpen het arme oudje naar het *loch* te dragen zodat ze water over haar verbrande benen konden gooien.

Christy sloeg een arm om Jamies schouders. Geleidelijk aan trokken ze zich allemaal steeds verder terug, naar de waterkant. Verzet zou leiden tot klappen. Wie terugvocht werd gearresteerd. En dus keken ze werkeloos toe en zagen ze door hun tranen heen hoe hun huizen door de vlammen werden verteerd.

Rook besmeurde de blauwe hemel, steeg als een lijkwade op boven het *loch* en verduisterde de zon. Vlammen likten knetterend aan het droge riet van de daken, drongen vraatzuchtig door ramen en deuren, alles op hun pad verterend, zelfs het gras.

Christy voelde Jamie verstijven. Hij huilde niet, maar in zijn ogen schitterde haat. Alles in hem kwam in opstand tegen het onvermogen iets te doen om een eind te maken aan de verwoesting. Bang dat hij zich niet kon beheersen, dat hij iets onverstandigs zou doen en zou worden neergeknuppeld of gevangengenomen, hield Christy hem stevig vast.

Het dal was een zee van vuur, de rook slokte het daglicht op, overal klonk het geblaf van honden, het gegil en gekrijs van vrouwen en kinderen, de barse stemmen van de mannen van de rentmeester.

Toen hij zag dat ze nergens meer beschutting konden vinden, reed de rentmeester naar de eilanders die op de oever van het *loch* bij elkaar groepten. Hij was een man van de laaglanden, met een wezelachtig gezicht, en hij had zich een reputatie verworven van genadeloze vastberadenheid waar het ging om het 'zuiveren' van de dalen.

Hij zat kaarsrecht, met opgeheven hoofd in het zadel. Zijn paard rolde schichtig, nerveus dribbelend met zijn ogen. Terwijl de rentmeester een vel perkament afrolde riep hij bulderend om stilte.

De eilanders keken verbeten haar hem op, verdrongen hun doodsangst en susten hun kinderen opdat ze stil zouden zijn.

'In opdracht van de gevolmachtigden van de landheer dient u dit dal onmiddellijk te verlaten!' verklaarde de rentmeester. 'Wie hier na vandaag nog wordt aangetroffen gaat naar de gevangenis. En dat geldt ook voor de vrouwen.' Hij vernauwde zijn ogen tot spleetjes en liet zijn blik over de eilanders gaan. Tevreden te zien dat ze de boodschap hadden begrepen, gaf hij een kwaadaardige ruk aan de teugels, keerde zijn paard en ging zijn mannen voor, de heuvel weer op.

Christy voelde dat Jamie beefde. Ze trok hem weg van het water, waarop hij zich op het donkere, korrelige zand liet zakken. Morag verzamelde jammerend haar kinderen om zich heen, haar klaaglijke geroep werd door de andere vrouwen in de vallei beantwoord. Terwijl een koor van wanhoopskreten opsteeg tussen de heuvels, werd de rook steeds dikker en deed de hitte van het vuur de muren van de cottages bezwijken.

Christy ontwaakte uit het verleden, verrast dat de zon scheen en dat er boven de vallei geen spoor van rook te zien was. Toch meende ze die nog te ruiken op de wind, en het was alsof ze de jammerkreten van de doodsbange vrouwen en kinderen nog kon horen.

'Vanuit zijn schuilplaats tussen de rotsen had Callum alles gezien.' Ze wees naar de vooruitstekende rots aan de voet van de hoge heuvel in het westen. 'Hij beefde van angst toen Jamie hem uiteindelijk vond, en moest naar huis worden gedragen.'

Tranen verblindden haar, en haar stem haperde toen ze vertelde hoe ze haar armen om haar jongere broers had geslagen en hun over hun moeder had verteld. 'Hun hart brak, net zoals het mijne was gebroken,' wist ze uit te brengen. 'Ze wilden naar haar toe, maar dat konden we beter niet doen, zei tante Morag.'

'Ze waren nog te jong om zoiets te zien,' zei Anne zacht, diep geraakt door het verhaal van haar moeder.

'Ze hadden al veel ergere dingen gezien,' zei Christy. 'Maar dat was niet de reden dat ik niet met ze naar de kerk ging. Langs het *loch* stonden alle dalen inmiddels in lichterlaaie, en we wisten niet of de kerk misschien ook in brand was gestoken. Na wat ze die dag al hadden meegemaakt kon ik het ze niet aandoen de kerk te zien branden, met het lichaam van onze moeder erin.'

Christy omklemde met trillende vingers haar sjaal. 'Maar de kerk was ongemoeid gelaten. Dus Morag en ik haalden water, we wasten het gezicht en het haar van mijn moeder en we schrobden haar bloed van de vloer. Toen wikkelden we haar in deze sjaal en ging Morag terug naar het dal om de jongens naar boven te sturen.'

Ze slaakte een beverige zucht. 'We hebben de hele nacht bij haar gewaakt, terwijl buiten de hemel rood oplichtte door de vuren in het dal. De volgende morgen kwam de dominee.'

'Ik neem aan dat die zich tijdens de ontruimingen niet had laten zien,' zei Gregor bars. 'Ze waren allemaal hetzelfde.'

Christy knikte. 'Maar hij kwam wel terug om ons te helpen de doden te begraven,' zei ze zacht. 'De oude Mrs. Kinross had de ochtend niet gehaald, en een van de kinderen was doodgetrapt door een paard.'

Ze streelde de versleten ruit en zweeg even om haar emoties weer onder controle te krijgen. 'Ik heb moeders sjaal en haar laarzen gehouden. Ze waren het enige aandenken dat ik van haar had. Van haar en van oma. En wanneer ik er straks niet meer ben krijg jij de sjaal, Anne. En daarna gaat hij naar Kathryn.'

'Ach oma, laten we hopen dat het nog jaren duurt voordat het zover is. Maar dan zal ik het als een eer beschouwen.'

'En ik zal er ook goed op passen, zeker nu ik het verhaal erachter ken,' beloofde Anne. 'Het spijt me dat ik er zo schamper over deed. Ik wist niet...'

'Dat kon je ook niet weten.' Christy glimlachte waterig.

'En waar zijn jullie toen naartoe gegaan?' vroeg Gregor.

'We konden niet te ver bij de vallei vandaan, want we moesten wachten tot mijn vader en Finlay terugkwamen van het vasteland. Maar we waren doodsbang dat de rentmeester en zijn mannen terug zouden komen, dus we verstopten ons met onze spullen in de heuvels, samen met Morag en haar kinderen.'

'Had u geen onderdak kunnen vinden in de kerk?' De vraag kwam opnieuw van Gregor.

Christy schudde haar hoofd. 'Na de begrafenis deed de dominee een hangslot op de kerkdeur en spijkerde de ramen dicht. Een doelbewuste, kwaadaardige maatregel om ons te weren, terwijl hij zelf in zijn mooie huis zat en doorging met preken voor wie nog voor de gevolmachtigden van de landheer werkten.'

'Waar gingen de anderen uit het dal naartoe?' vroeg Kathryn.

'Sommigen pachtten een boerderijtje op een ander deel van het eiland, anderen gingen naar Portree en voeren vandaar naar Canada of Australië, en weer anderen vonden werk in Inverness, in een fabriek of op een boerderij. Toen oom Robert na twee dagen terugkwam van zee drong hij erop aan dat we met hem en zijn gezin meevoeren naar een vissersdorp op het vasteland. Maar dat kon niet. Daar zouden vader en Finlay ons nooit hebben gevonden.'

'Hoelang hebt u op ze moeten wachten?' Gregor keek haar vragend aan.

'Bijna een maand. Tegen die tijd was het herfst, en hoewel we af en toe naar het dal slopen om wat groente te halen, viel het niet mee. Vooral de kleine Callum leed onder de kou. Hij was toch al nooit sterk geweest. Ten einde raad nam ik de jongens mee naar de baai waar mijn moeder en ik altijd gingen zwemmen. Daar vond ik een grot in de rotsen waar we ons konden verschuilen.'

'Wat moeten je vader en Finlay geschokt zijn geweest toen ze terugkwamen.' Anne liet haar blik over de restanten van de *baile* gaan.

Christy knikte. 'We hadden groente verzameld bij de cottages en waren op de terugweg naar de grot toen we ze hoorden roepen. Ze stonden tussen de puinhopen van ons huis, hun stemmen klonken steeds angstiger. Ik nam Callum op mijn heup en rende met Jamie over de rotsen, recht in hun armen.

'Papa vroeg direct waar mama was, en toen ik het hun vertelde, waren ze als verdoofd. Ze konden geen woord uitbrengen, de tranen stroomden over hun gezicht. Dat was de enige keer dat ik ze heb zien huilen.'

Christy streek met haar hand over de stenen van wat eens haar huis was geweest en richtte zich op. 'De rest vertel ik morgen, op weg naar Portree. En nu wil ik graag even alleen zijn.' Ze keek Gregor aan. 'Misschien kunnen jullie vast teruggaan naar het rijtuig. Ik blijf hier ook niet lang meer.'

Toen hij knikte liep ze naar het water en terwijl ze haar blik over het *loch* liet gaan dacht ze terug aan haar blijdschap om het weerzien met haar vader en haar broer, aan de wanhoop op hun gezicht toen ze knielden bij het graf en moesten aanvaarden dat het hart uit hun gezin was weggerukt.

Ze draaide zich om, keek naar de stille vallei en de verlaten ruïnes die zich zo vredig leken te koesteren in de middagzon. Gilleasbuig bestond niet meer, de bewoners waren uitgewaaierd over de wereld. Herinnerden ze zich nog wat hier was gebeurd? Hadden ze de generaties na hen verteld over de ontruimingen, waardoor ze uit hun vaderland waren verdreven, een onzekere toekomst tegemoet? Ze vermoedde van wel, want zulke herinneringen zaten te diep geworteld om ze ooit te kunnen vergeten.

De kiezels op de oever knerpten onder haar laarzen, totdat ze de vooruitstekende klifwand rondde en over de scherpe rotsen verder klauterde, naar de verborgen kreek waar haar moeder en zij zulke kostbare momenten van stil geluk hadden gekend.

Ze keek op naar de grot, in het klif hoog boven het water. Ze waren er destijds nog twee dagen gebleven, rouwend om hun verlies en zich afvragend wat hun te doen stond. Bij zonsopgang op de derde dag waren ze naar het zuiden getrokken, de hei over naar de haven van Portree.

9

De Barossa Valley

Harold verbleef inmiddels twee dagen op Yarrabinda, en hoewel hij uitstekend had geslapen en volledig uitgerust zou moeten zijn, voelde hij zich geestelijk uitgeput door het gebrek aan besluitvaardigheid in het overleg met zijn zwagers, en door de ruzies en de zorgen die daaruit voortvloeiden. Alles wat ze bespraken werd overschaduwd door twijfel. Hamish kon die gebeurtenis uit zijn jeugd inderdaad hebben gedroomd, en zelf vroeg Harold zich af of hij de gespreksflarden die hij onbedoeld had opgevangen misschien verkeerd had geïnterpreteerd. Er waren te veel onduidelijkheden, er was te veel wat ze niet zeker wisten, en de frustratie daarover begon aan hen te vreten.

Hamish had als een getergde tijger door het huis heen en weer gelopen, maar uiteindelijk had hij hun advies ter harte genomen door er met zijn paard opuit te trekken om weer een beetje tot zichzelf te komen. James was de deur uit om zijn wijnstokken en de fermentatievaten te controleren, dus Harold had het rijk alleen. Terwijl hij koortsachtig nadenkend de kamer op en neer liep, groeide de frustratie om zijn machteloosheid met de minuut.

Met zijn handen diep in de zakken van zijn broek staarde hij uit het raam, naar de uitgestrekte wijngaard en de heuvels daarachter. Liet Baker nou maar iets van zich horen! Dat zou de zaak misschien vereenvoudigen. Maar Baker zweeg, en Harold vroeg zich af of dat gunstig was of juist niet. Omdat nietsdoen niet in zijn aard lag, zette hij koers naar de hal, pakte zijn hoed en liep naar buiten. Het was warm, de zon scheen, en hij besloot het voorbeeld van Hamish te volgen.

Terwijl hij zijn paard stond te zadelen kwam een van de dienstmeisjes aanrennen. 'Er is iemand voor u op de radio! Een Mr. Baker uit Melbourne.'

Harold haastte zich weer naar binnen, naar de studeerkamer van James, waar de zend- en ontvangstinstallatie stond, naast het grote bureau. Hij ging zitten, trapte krachtig op het pedaal om de generator van stroom te voorzien en reikte naar de koptelefoon en het spreekgedeelte. 'Yarrabinda. Harold Ross hier. Over.'

Baker was moeilijk te verstaan, zijn stem viel af en toe weg door atmosferische storingen. 'Ik heb bericht ontvangen van mijn contact in Adelaide. Het bedrijf waarnaar je hebt geïnformeerd is volledig gekwalificeerd en geniet een uitstekende reputatie. Over.'

De moed zonk Harold in de schoenen. 'Hou er rekening mee dat dit een open verbinding is,' waarschuwde hij. 'Wat ben je over hun cliënt te weten gekomen? Over.'

'Daar zijn ze nog mee bezig, maar tot dusverre wijst niets op enige vorm van oplichterij.'

Harold vloekte gesmoord toen er slechts witte ruis uit de lijn klonk, zo te horen omdat Baker het stof van zijn spreekgedeelte blies. 'Heb je de kopieën van alle eigendomsaktes? Over.'

'Sommige waren niet beschikbaar, op instructie van een van de eigenaars.' Baker koos zijn woorden zorgvuldig. 'Maar een zeker iemand in Hobart houdt alles altijd nauwkeurig bij. Het kan zijn dat zij hem heeft overgehaald alles in haar kluis te leggen. Over.'

Die vervloekte Hamish ook, dacht Harold. Wat was dat voor onzin dat hij notarissen niet vertrouwde? 'Zodra hij terug is zal ik het hem vragen. En stel dat het zo is, heb jij toegang tot de kluis in Hobart?'

'Alleen met schriftelijke toestemming van de eigenaar,' antwoordde Baker, hoorbaar slecht op zijn gemak. 'En dat is onder de huidige omstandigheden natuurlijk onmogelijk. Maar de kluis is recentelijk leeggehaald, alles wat erin zat is gecontroleerd in verband met de gerechtelijke verificatie van het testament. Toen heb ik die eigendomsaktes waar we het net over hadden niet gezien. Dus volgens mij moeten ze in het bezit zijn van de eigenaar.'

'En die weet niet waar hij ze heeft gelaten,' zei Harold kortaf.

'Wát? Maar die aktes zijn van cruciaal belang, mocht het... Nou ja, je weet wel,' besloot Baker lamlendig.

'Daar ben ik me terdege van bewust.'

'En die andere kwestie?' Baker schraapte zijn keel. 'Is het je gelukt daarover opheldering te krijgen? Als je kunt aantonen dat de aanspraken ongefundeerd zijn, kan ik vandaag nog een streep onder de hele zaak zetten.'

'Dat kunnen we helaas niet bewijzen,' antwoordde Harold. 'Er is er maar één die het antwoord heeft op alle vragen, en die is het land uit.'

'Wanneer worden ze terugverwacht?'

'Niet vóór eind augustus.'

'Moet ik een telegram sturen? Vragen of ze contact opneemt?'

'Nee!' protesteerde Harold grimmig. 'Dat doen we pas als het echt niet anders kan. We gaan deze zaak tot op de bodem uitzoeken, Baker. Zo nodig laten we geen steen op de andere.'

'Dan zou ik maar snel aan de slag gaan. Het kantoor in Adelaide heeft een datum in augustus voorgesteld om naar de rechter te gaan.'

'Probeer uitstel te bedingen,' drong Harold aan. 'Zeg dat we meer tijd nodig hebben. En dat dit onder ons moet blijven. Dat het niet – ik herhaal níét – de bedoeling is dat deze zaak in de openbaarheid komt. Is dat duidelijk?'

'Natuurlijk,' antwoordde Baker minzaam, zij het enigszins gekwetst. 'Blijf je nog lang op je huidige adres?'

Harold dacht even na. 'Ik kan hier niets doen,' antwoordde hij ten slotte. 'Dus ik ga terug naar Melbourne, en vandaar direct door naar Hobart. Heb jij de sleutels van die kluis, Baker?'

'Ja, maar ik denk niet –'

Harold kapte hem af door de schakelaar om te zetten. 'Dit is een noodgeval, dus als de oplossing van het probleem in die kluis zit, dan zal die open moeten. Ik weet zeker dat zij het daarmee eens zou zijn.'

'Maar stel nu eens dat de inhoud van die kluis de aanspraken bevestigt.'

'Dan zullen we een andere strategie moeten bedenken. Ik spreek je zodra ik terug ben. Over.'

Hij smeet de koptelefoon op het bureau, wachtte niet tot het gezoem van de installatie zweeg maar haastte zich het kantoor uit, de trap op om zijn spullen te pakken.

'Zonder moeders toestemming kun je niet zomaar in die kluis gaan rondneuzen,' tierde Hamish toen ze gedrieën op de veranda aan de lunch zaten. 'Er kunnen wel persoonlijke dingen in liggen waarvan ze niet wil dat iemand ervan weet.'

'Dat is precies wat ik hoop,' antwoordde Harold bot. 'We moeten zien dat we een eind maken aan deze puinhoop, Hamish. Dit is niet het moment om terughoudend en teergevoelig te zijn. Als er in die kluis bewijs ligt dat die zogenaamde aanspraken niets anders zijn dan kwaadaardige oplichterij, dan kunnen we daarmee afrekenen voordat moeder en de anderen terug zijn.'

'Maar stel nu eens dat je iets belastends vindt, Harry,' zei James zacht. 'Wat dan?'

'Dan houden we het geheim en betalen we zwijggeld,' antwoordde Harold. 'Dat is onze enige optie.'

'Hoe weten we zeker dat daarmee de kous af is?' James fronste zijn wenkbrauwen. 'Afpersers komen altijd terug om meer.'

'Dat moet Baker haar iets laten tekenen. Een verklaring waarin ze verklaart het geld te hebben ontvangen. Als definitieve schadeloosstelling. Dat ze op méér geen recht heeft.'

Hamish snoof. 'Doe niet zo naïef,' gromde hij. 'Wat hebben ze aan zo'n verklaring? Die zal haar er niet van weerhouden naar de pers te stappen. Of als zij het niet doet, dan doet haar familie het wel. En reken maar dat de pers er dik voor betaalt om onze vuile was buiten te hangen!'

Harold had er schoon genoeg van dat Hamish overal commentaar op had, maar in dit geval moest hij hem gelijk geven. 'Dan zou Baker ook volledige geheimhouding moeten eisen. Maar we lopen op de zaak vooruit.' Hij schoof zijn stoel naar achteren.

'Misschien vind ik wel helemaal niets. Niets belastends, maar ook niets waar we wat mee kunnen. En jij moet zorgen dat je de eigendomspapieren van Wallangarra kan laten zien. Dus ik stel voor dat je naar huis gaat en dat je die verrekte papieren, als je ze eenmaal hebt gevonden, in bewaring geeft bij een notaris. Of stop ze in een kluis bij de bank.'

Hamish' ogen begonnen dreigend te glinsteren. Hij liet zich niet commanderen. Maar omdat hij niet kon ontkennen dat hij nalatig was geweest, hield hij zijn mond.

Harold dronk zijn glas bier leeg en stond op. 'Ik kan maar beter gaan. Des te eerder ben ik in Hobart.'

'Hoelang duurt het voordat we van je horen?' James kwam de treden van de veranda af en liep met Harold mee naar de stallen.

'Naar Melbourne is het bijna drie dagen, en daar heb ik een dag nodig om met Baker te overleggen, en om te controleren of mijn bedrijfsleiders hun werk naar behoren doen en me niet bestelen. De oversteek van Bass Strait kost me ook weer een dag, en dan moet ik nog in Hobart zien te komen.'

Hij hing zijn plunjezak aan de zadelknop, nam de teugels over van de staljongen en schudde James de hand. 'Reken op een week. Tegen die tijd zou ik moeten weten hoe we ervoor staan.'

'Je beseft dat er misschien helemaal niets in die vervloekte kluis zit?' vroeg Hamish somber. 'In dat geval zijn we nog geen stap opgeschoten.'

'Dat kan. Dan is het ons woord tegenover dat van Mrs. Brown.' Harold zat inmiddels in het zadel. 'Maar de bewijslast ligt bij haar.' Hij bukte zich, schudde Hamish de hand en trok de rand van zijn hoed voor zijn ogen, tegen de zon. 'Zorg dat je die papieren vindt, kerel. Anders hebben we hoe dan ook geen poot om op te staan.'

Skye

Anne zweeg terwijl de paarden zwoegden om het zwaarbeladen rijtuig de steile heuvel op te trekken. In gedachten zag ze opnieuw de beelden die het verhaal van haar moeder had opgeroepen, en het liefst zou ze

Christy in haar armen hebben genomen om de pijn te verzachten die bij de herinneringen nog altijd naar boven kwam.

Heen en weer geslingerd tussen dat verlangen en het verraderlijke stemmetje in haar hoofd dat zei dat ze haar moeder niet kon vertrouwen, keek ze uit het raam. Dit verhaal was zo echt geweest, zo oprecht, dat kon haar moeder niet hebben verzonnen. En Christy zou niet al die moeite hebben gedaan, niet zo'n lange reis hebben gemaakt, alleen om medelijden te wekken en om Kathryn en haar dichter tot elkaar te brengen.

Ze wierp een blik naar opzij, maar wendde zich haastig weer af toen ze zag dat haar dochter Christy's hand in de hare hield. Waarom kon ze haar niet vergeven, waarom kon ze haar moeder niet openlijk laten blijken dat ze van haar hield? Wat bewoog haar om de afstand tussen hen in stand te houden, terwijl ze diep vanbinnen niets liever wilde dan zich met haar moeder verzoenen? Waarom kon ze haar boosheid niet van zich af zetten, waarom kon ze zich niet laten leiden door haar gevoel? Zoals anderen dat moeiteloos leken te kunnen?

Dat waren de vragen die haar sinds het begin van de reis achtervolgden; vragen die ze thuis nog had kunnen negeren, waar de afstand tussen haar en haar moeder letterlijk aanzienlijk groter was geweest. Terwijl het rijtuig over het ruwe terrein hobbelde moest ze toegeven dat ze een hekel had aan zichzelf, aan de vrouw die ze was geworden; dat ze zich schaamde voor de manier waarop ze haar moeder en haar man behandelde, terwijl die niets anders van haar verwachtten dan liefde, begrip, vergevingsgezindheid.

Toch was er iets in haar wat haar hardnekkig dwong zich af te sluiten, zich terug te trekken, elke hoop op verzoening te dwarsbomen. De enige verklaring die ze daarvoor kon bedenken was een innerlijk beschermingsmechanisme dat in werking trad wanneer ze vreesde te worden afgewezen of bezeerd te raken. En ze wás bezeerd, niet alleen door haar moeder, ook door Harold.

Anne dacht aan haar man en aan de maar al te reële mogelijkheid dat haar langdurige afwezigheid fataal zou blijken voor haar huwelijk. Harold was knap, rijk, en het ontging haar niet hoe andere vrouwen naar hem keken. In het bijzonder een jonge weduwe, Florence Hardwick, was erin geslaagd zijn aandacht te trekken. Hij had met kracht ontkend dat er ook maar iets tussen hen was voorgevallen, maar daar was Anne nog niet zo zeker van. Zijn ontkenning was te haastig, te vurig, bovendien kwamen ze Florence overal tegen, bij elke sociale verplichting, alsof de aantrekkelijke weduwe Harold achtervolgde. Het was Anne niet ontgaan hoe ze naar elkaar toe trokken, hoe Harold in gesprekken met Florence weer de charmeur werd die hij ooit was geweest, hoe zijn ogen glansden, hoe hij naar haar glimlachte.

Ze kon niet bewijzen dat er iets niet in de haak was. Het was een kwestie van intuïtie, een gevoel dat ze had. Florence had op geen ongelukkiger moment kunnen verschijnen, want hun huwelijk verkeerde toch al in zwaar weer, doordat Harold vaak langdurig voor zaken van huis was, en doordat zij worstelde met haar onvermogen in het reine te komen met de vernietigende onthulling van haar moeder. Tot overmaat van ramp was toen ook nog haar innig geliefde vader overleden; een verlies waarvoor ze bij niemand troost had kunnen vinden.

Anne slaakte een beverige zucht en knipperde haar tranen weg. Ze had zich nog nooit zo eenzaam gevoeld als in die verschrikkelijke periode. Toch had haar trots het haar verboden steun te zoeken bij Harold of haar moeder. Ze had haar verdriet zo ver mogelijk weggestopt, maar het woekerde nog altijd diep binnen in haar en had haar verbitterd gemaakt.

'Is alles goed met je, Anne?' Christy boog zich naar voren en legde een hand op de hare.

'Ik dacht aan vader. Ik zou zo graag willen dat ik hem desnoods nog één keer zou kunnen zien...'

Christy kwam naast haar zitten. 'Dat heb ik ook,' bekende ze zacht. 'Maar het ging allemaal zo snel. Het kwam zo onverwacht. We hebben geen van allen de kans gekregen om afscheid te nemen. Mijn enige troost is dat hij van ons hield, dat hij een goed mens was en dat hij stierf terwijl hij iets deed wat hem gelukkig maakte, op een plek die hij in zijn hart had gesloten.'

Anne beantwoordde de druk van haar moeders hand. In gedachten zag ze haar vader voor zich: lang, knap, met een dikke bos zilvergrijs haar en vrolijke ogen, enthousiast bezig met een van zijn paarden in de paddock achter het huis, volledig in harmonie met zijn bestaan, met de wereld. Haar moeder had hem gevonden, in het zand, met het paard over hem heen gebogen terwijl het niet-begrijpend aan hem snuffelde. Een hartaanval had hem op die warme zomerdag wreed uit het leven weggerukt, waardoor zijn dierbaren waren achtergebleven met een reusachtige leegte.

'Hij leeft voort in mijn herinnering,' zei Christy met een zucht. 'En soms voel ik hem nog altijd naast me. Dan weet ik dat hij over ons waakt. Over ons allemaal. De schok van een plotseling overlijden is zo moeilijk te verwerken omdat er altijd dingen zijn die je nog had willen zeggen, emoties die je nog had willen delen. En ineens kan dat niet meer en moet je niet alleen leven met het verlies, maar ook met een gevoel van spijt.'

Anne dacht aan dat jonge meisje, een kind nog, dat haar moeder had verloren in de kerk, en dat ondanks alles de moed en de kracht had weten op te brengen om haar kleine broertjes te beschermen tot haar vader en Finlay terugkwamen. En om vervolgens ook hén te troosten. Nu rouwde dat meisje om de man met wie ze zo veel jaren samen was geweest. Toch bezat ze nog dezelfde levenskracht, dezelfde ontembare onverzettelijkheid die haar door zo veel moeilijke tijden heen had geholpen.

'Je bent zo sterk,' zei ze zacht. 'Waar haal je de kracht vandaan? Hoe blijf je staande terwijl het leven je zo genadeloos, zo wreed heeft behandeld?'

'Mijn kracht put ik uit mijn gezin,' antwoordde Christy. 'Uit het besef dat er van me wordt gehouden en dat anderen me nodig hebben. En dat is ook de reden waarom we nu hier zijn. Mijn verhaal verschilt niet zo veel van dat van talloze anderen, en ik vertel het niet om jullie te schokken of om medelijden te wekken, maar om jullie te laten zien dat de liefde en de loyaliteit van je familie je de kracht geven om door te gaan, wat er ook gebeurt.'

Ze legde zacht haar hand langs Annes wang. 'Het verlies van dierbaren hoort bij het leven, maar hun herinnering leeft voort zolang de verhalen worden verteld. Met deze reis wil ik jullie laten zien hoe belangrijk het is om uit te spreken wat gezegd moet worden, om onze naasten te vertellen hoe dierbaar ze ons zijn. Want soms is het daarvoor ineens te laat.'

Anne beet op haar lip, vastberaden om niet te laten merken hoe diep de woorden van haar moeder haar hadden geraakt. 'Dat begrijp ik,' zei ze, zorgvuldig haar woorden kiezend. 'Maar binnen een familie kunnen mensen elkaar ook afschuwelijk veel pijn doen, hoeveel ze ook van elkaar houden. En dan valt het niet mee om te vergeven en te vergeten.'

'Dat weet ik, lieverd,' zei Christy. 'Maar ik hoop vurig dat je tegen het eind van deze reis tot de ontdekking bent gekomen dat vergeven een helend effect heeft. Dat het een loden last van je afneemt, dat het de sluier voor je ogen wegtrekt, waardoor je eindelijk kunt zien wat er altijd al is geweest.'

Anne keek naar hun verstrengelde handen en knikte. 'Misschien,' gaf ze toe, voordat ze haar hand terugtrok en zich weer naar het raampje keerde.

Kathryn had hen gadegeslagen en vroeg zich af wat er toch aan de hand was. Ze hield van hen allebei, ze voelde dat ze allebei verdriet hadden, en ze begreep niet waarom ze hun geschillen niet gewoon konden uitpraten. Wat er ook tussen hen was voorgevallen, het deed hun allebei pijn, het bezorgde hun allebei gevoelens van spijt. En hoewel haar oma duidelijk pogingen deed om het goed te maken, leek het erop dat haar moeder nog altijd met zichzelf worstelde.

De ongemakkelijke stilte duurde voort, totdat Kathryns geduld opraakte. 'Ik weet niet wat er gaande is tussen jullie,' begon ze kordaat, 'en ik wil het ook niet weten. Maar ik wou dat jullie ophielden om de hete brij heen te draaien en het conflict eindelijk de wereld uit hielpen. Bij opa hebben we niet de kans gekregen om afscheid te nemen.' Ze keek haar moeder aan. 'Je moet je eens afvragen hoe je je zou voelen als het ineens te laat is om het met oma uit te praten.'

'Wat er tussen je oma en mij is gebeurd gaat jou niets aan,' zei Anne.

'Het gaat me zeker wel aan. Oma had het net over liefde, over loyaliteit en familie. Maar ik zie alleen verdeeldheid, ik zie dat jullie geen van beiden gelukkig zijn. Dus wat er ook aan de hand is, ik wil dat jullie het uitpraten.'

'Zo is het genoeg,' snauwde Anne. 'Je oma en ik kunnen het alleen wel af. Jij hoeft je er niet mee te bemoeien.'

'Ik zou het geen "bemoeien" willen noemen, Anne,' zei Christy zacht. 'Kathryn probeert gewoon de lucht tussen ons te klaren. En ze heeft gelijk, we moeten deze kwestie de wereld uit helpen. Anderen lijden er ook onder, en het heeft allemaal al veel te lang geduurd.'

Anne slaakte een diepe zucht. 'Dat is niet mijn schuld. Ik heb er niet om gevraagd. Of dacht je dat ik het leuk vond om te ontdekken dat alles waarin ik geloofde op leugens is gebaseerd? Als je wilt dat ik je vergeef, dan is daar meer voor nodig dan verhalen uit de oude doos en een preek over familie en loyaliteit.'

Ze wierp haar moeder een ijzige blik toe. 'Het is de ironie ten top dat je het woord "loyaliteit" zelfs maar in de mond durft te nemen. Je hebt duidelijk geen idee wat het betekent.'

Christy keek haar dochter recht aan. 'Nou en of ik daar een idee van heb! Wat ik heb gedaan, deed ik uit liefde voor jou, Anne. Bovendien heb ik die beslissing niet alleen genomen. Je vader stond volledig achter me.'

Toen Anne niet reageerde, liet Kathryn zich weer achterover zakken, in het besef dat de kwestie die dag niet zou worden opgelost. Sterker nog, dat een oplossing waarschijnlijk nog heel lang op zich zou laten wachten. Wat haar grootouders ook hadden gedaan, blijkbaar had haar moeder het heel erg gevonden. Anders zou ze niet zo halsstarrig volharden in haar weigering om Christy te vergeven. En dat stemde Kathryn intens verdrietig.

Er viel een geladen stilte in het rijtuig. De paarden draafden over een breed pad dat zich door een aantrekkelijke vallei en langs de rand van een *loch* slingerde. Kathryn keek uit het raampje en zag een schitterend oud huis, omgeven door een landgoed dat helemaal tot aan het water liep. De bomen daarachter wierpen donkere schaduwen over het rode pannendak en de fraai verzorgde gazons. Met zijn stallen en schuren zag het eruit als een jachthuis. Bovendien meende Kathryn honden te horen blaffen.

'Dat is Glen Bernisdale,' vertelde Christy. 'Het jachthuis waar mijn vader om werk heeft gevraagd. Maar dat was er natuurlijk niet. Door de ontruimingen waren we niet de enigen die naar werk zochten, en zeker niet de eersten. Maar de huishoudster had met ons te doen, ze gaf ons te eten en zei dat we in een van de schuren mochten slapen. We waren zo dankbaar dat we het eindelijk weer warm hadden en onze kleren konden drogen.'

'Waarom besloot uw vader naar Portree te gaan?' vroeg Kathryn.

'Hij dacht dat hij daar, in zo'n grote stad, misschien meer kans zou maken om werk te vinden. Bovendien hoopte hij op nieuws over Robert en Morag. Maar Robert had niet gezegd naar welk vissersdorp ze gingen, en mijn vader kende niemand van hun familie op het vasteland, dus het bleek onmogelijk hen op te sporen.'

Christy keek uit het raampje terwijl het rijtuig voortratelde over de goed begaanbare weg door het dal van Skeabost, met op de hellingen stenen cottages die uitkeken over de talrijke stromen en stroompjes die uitkwamen in het *loch*. Na Skeabost vervolgden ze hun weg naar Carbost en vandaar naar de hoofdweg die hen naar Portree zou brengen. Destijds had ze deze zelfde weg op blote voeten afgelegd, en door de kou en de honger had ze geen oog gehad voor het landschap. Ze was slechts vervuld geweest van de hoop dat ze aan het eind van hun barre tocht onderdak en werk zouden weten te vinden.

'Er zijn nu veel meer schapen dan toen,' zei ze. 'Maar dat begon destijds al. De toename van het aantal schapen. We hadden geen van allen ervaring met ze, maar wanhopig als we waren, klopten we aan bij elke boerderij die we onderweg tegenkwamen, smekend om de kans een hap eten te verdienen.'

Haar stem haperde. 'Wanneer je honger hebt is trots een luxe die je je niet kunt veroorloven. Mijn vader moet ten einde raad zijn geweest toen we voortdurend nul op het rekest kregen, bij de ene na de andere boerderij. Maar hij liet niets merken. Hij wist de moed erin te houden door onder het lopen verhalen over de Vikingen te vertellen, en de legendes die hij als klein jongetje van zijn oma had gehoord.'

'Had hij niet terug kunnen gaan naar die boerderij op het vasteland waar hij had gewerkt?'

Christy schudde haar hoofd. 'Dat was alleen voor de oogsttijd. Daarbuiten had de boer genoeg knechten om hem het jaar door te helpen.'

Een huivering bekroop haar toen ze besefte dat ze de eerste huizen van Portree hadden bereikt. 'Toen we hier aankwamen, tegen het eind van de middag, bleek dat er honderden vluchtelingen hun kamp hadden opgeslagen, op de velden, onder de bruggen, overal waar maar enige beschutting was. Allemaal ontheemd, hongerig, berooid. Net als wij.

We maakten hier en daar een praatje, en hoewel hij van iedereen te horen kreeg dat er geen werk was, ploeterde mijn vader verder, met Callum op zijn schouders. Overal in Portree wemelde het van de bedelaars, van kinderen in vodden, van moeders met zuigelingen in hun armen die stierven van de honger. De hopeloosheid, de verslagenheid hing als een lijkwade over de stad. We kregen al snel in de gaten dat niemand – de inwoners niet, de politie niet – ons graag zag komen. Zodra we een plekje hadden gevonden waar we hoopten althans even te kunnen blijven, werden we weggestuurd.'

Ze boog zich uit het raampje. 'Kun je hier alsjeblieft stoppen?' riep ze naar Gregor.

Het rijtuig kwam tot stilstand, Gregor klom van de bok en deed de deur open. 'U bent toch niet van plan om op blote voeten de stad binnen te lopen, hè?' vroeg hij met een plagerige twinkeling in zijn ogen.

Ze grijnsde. 'Nee, maar je brengt me op een idee… De tijd dat ik nog op blote voeten liep is voorbij, Gregor,' zei ze grinnikend. 'Die eerste dag hier, toen ik bij aankomst mijn laarzen had uitgetrokken… daar heb ik nog steeds last van.'

Hij hielp haar uit het rijtuig, dat naast de stenen muur stond die de afscheiding vormde van de weg. Nadat hij ook Kathryn en Anne had geholpen met uitstappen, keek hij Christy weer aan. 'Valt het u heel erg zwaar, alle herinneringen die weer bovenkomen?' vroeg hij zacht.

Christy knikte, haar blik ging naar het *loch* in de diepte, waar boten aan een kade lagen afgemeerd en waar de veerboot bezig was aan de oversteek naar het vasteland. Het rijtje huizen langs de kade was in pasteltinten geschilderd, jachten met witte zeilen scheerden over het water, vissers haalden hun netten binnen, toeristen keerden terug van hun dagtocht over het *loch*.

'Het ziet er allemaal heel wat fatsoenlijker uit dan destijds,' zei ze. 'Ik herinner me de houten pakhuizen en het sjofele hotel waaruit het rauwe gelal klonk van mannen die na een dag hard werken vergetelheid zochten in de drank. En die huisjes waren ook nog niet zo fleurig geschilderd. De zeiljachten en die boten met toeristen... dat had je toen allemaal nog niet. Maar ik ben blij dat er zo veel is veranderd. Ook Portree moet met zijn tijd mee.'

Ze keerde het weidse panorama de rug toe en begon de weg af te lopen, naar het beklinkerde plein in het hart van het stadje. 'Destijds hadden zich hier honderden gezinnen verzameld.' Ze liet haar blik over de fraaie oude gebouwen gaan, opgetrokken uit grijze steen, over de winkeltjes en de twee hotels. 'In dat gebouw daar zat een van de liefdadige instellingen die vluchtelingen passage naar Australië of Amerika aanboden. De mensen stonden er dag en nacht in de rij.'

Ze boog haar hoofd. 'Wij hadden het geluk dat mijn vader en Finlay nog wat geld hadden dankzij het oogstwerk, dus we namen onze intrek in een goedkoop logement. Daar.' Ze wees naar een zijstraat van het plein. 'Het was er armoedig en smerig, het wemelde er van het ongedierte en we moesten een kamer delen met anderen. Een gezin dat wachtte op overtocht naar Canada.'

Christy bewaarde levendige herinneringen aan het stinkende, lawaaiige krot, waar permanent een misselijkmakende geur hing en waar de vlooien een voortdurende ergernis vormden. Ze hadden er amper gelegenheid om zich te wassen, dus ze gingen om beurten naar de pomp bij het gemeentehuis. Gelukkig was het water wel drinkbaar geweest.

'We deelden met twaalf gezinnen een poepdoos, buiten op straat.

Jullie vinden de plees in de outback waarschijnlijk al verschrikkelijk, maar geloof me, waar wij het destijds mee moesten doen, dat was nog vele malen erger.' Ze huiverde bij de herinnering aan de ratten, aan de stank van de verstopte rioolbuizen.

'Papa ging elke ochtend met de twee oudste jongens op zoek naar werk, en ik zorgde voor de kleine Callum. Hij was er slecht aan toe, had moeite met ademhalen, zat onder de vlooienbeten, en tot overmaat van ramp gloeide hij van de koorts. Doordat we medicijnen voor hem moesten kopen waren we al snel door ons spaargeld heen. Niet dat ze hielpen. Het ging steeds slechter met hem. Uiteindelijk bracht papa hem naar het ziekenhuis. Hij móest meteen blijven.'

Haar stem klonk onvast, de emoties werden haar te machtig. 'Volgens de dokter had hij astma en een longontsteking. En omdat hij ernstig ondervoed was, zag het er somber uit. Waarschijnlijk zou hij de ochtend niet halen.'

De tranen stroomden over haar gezicht bij de herinnering aan haar kleine broertje, van wie ze zo innig veel had gehouden. 'We mochten bij hem blijven. Toen het licht begon te worden deed hij nog één keer zijn ogen open, hij glimlachte naar ons, en toen was hij dood.'

Kathryn sloeg een arm om haar heen, terwijl Christy probeerde haar tranen de baas te worden.

'De dood van Callum brak de trots en het verzet van mijn vader,' wist ze ten slotte uit te brengen. 'Hij moest zich erbij neerleggen dat er voor hem en zijn gezin geen toekomst was op Skye, en op de dag dat Callum in een armengraf werd bijgezet, sloot mijn vader aan in de rij voor een kosteloze overtocht. Volgens mij kon het hem niet schelen waar we naartoe gingen, als hij zijn kinderen maar een veilige toekomst kon bieden.'

Ze boog haar hoofd. 'Hij kon niet weten hoe schokkend slecht de omstandigheden aan boord zouden zijn. En dat ons gezin opnieuw een verschrikkelijk verlies zou lijden voordat het schip afmeerde in Tasmanië.'

'O nee,' bracht Kathryn ademloos uit. 'Wie ging er nog meer dood?'

Christy schudde haar hoofd. 'Daar kan ik nu niet over praten.' Het kostte haar nog altijd de grootste moeite haar emoties onder controle te houden. 'Het spijt me.'

In de daaropvolgende stilte slaagde Christy erin zich te vermannen. Ze slaakte een diepe zucht, droogde haar tranen en keerde zich naar Gregor. 'Vannacht verblijven we in de Isles Inn. Zou je onze bagage daar willen afleveren? Ik ben zo vrij geweest ook een kamer voor jou te boeken, maar waarschijnlijk ga je liever naar je ouders nu we zo dicht in de buurt zijn.'

Hij knikte. 'Ik zie ze toch al veel te weinig. Dus als u het niet erg vindt...'

'Nee, natuurlijk niet. Ik hoop alleen wel dat je met ons mee-eet. Het is onze laatste avond hier, en na alle sombere verhalen hebben we behoefte aan een beetje vrolijkheid.'

'Graag! Ik voel me vereerd. En het zou weleens een geanimeerde avond kunnen worden. De Isles Inn heeft een naam op te houden. De meeste avonden wordt er muziek gemaakt.' Hij grijnsde. 'De toeristen zijn er dol op.'

Christy wist een waterige glimlach te produceren. 'Dat geloof ik graag.' Ze nam hem apart toen Kathryn zich bij Anne voegde, die winkeltjes keek. 'Ik heb je hulp nodig, Gregor,' zei ze zacht. 'Maar mondje dicht tegen de anderen.'

'Natuurlijk.' Zijn gezicht stond ernstig. 'Waar gaat het om, als ik vragen mag?'

'Voordat ik hier morgenavond vertrek, zou ik graag de directeur van de bank en nog een paar mensen willen spreken. En ik zou het op prijs stellen als jij bij die gesprekken aanwezig wilt zijn.'

Hij trok een wenkbrauw op. 'Dat wordt een slapeloze nacht,' zei hij grijnzend. 'Kunt u niet nog íéts meer verklappen?'

Ze haalde vluchtig haar schouders op. 'Het gaat om een belofte die ik moet inlossen. En het heeft te maken met kleine Callum. Ik zie je vanavond om acht uur aan het diner.'

Gregor keek haar grinnikend na toen ze zich bij de anderen voegde. Wat was ze dapper! Een vrouw met karakter. Het leven was hard voor haar geweest, ze had klap op klap gekregen, maar ze liet zich niet kleinkrijgen. In haar tengere gestalte school een kern van staal, met haar opgeheven hoofd straalde ze wilskracht en vastberadenheid uit. En toch voelde ze zich niet te trots om te huilen, om haar emoties te tonen. Hij had grote bewondering voor haar en hoopte vurig dat haar chagrijnige dochter uiteindelijk zou beseffen hoe dankbaar ze mocht zijn voor een moeder als Christy MacInnes.

10

Omdat Gregor er geen gebruik van maakte, nam Kathryn enigszins opgelucht haar intrek in de eenpersoonskamer. Sinds hun confrontatie in het rijtuig was de sfeer tussen haar en haar moeder kil en gespannen, dus ze was blij dat ze althans even afstand kon nemen.

De kleine kamer lag op de eerste verdieping en keek uit over het plein. Zware balken ondersteunden het lage plafond; de betengelde, gepleisterde muren waren voorzien van een donkere lambrisering die paste bij de zware houten meubels. De vloer kraakte en liep af naar het raam, het bed was rijkversierd met houtsnijwerk, had een dikke matras en was opgemaakt met spierwitte lakens en donkergroen geruite dekens. Door de kleine ramen, verdeeld in ruitvormige panelen, kwam weinig licht, waardoor het vrij donker was in de kamer, maar met de lampen aan en een laaiend vuur in de haard was het er knus en behaaglijk.

Kathryn bedankte het kamermeisje dat heet water kwam brengen en deed haar hutkoffer open om haar nachtgoed eruit te halen, een jurk voor die avond aan het diner, en geschikte kleding voor de volgende dag, wanneer ze de veerboot naar het vasteland zouden nemen. Nadat ze alles had opgehangen in de enorme kast die bijna een hele muur in beslag nam, kleedde ze zich uit tot haar ondergoed, ze goot het hete water in de porseleinen waskom en spoelde het stof van de lange tocht van zich af.

Even later zat ze aan haar kaptafel, borstelde haar haar en stak het zorgvuldig op tot de losse knot die op dat moment in de mode was. Toen ze een paar krullen uit de spelden trok om haar gezicht te omlijsten, zag ze dat de zon een blos op haar wangen had getoverd en dat de simpele groene jurk de kleur van haar ogen nog beter tot zijn recht deed komen. Ten slotte deed ze haar gouden oorknopjes in en hing de ketting om met het gouden medaillon die ze voor vertrek uit Melbourne van haar vader had gekregen. Een bescheiden, maar verzorgde uitmonstering, gepast voor een avond in een klein hotel.

Glimlachend vroeg ze zich af of het Gregor zou opvallen dat ze haar best had gedaan om er goed uit te zien. Ze zette de gedachte onmiddellijk weer van zich af. Hun werelden waren te verschillend, en hoewel hij zich een geweldige metgezel en gids had betoond, en hoewel ze ervan had genoten een beetje met hem te flirten, stapte ze morgen op de veerboot naar het vasteland; de eerste etappe van de reis naar huis en naar haar nieuwe, opwindende leven in Sydney.

Omdat ze nog een uur de tijd had tot het diner, pakte ze haar dagboek. Maar haar pen haperde boven het papier. Waar moest ze beginnen, er was zo veel waarvan ze verslag wilde doen. Dankzij haar liefde voor geschiedenis was haar droom om te gaan studeren werkelijkheid geworden. De uren die ze had doorgebracht in de bibliotheek, verdiept in talloze soms stoffige boeken, waren niet te tellen. Maar de kennis die ze daar had opgedaan woog niet op tegen wat ze de afgelopen dagen had geleerd, waarin haar oma haar persoonlijke geschiedenis, en die van Skye, zo aanschouwelijk en hartverscheurend tot leven had gewekt.

De beelden die haar verhalen hadden opgeroepen waren zo krachtig dat Kathryn de hongerige ontheemden bijna kon zíén, dolend over het plein, op zoek naar werk, naar eten, naar onderdak, met als enige resultaat dat ze werden weggestuurd en in veel gevallen scheep gingen naar een onzekere toekomst.

Ze kreeg tranen in haar ogen bij de gedachte aan kleine Callum, die ondanks zijn klompvoet, ondanks de verschrikkingen die hij had moeten doorstaan, uit de verhalen naar voren was gekomen als een gelukkig kind met een opgeruimd karakter. Het was geen wonder dat zijn dood de genadeslag had betekend voor zijn vader, nadat die kort daarvoor ook zijn vrouw en zijn huis had verloren. De trotse, vaderlandslievende eilander, telg uit een eeuwenoud geslacht, had daardoor alle hoop verloren en was op de knieën gedwongen door onbeheersbare krachten; gebroken door wat hij moest hebben gezien als zijn falen om zijn dierbaren te beschermen.

Kathryn knipperde haar tranen weg. Wat mocht zij zich dan gelukkig prijzen! Ze woonde in een heerlijk huis, honger had ze nooit gekend, om nog maar te zwijgen van de angst om te worden verjaagd, van het verlies van alle hoop. Deze reis was een openbaring voor haar geweest; een venster naar een andere wereld en een andere tijd, waarin een mensenleven niets waard was, maar afhankelijk van willekeur en onverschilligheid.

Ze slaakte een diepe zucht en probeerde zich voor te stellen hoe haar oma zich staande had weten te houden in het nieuwe vaderland dat haar was opgedrongen. Bezield door een innerlijk vuur waardoor ze ook de wreedste slagen van het lot weer te boven was gekomen, had ze zich er niet onder laten krijgen en haar nieuwe leven tot een succes gemaakt. Zou zíj net zo sterk zijn, vroeg Kathryn zich af. Zou zíj in het aangezicht van zulke beproevingen net zo dapper stand weten te houden als haar oma? Ze kon alleen maar hopen dat ze het antwoord op die vraag nooit zou kennen.

Terwijl haar pen nog altijd boven het papier zweefde, gingen haar gedachten naar haar grootvader. Opa sprak zelden over zijn jeugd, maar uit het weinige dat hij haar had verteld was een beeld opgerezen van nijpende armoede, angst om het bestaan en een bijna fatale overtocht naar Australië. Maar net als haar oma had ook hij weten te overleven en in zijn nieuwe vaderland een gelukkig, welvarend bestaan opgebouwd.

Kathryn dacht ook aan haar vader. Aan zijn verhalen over zijn jeugd. Dat zijn moeder al jong was gestorven en dat zijn vader hem toen had meegenomen naar de opaalvelden, waar geen plaats was voor kinderen, waardoor ze veel te snel volwassen werden. Die tijd leefde nog altijd diep binnen in hem, en ook al was het leven hard geweest, hij had altijd liefdevol en trots over die jaren gesproken. Wat zou hij nu doen, vroeg ze zich af. In Melbourne was het al ochtend en brak een nieuwe dag aan. Ze miste hem, en hij miste haar, dat wist ze zeker. Maar zou hij haar moeder ook missen?

Kathryn smoorde een zucht. Ze was bij lange na niet zo naïef als haar moeder dacht. Bovendien had ze de ruzies gehoord achter de gesloten slaapkamerdeur en deelde ze haar moeders bezorgdheid over Florence Hardwick, de aantrekkelijke weduwe wier charmes geen man van vlees en bloed onberoerd zouden laten.

Ze wilde haar vader geloven wanneer hij zei dat er nooit iets tussen Florence en hem was gebeurd, maar tegelijkertijd was ze niet blind voor de kilte die tussen haar ouders was gegroeid, voor de steeds grotere afstand, voor het feit dat haar vader hoe langer hoe vaker van huis was. Harold Ross was dynamisch, charmant, en door de lange afwezigheid van zijn vrouw was hij op zichzelf teruggeworpen. Dat kon gevaarlijk zijn voor een man die niet gelukkig was in zijn huwelijk. Eenzaam en alleen in dat grote huis zou hij gemakkelijk voor verleidingen kunnen zwichten.

Kathryn legde haar dagboek opzij en pakte de kleine leren map met postpapier en enveloppen. Ze zou haar vader schrijven dat haar moeder hem vreselijk miste, dat ze ongeduldig uitzag naar haar terugkeer. Daarmee deed ze de waarheid weliswaar geweld aan, maar ze móést iets doen aan doen aan de verslechterde verstandhouding tussen haar ouders.

Nadat ze een paar velletjes had volgeschreven, liet ze haar pen even rusten, denkend aan de kilte tussen haar moeder en haar oma. Als het waar was wat haar oma had gezegd, als haar opa inderdaad deelgenoot was geweest van wat haar moeder een onvergeeflijke leugen had genoemd, dan kon het niet anders of haar grootouders hadden inderdaad gehandeld uit liefde en beschermingsdrang. Na alles wat ze in hun leven hadden meegemaakt, ontbrak het hun niet aan de moed om de werkelijkheid onder ogen te zien. Een leugen zou hun niet gemakkelijk zijn afgegaan. Dus wat het probleem ook was, het moest inderdaad ernstig zijn.

Ze beet op haar lip, denkend aan het gesprek in het rijtuig, eerder op de dag. Aan de splijtzwam in haar familie. En omdat ze niet wist wat die splijtzwam was, kon ze er niets tegen doen.

Ze ging verder met de brief aan haar vader en schreef hoe verdrietig de onenigheid tussen haar moeder en haar oma haar stemde. Wist hij misschien wat er aan die onenigheid ten grondslag lag? Ze ondertekende met veel liefs, vloeide de inkt droog en schoof de opgevouwen velletjes papier zorgvuldig in een envelop. Haar vader zou de brief waarschijnlijk pas over zes, zeven weken krijgen. Tegen die tijd waren ze al bijna weer thuis.

Christy bedankte het kamermeisje dat heet water en handdoeken had gebracht, en begon aan de voorbereidingen voor het diner. Het voelde vreemd om hier terug te zijn, als gast in het hotel waar ze ooit hongerig en verkleumd in de keuken had moeten sloven. Met een wrange glimlach wikkelde ze de dikke, rulle handdoek om zich heen terwijl ze uit het zitbad stapte. De eigenaar had verrast gereageerd op haar verzoek de keuken te mogen zien, en hij had zich geschokt getoond toen ze vertelde dat ze er ooit als hulpje had gewerkt. Hij had haar een rondleiding gegeven door de bedrijvige keuken, die niet eens zo veel veranderd was, en hij had haar hoffelijk voorgesteld aan het personeel en haar zijn toekomstplannen verteld. Het toerisme maakte een enorme groei door, en als trotse nieuwe eigenaar van het hotel was hij vastbesloten van die groei te profiteren.

Bij het zien van het huidige keukenhulpje, een mager meisje met rode handen, moest Christy denken aan de afschuwelijke tijd die ze hier had doorgebracht, en toen ze even later weer bovenkwam, op haar kamer, hadden de herinneringen haar als een stortvloed overspoeld. Samen met haar vader en haar broers had ze een wanhopige strijd gevoerd om te overleven, en nu was ze hier terug, als een deftige toerist, en werd ze met alle egards ontvangen.

Ze had veel bereikt, besefte ze, terwijl ze haar kapsel in model bracht en naar haar spiegelbeeld keek. Het magere, half verhongerde kind bestond niet meer, het leefde alleen nog voort in haar herinnering.

Haar plaats was ingenomen door een elegante vrouw, in wier gezicht de ervaringen van een heel leven zich aftekenden en in wier ogen het verdriet zich nooit helemaal liet uitwissen.

Met een zucht speldde ze de camee op de geschulpte kraag van haar eenvoudige zwarte jurk. Ze had de broche ter ere van haar vorige verjaardag van haar man gekregen. Terugdenkend aan zijn kus, zijn lieve glimlach, streek ze teder met haar hand over het sieraad. Ach, kon hij nu maar bij haar zijn, haar dierbare rots in de branding. Hij zou de juiste bewoordingen hebben weten te vinden om met Anne te praten; hij zou haar hebben geholpen de breuk te helen die geleidelijk aan onoverbrugbaar leek te zijn geworden; hij zou de eenheid in de familie hebben hersteld. Maar hij was er niet meer, en net als Callum en al die anderen zou ze ook hem pas terugzien wanneer haar tijd was gekomen om zich bij hen te voegen.

Omdat het stadje, het hotel en haar herinneringen haar somber stemden, pakte ze haar boek en ging ermee bij het vuur zitten. Ze had nog een uur tot het diner; die tijd moest ze gebruiken om haar moreel een beetje op te vijzelen. The Napoleon of Notting Hill, de komische roman van G.K. Chesterton, was daarvoor het perfecte middel.

Anne was een uurtje gaan liggen, maar haar malende gedachten gunden haar geen rust. Uiteindelijk stond ze maar weer op, om zich gereed te maken voor de avond. Ze koos een eenvoudige rok met een kanten bloes, een stola van blauwe zijde die ze aan boord van de oceaanstomer had gekocht, en haar mooiste knooplaarsjes met hoge hakken. Toen ze tevreden was over haar kapsel deed ze haar parels om, ze trok de deur achter zich dicht en liep naar de kamer van haar moeder. Het was tijd om schoon schip te maken.

Christy droeg de Schots geruite sjaal over een sobere zwarte japon waarop ze een camee had gespeld. Anne besefte geschokt hoe oud en vermoeid ze eruitzag. Opkijkend uit haar boek begroette ze haar dochter met een warme glimlach. 'Dag, kindje. Wat een heerlijke verrassing!'

'We moeten praten,' zei Anne stijfjes. 'Ik vond dat het tijd werd.'

Christy legde haar boek neer en klopte op de stoel tegenover haar, aan de andere kant van de haard. 'Dat lijkt me een goed idee,' zei ze zacht.

Anne ging zitten, streek haar rok glad en stak van wal, zorgvuldig haar woorden kiezend. 'Om te beginnen hoop ik dat je althans wilt proberen te begrijpen waarom ik deze hele reis zo boos en kortaf tegen je ben geweest. Dat is anders niets voor mij, maar ik vind het zo moeilijk om in het reine te komen met wat vader en jij hebben gedaan. Ik ben bang dat ik me daardoor afschuwelijk heb gedragen. Inmiddels besef ik dat jullie het goed bedoelden. Toch blijf ik vinden dat jullie niet tegen me hadden mogen liegen.'

Ze vouwde haar handen in haar schoot, ontweek de blik van haar moeder en wachtte met bonzend hart af hoe die zou reageren.

'Ik begrijp hoe moeilijk je het daarmee hebt,' zei Christy zacht. 'Natuurlijk begrijp ik dat. Het is logisch dat je je gekwetst voelde, dat je in je bezeerdheid uithaalde naar alles en iedereen. Ik zou er alles voor over hebben gehad als ik je die pijn, dat verdriet had kunnen besparen. En ik ben zo dankbaar dat je inmiddels wilt aannemen dat we weliswaar niet eerlijk tegen je zijn geweest, maar dat we werden gedreven door de beste bedoelingen.'

Anne knikte, met haar handen krampachtig verstrengeld, vechtend tegen haar emoties. 'Ik heb deze reis veel geleerd.' Haar stem beefde. 'Niet alleen over jou, ook over mezelf. En ik ben tot de conclusie gekomen dat ik niet in mijn voordeel ben veranderd. Sterker nog, ik vind mezelf ronduit onsympathiek.' Ze sprak haastig verder, voordat haar moeder haar kon onderbreken. 'Je had gelijk met wat je zei over familie, over hoe belangrijk die is. Maar het voelt alsof ik de situatie uit de hand heb laten lopen, en ik weet niet wat ik daaraan moet doen. Ik weet niet hoe ik het weer goed kan maken.'

Ze keek haar moeder eindelijk aan. 'Kun je me vergeven?' vroeg ze fluisterend, verstikt door tranen.

Christy kwam naar haar toe en sloeg haar armen om haar heen. 'Ach meisje, er valt niets te vergeven,' zei ze gesmoord, met haar lippen in Annes haar. 'Het is mijn schuld wat er tussen ons is gebeurd. Niet de jouwe.' Ze deed een stap naar achteren, legde haar handen langs Annes gezicht en drukte een kus op haar voorhoofd. 'Misschien kunnen we samen zorgen dat alles weer goed komt.'

'O, moeder,' bracht Anne snikkend uit. 'Ik ben zo dom geweest. Kathryn houdt veel meer dan haar vader dan van mij, en ik heb Harold weggeduwd, hem verwaarloosd. Stel je voor dat hij straks in Melbourne niet op de kade staat! Dat hij heeft besloten bij me weg te gaan!'

'Sst,' fluisterde Christy sussend. Ze trok Anne opnieuw dicht tegen zich aan. 'Harold is trouw, ik weet zeker dat hij nog zielsveel van je houdt en dat hij dolgelukkig is wanneer je straks weer thuis bent. En wat Kathryn betreft, dat is natuurlijk onzin wat je zegt. Ze houdt van jullie allebei net zo veel. Ze wil alleen dat jullie samen gelukkig zijn, zodat ze zich geen zorgen hoeft te maken wanneer ze naar Sydney gaat.'

Anne leunde naar achteren, in haar blik laaide jaloezie op. 'Dus ze heeft jou zoals altijd in vertrouwen genomen?'

'Helemaal niet,' antwoordde Christy met grote stelligheid. 'Maar ik ken mijn kleindochter, ik zie dat ze zich zorgen maakt, over jullie allebei.' Ze nam de handen van haar dochter in de hare. 'Kathryn is geen kind meer, lieverd. Ze is een intelligente jonge vrouw, en ze heeft in de gaten dat het niet goed zit tussen Harold en jou. Daarover maakt ze zich zorgen.'

'Wat moet ik doen?'

'Als je Kathryn in vertrouwen neemt, als je haar vertelt hoe je huwelijk ervoor staat, dan zal je merken dat het jullie nader tot elkaar brengt.'

'Ik weiger de intieme details van mijn huwelijk met mijn dochter te bespreken,' zei Anne verontwaardigd. 'Dat zou ongepast zijn.'

Christy gaf haar een zakdoek en wachtte tot Anne weer wat gekalmeerd was. 'Dat bedoel ik ook niet,' zei ze toen geduldig. 'Ik bedoel dat je haar vertelt hoe je je voelt, wat je in Harold ergert – alle mannen zijn soms irritant, dat gold ook voor je vader,' voegde ze eraan toe, in een poging tot luchtigheid. 'Vertel je dochter waarom je ooit verliefd op haar vader bent geworden. Misschien is dat ook wel verhelderend voor jouzelf. Want volgens mij zijn jullie allebei vergeten wat jullie in die eerste jaren van je huwelijk voor elkaar betekenden.'

Anne dacht aan Harold. Nee, ze was de passie uit die eerste jaren nog niet vergeten, maar die was geleidelijk aan steeds meer naar de achtergrond verdwenen; de liefde was verwelkt, en dat verweet ze niet alleen Harold, maar ook zichzelf.

De stem van Christy onderbrak haar overpeinzingen. 'Vertel je dochter hoe je het destijds hebt ervaren toen Harold druk was met het opbouwen van zijn bedrijf en jou weken achter elkaar aan je lot overliet, terwijl hij het hele land afreisde. Vertel haar hoe dierbaar ze je is, hoe trots je op haar bent. Stel voor om samen te gaan winkelen voordat ze haar koffers pakt om naar Sydney te gaan. Maar het belangrijkste is: laat haar zien hoeveel je van haar houdt en dat je er alles aan wilt doen om je huwelijk te redden.'

Enigszins gekalmeerd besefte Anne dat haar moeder, zoals altijd, gelijk had. In haar teleurstelling en haar bezorgdheid omdat Kathryn het huis uit ging had ze zich van haar dochter verwijderd. En van haar man. Kathryn en zij deelden nog maar zo weinig intieme momenten. Ze dacht eraan hoe onaardig ze tegen haar dochter was geweest, hoe afkeurend over haar verwachtingen, haar dromen, omdat die botsten met de hare. Het was aan Harold te danken dat haar dochter haar droom om te gaan studeren had weten te verwezenlijken.

'Ik hoop dat ik niet te laat ben,' zei ze verdrietig.

'Tussen moeder en dochter is het nooit te laat.' Christy gaf haar een schone zakdoek. 'Die band blijft altijd, hoezeer hij ook onder druk komt te staan. Heb vertrouwen in Kathryn, en heb vertrouwen in jezelf, Anne. Dan zal je zien dat ik gelijk heb.'

'Maar mijn huwelijk, wat moet ik daaraan doen? Misschien heb ik het allemaal al veel te lang op zijn beloop gelaten. En dan ben ik nu ook nog zo lang weg.'

'Dat is iets tussen jou en Harold. Waarom schrijf je hem niet hoe vreselijk je hem mist? En dat je hoopt dat jullie straks, als je weer terug bent, een nieuwe start kunnen maken?'

'Ja, dat ga ik doen.' Ze keek haar moeder aan en pakte haar handen. 'Het spijt me,' fluisterde ze. 'Het spijt me dat ik je zo veel verdriet heb gedaan. Dat heb je niet verdiend. Integendeel.'

Christy drukte haar handen, er blonken tranen in haar ogen terwijl ze haar dochter op de wang kuste. 'Verdriet gaat over,' zei ze zacht. 'En zolang we vertrouwen hebben in elkaar, kan onze band alleen maar hechter worden. Van nu af aan zal ik nooit meer iets voor je geheimhouden, Anne. Dat beloof ik.'

Anne omhelsde haar, en opnieuw stroomden de tranen over haar wangen terwijl ze zich koesterde in haar moeders armen, in haar vertrouwde geur. Vervuld van nieuwe hoop zag ze de toekomst met vertrouwen tegemoet, een toekomst waarin Harold en zij samen weer gelukkig zouden zijn en waarin Christy opnieuw het kloppend hart van de familie was. Misschien zou Kathryn dan met een geruster gevoel de deur uit gaan, in de wetenschap dat de hechte, liefhebbende band tussen de drie generaties was hersteld.

Kathryn klopte op de deur van haar moeder. Toen ze geen antwoord kreeg keek ze om een hoekje. De kamer was leeg. Blijkbaar was haar moeder al naar beneden gegaan. Ze haastte zich naar de kamer van haar oma, boven aan de trap, ongeduldig om naar de eetzaal te gaan, want van beneden klonk geroezemoes en het geluid van instrumenten die werden gestemd.

Boven aan de trap gekomen zag ze de deur van haar oma's kamer opengaan. Verbaasd keek ze naar de twee vrouwen die glimlachend naar buiten kwamen. En haar verbazing veranderde in een gevoel van euforie toen ze hun armen naar haar uitstrekten en haar omhelsden.

'Jullie hebben het uitgepraat,' fluisterde ze dankbaar. Haar blik ging van het ene stralende gezicht naar het andere.

'Inderdaad.' Christy legde een arm om Annes smalle taille. 'Dus laten we gauw naar beneden gaan om een fles champagne te bestellen. Tenminste, als ze dat hier hebben. Zo te horen wordt het een vrolijke avond, en ik ben wel in de stemming voor een feestje.'

Anne glimlachte teder, waardoor de zorgelijke lijnen uit haar gezicht verdwenen en ze ineens jaren jonger leek. En waardoor haar dochter een glimp opving van het knappe meisje dat ze ooit was geweest. 'Laten we twee flessen bestellen,' zei ze met een ondeugende twinkeling in haar ogen. 'Kom, voordat we ook maar iets van de pret missen.'

Sprakeloos van geluk volgde Kathryn hen de trap af, naar de eetzaal, waar de muzikanten inmiddels een vrolijke jig hadden ingezet. Dolgelukkig dat haar moeder en haar oma hun conflict hadden bijgelegd, durfde Kathryn weer hoop te koesteren dat haar moeder nu ook weer toenadering zou zoeken tot haar vader. En zo kwam alles weer goed. Terwijl ze haar blik in het rond liet gaan en zag dat Gregor naar hen keek, begon haar hart sneller te slaan. Hij had zichtbaar moeite gedaan voor hun laatste avond. Zijn haar was geborsteld, hij had zich geschoren, en in zijn kilt, met een jasje en een wit overhemd, en met een fraaie *sporran* van bont aan zijn riem was hij een knappe verschijning. Over zijn schouder hing een Schots geruite doek, vastgespeld met een fraaie broche van geel kwarts in een zetting van goudfiligraan. Wollen kousen, met in een daarvan een kleine dolk, omsloten zijn gespierde kuiten. Zijn voeten staken in glimmend gepoetste brogues.

'Allemachtig,' fluisterde Anne. 'Wat een beetje zeep en een borstel al niet kunnen doen.'

Kathryn wilde net reageren, toen ze zag dat Gregor niet alleen was, maar met een meisje aan de arm naar hen toe kwam. Een buitengewoon knap meisje, met zwart haar, blauwe ogen en een open glimlach. Een beetje beteuterd dat hij voor hun laatste avond een gast had meegebracht, was Kathryn ook blij voor hem dat hij zo gelukkig leek.

'Goedenavond,' zei hij met stemverheffing, om boven de harde muziek uit te komen. 'Dit is Freya, mijn vrouw.'

Toen Kathryn besefte dat ze hen aangaapte, dwong ze zichzelf haastig te glimlachen.

'Nee maar, dat heb je goed verborgen weten te houden!' Christy schudde het meisje lachend de hand en stelde de anderen aan haar voor. 'Hoelang ben je al met deze schavuit getrouwd?'

‘Pas een jaar.’ Ze sprak met het kenmerkende licht brouwende Schotse accent. ‘Ik hoop niet dat u het vervelend vindt dat ik er vanavond ook bij ben. Maar dit is onze trouwdag. Ik ben er speciaal het weekend voor overgekomen.’

‘Dan bestellen we nog een extra fles champagne,’ zei Christy vol verrukking. ‘Kom, laten we naar onze tafel gaan. Dan zullen we eens informeren of de hotelier nog een paar mooie flessen in zijn kelder heeft.’

Hun tafel stond helemaal aan de andere kant van de grote eetzaal, zo ver mogelijk bij de muzikanten vandaan en ten dele van het geluid afgeschermd door de enorme, rijk bewerkte houten toog. De gelagkamer oogde als het soort gelegenheid waar Kathryn en haar moeder thuis in Australië geen voet over de drempel zouden zetten, vanwege het ruwe publiek dat er kwam. Maar dat leek hier aanzienlijk gemêleerder, afkomstig uit alle sociale milieus. De sfeer was uitstekend, de band speelde rustige muziek, het eten was verrukkelijk en de eerste fles champagne werd in snel tempo soldaat gemaakt.

Kathryn dacht beschaamd aan het gesprek dat ze met Gregor op het kerkhof had gevoerd. Haar wangen gloeiden toen ze hoorde dat hij zijn vrouw in Dundee had leren kennen, waar hij oude geschiedenis had gestudeerd. Freya had destijds net haar opleiding voor onderwijzeres afgerond, en na hun trouwen waren ze verhuisd naar Inverness. Gregor doceerde daar aan de universiteit, Freya gaf les op een kleuterschool.

‘Je zit vol verrassingen,’ zei Kathryn plagend, om haar gêne te camoufleren. ‘Maar wat deed je besluiten om met een rijtuig over Skye te gaan rijden? Dat begrijp ik niet.’

‘De zomervakantie duurt altijd zo lang. Dus toen ik hoorde dat je oma een gids nodig had, heb ik die kans met beide handen aangegrepen.’ Hij grijnsde. ‘Ik hoorde het van Mungo, nadat je oma hem had geschreven om kamers te reserveren.’

‘En je vrouw dan? Verveelt die zich niet wanneer jij aan de zwier gaat?’

‘Aan de zwier?’ Gregor schoot in de lach. ‘Zo zou ik het niet willen noemen. Het was keihard werken. Vrouwen zonder laarzen, op blote voeten… paarden die het op achterwerken gemunt hadden… mensen die het onmogelijke eisten.'

'Tja, dat valt inderdaad niet mee,' verzuchtte Kathryn. 'Zijn we erg lastig geweest? Was het echt zo'n beproeving?'

Hij schudde grinnikend zijn hoofd. 'Nee, het was geweldig, en ik heb een hoop van je oma geleerd. Een bijzondere vrouw. Ik heb grote bewondering voor haar.' Hij pakte Freya's hand en kuste haar vingers. 'En Freya verveelt zich voorlopig niet. Ze komt weer hierheen wanneer zij ook vakantie heeft. Dan blijven we een deel van de zomer hier, en daarna gaan we naar haar familie in Aberdeen.'

Kathryn kon niet anders dan glimlachen bij het zien van hun stralende gezichten. 'Nou, we hebben een hoop te vieren vanavond,' zei ze toen de ober de tweede fles champagne ontkurkte en de glazen bijschonk. 'Mama en oma hebben het uitgepraat, en daar zijn ze allebei erg blij om.'

Gregor keek naar Anne, die geanimeerd met haar moeder zat te praten. 'Dat zie ik. Gelukkig maar. Volgens mij hebben ze het allebei niet gemakkelijk gehad de afgelopen dagen.'

Hij schoof zijn stoel naar achteren, stond op en hief zijn glas. 'Ik zou graag een toost willen uitbrengen. Op mijn prachtige vrouw. En op mijn nieuwe vrienden. Er is een oud Schots gedicht dat volgens mij perfect bij de gelegenheid past.'

Het werd stil, Gregor schraapte zijn keel, toen schalde zijn diepe bas door de zaal:

'*May the best ye've ever seen*
Be the worst ye'll ever see
May a moose ne'er leave yer girnal
Wi'a tear drap in his e'e
May ye aye keep hale an' he'rty
Till ye're auld eneuch tae dee
May ye aye be jist as happy
As we wish ye aye tae be.'

'Slàinte!'

Er steeg een goedkeurend gejuich op, en de toost werd door de hele zaal herhaald en beantwoord. Gregor ging blozend weer zitten.

'Prachtig! Maar wat betekent het?' vroeg Anne met pretlichtjes in haar ogen.

Hilariteit alom, waarop Christy de tekst voor Anne en Kathryn vertaalde. De wens dat een muis je provisiekast nooit met betraande ogen zou verlaten, betekende dat er altijd genoeg te eten in huis zou zijn, legde ze uit.

De muzikanten zetten weer in, en het duurde niet lang of de stoelen werden aan de kant gezet, de tafels tegen de muren geschoven, en er werd gedanst. Toen de champagne op was en iedereen overging op whisky werd de muziek steeds luider, steeds sneller, en tegen het eind van de avond stond alleen wie nog jong en sterk was op de dansvloer.

Toen de klok achter de toog elf keer sloeg en de bel werd geluid voor de laatste ronde, liep Christy met haar gezelschap naar buiten om een frisse neus te halen en afscheid te nemen van Freya en Gregor. Nadat die in hun rijtuigje waren weggereden, bleven de drie vrouwen nog even staan, om naar de miljoenen sterren te kijken aan het zwarte uitspansel hoog boven hen.

'Het doet me denken aan de nachtelijke hemel in de outback,' zei Christy. 'Misschien ga ik na onze terugkeer wel naar Wallangarra, om te kamperen met mijn kleinzoons en ze de oude verhalen van de Aboriginals te vertellen, over hoe de sterren zijn geboren en waarom de zon en de maan elkaar nooit zullen ontmoeten.'

'Ik denk niet dat Hamish dat goedvindt,' zei Anne lachend. 'Je weet hoe hij is. Alles wat maar enigszins riskant zou kunnen zijn vindt hij maar niks. Zeker niet als het van jou komt.'

'Ach, hij is dol op zijn jongens, en overbezorgd,' zei Christy. 'Misschien moet ik vragen of hij meegaat. Het is jaren geleden dat we in de bush hebben gekampeerd.'

'Kom, tijd om naar bed te gaan,' zei Anne teder. 'We hebben morgen een lange dag voor de boeg, en ik weet niet hoe het met jullie is, maar mijn voeten doen zeer van het dansen.'

Christy schoof glimlachend een arm door die van haar dochter en kleindochter. 'Ik heb een heerlijke avond gehad,' zei ze zacht. 'De perfecte afsluiting van mijn terugkeer. Een herinnering die ik de rest van mijn leven zal koesteren.'

Kathryn kwam de eetzaal binnen toen Christy net klaar was met haar ontbijt. 'Moeder heeft een blad naar boven laten brengen.' Ze ging aan tafel zitten. 'Volgens mij is ze een beetje versleten na alle opwinding van gisteravond.'

'Ik ben ook niet bepaald fit en uitgeslapen,' moest Christy bekennen. 'Blijkbaar word ik echt te oud voor dat soort gekkigheid.'

'U hebt er anders wel van genoten,' plaagde Kathryn. 'En zo te zien zou u het zó weer doen.'

Daar haakte Christy dankbaar op in. 'Ik heb hier nog het een en ander af te handelen,' zei ze luchtig. 'Gregor komt me over tien minuten halen, om me voor te stellen aan de directeur van de plaatselijke bank. En daarna moet ik nog wat inkopen doen. En vervoer regelen.'

'Vervoer regelen? Hoezo? Gregor brengt ons toch zeker met onze bagage naar de veerboot?'

'Ja, maar ik wil later op de ochtend nog ergens heen, en die tocht kunnen we beter met een kleiner rijtuigje maken. Bij voorkeur met een buggy.' Ze keek op het horloge dat ze op een revers van haar jasje had gespeld. 'Ik denk dat ik tegen elven terug ben. Dus blijf een beetje in de buurt. En zeg tegen Anne dat ze dan ook klaarstaat.'

'Maar dat duurt nog twee uur,' zei Kathryn verrast. 'Bent u soms van plan om die bank te kopen?'

Christy giechelde. 'Dat zou nog eens wat zijn, hè?' Ze stond op en pakte haar sjaal en haar tas. 'Tot straks!' Ze haastte zich weg voordat Kathryn nog meer kon vragen.

Die keek haar na terwijl ze door de dubbele deuren naar buiten liep. Gregor stond al op haar te wachten, en Kathryn zag hen samen weglopen. Haar oma mocht graag een beetje plagen, dacht ze terwijl ze aan de verrukkelijke havermoutpap begon. Waarschijnlijk moest ze gewoon wat geld van de bank halen om het hotel en Gregor te betalen, en wilde ze nog wat souvenirs kopen voor thuis, voor de kleinkinderen. Ook al vroeg Kathryn zich af wat die met kilts en *sporrans* aan moesten.

Tegen halfelf hadden Kathryn en haar moeder hun koffie op en wachtten ze vol ongeduld op Christy's terugkeer.

'Ze kan niet ver weg zijn,' zei Anne. 'Portree is niet bepaald een wereldstad, dus het zal niet moeilijk zijn haar te vinden. Zullen we haar gaan zoeken?'

Kathryn schudde haar hoofd. 'Ze heeft duidelijk gezegd dat we hier moesten wachten. Als we nu weggaan, lopen we elkaar misschien mis.'

Anne zuchtte geërgerd. 'Dit is weer echt iets voor moeder. Waarschijnlijk is ze gewoon ergens aan de praat geraakt en de tijd vergeten.' Toen ze zag hoe haar dochter haar aankeek, glimlachte ze. 'Nou ja, de boot vertrekt pas om vijf uur. We hebben alle tijd. En dit is haar laatste dag op Skye. Dus we zullen het haar maar niet kwalijk nemen.'

Het duurde nog een kwartier voordat Christy het hotel kwam binnenstormen, met Gregor in haar kielzog, beladen met pakjes. 'Zitten jullie al lang te wachten? Dat spijt me. Echt waar,' zei buiten adem. 'Maar ik had zo'n boeiend gesprek met een steenhouwer, en daarna met zijn vrouw. Die weeft haar eigen Schotse ruit. Afijn, de tijd glipte als zand door mijn vingers.'

Ze keek met een stralende glimlach op naar Gregor. 'Die arme jongen heeft zo zijn best gedaan om te zorgen dat ik er een beetje vaart achter zette. En wat ben ik blij dat ik hem bij me had! Ook om alles te dragen. Je hebt geen idee hoeveel er te koop is in zo'n klein stadje. O, en jullie zouden eens moeten zien wat ik heb gekocht voor de jongens, en voor Harold, en...' Ze moest naar adem happen, en iedereen schoot in de lach.

'Je bent vanmorgen beter in vorm dan ik,' zei Anne glimlachend. 'Zal ik koffie bestellen? Dan kun je een beetje op adem komen.'

Christy schudde haar hoofd. 'Nee, daar hebben we geen tijd voor. Trouwens, de buggy staat al voor.' Ze keerde zich naar Gregor. 'Zou je de hotelier willen vragen om al mijn aankopen bij onze hutkoffers en de rest van de bagage te zetten? Ik wil het nu niet allemaal meesjouwen.'

Gregor knikte en verdween, terwijl Christy zich in een stoel liet vallen. 'Ik ben het niet gewend om op zulke dikke keien te lopen.' Ze draaide met haar voeten. 'Hoe ik dat als kind heb gedaan... en dan ook nog zonder schoenen!'

'Afijn, waar gaan we naartoe vanmorgen?'

'Naar een heel bijzondere plek. En ze hebben me verzekerd dat het er niet al te verwaarloosd uitziet.' Ze draaide opnieuw met haar voeten, strekte haar benen en stond op toen Gregor terugkwam. 'Kom, we gaan.'

Ze liepen naar buiten, waar een elegant kastanjebruin paard stond te wachten tussen de lamoenstokken van een grote buggy met neergelaten kap, die ze konden opzetten mocht het gaan regenen. De zwijgzame koetsier knikte hen toe en liet het aan Gregor over om hen in het rijtuigje te helpen. De zon scheen, maar het was kil, en ze waren blij met de dikke dekens waar de koetsier voor had gezorgd.

'Mr. McLeod houdt niet van vrijblijvend gebabbel,' zei Christy terwijl de koetsier zijn zweep liet knallen en de buggy zich in beweging zette. 'En áls hij iets zegt, versta ik het niet. Helaas.' Ze boog zich naar voren, haar ogen lachten. 'Hij komt uit Glasgow,' vertelde ze op gedempte toon. 'Daar hebben ze hun eigen taal. Een erg vreemde taal, als je het mij vraagt.'

Terwijl de buggy over de keien ratelde en vervolgens over het brede pad waarlangs ze de vorige dag naar Portree waren gekomen, ontging het Kathryn niet dat haar oma en Gregor als samenzweerders naar elkaar glimlachten. 'Hoe ging het bij de bankdirecteur?' vroeg ze aarzelend.

'Heel goed, dank je. Hij was buitengewoon behulpzaam.' Christy grinnikte. 'Ik zal jullie niet te lang in spanning houden. Zodra we op onze bestemming zijn zal ik jullie alles vertellen.' Met die woorden trok ze haar sjaal dichter om zich heen en keerde ze zich naar het passerende landschap. Haar gezicht stond ondoorgrondelijk.

Anne en Kathryn keken elkaar aan. Ze hadden geen andere keus dan geduld hebben en het spelletje met Christy meespelen, die in een merkwaardige stemming leek te verkeren.

Het duurde bijna een halfuur voordat ze het brede pad verlieten en een niet al te steile helling beklommen, langs een boerderij en wat schuren, totdat ze bij een houten hek kwamen waar de buggy niet verder kon.

'We zijn er,' zei Christy toen de koetsier de teugels aantrok. 'Vanhier is het nog maar een klein eindje lopen.'

'Het is maar goed dat ik mijn stevige laarzen heb aangetrokken,' zei Anne, terwijl Gregor haar hielp bij het uitstappen. Haar blik ging over het ruige terrein achter het houten hek.

'Nee, die kant moeten we niet uit,' zei Christy. 'Loop maar achter mij aan.' Ze zette voortvarend koers naar een hoge haag van bramen, met daarin een smalle opening. 'Daar moeten we doorheen kruipen.'

Zorgvuldig de doornachtige takken ontwijkend werkten Anne en Kathryn zich door de haag. Daarachter lag een uitgestrekt stuk grasland waarvan een deel was afgezet met een omheining van fraaie nieuwe palen. Wilgentakken vormden een prieel boven een stevig hek van vijf horizontale balken, en iemand had op het hoogste punt van de wilgenboog de takken tot een kruis gevlochten.

'Hier ligt Callum begraven,' zei Christy zacht. Ze deed het hek open. 'Samen met alle anderen die er nooit in zijn geslaagd passage op een schip te bemachtigen. Ik heb overwogen hem naar een officieel kerkhof te laten overbrengen, maar uiteindelijk besefte ik dat dit beter is. Een vredige plek, ver van de wereld, met mensen zoals hij. Hier hoort hij.'

Ze keek langs het bescheiden aantal grafstenen naar het stille dal en de snelstromende riviertjes die zich naar zee spoedden. 'Jullie vinden het misschien vreemd dat er zo weinig grafstenen zijn, maar dit waren de graven van de armen. De meeste overledenen die hier rusten zijn gestorven aan een ziekte waarvan de inwoners van Portree bang waren er ook mee besmet te raken. De grafzerken die hier staan zijn neergezet door mensen zoals ik. Mensen die vanaf de andere kant van de wereld de pelgrimstocht naar huis hebben gemaakt, om hun familieleden te gedenken die nooit de kans hebben gekregen elders een nieuw bestaan op te bouwen.'

Op het pad aan de andere kant van de haag klonk geratel van karrenwielen, de hoefslag van een groot paard. Christy draaide zich om en glimlachte naar de breedgeschouderde man die het hek binnenkwam en een grote steen meezeulde.

'Dit is Mr. Cameron,' stelde ze hem voor. 'Meestersteenhouwer en graveur. Hij heeft hieraan gewerkt sinds Mungo me zijn adres had gegeven, en vanmorgen kon ik hem eindelijk betalen.'

Gregor was de steenhouwer te hulp geschoten en samen zetten ze op een knikje van Christy de enorme plaat marmer in een smalle geul, net binnen het hek, die Anne en Kathryn niet eerder hadden opgemerkt.

Hijgend, zwoegend wisten ze hem ten slotte stevig en rechtop in de grond te planten. Daarop deden ze een stap naar achteren, zodat iedereen de inscriptie kon lezen.

IN LIEFDEVOLLE HERINNERING AAN
CALLUM MACINNES, 1844-1854
EN AAN ALLE SLACHTOFFERS VAN DE ONTRUIMINGEN.
HUN NAMEN ZIJN ONBEKEND, MAAR DE WIND VOERT HUN
VERHALEN MEE, TOT VER VOORBIJ DE DALEN.
ZO LEVEN ZE IN DE HERINNERING VOORT.
RUST ZACHT

'Het is prachtig,' fluisterde Kathryn. 'En op zo'n gepaste plek. Maar weten de mensen wel dat dit hier is?'

'Iedereen die dierbaren heeft verloren weet het,' antwoordde Christy. 'En daar gaat het om.' Ze liet haar blik over de kleine begraafplaats gaan. 'Ik heb een jaargeld geregeld voor het onderhoud. Het gras wordt gemaaid, de haag gesnoeid, en binnenkort wordt de opening verbreed. Aan het begin van het pad komt een bord te staan, zodat de mensen de plek weten te vinden. En er wordt elk jaar een krans gelegd, in november, ter nagedachtenis aan alle overledenen.'

'Geen wonder dat je vanmorgen zo lang wegbleef,' zei Anne.

'Ik moest allerlei papieren invullen bij de bank, en daarna moest ik nog naar de dominee en naar de burgmeester. Maar het was de moeite waard. Vinden jullie ook niet?'

'Ja.' Kathryn slaakte een zucht.

Christy draaide zich om toen de steenhouwer opnieuw door de opening kwam, dit keer met een krans. Hij legde hem eerbiedig aan de voet van zijn marmeren zerk, nam zijn pet af en boog zijn hoofd terwijl Christy het Onzevader bad.

'Rust zacht, lieve Callum,' zei ze ten slotte. 'Ik zal je nooit vergeten.'

In plechtig stilzwijgen reden ze even later terug naar Portree, allemaal verdiept in hun eigen gedachten.

Christy voelde zich heel kalm en vredig, ondanks de verdrietige herinneringen aan de kleine Callum, want ze had gedaan wat ze haar vader had beloofd. Ze was naar Skye teruggekomen. Ze had het verhaal van hun leven – hun ervaringen en beproevingen – doorgegeven aan haar dochter en haar kleindochter. En ze had haar best gedaan hen te bezielen met de overtuiging dat wat het lot ook op je pad bracht, de keuze hoe je daarmee omging aan jou was.

Toen ze de eerste huizen van Portree bereikten ging haar blik naar de haven. Het was bijna tijd om het volgende hoofdstuk van haar leven te vertellen; de bladzijden die waren geschreven bij haar afscheid van Skye en tijdens de verschrikkelijke zeereis naar een onzekere toekomst aan de andere kant van de wereld.

Het vertrek van het eiland viel haar zwaarder dan ze ooit had kunnen vermoeden, en terwijl ze op de kade stonden en keken naar hun bagage die in het ruim van de veerboot werd geladen, moest Christy vechten tegen haar emoties.

De omstandigheden waren in niets vergelijkbaar met die op de dag toen ze deze kust voor het laatst had gezien; een dag waarop een kille wind regen aanvoerde, de wolken langs de hemel joeg en een gevoel van naderend onheil deed neerdalen over de ineengedoken, verslagen menigte op de kade. Vandaag was het koel, er stond een zwakke wind, de zon spiegelde zich glinsterend in het water. Het was alsof het eiland haar dit keer gelukkiger herinneringen wilde meegeven op haar reis naar Australië.

Ze keek toe terwijl Gregor afscheid nam van Anne en Kathryn, dankbaar dat ze hem had leren kennen en dolblij dat hij zo gelukkig was met zijn lieve Freya. Ze had hem laten beloven contact te houden en haar bericht te sturen van de geboorte van hun eerste kind. Hij was tenslotte familie.

'Ik vond het een eer je te leren kennen, Christy MacInnes.' Hij nam haar hand in de zijne. 'Ik zal je nooit vergeten, en ik had graag nog meer verhalen van je gehoord. Want volgens mij heb je nog lang niet alles verteld.'

'Dat klopt.' Ze glimlachte. 'Maar de geschiedenis van onze families komt sterk overeen, dus je hebt ongetwijfeld genoeg verbeelding om je de rest van mijn verhaal te kunnen voorstellen. Maar wie weet, misschien schrijf ik ze ooit nog op. Dan stuur ik je een exemplaar.'

'Doe dat! Ik wil ze graag lezen, want ik weet zeker dat ze de moeite waard zijn.'

Ze reikte in de zak van haar jasje en haalde er een envelop uit. 'Dit ben ik je nog schuldig, Gregor. Je bent een enorme steun voor me geweest. Mocht je ooit naar Australië willen, dan ben je overal welkom, bij onze hele familie.'

Hij liet de envelop ongeopend in zijn leren *sporran* glijden en nam opnieuw haar handen in zijn grote knuisten. 'Ik ga hier niet weg,' zei hij zacht. 'Dit land zit me in het bloed. Pas goed op jezelf, *bonny lass*. Ik ben nu al benieuwd naar je volgende avontuur.' Hij grijnsde. 'Maar hou wel je laarzen aan,' voegde hij er plagend aan toe.

'Beloofd.' Ze ging op haar tenen staan en kuste hem vluchtig op de wang. Toen wendde ze zich af, ze liep de loopplank op en ging aan boord.

De kapitein blies twee wolken van stoom uit de schoorsteen, de trossen werden losgegooid. Christy stond aan dek, met opgeheven hoofd ondanks de emoties die dreigden haar te overweldigen. Met de sjaal van haar moeder om haar schouders keek ze naar de vertrouwde kustlijn, naar de Cullin Hills, die zich donker en grillig aftekenden tegen de hemel en steeds kleiner werden. Vechtend tegen haar tranen fluisterde ze haar eiland een laatste woord van afscheid toe. Ze zou het nooit meer terugzien, maar het in haar hart met zich meedragen. Tot haar laatste ademtocht.

Gregor wachtte tot de veerboot bijna aan de overkant was, toen slenterde hij terug naar het rijtuig, waar Jock zijn neus diep in het hoge gras naast de kademuur had begraven, terwijl Hector ongeduldig met zijn hoofd schudde. Geleund tegen Jocks gespierde flank aaide Gregor het dier over de hals.

'Zo iemand als Christy ontmoet je maar één keer in je leven,' zei hij peinzend. 'Een *bonny lassie*. En een indrukwekkende dame.'

Jock tilde zijn grote hoofd op, stampte met zijn hoef en stak zijn neus in Gregors haar.

Die gaf het dier een kameraadschappelijk duwtje en klauterde op de hoge bok, waar hij de teugels zachtjes liet knallen boven de paardenruggen. Het rijtuig zette zich in beweging, op weg naar het ouderlijk huis, aan de rand van de stad.

De paarden wisten de weg, dus Gregor legde de teugels over zijn knie zodat hij de envelop kon openmaken. Hij wilde een cadeautje voor Freya kopen, en die ochtend had hij in de etalage van de juwelier een sierlijk Keltisch kruis gezien met een bijpassende zilveren ketting. Het leek voor Freya gemaakt!

Toen hij de envelop openmaakte, keek hij verbaasd naar de inhoud. Er zat veel meer geld in dan waar hij om had gevraagd. Hij liet de biljetten door zijn vingers gaan. Wel vijftig pond! De adem stokte in zijn keel. Dat was genoeg om hun huurkamers in Inverness op te zeggen en een huis te kopen! En het was waarschijnlijk ook genoeg om het huis in te richten.

Hij trok aan de teugels, de paarden kwamen tot stilstand op de brug. Verblind door tranen ging hij op de bank staan en tuurde hij in de verte, in de hoop een laatste glimp op te vangen van de kleine gedaante op het dek van de veerboot. Maar die voer al bijna de haven op het vasteland binnen. Het was te ver, de afstand te groot.

'*Tapadh leat*, Christy MacInnes,' fluisterde hij. '*Sealbh math dhuit.*'

Nadat hij haar had bedankt en alle goeds had gewenst, knipperde hij zijn tranen weg, hij pakte de teugels en reed naar huis, naar zijn familie, met een hart dat overstroomde van liefde en geluk.

11

Melbourne

Harold was 's ochtends in alle vroegte thuisgekomen, drie dagen na zijn vertrek van Yarrabinda. Hij had een bad genomen, schone kleren aangetrokken en stevig ontbeten met biefstuk en gebakken eieren, terwijl hij ondertussen de post doornam die zich tijdens zijn afwezigheid had verzameld. Na het afhandelen van wat zakelijke administratie ging hij de deur uit.

Na de rust en de stilte in de outback vond hij het lawaai in de stad en de geur van de nieuwerwetse auto's die op benzine reden en ineens erg populair waren een aanslag op zijn zintuigen. Hij reed op een vers paard bij het kantoor van zijn bedrijfsleider langs, nam wat paperassen door betreffende de pakhuizen die hij wilde laten bouwen aan Phillip Bay, en schoof ten slotte aan bij een directievergadering waar het indienen van de bouwaanvraag werd besproken. Omdat de vergadering langer duurde dan verwacht, vroeg hij zijn secretaresse voor hem te reserveren op de avondboot naar Tasmanië.

Ook zijn bezoek aan Baker, die zetelde in een kantoor dat uitkeek op de tanninebruine Yarra River, duurde langer dan verwacht, want ook al hadden ze het onderwerp al via de radio besproken, Baker was nog altijd buitengewoon weigerachtig om de sleutel van Christy's kluis af te staan. Harold bleef aandringen, er volgde een pittige discussie, maar uiteindelijk legde Baker de sleutel op zijn bureau en liep het kantoor uit, mompelend over het risico dat hij van het tableau werd geschrapt als Christy er ooit achter kwam.

Inmiddels leidde Harold, met de sleutel veilig in een binnenzak van zijn jasje en met een plunjezak met daarin twee verschoningen, zijn paard de loopplank op, het enorme ruim van de *Black Swan* binnen, in Port Phillip. Het stoomveer van die avond voer ongelukkig genoeg niet op Hobart, maar zou de volgende ochtend aanleggen in Port Dalrymple, aan de noordkust van Tasmanië.

Nadat hij zijn paard in het ruim had ondergebracht, dat voor het overige was gevuld met schapen, vracht en bagage, liep hij weer naar boven, naar het passagiersdek. Daar ging hij op zoek naar zijn hut, waar hij zich op de keiharde matras van zijn kooi liet vallen. Hij was uitgeput door slaapgebrek, na de rit van drie dagen door de outback, maar merkte al snel dat hij te rusteloos was om te kunnen ontspannen.

En dus haalde hij de brieven van Anne en Kathryn uit zijn plunjezak. Hij had ze tijdens het ontbijt al vluchtig doorgekeken, maar nu had hij de tijd om ze echt te lezen.

Het leek erop dat ze naar hartenlust genoten, en hij was verrast geweest door Annes levendige beschrijvingen van de havens waar ze aanlegden, en door het enthousiasme waarmee ze vertelde over de architectuur, de winkels, musea, galeries en theaters in Londen. Hij was blij dat ze het zo goed naar haar zin had, maar tegelijkertijd vond hij het teleurstellend dat uit niets bleek of ze hem miste tijdens hun lange scheiding. Sterker nog, ze vroeg niet eens hoe het met hem ging en of hij zich zonder haar wist te redden.

Wat hem zelfs nog meer zorgen baarde was dat ze met geen woord over het contact tussen haar en haar moeder schreef. De laatste jaren hadden ze amper een woord met elkaar gewisseld, en dat Anne haar moeder ook in haar brieven doodzweeg kon alleen maar betekenen dat er nog niets in hun verhouding was veranderd. Harold moest er niet aan denken dat zijn kleine meisje in het conflict betrokken raakte en werd gedwongen partij te kiezen. Anderzijds, dat zou Christy haar kleindochter niet aandoen. Daar was ze veel te verstandig, veel te redelijk voor. Anne kon daarentegen behoorlijk dwingend zijn, en hij kon zich voorstellen dat ze de loyaliteit van haar dochter zou eisen, mocht het ooit zover komen. Harold hoopte dat Kathryn zelfstandig genoeg zou zijn om haar eigen keuzes te maken en zich niet te laten intimideren.

Hij had haar brieven met enige angst geopend, maar uit niets bleek dat er onderlinge problemen waren. Zijn dochter schreef opgetogen over alles wat ze had gezien en meegemaakt. Hij glimlachte bij het herlezen van haar brieven, want hij kon haar stem bijna horen, struikelend over haar woorden, ademloos van enthousiasme.

Terwijl hij de brieven weer in de envelop deed en onder in zijn plunjezak stopte, vroeg hij zich af waar de vrouwen op dat moment zaten. Ze waren al bijna drie maanden weg, dus het bezoek aan Skye was achter de rug. Waarschijnlijk waren ze nu op de terugweg naar Londen, om daar op de boot naar huis te stappen.

Harold zuchtte. Hij keek uit naar het weerzien. De weken verstreken traag zonder hen. Toch wilde hij niet dat ze thuiskwamen voordat hij de afschuwelijke juridische puinhoop had opgelost waarmee hij zich geconfronteerd zag. Als ze daarin verstrikt raakten zou dat donkere schaduwen over hun terugkeer werpen. Het conflict tussen Anne en haar moeder zou opnieuw hoog oplaaien, en dan was het onvermijdelijk dat ook Kathryn erin betrokken raakte.

Net toen hij op zijn zakhorloge keek hoorde hij de scheepstoeter, gevolgd door de licht stotende beweging die verried dat het schip zich losmaakte van de kade om aan de oversteek van de Bass Strait te beginnen. Het was pas acht uur en omdat hij ondanks zijn vermoeidheid toch niet zou kunnen slapen, zette hij zijn hoed weer op, trok zijn jas aan en ging naar boven, naar het dek.

Het water in de baai was rustig, de zwarte hemel bezaaid met sterren, en terwijl hij de twinkelende lichtjes van Werribee en Geelong aan stuurboord langzaam zag verbleken, begon hij te ontspannen. Nog even, dan kwam het gestaag zwaaiende licht van de vuurtoren op de kaap van Sorrento in zicht, die waarschuwde voor de rotsen en het aanzienlijk ruwere water na het verlaten van Phillip Bay.

Harold stond nog aan dek toen de andere passagiers allang naar binnen waren gegaan om te dineren. De veerboot voer inmiddels op open zee. De koude wind was zo krachtig dat hij zich moest vastklampen aan de reling, terwijl het schip zich stampend en deinend een weg baande door de eindeloze opeenvolging van zwarte golven. Het bezorgde Harold eenzelfde gevoel van vrijheid als hij ervoer in de outback. Ook hier geen lichten die afbreuk deden aan de schittering van de sterren, en het enige geluid was afkomstig van de stoommachines van het schip en van de golven die tegen de boeg uiteenspatten. Gretig ademde hij de zilte, zuivere lucht in.

Ten slotte ging hij toch naar binnen. De kou maakte hongerig. Bovendien had hij sinds het ontbijt niets meer gegeten. Een uur later nam hij een kijkje bij zijn paard, waarna hij tijdens een laatste wandeling over het dek zijn pijp opstak en uiteindelijk terugkeerde naar zijn hut. Gewiegd door het deinen van het schip, gesust door het dreunen van de motoren, werd hij al snel door slaap overmand. Een diepe slaap, zonder dromen die zijn rust verstoorden.

De volgende morgen was hij al ruimschoots voordat de eetzaal openging gewassen en aangekleed. Dus hij pakte zijn plunjezak, ging naar het ruim om te kijken hoe het met zijn paard was en maakte een praatje met de spraakzame stalknecht tot de gong voor het ontbijt klonk.

Na een flinke portie gebakken eieren met bacon en een pot sterke koffie stond hij weer aan de reling toen het eiland opdoemde aan de horizon. Hij hield van Tasmanië, het was er groen en dunbevolkt, het klimaat wat koeler dan op het vasteland, en het was een paradijs voor wie van zwerven hield. Het eiland had afgelegen boerderijen met appelboomgaarden, reusachtige visrijke meren, hoge bergen die een uitdaging vormden voor klimmers, heuvels om te voet doorheen te trekken, uitgestrekte wouden, eenzame witte stranden en kleine baaien waar de zee op hoog oprijzende zwarte kliffen beukte of in een explosie van uiteenspattende golven door trekgaten joeg.

De geschiedenis van het prachtige eiland kende echter ook een zwarte bladzijde door de hellepoelen van Port Arthur, Puer Island en

Sarah Island, waar veroordeelden gruwelijk werden gemarteld, en door wat er was gebeurd met de oorspronkelijke bevolking, de Aboriginals, die waren afgeslacht of van hun geboortegrond verdreven, naar eilanden met onvoldoende natuurlijke hulpbronnen om te kunnen overleven. En dan waren er nog de talloze scheepswrakken, de piraten die de wateren onveilig maakten, de verhalen over wanhopige ontsnappingspogingen van veroordeelden die hun leven waagden bij het overzwemmen van de woeste Gordon River, om te verdwijnen in de uitgestrekte, toen nog niet in kaart gebrachte wildernis die het westelijk deel van het eiland bedekte.

Harold prees zich gelukkig, want ook al had hij geen gemakkelijke jeugd gehad, hij had nooit de beet van een zweep gevoeld, geen horigheid gekend, nooit gevangengezeten. Ook al had het in zijn jonge jaren een paar keer niet veel gescheeld of hij was gearresteerd toen hij, misleid door drank, had gedacht dat hij alles en iedereen aankon.

Glimlachend bij de herinnering stak hij zijn pijp op. Hij was wel een schoffie geweest, maar de plaatselijke diender had hem een oorveeg gegeven en hem naar zijn pa teruggebracht, die de aframmeling nog eens dunnetjes overdeed. Met als resultaat dat hij al snel had geleerd minder te drinken en zijn leven te beteren.

Het eiland was inmiddels duidelijker te zien, terwijl het in een vage, groene heiigheid opdoemde uit de ochtendmist. Harold leunde op de reling, turend naar zwarte kliffen, de met bomen omzoomde zanderige baaien, de kleine stadjes met daarachter groene velden en glooiende heuvels. Sinds de gevangenentransporten een halve eeuw geleden waren gestaakt was het eiland een vredig oord, bewoond door fatsoenlijke, hardwerkende mensen die de gruwelen van het verleden achter zich hadden gelaten en hier een nieuw bestaan hadden opgebouwd, geholpen door het milde klimaat en de vruchtbare grond.

'Harold! Harold Ross.'

Hij schrok op uit zijn gedachten en keek om, recht in een paar flonkerende blauwe ogen dat hem maar al te vertrouwd was. 'Florence,' bracht hij verbijsterd uit. 'Wat doe jij hier?'

Florence Hardwick keek koket pruilend vanonder haar wimpers

naar hem op. 'Je hoeft niet zo nijdig te doen. Stel je voor! Ik zou bijna denken dat je niet blij bent me te zien.' Ze glimlachte, en er verschenen twee kuiltjes in haar roomblanke wangen. 'Ik ben op weg naar mijn oma in Hobart. En jij?'

'Ik ben hier voor zaken.' Hij voelde dat zijn gezicht begon te gloeien. Florence was jong en erg aantrekkelijk, en ze wist precies hoe ze een man in verlegenheid moest brengen. Haar ogen leken dwars door hem heen te kijken, en haar lippen…

Hij riep zichzelf tot de orde. 'Maar je reist toch zeker niet alleen?'

Weer een ondeugende glimlach. 'Nee, mama is er ook. Erg saai allemaal. Ga je toevallig ook naar Hobart?'

'Uiteindelijk wel,' antwoordde hij ontwijkend, nauwelijks in staat zijn gedachten te ordenen onder haar verleidelijke blik.

'Is Anne er ook?' Ze liet haar blik over het dek gaan.

'Nee, deze keer niet,' moest hij bekennen.

'Wat jammer.' Opnieuw verschenen de kuiltjes, en er dansten ondeugende pretlichtjes in haar ogen. 'We slapen vannacht in Patersonia, in de Ocean Inn,' zei ze. 'Misschien kunnen we samen lunchen. Of dineren, als dat beter uitkomt.'

Harold schraapte zijn keel, ontweek haar blik en mat zich een zakelijke toon aan. 'Het spijt me, Florence, maar ik reis onmiddellijk na aankomst door naar Hobart.'

Er verscheen een zweem van teleurstelling in haar ogen, heel vluchtig maar, toen lichtte daarin weer de vertrouwde plagende glinstering op. 'Harold Ross, ik zou bijna zeggen dat je probeert me te ontlopen.'

'Helemaal niet,' protesteerde hij resoluut. 'Ik moet voor zaken in Hobart zijn, en daarbij is tijd van cruciaal belang.'

'Nee maar, wat klinkt dat opwindend,' zei ze ademloos. 'Heb je plannen om je imperium uit te breiden?'

Nee, ik moet dat van Christy zien te redden. 'Ja, zoiets.' Hij deed een stap bij haar vandaan.

'Dan moet je wel beloven dat je in Hobart bij me langskomt. We zitten in het Star Hotel. Moeder doet 's middags altijd een dutje en gaat meestal tegen negenen naar bed, dus…' Daar waren de kuiltjes weer, terwijl ze een stap in zijn richting deed. 'Hoe druk je het ook hebt, je moet toch eten. En ze zeggen dat de vis nergens op de wereld zo lekker is als in Tasmanië.'

'Ik kan echt niets beloven.' Hij deed opnieuw een stap bij haar vandaan. 'Het spijt me, Florence, maar we gaan aanleggen. Ik moet naar het ruim, naar mijn paard.'

Terwijl ze hem nakeek ging er een huivering van genot door haar heen. Harold was een knappe man, getrouwd met een chagrijnig loeder dat hem niet verdiende, en Florence had genoeg ervaring met mannen om te weten dat hij haar ook aantrekkelijk vond. Als de kans zich voordeed zou hij een gemakkelijke prooi zijn. Helaas kwam hij nooit ergens zonder zijn vrouw, die hem vanaf de achtergrond met argusogen in de gaten hield. Tot dusverre was Florence er nooit in geslaagd hem bij haar weg te lokken.

Ze giechelde gesmoord terwijl het schip langzaam de kade van Port Dalrymple naderde. Ze genoot altijd enorm van het voorspel tot een liaison. Een verrukkelijk kat-en-muisspel, dat in Harolds geval alleen maar verrukkelijker werd doordat hij probeerde haar te ontwijken. Maar hier, zonder zijn vrouw, ver van Melbourne... Haar verwachtingen waren hooggespannen.

Als ze een kat was geweest, zou ze zijn gaan spinnen. Wat was begonnen als een saai reisje om haar oma te bezoeken – een feeks met een scherpe tong, om niet te zeggen een sluwe, oude heks – bood plotseling opwindende vooruitzichten.

Harold had het onaangenaam benauwd gekregen. Hij haastte zich naar het ruim om zijn paard te halen, ongeduldig om van boord te gaan. Hoe vleiend hij de aandacht van Florence ook vond – welke man zou daar niet door gevleid zijn? – hij moest haar tegen elke prijs zien te ontlopen. Ze was te aantrekkelijk, te direct, te gevaarlijk. Veel te gevaarlijk. Het was Anne niet ontgaan dat ze zich tot elkaar aangetrokken voelden, en zijn vrouw had hem al van ontrouw beschuldigd. Ten onrechte, ondanks het gebrek aan warmte in zijn huwelijk en de vele verleidingen in de gedaante van vrouwen zoals Florence.

In Melbourne had hij haar altijd vrij gemakkelijk kunnen weerstaan, gewoon door te zorgen dat hij nooit met haar alleen was. Maar Florence gaf niet op als ze haar zinnen op een man had gezet. En volgens de geruchten die in zijn herenclub de ronde deden had ze in het verleden al menige man aan de haak geslagen, als vissen aan haar lijn van stilzwijgende, maar impliciete beloftes. Het leek erop dat ze haar hengel nu naar hém had uitgeworpen.

Hij kon zich al het verrukkelijks wat ze te bieden had maar al te goed voorstellen. Sterker nog, hij had er 's nachts vaak aan liggen denken. Maar hij wilde meer dan alleen seksuele bevrediging, hij was niet uit op een korte affaire die alles kapot zou maken. Hij snakte naar de liefde en het wederzijdse vertrouwen uit het begin van zijn huwelijk met Anne, en hij was vastbesloten om bij haar terugkeer alles op alles te zetten om het oude vuur weer te doen oplaaien. Een complicatie als Florence Hardwick was wel het laatste wat hij daarbij kon gebruiken. Hij vermoedde echter dat Florence, ondeugend als ze was – om niet te zeggen vilein – al snode plannen aan het smeden was, en door die gedachte voelde hij zich onaangenaam gespannen.

Met zijn paard aan de teugel liep hij de loopplank af. Eenmaal op de kade sprong hij in het zadel. Op hetzelfde moment kreeg hij Florence en haar moeder in de gaten. Hij wendde snel zijn blik af, gaf zijn paard de sporen en reed weg in tegenovergestelde richting. Hij zou waakzaam moeten blijven in Hobart, maar hij verwachtte niet veel tijd nodig te hebben om de inhoud van Christy's kluis te inspecteren. En wanneer hij daarmee klaar was, ging hij met de eerste boot terug naar Melbourne.

Zodra hij de laatste huizen van George Town achter zich had gelaten liet hij zijn paard overgaan in een ontspannen galop. Zelfs wanneer hij regelmatig rust nam om zijn paard niet te veel te belasten, hoopte hij toch al vóór het vallen van de avond bij Christy's huis te zijn. Wat hij daar mogelijk zou aantreffen, baarde hem echter grote zorgen.

Inverness

Eenmaal aan boord van de veerboot had Christy niet meer achteromgekeken. Haar tijd op Skye was voorbij, ze kon haar herinneringen aan het eiland laten terugglijden in het verleden, waar ze thuishoorden. Tijdens de lange tocht terug naar Inverness had ze niet veel gezegd, en ze was blij dat Anne en Kathryn begrepen dat ze tijd nodig had om in het reine te komen met haar gevoelens over haar terugkeer, over haar confrontatie met alles wat haar sinds haar jeugd was blijven achtervolgen. En tijd om in het reine te komen met het afscheid.

Terwijl het rijtuig voortratelde over de weg en uiteindelijk afsloeg naar het hotel aan de rand van Inverness, was ze zelf verbaasd over haar kalme aanvaarding van het feit dat ze Skye nooit meer zou terugzien. Ze had verwacht dat de emoties haar te machtig zouden worden, net zoals al die jaren geleden, maar het vertellen van haar verhaal, in combinatie met haar terugkeer naar de plekken uit haar jeugd, had haar gelouterd, had de emoties die ze zo lang had verdrongen de ruimte gegeven en haar eindelijk rust gebracht.

Na aankomst in het Lodge Hotel gingen ze naar hun kamer om zich wat op te frissen en te verkleden voor een laat diner. Het hotel, ooit het jachthuis op het landgoed van een rijke familie, was opgetrokken uit een zachte, roomwitte steensoort en zag er met zijn torentjes en spitse daken uit als een klein kasteeltje.

Het lag aan een *loch* dat in directe verbinding stond met de zee, en keek uit op een eiland ver aan de horizon, en dichterbij op de bruggen en lichtjes van Inverness. Het terrein, aan drie kanten omsloten door bossen, was zorgvuldig onderhouden en bezat een green, voor wie een balletje wilde slaan, diverse schaduwrijke berceaus en een zacht ruisende fontein. Maar tijdens het diner was het vooral het uitzicht op het *loch* dat de aandacht gevangenhield. De opkomende maan wierp een zilveren gloed over het water en de heuvels in de verte.

Christy vond dat de eigenaars wat kwistig waren omgesprongen met Schots geruite tapijten en gordijnen, hertenkoppen en olieverfschilderijen van trotse hooglanders, maar het hotel was duidelijk geliefd bij bezoekers uit het buitenland, want er werden in de eetzaal diverse talen gesproken.

Het diner was verrukkelijk, en toen ze na ruim een uur van tafel opstonden, maakten ze een wandeling door de tuin voordat Christy hun voorging naar een kleine privésalon waar hun koffie werd geserveerd.

'Je was vandaag erg stil, moeder.' Anne nestelde zich op een geriefelijke bank bij het laaiende haardvuur. 'Ben je niet te moe om meteen morgen al door te reizen naar Londen?'

Christy schudde haar hoofd. 'Nee, ik ben niet moe. Ik heb gewoon veel om over na te denken.'

'Dat verbaast me niets,' zei Anne. 'Je bent de afgelopen week behoorlijk door de mangel gehaald. Het moet erg zwaar voor je zijn geweest om al die verdrietige herinneringen op te rakelen.'

Christy schonk haar dochter een glimlach. 'Eigenlijk viel het me mee. Het was gemakkelijker dan ik had gedacht. Tenslotte draag ik die herinneringen mijn hele leven al bij me, en ook al staan de beelden op mijn netvlies gebrand, de tijd en de afstand hebben de scherpe kantjes van de angst en het verdriet afgesleten.'

Kathryn zette haar ragdunne porseleinen kopje neer. 'Mag ik u iets vragen, oma?'

'Vragen mag altijd,' antwoordde Christy, enigszins afhoudend.

'Nou ja, ik wil niet nieuwsgierig lijken, maar...' Ze haalde diep adem en rechtte haar schouders. 'Ik ben heel erg blij dat moeder en u het hebben bijgelegd. Maar ik was gewoon benieuwd naar de oorzaak van jullie conflict,' besloot ze haastig, bijna struikelend over haar woorden.

Het was eruit, het grote woord, het hete hangijzer. Christy wisselde een snelle blik met Anne. 'Laten we gewoon dankbaar zijn dat het uit de wereld is,' zei ze toen, zorgvuldig haar woorden kiezend. 'Anne en ik hebben niet de behoefte oude koeien uit de sloot te halen. We kijken liever vooruit, naar de toekomst.'

Over de koffietafel heen nam Kathryn hen beurtelings aandachtig op. Ten slotte knikte ze en begon over iets anders. 'Toen u als kind van Skye vertrok, bent u toen ook naar Inverness gegaan?'

Christy antwoordde niet meteen terwijl ze de kopjes nog eens volschonk. 'De veerboot uit Skye bracht ons naar Mallaig. Daar gingen we aan boord van de *Mary Elena*. En vandaar voeren we door de Firth of Lorn, langs Jura en Islay, naar Dublin.'

'O, en waarom doen we dat nu dan niet?'

'Omdat ik die reis niet opnieuw wil maken. Dat was eens maar nooit meer.'

'Was het zo erg?' vroeg Kathryn zacht.

'Het was een hel!'

'Laten we het er dan maar niet meer over hebben,' zei Kathryn bezorgd. 'U hebt al genoeg moeten doorstaan.'

Christy schudde haar hoofd. 'Nee, ik kan het jullie maar beter vertellen nu we nog in Schotland zijn. Dan zijn we tegen de tijd dat we op de boot naar huis zitten toe aan het verhaal van onze aankomst in Port Dalrymple. Dat is veel minder treurig. Net als mijn avonturen op de goudvelden van Victoria.'

'Sjonge, wat klinkt dat opwindend,' zei Kathryn ademloos.

'Het lijkt me niet dat Kathryn die verhalen allemaal hoeft te horen,' zei Anne stijfjes. 'Zulke dingen vertel je niet aan je kleindochter. En zeker niet als die kleindochter nog zo jong is.'

Daar was het weer, dacht Christy. Het onderwerp dat taboe was, maar dat als een duistere schim uit het verleden tussen hen in bleef hangen. 'Ik zal natuurlijk niet te veel in details treden,' zei ze haastig. 'Maar Kathryn heeft er recht op die verhalen te horen. Ik weet zeker dat haar vader op de opaalvelden soortgelijke ervaringen heeft opgedaan, en dat hij haar daarover heeft verteld.'

Anne klemde haar lippen op elkaar. 'Harolds tijd in de outback kan onmogelijk vergelijkbaar zijn geweest met de jouwe. En zelfs al zou dat zo zijn, dan zou hij zijn dochter er niet trots over hebben verteld. Dus ik zou het op prijs stellen als je nadenkt voordat je iets zegt.'

'O, moeder, word nou alsjeblieft niet weer boos. Oma's verhalen zijn net zo fascinerend als die van papa. Ik wil ze allemaal horen. Ook als jij ze misschien minder geschikt acht.'

'Ik zal eerlijk zijn, Kathryn,' zei Christy, voordat Anne kon reageren. 'Er zijn dingen gebeurd die ik maar beter voor me kan houden. Dat zal je me moeten vergeven. En maak je geen zorgen, het doet geen afbreuk aan het verhaal als geheel wanneer ik ze weglaat.'

Ze pakte Annes hand, voelde hoe verkrampt haar dochter was en hoe ze weigerde de druk van haar hand te beantwoorden. 'Ik beloof dat ik niets zal zeggen wat Kathryn als schokkend zou kunnen ervaren. En zal ik dan nu eerst vertellen hoe het ons in Portree is vergaan?'

Anne knikte, en dat ze haar hand niet wegtrok, vatte Christy op als háár manier om zich te verontschuldigen voor haar bitse reactie van even daarvoor.

Ze slaakte een beverige zucht en liet de beelden in haar hoofd weer tot leven komen. 'We waren nog in de rouw om Callum toen vader erin slaagde passage voor ons te regelen via de St. Andrew's Emigration Service, ook een liefdadige instelling. Maar we moesten wel tot ver in het nieuwe jaar wachten voordat we konden vertrekken.

'De winter van 1855 was ongewoon streng,' vervolgde ze. 'Het scheelde niet veel of we waren aan de kou en de honger bezweken. Heel Portree ging schuil onder een dik pak sneeuw, en het was er inmiddels een stuk rustiger. Het aantal ontheemden die hoopten op een kosteloze overtocht naar warmere streken was aanzienlijk teruggelopen. En voor zover mensen niet waren bezweken aan de koorts, stierven ze alsnog van de kou en de honger. Het was heel gewoon een stijf bevroren lichaam op straat of in een steeg te zien liggen.'

Kathryn verbleekte, en Anne verstrakte haar greep om Christy's hand.

'Het was onze redding dat Jamie de verleiding had weerstaan om zijn timmermansgereedschap te ruilen voor eten. Want hij vond uiteindelijk werk als klusjesman in het Isles Hotel. Ik werd er aangenomen als keukenhulpje. Daardoor hadden we allebei ten minste één fatsoenlijke maaltijd per dag. Bovendien lukte het ons genoeg restjes mee te smokkelen voor vader en Finlay.' Ze glimlachte wrang. 'Ik weet zeker dat de kok het in de gaten had, maar ze zei er niets van en gaf ons vaak nog een extra portie mee, die we verstopten in Jamies gereedschapskist.'

Ze slaakte een diepe zucht. 'Finlay klampte iedereen aan op de kade, op zoek naar werk, en hoewel dat er nauwelijks was, verdiende hij af en toe een paar penny's, of hij kwam thuis met een pastei of een stuk kaas.

'Maar onze arme vader kon geen werk vinden en nam uiteindelijk zelfs zijn toevlucht tot bedelen. Hij ging van deur naar deur, in de hoop dat iemand hem iets gaf. Dat gebeurde maar zelden, en hoewel hij dat nooit hardop zei, weet ik zeker dat hij zich schaamde omdat hij voor zijn levensonderhoud afhankelijk was geworden van zijn kinderen. Naarmate de winter strenger werd, leek hij te krimpen en steeds ouder te worden.'

Voor haar geestesoog zag ze het beeld van de gespierde reus die steeds nietiger werd, die steeds meer zijn schouders liet hangen. Ze dwong zichzelf aan iets vrolijkers te denken. 'Het enige positieve effect van die gruwelijk strenge winter was dat we geen last meer hadden van vlooien en ander ongedierte. Blijkbaar was het te koud voor ze. Bovendien bleef er niets meer te eten voor ze over, dus ze vertrokken naar elders, op zoek naar een beter kosthuis.'

Christy dacht aan de lege kamer met de lege haard, aan de dunne deken die ze deelden en over hun vodden legden, aan het gejammer van de hongerige zuigeling in de kamer naast de hunne. Vooral de dood van kinderen had haar hevig aangegrepen, en zelfs na al die jaren dreigde het verdriet haar te overmannen.

'Het werd februari, Jamie had alle reparaties uitgevoerd waarvoor hij was aangenomen, en hoewel hij de hele stad afliep, in de hoop dat iemand iets voor hem te doen had, kwam hij zonder werk te zitten. En tot overmaat van ramp werd ik toen ook ontslagen.'

Ze keek naar haar zachte witte handen, haar verzorgde nagels. 'Door het hete water met loogzeep, en door de kou die we 's nachts leden, was mijn huid ruw geworden. Zo kwam het dat ik een stapel borden uit mijn handen liet glijden. Ze vielen in gruzelementen op de plavuizen. De schade was meer dan wat ik in een maand verdiende.' Ze boog haar hoofd. 'Zelfs de kok kon de eigenaar van het hotel niet overhalen om me in dienst te houden, maar ze gaf me wel wat brood en kaas mee. Daar hebben we nog twee dagen van gegeten.'

Ze slaakte een diepe zucht, haar dochter en kleindochter zag ze niet, terwijl ze in haar herinnering terugging naar die moeilijke tijd. 'Onze kleren hingen als vodden om ons lijf, we hadden maagkramp van de honger, maar Jamie en ik wisten dat we zijn gereedschap en het weefgetouw van mijn oma niet mochten verkopen. Dat waren onze enige waardevolle bezittingen, en die zouden we straks in Tasmanië hard nodig hebben. Maar de situatie werd zo nijpend dat we op het punt stonden naar de lommerd te gaan, toen we bericht kregen dat de *Mary Elena* die dag in de haven werd verwacht en dat we ons moesten melden bij de veerpont die ons naar het schip zou brengen.

'Samen met alle anderen die aan boord zouden gaan verzamelden we ons op de kade. We moeten een jammerlijke aanblik hebben geboden zoals we daar stonden, diep in elkaar gedoken onder een dreigende wolkenlucht, terwijl de ijzige wind dwars door onze vodden blies. Maar we hadden gehoord dat er aan boord van de *Mary Elena* meer dan genoeg te eten zou zijn, en dat we op echte bedden met dekens zouden slapen. Dus al kostte het wachten de hele dag, we deden het graag in het vooruitzicht van al die weelde.'

Christy bromde schamper. 'De *Mary Elena* bleek een oude koopvaardijklipper, verbouwd voor het vervoer van passagiers. Eenmaal aan boord werden we naar het ruim gebracht, waarin vroeger kolen waren vervoerd en waarin nu honderden houten schotten waren getimmerd. De echte bedden die ons in het vooruitzicht waren gesteld bleken een smalle houten plank, vastgespijkerd aan die tussenschotten, en nauwelijks lang genoeg voor een kind.

'De vrijgezelle mannen werden naar de ene kant van het ruim gestuurd, alleenstaande vrouwen en meisjes naar de andere kant, de gezinnen kregen het midden toegewezen. Behalve dat het aardedonker was in het ruim, stonk het er naar kolenstof, waarmee alles nog steeds bedekt was. Er stond een vat met drinkwater, maar water om ons te wassen hadden we niet. IJzeren emmers dienden als wc, en we kregen opdracht die elke ochtend leeg te gooien over de reling.

'De dunne dekens waren nauwelijks meer dan vodden, het eten bestond uit één soeplepel per maaltijd, opgeschept op een tinnen bord, uit een enorme kookpot buiten op het dek. Maar het was wel voedzaam: rijkgevulde stoofpotten en havermoutpap.'

'Het klinkt als de schepen waarmee de veroordeelden naar Australië werden vervoerd,' zei Anne.

'Wij zaten niet vastgebonden, maar te oordelen naar de verhalen die ik heb gehoord verschilden de omstandigheden verder niet veel,' moest Christy haar gelijk geven. 'En toen we eenmaal uitvoeren en de luiken werden gesloten tegen de hoge golfslag, was het alsof we levend waren begraven. Het duurde niet lang of iedereen werd ziek. De stank was verschrikkelijk, maar we hadden geen andere keus dan wachten op die paar kostbare momenten wanneer we aan dek mochten komen om te eten. Ik zie nog Finlay voor me die onze vader de ladder op hielp en vervolgens in elkaar zakte op het dek, gretig de koude, schone lucht inademend.'

'Dergelijke omstandigheden moeten een broedplaats zijn geweest voor bacteriën.' Anne huiverde.

Christy boog haar hoofd en knikte. 'Iedereen was toch al verzwakt door de honger, dus de koorts had vrij spel. We hadden de Ierse kust amper achter ons gelaten of we beseften, toen we 's ochtends het luik opendeden, dat sommigen van ons tijdens de nacht waren gestorven.'

Ze stak haar kin naar voren, vechtend tegen haar tranen. 'De angst kreeg ons allemaal in de greep, en terwijl de klipper door de ruwe wateren voor de kust van Zuid-Amerika ploegde, bleef niemand voor ziekte gespaard. Vele van de zwaksten onder ons bezweken toen al. En het werd nog erger tegen de tijd dat we in kalmere zee kwamen en de hitte in het ruim zo verstikkend werd dat je het gevoel had nauwelijks lucht te krijgen. Er vielen nog veel meer doden, vooral onder de kinderen en de ouderen. Ze kregen allemaal een zeemansgraf.'

Christy slikte krampachtig. 'Uiteindelijk kreeg de kapitein met ons te doen en vond hij het goed dat wie niet ziek was aan dek kwam. Daar werden we door de bemanning afgespoeld met emmers zout water. Blijkbaar was de kapitein bang dat zijn bemanning ook ziek zou worden. Als je er koortsig uitzag, werd je weer naar beneden gestuurd. En dan mocht je pas weer bovenkomen als je beter was. Of dood.

'Jamie was de eerste van ons die ziek werd, maar mijn vader wilde niet dat ik voor hem zorgde. Dat zou hij wel doen, zei hij, dan kon ik aan dek blijven. We zaten inmiddels op de Grote Oceaan, en de hitte was ondraaglijk, zelfs aan dek. Ik durf me nauwelijks voor te stellen hoe dat in het ruim moet zijn geweest. Finlay en ik maakten ons grote zorgen, we wilden naar beneden om te helpen, maar als we dat deden werden we misschien ook ziek en konden we niet meer naar boven.'

'Wat verschrikkelijk,' fluisterde Anne. 'Dat is gewoon onmenselijk. En het schip was nog wel gecharterd door de Kerk. Het verbaast me dat ook maar iemand die reis heeft overleefd.'

Christy glimlachte mat. 'Dat waren er dan ook maar weinig, en voor ons had het ook niet veel gescheeld. Ik werd uiteindelijk toch ziek en moest terug naar het ruim. Zo stel ik me de hel voor. Een vurige oven, waarin de dood voortdurend aanwezig was. Veel kan ik me er niet van herinneren. Volgens Jamie heb ik voornamelijk liggen ijlen, gloeiend van de koorts. Maar net als hij krabbelde ik weer op, en tegen de tijd dat we Polynesië bereikten, mocht ik weer naar boven.

'Inmiddels was mijn arme, dappere vader ook ziek geworden. En ook al had de kapitein het verboden, ik ging toch naar beneden om voor hem te zorgen. Maar hij was te zeer verzwakt, zijn moreel gebroken door alles wat we hadden meegemaakt. Uiteindelijk stierf hij in mijn armen, amper twee weken voordat we Australië in zicht kregen.'

Christy haalde een zakdoek tevoorschijn om haar ogen te betten. 'We hebben hem op zee begraven,' wist ze in tranen uit te brengen. 'Het was een korte plechtigheid, met een gebed van de kapitein en een eresaluut van de bemanning toen die het lichaam, in een deken genaaid en verzwaard met stenen, in het water liet glijden. De zee was zo blauw, zo helder, dat we hem nog lang konden zien wegzinken, voordat hij ten slotte voorgoed verdween.'

Ze veegde over haar ogen toen er opnieuw tranen dreigden. 'Mijn vader was altijd zo sterk geweest, zo vol levenslust, met een hart van goud en vurig trots op wie hij was en waar hij vandaan kwam. De ontruimingen hadden hem beroofd van zijn trots en zijn levenslust, de honger en de koorts waren de genadeslag. Terwijl het schip zijn weg vervolgde over de glasheldere oceaan, zag ik opnieuw woede oplaaien in Jamies ogen. Maar deze keer brandde die ook in Finlays hart en in het mijne. Ik besefte dat het heel lang zou duren voordat we hen die ons dit hadden aangedaan zouden kunnen vergeven. En misschien zouden we die vergiffenis wel nooit kunnen opbrengen.'

'En? Hebben jullie hen vergeven?' vroeg Anne zacht.

'Ik heb geleerd dat ik geen andere keus had. Anders zou de haat mijn hele leven hebben overschaduwd. Maar vergeten zal ik het nooit.'

12

Bellerive, Tasmanië

De reis had veel langer geduurd dan verwacht, doordat zijn paard een hoefijzer was kwijtgeraakt en hij een eind had moeten lopen, op zoek naar een smid. Die vond hij uiteindelijk in Richmond, een van de eerste stadjes die bijna een eeuw eerder door vrije migranten waren gesticht. Inmiddels was het al erg laat, dus Harold besloot er te overnachten. Hij had nog bijna twintig kilometer te gaan, en zijn paard was net zo moe als hij.

Hij nam zijn intrek in de Bridge Inn, bracht zijn paard onder in de stallen aan de achterkant, en toen hij zich na een stevig maal in bed liet ploffen, was hij bijna onmiddellijk diep in slaap.

Zoals altijd was hij al bij het eerste licht wakker. Hij ontbeet haastig en zadelde zijn paard. Het beloofde een mooie dag te worden, en hij wilde zo snel mogelijk naar Christy's huis, in de hoop na gedane zaken in Hobart op de veerboot naar huis te stappen. Dat betekende weliswaar een langere zeereis – de boot deed vóór Melbourne eerst nog Sydney aan – maar het was de snelste manier om Hobart én Florence Hardwick achter zich te laten.

Bellerive was een rustige, dunbevolkte buitenwijk van Hobart, op de oostelijke oever van de Derwent River, die uitkwam in Storm Bay en de Tasman Sea. Het zuidoostelijke deel van het eiland bestond uit diverse schiereilanden, met op een daarvan de beruchte voormalige gevangenis van Port Arthur. Bij het oude fort gekomen, op de top van Kangooroo Bluff, had Harold een schitterend uitzicht op Hobart en de enorme haven, met op de achtergrond de indrukwekkende Mount Wellington. Toen hij de heuvel afdaalde en het smalle pad langs de rivier volgde, kon hij het dak van Christy's huis in de verte al zien.

Skye House was een houten Queenslander, zoals dat type huis werd genoemd, met als enige verschil met het originele ontwerp dat er pannen op het dak lagen in plaats van de traditionele golfplaten. Het huis was gebouwd op betonblokken, om termieten te weren, en in de loop der jaren diverse malen verbouwd en uitgebreid om het gezin comfortabel onderdak te kunnen bieden. Het stond op een uitgestrekte kavel grond, de witgeschilderde muren glansden in de zon. Ook het fraaie smeedwerk langs de brede veranda die aan drie kanten rond het huis liep was witgeschilderd, maar ging bijna schuil onder een weelde van rozen en clematis, die in de lente een explosie van roze, witte en paarse bloemen vormden. De schaduwrijke veranda was gemeubileerd met rieten tafels en stoelen. Kuipen met varens en winterviolen droegen bij aan een sfeer van comfort en gastvrijheid.

Het zorgvuldig onderhouden gazon liep glooiend af naar de kleine privébaai met een strand van wit zand en kiezels. Het gras werd afgewisseld met bloemperken en fraaie vrijstaande bomen, die in de lente uitbundig bloeiden. Aan de achterkant van het huis lagen de stallen, de paddocks, en de paardenbak waar Christy's overleden man zijn laatste uren had doorgebracht.

Waar het terrein ophield begon de bush, en toen Harold het hek naderde hoorde hij kookaburra's die hem leken uit te lachen, en het gekrijs en gekibbel van kleurige parkieten, die het monotone, heldere geluid van de kleine klokvogels bijna overstemden. Wat is het hier toch prachtig, dacht hij. Zou Christy in het huis blijven wonen nu ze alleen was? Haar kinderen woonden verspreid over het vasteland, en in combinatie met het enorme stuk grond was het huis wel erg groot, het onderhoud misschien bezwaarlijk nu ze ouder werd.

Hij glimlachte wrang terwijl hij zijn paard naar het lege stalerf leidde, waar nog niet zo lang geleden de raspaarden van zijn schoonvader hadden gestaan. Christy zou zijn constatering dat ze ouder werd niet kunnen waarderen; sterker nog, ze zou zich gekwetst voelen. En terecht. Zelf kon hij zich haar ook niet anders voorstellen dan eeuwig jong en vitaal. Dus hij betwijfelde of ze hier ooit weg zou gaan. Want zelfs nadat ze afscheid van het leven had genomen, zou haar geest hier voor altijd voortleven. Hij drenkte zijn paard, wreef het droog en liet het ten slotte los in een van de paddocks, waarbij hij zichzelf een moment gunde om de vredige schoonheid van de bijzondere plek op zich te laten inwerken.

Het piepen en slaan van een hordeur verried dat hij niet alleen was. Toen hij zich verrast omdraaide zag hij een grote vrouw met een gebloemde schort op de treden naar de keukendeur staan. Ze nam hem dreigend op.

'Wat kan ik voor u doen?' Ze sloeg haar vlezige armen over elkaar voor haar royale boezem.

'Ik ben Christy's schoonzoon, Harold Ross.' Hij knikte vluchtig en liep met uitgestoken hand naar haar toe.

Ze negeerde het gebaar. 'Ik heb u hier anders nog nooit gezien,' zei ze vinnig. 'Wat komt u doen?'

Harold dwong zichzelf vriendelijk te blijven, ook al viel dat door haar vijandige houding niet mee. 'En ik heb u ook nog nooit gezien, Mrs...'

'Ryan. Edna Ryan.'

'Aangenaam kennis te maken, Mrs. Ryan. Ik ben hier in opdracht van de advocaat van de familie, Mr. Archibald Baker. Hij heeft me gevraagd iets uit de kluis van mijn schoonmoeder te halen.'

Haar doordringende blik verried dat ze hem niet vertrouwde. 'Dan had hij zelf moeten komen.'

'Dat kon helaas niet. Hij had andere verplichtingen.' Harold deed een stap naar voren en zette een voet op de onderste trede. 'Terwijl ik min of meer aan mijn lot ben overgelaten, nu mijn vrouw en dochter met Christy op reis zijn.' Hij schonk Edna Ryan zijn innemendste glimlach. 'Het gaat om een buitengewoon belangrijk document. En tijd is van cruciaal belang.'

'Dat zal best.' Ze snoof. 'Maar ik heb duidelijke instructies om op het huis te passen en te zorgen dat hier geen onguur volk over de vloer komt.' Ze trok een gezicht alsof ze met haar pantoffel in iets onverkwikkelijks had getrapt.

'Ik kan u verzekeren dat ik verre van onguur ben.' Het kostte hem de grootste moeite beleefd te blijven, maar hij haalde geduldig een visitekaartje tevoorschijn en krabbelde iets op de achterkant met het stompje potlood dat hij in zijn jaszak had gevonden. 'Mocht u daaraan twijfelen, dan kunt u Mr. Baker bellen, in Melbourne. Hij kan de reden van mijn komst bevestigen. Dit is zijn telefoonnummer.'

Na het bestuderen van het kaartje leek ze ineens niet meer zo zeker van haar zaak. 'Ik moet niets van dat nieuwerwetse gedoe hebben. Telefoneren!' Ze snoof opnieuw. 'Gevaarlijk, dat is het. En niet natuurlijk.'

Harold zag dat ze aarzelde en wist zijn ongeduld te bedwingen terwijl ze nog altijd de doorgang versperde met haar struise gestalte. 'Het was een lange rit, van George Town naar hier,' begon hij, in een poging haar in te palmen. 'Zou ik u misschien om een kopje thee mogen vragen?'

Ze zoog lucht aan door haar kunstgebit en nam hem opnieuw taxerend op. Ten slotte zwichtte ze. 'Komt u dan maar binnen,' zei ze met merkbare tegenzin. 'Maar doe wel uw laarzen uit. Ik heb net de vloer gedweild.'

Harold gehoorzaamde, zette zijn laarzen op de trede en volgde Mrs. Ryans welgevulde achterwerk naar binnen. In de keuken hing een verse baklucht, op de geschuurde grenen tafel stond een halfvolle kop koffie, met daarnaast de restanten van een ontbijt. Mrs. Ryan zorgde wel dat ze niets tekortkwam in Christy's huis. Dat was duidelijk.

'Woont u hier tijdens Christy's afwezigheid?' vroeg Harold langs zijn neus weg.

'Nee, ik woon hier vlakbij, een eindje verder de weg af.' Ze zette hardhandig de ketel op het vuur. 'Maar ik kom elke dag poolshoogte nemen, de post binnenhalen en wat stoffen en schoonmaken.'

Ze zag dat hij naar de restanten van haar ontbijt keek, en in plaats van gegeneerd te reageren, werd ze nijdig. 'Uw schoonmoeder zei dat ik kon pakken wat ik wilde. En dat ik haar fornuis kon gebruiken als het mijne kuren had. Dus u hoeft niet zo afkeurend te kijken, jongeman.'

Harold voelde zich op zijn nummer gezet, dus hij deed er het zwijgen toe en wachtte braaf tot het water kookte en de thee was opgeschonken. Zijn pijp opsteken durfde hij niet. Met een vrouw als Edna Ryan kon je beter geen ruzie krijgen. Bovendien sloot hij niet uit dat hij haar hulp nodig had, mochten zich tijdens zijn zoektocht problemen voordoen. Hij kon haar dan ook maar beter te vriend houden.

Ze zette de pot op tafel en ruimde haastig haar ontbijtboel af. Toen deed ze het deurtje van het fornuis open om er een blad met kleine broodjes en twee prachtig gerezen cakes van biscuitdeeg uit te halen. Ze stortte het baksel op een rooster om af te koelen, liet zich op een stoel vallen en opende een koekblik dat beboterde scones bleek te bevatten.

'Mannen hebben altijd honger,' zei ze nors. 'Het zijn kaasscones. Ik heb ze gisteren gebakken. Dus neem zo veel als u wilt. Anders worden ze maar oud.'

'Ze zien er heerlijk uit,' zei Harold naar waarheid. Hij hapte in een scone en sloot genietend zijn ogen. Het was lang geleden dat hij zoiets lekkers had gegeten.

'Allemachtig, Mrs. Ryan, daar zou u prijzen mee kunnen winnen. Mag ik er nog een?'

Licht blozend schoof ze het blik naar hem toe. 'Ik win op de jaarmarkt al zes jaar op rij prijzen met mijn scones,' vertelde ze trots. 'U zou mijn vruchtenscones eens moeten proeven! En mijn *Victoria sponge cake.*'

'Graag! Maar ik betwijfel of dat ervan komt, want ik moet zo snel mogelijk weer naar huis.' De spijt die doorklonk in zijn stem was oprecht.

'Maar u blijft vannacht toch wel slapen?'

'Dat was wel de bedoeling.'

'Natuurlijk blijft u slapen. U bent er net. Dus ik neem niet aan dat u vandaag alweer terugrijdt naar Port Dalrymple. Ik zal morgenochtend een portie vruchtenscones bakken.'

'Dat lijkt me heerlijk!'

Ze pakte een scone en begon met smaak te eten. Harold ontspande, in de veronderstelling dat het ijs gebroken was, maar hij had te vroeg gejuicht. 'Wat zoekt u eigenlijk? In die kluis?' Ze veegde de kruimels van haar lippen, haar ogen stonden opnieuw wantrouwend.

'Bepaalde documenten die Baker dringend nodig heeft.' Hij was op slag weer op zijn hoede.

'O? Wat voor documenten? Die kluis is net leeggehaald, na het overlijden van haar man.'

'Ik ben bang dat ik daar niets over kan zeggen, Mrs. Ryan.' Hij glimlachte spijtig. 'Baker heeft me op het hart gedrukt dat de kwestie strikt vertrouwelijk is.'

Ze nam hem doordringend op, duidelijk niet tevreden over zijn antwoord. 'Hoe dan ook, er is hier geen sleutel van de kluis. Dus ik zou niet weten hoe u die denkt open te krijgen. En zelfs al hád u een sleutel, er zit ook nog een geheime cijfercode op het slot.'

Hoe wist ze dat, vroeg Harold zich af. Had ze Christy de kluis zien openen, had ze de cijfercode in haar geheugen geprent en was ze vervolgens op zoek gegaan naar de sleutel? Puur uit nieuwsgierigheid? Het zou hem niet verbazen. Een vrouw als Mrs. Ryan kon de verleiding van een leeg huis ongetwijfeld niet weerstaan. Harold vermoedde dat ze van Christy's afwezigheid gebruik had gemaakt om in alle kasten te kijken. Wist zijn schoonmoeder wel hoe riskant het was om zo iemand op haar huis te laten passen?

'Baker heeft me een sleutel gegeven.' Hij viste hem uit zijn zak. 'En ik weet de code. Dus maakt u zich geen zorgen. Ik red me wel.'

Haar ogen lichtten vluchtig op, toen wendde ze haar blik af en nam nog een scone. 'Nou, gelukkig dan maar. Wanneer we de koffie ophebben zal ik u de kluis wijzen.'

'Dat is erg vriendelijk van u, maar ik weet waar de kluis zit.'

Ze haalde met bestudeerde nonchalance haar schouders op, knabbelend op een scone. Harold begon het steeds zorgelijker te vinden dat ze zo veel van Christy leek te weten.

De scone smaakte hem ineens niet meer. Edna Ryan was waarschijnlijk niet alleen nieuwsgierig, maar ook een roddelaar. Gelukkig woonde ze tijdens Christy's afwezigheid niet in Skye House, want dat zou hem enorm hebben gehinderd bij zijn zoektocht.

'Ik ben hier tot de lunch.' Ze sloot het blik en ruimde de tafel af. 'Dus als ik u ergens mee moet helpen, dan moet u dat nu zeggen. Ik weet hier alles te vinden.'

Dat zal best, dacht hij somber, maar hij dwong zichzelf te glimlachen. 'Dank u wel, Mrs. Ryan. Maar nogmaals, ik red me wel. Ik wil u niet van uw werk houden.'

Ze nam hem peinzend op, toen wendde ze zich af en begon aan de afwas. 'Zodra ik naar huis ben, moet u verder voor uzelf zorgen. Maar er ligt meer dan genoeg in de provisiekast. Ik hou hem graag gevuld, voor het geval dat er bezoek langskomt.'

Dat laatste kon Harold zich niet voorstellen, of het zouden de vriendinnen van Mrs. Ryan moeten zijn. Hij liep met zijn plunjezak naar de kamer waar Anne en hij altijd sliepen, en nadat hij gebruik had gemaakt van de badkamer zette hij koers naar de grote salon, aan de voorkant van het huis. Een aangename, lichte kamer, gemeubileerd met gemakkelijke stoelen en lage tafels. Op de grond lagen kleurige tapijten. Het weefgetouw van Christy's grootmoeder stond op de ereplaats, naast de marmeren schouw.

Hij ging voor de openslaande deuren naar de veranda staan en liet zijn blik gaan over de landtongen die uitstaken in Storm Bay, waar zeiljachten profiteerden van de straffe bries. Het uitzicht was schitterend, maar de tijd drong. Hij moest aan het werk.

En dus keerde hij het raam de rug toe en liep door de eetkamer naar het kleine kantoor. Daar trok hij de deur achter zich dicht, schoof de gordijnen open en liet zijn blik door het vertrek gaan. Hij was hier maar een paar keer geweest. Het rook er nog naar de sigaren van zijn schoonvader en in de karaf van geslepen kristal zat nog een beetje whisky.

Het grote bureau, bekleed met een leren blad, stond bij het raam. Een comfortabele leren stoel was in de beenruimte geschoven. Twee muren gingen schuil achter boekenplanken met daarop de bibliotheek die Christy's man in de loop der jaren had aangelegd, voor het merendeel boeken over het fokken van paarden. Tegen een andere muur stonden archiefkasten met de administratie van de wijngaard, de veefokkerij en de vele andere bezittingen waarin Christy en hij tijdens hun huwelijk hadden geïnvesteerd.

De kluis bevond zich onder de boekenplanken, verborgen achter een reeks kasten. Harold voelde zich een indringer terwijl hij de deur opendeed, de wijzerplaat op de lage stalen kluis in de juiste stand zette en de sleutel in het slot stak. Toen de zware deur openzwaaide, zag Harold tot zijn diepe teleurstelling dat er, op wat sieradenkistjes na, weinig in de kluis zat.

Vastberaden om de inhoud grondig te inspecteren haalde hij alles eruit en legde het op het bureau. De kistjes bevatten een prachtig collier van turkoois en flonkerende zwarte opalen, met bijpassende oorbellen en armband. Verder een ring met drie diamanten, een gouden armband met diamanten en robijnen en een ring met een paarse amethist.

Net toen hij de sieradenkistjes weer in de kluis wilde stoppen herinnerde hij zich dat hij zelf destijds zijn kostbaarste opalen onder snoep en koek had verstopt om ze veilig van Lightning Ridge naar het kantoor van de opkoper in Moree te krijgen. Het was heel goed mogelijk dat Christy iets soortgelijks had gedaan. Ook al kon het dan alleen iets kleins zijn en geen eigendomsakte of een ander officieel document.

Voorzichtig schoof hij de fluwelen voering van de leren kistjes opzij en glimlachte, want er zat inderdaad iets onder verstopt. Een doffe, misvormde ring en een sleuteltje.

Harold haalde ze tevoorschijn, legde het sleuteltje op het bureau en bestudeerde de ring. Die was niets waard, dus waarom had Christy zo veel moeite gedaan om hem te verstoppen? Sterker nog, waarom had ze hem bewaard? Wat betekende de ring voor haar? Harold hield hem naar het licht, op zoek naar een zilvermerk. Maar geheel volgens verwachting was dat er niet. Hij ontdekte echter wel een ruwe inscriptie aan de binnenkant.

In een van de bureauladen vond hij een vergrootglas, en na lang wikken en wegen concludeerde hij dat de half weggesleten tekens hoofdletters moesten zijn. Hij tuurde er ingespannen naar, bewoog het vergrootglas heen en weer, hield de ring dichter bij het raam en liet zich ten slotte in de bureaustoel zakken. Een akelig voorgevoel bekroop hem, want hij besefte ineens wat de schokkende betekenis van de goedkope, smalle ring zou kunnen zijn.

'En nu?' vroeg hij zich hardop af. 'Wat doe ik met die informatie?'

Hij legde de ring in zijn hand en staarde er geruime tijd naar. Toen nam hij een besluit. De ring ging terug in het kistje, hij deed de voering eroverheen en zette het kistje terug in de kluis. Had hij de ring maar nooit gevonden! Maar het kwaad was geschied, en nu kon hij alleen maar zorgen dat niemand anders het ding ooit te zien kreeg.

Een beetje misselijk liet hij zich weer in de stoel ploffen, en na zijn gedachten enigszins te hebben geordend bestudeerde hij de rest van de kluisinhoud. Om te beginnen een stapeltje brieven uit Christy's verkeringstijd, bij elkaar gehouden door een lint. Harold legde ze haastig terzijde. Verder de eigendomspapieren van Skye House en van andere huizen in Tasmanië die door Christy werden verhuurd, wat tekeningen van haar kleinkinderen en hun rapportboekjes, en ten slotte een kopie van haar testament. Maar geen papieren die verband hielden met Yarrabinda of Wallangarra, en ook geen geboorte-, overlijdens- of trouwaktes.

Hij stopte alles weer in de kluis, deed de deur dicht en draaide aan de wijzerplaat. Ten slotte sloot hij de kast. Hij liep terug naar het bureau en bestudeerde het gevonden sleuteltje nog nauwkeuriger. Het zag eruit als de sleutels op Annes snuisterijenkistjes, maar waarom had Christy uitgerekend dit sleuteltje zo zorgvuldig verborgen? Het paste niet op de kistjes die hij in de kluis had gevonden, en ook in het kantoor zag hij niets waarbij het sleuteltje zou kunnen horen.

Misschien was het antwoord te vinden in Christy's slaapkamer, en hoezeer het hem ook tegenstond daar te gaan rondneuzen, als hij in het kantoor niet vond wat hij zocht, had hij geen andere keus. Maar de rest van het huis zou hoe dan ook moeten wachten totdat Mrs. Ryan was vertrokken.

Hij stopte het sleuteltje in de borstzak van zijn vest en concentreerde zich op de bureauladen. Die bevatten voornamelijk huishoudelijke administratie, stokoude bankafschriften, rekeningen en kwitanties, oude chequeboeksouches, schrijfpapier en enveloppen. Met stijgende ergernis haalde Harold de laden los, in de hoop dat daarachter iets was verborgen. Maar het bleek een ijdele hoop. Tot overmaat van ramp bleek de onderste la op slot te zitten.

Opwinding maakte zich van hem meester. Waarom was de la op slot? Dat kon niets anders betekenen dan dat er iets belangrijks in zat. Hij doorzocht de andere laden opnieuw, maar vond geen sleutel.

Net toen hij een harde ruk aan de onderste la gaf, kwam Mrs. Ryan het kantoor binnen. Zonder kloppen. 'Die kan niet open,' zei ze. 'Er is geen sleutel van.'

Harold keek naar het sleutelgat in het stevige eiken paneel. 'Die moet er zijn.' Hij gaf opnieuw een krachtige ruk aan de handgreep.

Edna Ryan schudde haar hoofd. 'Het is zo'n geheime la waar geen sleutel voor nodig is. En vraag me niet hoe u hem open krijgt. Dat heeft uw schoonmoeder me nooit verteld.'

'Wat buitengewoon frustrerend,' zei Harold.

Mevrouw Ryan knikte, zijn sarcasme ontging haar volledig. 'En probeer niet de boel te forceren,' waarschuwde ze. 'Dat bureau is uw schoonmoeder erg dierbaar. Haar broer heeft het voor haar gemaakt.'

'Het zou niet bij me opkomen!' zei hij ijzig.

'U moet wel zelf uw rommel opruimen.' Ze liet haar blik over de laden gaan die hij op de grond had gelegd. 'Ik heb al genoeg te doen.' Ze wendde zich snuivend af. 'Tot morgen.'

Hij wachtte tot de hordeur achter haar dichtsloeg, toen liet hij zich op zijn knieën vallen en inspecteerde elke centimeter van het hout, op zoek naar een aanwijzing hoe hij de la open kon krijgen.

Een uur later had hij nog steeds geen idee. Gefrustreerd liet hij zich weer in de stoel vallen. De dichte la was een uitdaging geworden. Misschien zat er niets in, maar hij was vastberaden hem open te krijgen.

Ondanks de waarschuwing van Mrs. Ryan verkeerde hij sterk in de verleiding om in een van de schuren op zoek te gaan naar een breekijzer. Maar het bureau was zo'n schitterend staaltje vakmanschap dat hij ervoor terugschrok het te beschadigen. Hij haalde het sleuteltje uit zijn borstzak, stak het in het slot, draaide het rond, maar het haalde niets uit, behalve dat het sleuteltje verbogen raakte. Dus hij stak het weer in zijn zak en schopte onder het slaken van een hartgrondige vloek met de hiel van zijn kousenvoet tegen de benedenhoek van de vermaledijde la.

Er klonk een scherpe *klik*, en de la schoof geruisloos open.

Harold stak haastig zijn hand erin, liet zijn vingers het oppervlak minutieus verkennen, maar het enige wat hij vond was weer een sleutel. Deze was groter dan de vorige en leek op een sleutel die hij eerder had gezien – hij kon zich alleen niet herinneren wáár. Hij stak hem in het slot van de la maar de sleutel paste niet, en toen hij hem vergeleek met de sleutel van de kluis, zag hij dat die heel andere inkepingen had.

Diep gefrustreerd liet hij zich onderuit in de stoel zakken, aandachtig de sleutel bestuderend, alsof hij op die manier kon ontdekken in welk slot die zou passen. Hij had een soortgelijke sleutel eerder gezien, maar waar? Wanneer? In welk verband? De herinnering ontschoot hem, en toen hij de klok in de hal één uur hoorde slaan, stopte hij de sleutel in zijn broekzak en liep naar de keuken om iets te eten.

De provisiekast was verrassend goed gevuld, in aanmerking genomen dat Christy voor zo'n lange tijd afwezig was. Op een marmeren plaat lagen een half brood, gesneden ham, eieren, een stuk kaas en een klont boter. Edna Ryan had goed voor zichzelf gezorgd. Gebruikte ze Christy ruimhartige voorzieningen ook om haar eigen huishouden te spekken?

'Ik durf te wedden dat haar provisiekast nog beter gevuld is dan deze,' mompelde hij. Nadat hij de ketel op het vuur had gezet maakte hij een stapel boterhammen met ham en kaas. 'Iemand moet Christy voor dat verschrikkelijke mens waarschuwen.'

Omdat hij behoefte had aan frisse lucht liep hij met zijn lunch naar buiten, de veranda op. De zon scheen, maar er stond een koude wind, dus hij gunde zich niet veel tijd om te eten. Zodra hij de boterhammen en zijn thee ophad stak hij zijn pijp op en liep hij naar de achterkant van het huis, waar het beschutter was. Zijn paard liep tevreden te grazen, de vogels in de bomen maakten een hoop herrie, de zon tekende lichte vlekken op de met witte hekken omheinde paddocks. In de verte hoorde hij het zachte ruisen van de rivier.

Enigszins gekalmeerd bracht hij zijn mok en zijn bord naar de keuken. Toen deed hij de achterdeur op slot, voor het geval dat Mrs. Ryan terugkwam, hij sloot de openslaande deuren en verzamelde moed om naar Christy's slaapkamer te gaan.

De blinden waren neergelaten, om het glimmend gewreven meubilair te beschermen tegen de felle zon. Hij trok ze net ver genoeg omhoog om eens goed te kunnen rondkijken. Hij was hier nog nooit geweest, in Christy's domein dat ze zo veel jaren met haar man had gedeeld, en vond het intrigerend.

Het royale vertrek ademde een vrouwelijke sfeer, het brede bed stond zo dat Christy het schitterende panorama van de baai kon zien. De gordijnen, de sprei en de bekleding van de kruk voor de kaptafel waren van hetzelfde gebloemde chintz, het fraaie, antieke eiken meubilair glansde in het bleke zonlicht. Op de vloer lagen zachte, hoogpolige kleden, op een ladekast stonden sepia foto's in zilveren lijstjes. Maar Harold zag nergens een snuisterijenkistje.

Zijn blik ging naar het olieverfschilderij boven het bed, met daarop een Schots *loch* tegen een achtergrond van bergen. Zou dat Skye zijn? Zo ja, dan bood het eiland een majestueuze aanblik, zij het wel wat dor en verlaten. Hij boog zich naar de handtekening van de schilder, in een benedenhoek van het doek. De naam deed Schots aan, maar zei hem niets. Hij had geen verstand van kunst.

Met een diepe zucht ging hij voor de grote klerenkast staan, rechtte zijn rug en deed de deuren open. Het inwendige deed hem denken aan dat van de kast van zijn vrouw, met onder de kleren de schoenen in keurige rijen, en met laden voor truien en nachtgoed.

Slecht op zijn gemak had hij de neiging over zijn schouder te kijken, voordat hij de kleren in het hanggedeelte opzijschoof, op zoek naar een tweede kluis, een kistje, of iets anders waar de sleutels die hij had gevonden op pasten. Hij duwde zelfs tegen de achterkant en de zijwanden, om te zien of er misschien geheime vakken waren. Als dat al zo was, dan kon hij ze niet vinden.

Heel voorzichtig deed hij de eerste lade open en begon Christy's meest persoonlijke kleding te doorzoeken. Hij vond het afschuwelijk, wenste dat hij hier nooit aan was begonnen. Christy was altijd goed voor hem geweest, en hij had het gevoel dat hij haar vertrouwen beschaamde.

Nadat hij ook de laden van de kaptafel vluchtig had doorzocht slaakte hij een geërgerde zucht. Maar op dat moment kreeg hij de hoedendozen in de gaten, boven op de kast. Het kon geen kwaad die ook te controleren. Je wist maar nooit waar vrouwen hun geheimen verstopten.

Hij reikte omhoog en tilde de dozen zorgvuldig van de kast. Helaas vond hij niet wat hij zocht, dus hij ging op de kruk van de kaptafel staan om ze terug te zetten. Maar net toen hij de grootste doos op de kast tilde ontdekte hij iets, in de verste hoek. Hij moest op zijn tenen gaan staan om erbij te kunnen, want de kleerkast was niet alleen hoog maar ook erg diep.

Zijn hart begon sneller te slaan toen hij het eindelijk te pakken had en van de kruk stapte. Het was een vrij grote kist van rozenhout, ingelegd met ivoor en parelmoer, met koperen scharnieren en een sleutelgat. Alles was bedekt met een dikke laag stof. Harold viste het sleuteltje uit zijn vestzak en stak het met ingehouden adem in het slot. De sleutel paste.

Met stijgende opwinding tilde hij het deksel op. Er ontsnapte hem een kreet van teleurstelling. De kist was zo goed als leeg, op een klompje ruw goud na, een jute buideltje met zilveren munten uit de jaren zestig van de vorige eeuw en een velletje papier.

Het was niet vergeeld, niet broos van ouderdom, dus blijkbaar was het vrij recentelijk in de kist gestopt. Toch ging Harold uiterst voorzichtig te werk terwijl hij het openvouwde. Er stonden cijfers op – 4462 – in verbleekte blauwe inkt. Hij draaide het papier om, maar de achterkant was onbeschreven. Uit niets bleek wat de cijfers betekenden.

Hij wreef krachtig over zijn wangen, in een poging helderheid in zijn hoofd te scheppen. Zijn handen waren vuil van het stof, dus hij haalde zijn zakdoek tevoorschijn. Toen hij daarbij het sleuteltje voelde dat hij in de geheime la had gevonden en dat vervolgens naast het velletje papier hield, werd alles hem ineens duidelijk.

'Natuurlijk,' fluisterde hij. 'Dat is het.' Hij schoot overeind en rende terug naar het kantoor. Daar greep hij een van de laden van de grond en keerde die om boven het bureau. Toen begon hij kalm en grondig elk stukje papier opnieuw door te nemen. Het kon niet anders of de aanwijzing die hij zocht zat daartussen. Hij moest die alleen nog zien te vinden.

13

In de haven van Londen

Enigszins gespannen stond Christy op het promenadedek van de SS *Southern Cross*, met Anne naast zich, terwijl het schip langzaam wegvoer van de kade. Kathryn was op verkenning uitgegaan, samen met Lucy, die ze tijdens hun tweede verblijf in Londen had leren kennen en met wie ze bevriend was geraakt. Christy en Anne waren alleen, voor het eerst sinds dat ongemakkelijke gesprek in Schotland, over Christy's tijd op de goudvelden.

Eerder op de dag had er een dichte mist gehangen – 'erwtensoep' zoals de Londenaren het noemden – en hoewel die inmiddels enigszins was opgetrokken lag er nog altijd een sepiakleurige grauwsluier over de stad, waardoor de haven er zo mogelijk nóg troostelozer uitzag. De pakhuizen en kades waren net zo donkergrijs als het water, en zelfs de grote variëteit aan boten miste elke kleur.

Christy trok haar neus op bij de geur van rook, kolen en iets ondefinieerbaars wat in de heiigheid zelf leek te schuilen, en keek naar de kleine, bedrijvig heen en weer varende sleepboten, naar de enorme schuiten geladen met hout en kolen die log langs de voorname oceaanstomers voeren, naar de drukke veerponten die van kade naar kade tuftten met een spoor van bijtende zwarte rook achter zich aan.

Haar blik ging over de talloze kranen die lading in en uit het ruim van de koopvaardijschepen hesen, over de potige dokwerkers achter hun zwaarbeladen karren met goederen uit de pakhuizen. Ze zuchtte. Het bood allemaal een weinig aantrekkelijke aanblik.

‘Op dit soort momenten mis ik Hobart,’ zei ze. ‘Wat is het daar mooi, en schoon, vergeleken bij Londen.’

‘Ik vind niet dat je die vergelijking kunt maken,’ zei Anne. ‘Londen is een wereldhaven. In Hobart komen alleen schepen uit de omringende wateren.’

Het stak Christy dat haar prachtige thuishaven zo werd gebagatelliseerd, maar ze beheerste zich en ging niet tegen haar dochter in. Sinds hun vertrek uit Schotland had Anne zich weer van haar afstandelijke kant laten zien, en Christy waakte ervoor iets te zeggen waardoor ze hun fragiele wapenstilstand zou kunnen verstoren.

‘Ach, misschien heb ik gewoon heimwee naar de schone lucht en de zon van Bellerive,’ zei ze zacht, met een blik op de zwavelgele wolken waar de zon waarschijnlijk niet meer doorheen zou breken nu de middag al ten einde liep. ‘En dat moet hier de zomer voorstellen!’

Anne keek haar verrast aan. ‘Ik heb je weleens anders gehoord. Nog niet zo lang geleden had je heimwee naar Skye.’

‘Dat is zo. Maar nu ik daar eenmaal ben geweest, nu ik eindelijk alles heb gedaan wat ik me al zo lang had voorgenomen, besef ik dat ik met het verstrijken van de tijd en door alles wat er is gebeurd een vreemde ben geworden in mijn eerste vaderland; dat die manier van leven niet langer de mijne is, dat ik daar niet langer thuishoor.’

Ze staarde afwezig naar het sombere tafereel. ‘Natuurlijk zit Skye voor altijd in mijn hart, maar in Australië ben ik geworteld. Dat is nu mijn thuis, en ik mis het.’

Anne rolde met haar ogen. ‘Nou, dat was dan wel een dure ontdekkingsreis om erachter te komen waar je thuishoort. Ik hoop dat het de moeite waard is geweest.’

Christy glimlachte. ‘Het was het meer dan waard. En ik weet zeker dat het voor Kathryn ook een leerzame ervaring is geweest.’ Ze keek het dek langs. ‘Waar zijn ze eigenlijk, de meisjes? Ik heb ze al in geen eeuwigheid gezien.

'Waarschijnlijk hebben ze de winkels aan boord ontdekt,' antwoordde Anne droogjes.

Christy grijnsde. 'Je zou denken dat ze genoeg hadden gewinkeld, te oordelen naar alle tassen en pakjes waar ze gisteravond mee thuiskwamen. Volgens mij heeft Kathryn half Londen leeggekocht.'

Ze keek haar dochter aan. Annes gezicht stond nog altijd ernstig. 'En jij, kindje? Heb jij ook een beetje genoten van onze reis?'

'Jawel,' moest Anne met tegenzin toegeven. 'Maar ik vind het wel jammer dat we bij de rondleiding door het paleis niemand van de koninklijke familie hebben gezien. Maar wat is Londen prachtig! Met al die oude gebouwen. En dan de theaters, de winkels! Indrukwekkend. De stad ademt zo'n sfeer van geschiedenis en harmonie. Dat vind je nergens in Australië.' Ze glimlachte schamper. 'Zelfs onze oudste gebouwen zijn uit het begin van de negentiende eeuw, en de meeste staan op instorten.'

'Dat komt doordat ze van hout zijn. Met een dak van golfplaten. Maar Melbourne en Sydney hebben wel degelijk fraaie oude architectuur.' Christy aarzelde even. 'En wat vond je van Schotland?'

Anne tuitte haar lippen. 'Schotland is met niets te vergelijken. Ik had nog nooit zoiets gezien. Maar eenzame dalen, hoge bergen en steile kliffen kunnen me toch niet echt bekoren. Zonder jou en Gregor en jullie verhalen zou ik het er erg saai hebben gevonden.'

'Ach, wat jammer,' verzuchtte Christy.

'Het spijt me, maar je vroeg ernaar,' zei Anne kortaf.

Christy nam haar dochter peinzend op. 'Je kijkt zo somber. Ben je niet blij om naar huis te gaan?'

Anne gaf niet direct antwoord. Ten slotte keerde ze de haven de rug toe, die inmiddels ver achter hen lag, en keek ze haar moeder aan. 'Eerlijk gezegd zie ik nogal op tegen onze thuiskomst. Vanwege het weerzien met Harold.'

'Maar kindje, waarom dan? Ik weet zeker dat hij dolgelukkig is dat je weer thuis bent.'

'Daar ben ik nog niet zo zeker van. Ik heb gedaan wat je zei, en hem een lange brief geschreven. Dat ik hoop op een nieuwe start. Dat ik niets liever wil dan dat het tussen ons weer net zo wordt als vroeger, in die eerste jaren van ons huwelijk. Maar de post doet er weken over, dus ik heb nog niets teruggehoord.'

'Zodra hij je brief krijgt, stuurt hij je een telegram. Om te zeggen dat hij hetzelfde wil als jij. Dat weet ik zeker,' zei Christy in een poging haar op te beuren.

Anne greep zich vast aan de reling, want het schip kwam in ruwer water terecht. 'Ik had nooit mee moeten gaan. Harold is veel te lang alleen. En met vrouwen zoals Florence Hardwick, die voortdurend op de loer liggen...'

Christy fronste haar wenkbrauwen. 'Wie is Florence Hardwick?'

'Een sloerie die haar begerige oog op mijn man heeft laten vallen. En Harold mag dan bij hoog en bij laag volhouden dat er niets is gebeurd, ik ben niet blind, ik zie hoe hij naar haar kijkt.'

'O, Anne, zoiets zou Harold nooit doen. Hij voelt zich hoogstens gevleid door haar aandacht.'

'Florence heeft de reputatie van een flirt. Als ze haar zinnen op een man heeft gezet, dan krijgt ze hem. Altijd. En Harold is bepaald geen heilige. Er is de laatste jaren zo'n afstand tussen ons gegroeid, voornamelijk door wat er tussen jou en mij is gebeurd. Ik ben bang dat mijn langdurige afwezigheid ons huwelijk onherstelbaar zal beschadigen.'

'Dat begrijp ik niet. Hoe kan een conflict tussen ons in vredesnaam van invloed zijn op jullie huwelijk?' vroeg Christy verontwaardigd.

'Dat lijkt me duidelijk. Ik kon er met Harold niet over praten, en omdat ik me zo ontzettend schaamde begon ik steeds meer afstand van hem te nemen. Bovendien voelde ik me verraden. Niet alleen door jou. Ook door hem.'

'Dat je je door mij verraden voelt kan ik me voorstellen. Maar Harold heeft alles ontkend, zeg je net. Hij ís je niet ontrouw geweest.'

'Ontkennen is de beste verdediging, moeder. En daar is Harold erg goed in, net als alle mannen.'

'O, Anne, het spijt me zo,' zei Christy zacht. 'Ik heb nooit beseft dat de verwijdering tussen ons zo ver ging dat jouw huwelijk eronder leed.'

‘Als je een steentje in een vijver gooit, krijg je kringen. Die heel ver kunnen reiken,’ zei Anne somber. ‘Maar met een rotsblok krijg je een vloedgolf.’ Ze knipperde gejaagd met haar ogen en bleef strak naar de verdwijnende kustlijn kijken. ‘Tel daar een vrouw als Florence Hardwick bij op, en de gevolgen zijn rampzalig.’

Zo welbespraakt kende Christy haar dochter niet, maar het was duidelijk dat Anne zich diep bezeerd voelde door wat ze beschouwde als verraad. Christy had Harold altijd als een goed mens gezien, een trouwe echtgenoot. Ze hoopte vurig dat ze hem juist had ingeschat. Wat haar eigen rol in dit drama betrof, daardoor werd de last die toch al op haar schouders drukte nog zwaarder.

Anne stak haar kin naar voren en keek haar moeder eindelijk aan. ‘Eerlijk gezegd is het niet alleen de onzekerheid over mijn huwelijk waardoor ik zo gespannen ben. Ik vind het ook nog steeds moeilijk om me bij jou op mijn gemak te voelen.’

Christy begreep wat ze bedoelde, want ook zij had er moeite mee dat bepaalde dingen niet werden uitgesproken; dingen die wel voortdurend op de achtergrond aanwezig waren. ‘We hebben het er allebei moeilijk mee,’ zei ze zacht. ‘Maar we moeten het de tijd geven. Uiteindelijk komt het allemaal weer goed.’

‘Daar ben ik nog niet zo zeker van. Wat je me destijds hebt verteld zal altijd tussen ons in blijven staan. En ook al ben ik bereid je te vergeven, vergeten kan ik het niet.’

Christy voelde een steek van pijn door het besef van het verdriet dat ze haar dochter had gedaan. ‘Dat begrijp ik. Dat gevoel had ik ook jegens degenen die verantwoordelijk waren voor de ontruimingen. Maar ik kan niet ongedaan maken wat er is gebeurd, Anne. En hoe moeilijk dat ook is, wat ik heb gedaan mag niet ten koste gaan van onze band, zeker niet nu we elkaar weer hebben gevonden.’

‘Maar dat is het nou juist,’ snauwde Anne. ‘Begrijp je dat dan niet? Telkens wanneer jij over de goudvelden begint en over je eerste tijd in Australië, ben ik als de dood wat je gaat zeggen.’ Ze praatte snel door, om haar moeder niet de kans te geven zich te verdedigen. ‘Nu wil je Kathryn over die tijd vertellen, maar hoe zie je dat voor je? Hoe denk je dat te doen zonder dat er dingen ter sprake komen waarvan ik niet wil dat ze die te weten komt?'

Christy nam haar handen in de hare. 'Ik heb je beloofd dat ik niets zal zeggen wat jij als kwetsend ervaart, of waardoor Kathryn van streek zou kunnen raken. Probeer alsjeblieft een beetje vertrouwen in me te hebben.'

'Eén verspreking kan al genoeg zijn.' Anne rukte haar handen los. 'En je laat je altijd zo meeslepen wanneer je zit te vertellen.'

Bij het zien van de uitdagende blik in haar ogen, de verbeten trek om haar mond, besefte Christy dat ze haar dochter niet milder zou kunnen stemmen. 'Als ik Kathryn het hele verhaal vertel, plaatst dat mij ook niet bepaald in een gunstig daglicht,' zei ze. 'Het gaat niet alleen om jou, Anne. Er zijn ook anderen die bezeerd zouden kunnen raken als alles uitkwam.'

Anne deed er het zwijgen toe, waarop Christy eindelijk de vraag stelde die haar al geruime tijd bezighield. 'Heb je iemand in vertrouwen genomen?'

'Nee, natuurlijk niet.' Opnieuw stak Anne uitdagend haar kin naar voren. 'Ik heb het aan niemand verteld. Dus als het ooit uitkomt, dan weet ik precies wie daarvoor verantwoordelijk is.'

Christy liet zich niet álles zeggen. 'Het komt alleen uit als er iemand in mijn privépapieren gaat neuzen. Net als jij destijds.'

Anne wendde blozend haar blik af. 'Ik zocht je opalen. Dat weet je. Voor het zomerbal.'

'Je had niet het recht om zonder mijn toestemming die kluis open te maken. En al helemaal niet om mijn papieren door te snuffelen. Daar is alle narigheid mee begonnen. Dus probeer het maar niet goed te praten.'

'Hoe dúrf je de schuld bij mij te leggen?' beet Anne haar toe, haar ogen verontwaardigd opengesperd. 'Jij hebt jarenlang dingen geheimgehouden, en je was zelfs zo arrogant om de bewijzen van je leugens in die vervloekte kluis te bewaren. Waarom heb je die papieren niet verbrand? Je moet toch hebben geweten dat er narigheid van zou komen als iemand ze vond?'

'Ik ging ervan uit dat ze in mijn kluis veilig waren. Dat ze pas na mijn dood tevoorschijn zouden komen.'

De trek om Annes mond werd nog grimmiger. 'Dus na je dood wordt de waarheid bekend. En zal ik moeten toegeven dat ik je smerige geheim al kende. Heb je enig idee hoe vernederend dat is?'

Christy hield haar ongeduld slechts met moeite in bedwang. 'Ik heb in mijn testament laten opnemen dat die papieren na mijn dood worden vernietigd.'

'Je had ze jaren geleden al moeten verbranden.'

Christy schudde haar hoofd. 'Ik heb mijn redenen waarom ik dat niet heb gedaan. Trouwens, ze liggen niet meer in de kluis. Mocht je op het idee komen ze te vernietigen, ik heb ze ergens anders ondergebracht. Ergens waar ze veilig zijn. En ik ben de enige die weet waar.'

'Hoe kunnen ze dan na je dood vernietigd worden?'

'Ik heb een brief gedeponeerd bij een vertrouwenspersoon. Met de strikte bepaling dat die pas na mijn dood mag worden geopend.'

'Maar waarom? Waar heb je die papieren nog voor nodig?' vroeg Anne niet-begrijpend. 'Welk doel zouden ze nu nog kunnen dienen? Anders dan dat de ontdekking ervan intens vernederend voor mij zal zijn?'

Christy kon haar niet uitleggen dat die documenten haar verweer waren, mocht haar familie ooit met bepaalde problemen worden geconfronteerd. Niet dat ze dat verwachtte, maar behoedzaamheid was altijd haar leidraad geweest.

'Ik heb mijn redenen om ze te bewaren, Anne. Redenen die jou niets aangaan.'

Anne fronste haar wenkbrauwen. 'Het is niet logisch om iets te bewaren wat zo veel schade kan aanrichten.'

'Misschien niet,' zei Christy onverstoorbaar. 'Maar misschien moet je je daar maar bij neerleggen en mijn excentrieke keuzes wijten aan de wispelturigheid van een oude vrouw.'

Anne nam haar wantrouwend op. 'Excentriek, daar kan ik nog in meegaan. Maar als het om de familie ging, heb ik je nooit op wispelturigheid kunnen betrappen. Wat is de werkelijke reden dat je die papieren al die tijd hebt bewaard?'

Christy dacht aan de documenten die Anne die dag níét in de kluis had gevonden, aan hoe al die documenten samen het fortuin van de familie zouden veiligstellen, mocht het eigendomsrecht van hun bedrijven en bezittingen ooit worden aangevochten. Maar dat zei ze niet tegen Anne. Er was al genoeg over het onderwerp gezegd.

'Ik heb al heel jong geleerd dat stukjes papier erg belangrijk kunnen zijn. Ook als je dat in eerste instantie niet zou denken. Dus ik bewaar alles, gewoon voor het geval dat ik het ooit nodig mocht hebben.' Ze legde losjes haar hand op Annes arm. 'Ik zou je dankbaar zijn als je me in dit opzicht ter wille zou kunnen zijn.'

'Zolang je belooft dat niemand ze ooit te zien krijgt.'

'Dat beloof ik.'

'Dan zal ik me erbij moeten neerleggen. Maar ik vind nog steeds dat je de hele boel zou moeten verbranden.'

'Ik neem het in overweging,' zei Christy, ook al was ze dat volstrekt niet van plan.

'En ik zal proberen er niet aan te denken,' zei Anne stijfjes. 'Maar begrijp je dat ik het moeilijk vind om de hechte band van vroeger weer op te pakken? Het heeft tijd nodig voordat ik je weer echt durf te vertrouwen. Tijd en aanzienlijk meer openheid van jouw kant.'

Het huilen stond Christy nader dan het lachen, want na hun verzoening in Schotland had ze gedacht dat ze het wantrouwen voorbij waren. 'Ik vind het heel erg dat je dat zegt,' zei ze zacht. 'Maar laten we er nu maar over ophouden. Ik zie de meisjes aankomen.'

Bellerive, Tasmanië

In zijn droom bevond Harold zich in de diepste diepten van een opaalmijn in Lightning Ridge. In een vierkante schacht met hoog oprijzende steile muren. Het had hem maanden gekost om zo diep te komen, en terwijl hij zijn pikhouweel in de bodem zette meende hij bovengronds geschreeuw te horen. Luide stemmen en harde klappen. In de veronderstelling dat het wel weer een vechtpartij tussen andere mijnwerkers zou zijn ging hij door met zorgvuldig hakken in de kiezelaarde.

Toen het geluid van klappen en geschreeuw aanzwol vroeg hij zich af of hij misschien naar boven moest klimmen, om poolshoogte te nemen. Maar net op dat moment hakte hij een goudklompje los. En vrijwel onmiddellijk verscheen er een jute buideltje met koordsluiting.

Zonder nog acht te slaan op het tumult boven zijn hoofd liet hij zich door zijn knieën zakken, inspecteerde het klompje in het licht van zijn olielamp en stopte het haastig in zijn zak. Toen reikte hij naar het jute buideltje. Hij schudde de munten die erin zaten in zijn hand en begon ze te tellen, zonder het ook maar enigszins vreemd te vinden ze hier, op de bodem van een mijnschacht, te vinden.

'Mr. Ross! Mr. Ross, als u niet onmiddellijk opendoet, bel ik de politie.'

Harold herkende de stem, maar begreep niet wat Edna Ryan in vredesnaam op de opaalvelden deed. En waarom dreigde ze met de politie? Hij had toch niets misdaan... Anderzijds, waar kwamen die zilveren munten vandaan?

'Mr. Ross, ik zie u zitten!' riep Edna woedend. 'Wakker worden! Vooruit, wakker worden!'

De diepe mijnschacht verdween, en toen Harold met veel moeite en tegenzin zijn ogen opendeed besefte hij dat hij over het bureau hing, met zijn hoofd op een berg paperassen. Versuft richtte hij zich langzaam op, en tegen de tijd dat hij rechtop zat ontdekte hij aan de andere kant van het raam Edna Ryan die hem woedend opnam.

'Ik sta hier al een halfuur!' riep ze. 'Doe onmiddellijk open.'

Harold kwam snel tot bezinning – Edna Ryan was effectiever dan de beste wekker – en haastte zich naar de keuken om de achterdeur van het slot te doen.

Hij had amper de sleutel omgedraaid of de deur werd opengeduwd en Edna kwam de keuken binnenstormen: een furie met hoofddoek en gebloemde schort. 'Hoe durft u me buiten te sluiten? Wat voert u in uw schild?'

'Niks. Ik doe 's nachts altijd de deur op slot.'

'Dat doen we hier alleen als er niemand thuis is. Of als we niet willen dat anderen in de gaten krijgen wat we in ons schild voeren,' zei ze nijdig. 'En we laten de sleutel niet in het slot zitten, zodat een ander zijn sleutel niet kan gebruiken.' Ze duwde hem opzij en zette koers naar het kantoor.

Harold liep haastig achter haar aan, want hij wilde niet dat ze de papieren zag die op het bureau lagen. Maar het was al te laat. Ze had ze al gezien. Hij schoot langs haar heen en ging met zijn rug naar het bureau staan. 'Ik weet wat u denkt, maar het kan niet anders. Ik had geen keus.'

Ze liet haar blik over het bureau gaan, over de laden op de grond, en ten slotte viel haar oog op de geheime la die inmiddels openstond. Haar bleekblauwe ogen begonnen te glinsteren van opwinding. 'Hoe hebt u dat voor elkaar gekregen?' vroeg ze ademloos.

'Het was vooral een kwestie van geluk. En ik weet wat u gaat vragen, maar er zat niets in. Erg teleurstellend.'

Met een wantrouwende blik stak ze haar hand in de la, om zeker te weten dat hij niets had gemist. 'Hoe weet ik dat het waar is wat u zegt? Misschien liegt u wel.' Ze sloeg haar armen over elkaar. 'Uw schoonmoeder zou een geheime la niet leeg hebben gelaten.'

Harold haalde zijn schouders op. 'Toch is het zo. Erg frustrerend allemaal.' Hij zag dat ze haar blik weer over de chaos op het bureau en op de grond liet gaan. 'Het spijt me van de rommel. Maar in de kluis zat niets waar ik wat aan had, dus ik moest het hele bureau wel leeghalen.'

'Wat zoekt u eigenlijk?' Weer die wantrouwende blik.

Harold overwoog vluchtig het haar te vertellen, maar verwierp het idee onmiddellijk weer. Edna Ryan was niet te vertrouwen, hij twijfelde er niet aan of ze zou het verhaal van zijn nachtelijke escapade in geuren en kleuren rondbazuinen. 'Een document. Dat zei ik al. Iets wat Mr. Baker nodig heeft.'

Het trekken van een spiertje in haar kaak verried dat het haar de grootste moeite kostte haar drift en haar nieuwsgierigheid te beheersen. 'Dan kunt u maar beter doorgaan met zoeken,' zei ze ten slotte kortaf. 'En ruim wel weer alles op als u klaar bent. Ik word niet betaald om andermans rommel aan kant te maken.'

Ze beende weg, de eetkamer in. Zodra Harold haar voetstappen in de salon hoorde haastte hij zich het kantoor uit. Het was hem te binnen geschoten dat de kist van rozenhout nog op Christy's bed stond.

Het duurde niet lang of haar voetstappen klonken in de gang, dus hij stopte de kist gejaagd onder een berg kussens en bukte zich om een van de hoedendozen van de grond te pakken.

'Wat moet dat daar?' Edna kwam woedend de kamer binnen. 'Hoe dúrft u hier binnen te komen! En wat doen díé daar?' Ze wees naar de hoedendozen.

'Ik hoopte dat er in de kleerkast ergens een geheim vakje zou zitten.' Hij klom op de kruk, die nog altijd tussen de deuren van de enorme kast stond. 'Als u ze aangeeft, zal ik ze netjes terugzetten.'

Haar dreigende blik weerspiegelde haar duistere gedachten, en Harold hield zijn adem in terwijl ze een van de kussens recht legde en over de sprei streek. Blijkbaar had ze niets in de gaten, want ze begon hem de dozen aan te geven.

'En, hebt u nog geheime vakjes gevonden?' vroeg ze toen de hoedendozen op hun plaats stonden, de kruk was teruggezet en de kleerkast gesloten.

'Nee, helaas niet.' Hij pakte haar bij de arm en loodste haar met zachte dwang in de richting van de keuken, om te voorkomen dat ze de hoek van het rozenhouten kistje achter het kussen vandaan zag steken. 'Ik zal een kop koffie zetten en een lekker ontbijtje voor u maken. Dat is wel het minste wat ik kan doen na alle last die ik u heb bezorgd.'

Ze snoof misprijzend terwijl ze aan de keukentafel ging zitten. 'Nou, ik zou wel een kop thee lusten! En als u trekt hebt, er liggen nog eieren en bacon in de provisiekast.'

Terwijl Harold de tafel dekte en aan de slag ging bij het fornuis, deed Mrs. Ryan er het zwijgen toe. Het zat haar duidelijk niet lekker dat hij nog altijd weigerde openheid van zaken te geven. 'Het moet wel een erg belangrijk document zijn dat u er het hele huis voor ondersteboven haalt,' zei ze ten slotte.

'Dat is het zeker.' Hij draaide de sissende bacon om. 'Zo belangrijk dat mijn schoonmoeder blijkbaar de grootste moeite heeft gedaan om het te verstoppen.' Hij zette de pot thee op de tafel en schonk zichzelf koffie in uit de percolator.

'Voor zover ik weet zijn er verder geen geheime bergplaatsen hier in huis,' vervolgde Edna Ryan. 'Dus ze zal het wel in bewaring hebben gegeven bij de bank.'

Van Baker wist Harold al dat Christy bij de bank niets in bewaring had liggen, en tot dusverre had hij geen aanwijzingen gevonden waaruit bleek dat Baker zich vergiste. 'Misschien.' Hij zette een bord voor haar neer met een royale portie bacon, ei en toast.

'Het is nogal een mysterie, hè?' Ze pakte haar bestek en wierp een gretige blik op het feestmaal alvorens toe te tasten.

Harold zette ondertussen ook een bord voor zichzelf op de tafel. Ze aten zwijgend, maar hij zag dat Edna Ryan geconcentreerd over het probleem nadacht. Dat beschouwde hij als een goed teken, want daaruit bleek dat ze haar vijandigheid had laten varen.

'Waarom kijkt u al die oude rekeningen en kwitanties door?' vroeg ze ten slotte.

'Ik heb zo'n gevoel dat daarin een aanwijzing te vinden is over de plek waar ze dat document heeft verstopt.' Hij koos zijn woorden zorgvuldig. 'Maar het kan wel even duren om het allemaal door te nemen, dus ik vrees dat u nog een tijdje met me bent opgescheept.'

Ze veegde de restjes van haar ontbijt bij elkaar met een stuk brood en schonk zichzelf nog een kop thee in. 'Als u weet wát u zoekt, zou ik u kunnen helpen,' zei ze met geforceerde nonchalance.

Hij schrok van haar aanbod. 'Dat is erg vriendelijk van u, maar dat is het nu juist. Ik weet niet precies wat ik zoek. Dus u kunt me helpen door voor de koffie te zorgen en misschien nog wat van die verrukkelijke scones te bakken.'

Op haar gezicht tekende zich teleurstelling af, maar ze haalde haar schouders op. 'Nou ja, vooruit dan maar.'

'Dank u wel, Mrs. Ryan. U bent geweldig!'

Ze deed een mislukte poging ontstemd te kijken. 'Nou, dan moest ik maar eens aan het werk gaan. Die scones komen er niet vanzelf.'

Harold liet haar achter met de vaat, haastte zich terug naar het kantoor en trok de deur stevig achter zich dicht. Daarop liep hij naar buiten om te controleren of alles goed was met zijn paard. Toen hij zich ervan had overtuigd dat het dier meer dan genoeg te eten en te drinken had, ging hij weer naar binnen en begon aan het doorwerken van jaargangen oude bankafschriften.

Om elf uur bracht Mrs. Ryan een pot verse koffie en nog warme scones. Na haar uitbundig te hebben bedankt wijdde hij zich weer aan zijn zoektocht. Hij wilde net aan de afschriften van het jaar 1897 beginnen, toen er op de voordeur werd geklopt. Dat kon niet voor hem zijn, dus hij besteedde er geen aandacht aan. Hij keek dan ook verrast op toen Mrs. Ryan het kantoor binnenkwam.

'Er is bezoek voor u.'

'O? Wie dan?' Harold was onmiddellijk op zijn hoede.

'Hallo, Harold. Ik dacht wel dat je hier zou zijn.'

Bij het zien van Florence Hardwick lukte het hem niet zijn schrik te verbergen. Hij was even met stomheid geslagen.

'Ik had u gezegd buiten te wachten,' zei Edna nijdig.

Florence wuifde haar protest weg en keek naar Harold vanonder haar wimpers. 'Harold en ik zijn oude vrienden.' Ze glimlachte. 'Hij zou niet willen dat u me op de stoep laat staan. Waar of niet, Harold?'

'Nee, natuurlijk niet,' bulderde hij. 'Maar je komt echt buitengewoon ongelegen, Florence. Ik heb het erg druk.'

Ze pruilde charmant en liet haar blik over de chaos van zijn nachtelijke zoektocht gaan. 'Nee maar! Ik zie het.' De kuiltjes verschenen in haar wangen. 'Maar je weet wat ze zeggen. Het is een slecht dorp waar het nooit kermis is,' zei ze plagend. 'Kom, laten we een kop koffie drinken, en dan bespreken we ondertussen waar we vanavond gaan eten.'

Achter Florence zag Harold het grijnzende gezicht van Edna Ryan. Dat was wel het laatste wat hij kon gebruiken! De roddel dat hij, in afwezigheid van Anne, een andere vrouw had ontvangen in Christy's huis. 'Florence,' begon hij geduldig, 'ik heb het echt veel te druk voor gezelligheidsbezoekjes. En wat het diner betreft... ik weet niet of ik vanavond in de stad ben.'

Florence kwam naar hem toe en streek een stofje van de kraag van zijn jasje. 'O, je kunt je vast wel even vrijmaken voor een goede vriendin als ik, Harold,' zei ze behaagziek. 'Laten we gezellig in de salon gaan zitten, en dan vragen we het dienstmeisje iets lekkers voor ons te maken.'

Edna keek woedend naar de rug van Florence. Als blikken konden doden... Harold besefte dat er problemen dreigden, want Edna droeg het hart op de tong. 'Mrs. Ryan is niet het dienstmeisje,' zei hij resoluut. 'En ze vindt het vast en zeker gezellig om ons tijdens de koffie gezelschap te houden.'

'Dat is erg ongebruikelijk.' Florence fronste haar wenkbrauwen.

Harold keek naar de woedende Edna. 'Houdt u ons gezelschap, Mrs. Ryan? We hebben allebei wel even een pauze verdiend. Mrs. Hardwick blijft niet lang.' Met die woorden schoof hij zijn arm door die van Florence en loodste haar voortvarend langs Edna heen de deur uit, naar de salon.

'Gunst, je houdt niet van half werk,' fluisterde Florence. 'Behandel je al je bezoek zo hardhandig?' Ze liet zich giechelend op de bank zakken, streek haar marineblauwe linnen rok glad en deed haar handschoenen uit. 'Ik mag dat wel. Een man die van aanpakken weet.' Met uitdagend schitterende ogen klopte ze op de plek naast zich. 'Kom, ga zitten. Dan vertel ik je mijn plannen voor vanavond.'

Harold bleef bij de haard staan, op ruime afstand van de bank, en keek demonstratief op zijn zakhorloge. 'Het spijt me, Florence,' zei hij zonder een zweem van spijt, 'maar wat voor plannen je ook hebt, ik zal er geen deel van uitmaken. Ik ben hier voor zaken en ik heb geen tijd voor –'

'Koffie!' Edna kwam de kamer binnen met een zwaarbeladen dienblad, dat ze met kracht op de lage tafel zette. Vervolgens liet ze zich naast Florence op de bank ploffen, wierp haar een vernietigende blik toe en reikte haar een kopje aan. 'Melk?'

De twinkeling in Florence' blauwe ogen maakte plaats voor een ijzige blik. 'Nee, dank u.'

'Hebt u misschien liever een schoteltje room?'

'Het is prima zo,' antwoordde Florence stijfjes.

'Gelukkig maar, want we hebben geen room.'

Edna keerde zich naar Harold, en terwijl ze hem zijn koffie gaf zag hij in haar ogen iets oplichten wat niet veel goeds beloofde. Van zijn koffie nippend probeerde hij koortsachtig te bedenken hoe hij Florence de deur uit kon werken voordat de twee vrouwen slaande ruzie kregen. 'En? Heb je het een beetje naar je zin in Hobart?' vroeg hij.

Met een grimas zette Florence haar onaangeroerde koffie op de tafel. 'Het is een bezoek waar ik niet onderuit kon,' zei ze zonder omwegen. 'Niet bepaald opwindend.'

Ze negeerde Edna, die zich naast haar in de kussens had geïnstalleerd en met opzet genietend haar koffie slurpte. 'Ik heb voor vanavond een tafeltje geboekt bij visrestaurant Ocean Child. Moeder zou het enig vinden je te zien, en na een hele dag met mijn grootmoeder snak ik naar wat jeugdiger gezelschap.'

'Dank je wel voor de uitnodiging, maar ik heb vanavond elders een afspraak.' Hij dronk zijn koffie op en zette het kopje weer op het blad. 'Was er verder nog iets, Florence? En nogmaals, ik ben hier voor mijn werk.'

Haar lippen vormden een smalle streep, haar ogen schitterden van woede. 'De boodschap is duidelijk. Ik ben hier niet welkom. Dus ik ga,' zei ze met alle waardigheid die ze kon opbrengen. 'Zo ken ik je niet, Harold, zo onwellevend.'

Harold pakte haar hand en hielp haar overeind. 'Dat spijt me, Florence, maar je zou er goed aan doen niet onaangekondigd bij me op de stoep te staan. Ik ben gelukkig getrouwd, en je bent weliswaar verrukkelijk gezelschap, maar je kunt me beter niet ongechaperonneerd bezoeken.'

Florence wierp hem een ijzige blik toe terwijl ze haar geitenleren handschoenen weer over haar vingers schoof. 'En jij kunt mij beter niet tegen je in het harnas jagen, Harold Ross,' zei ze bijna nonchalant. 'Ik ken genoeg mensen in Melbourne die het heel interessant zullen vinden om te horen dat je in Hobart zit, en dat je vanavond een afspraak hebt.'

'Van dwaas geroddel heb ik me nog nooit iets aangetrokken. En als dit jouw manier is om me een hak te zetten, dan ben ik blij dat ik zo verstandig ben geweest niet te zwichten voor je bedenkelijke charmes.' Hij deed de deuren naar de veranda open. 'Dag, Mrs. Hardwick.'

'Ik maak je tot de risee van Melbourne,' beet ze hem toe. 'Dan heeft dat kreng waar je mee getrouwd bent eindelijk een reden om chagrijnig te zijn.'

Hij greep haar bij de arm. 'Waag het niet! Want daar krijg je spijt van,' snauwde hij. 'En als je mijn vrouw ooit nog durft te beledigen, dan sta ik niet voor mezelf in.'

'Hoort u dat?' kefte Florence tegen Mrs. Ryan. 'Hij bedreigt me.'

'Ik heb niks gehoord,' antwoordde Edna. 'Maar het wordt tijd dat u vertrekt. Van dat soort vulgaire praat zijn we hier niet gediend.'

'Laat je dat toe, Harold? Dat ze zo'n toon tegen me aanslaat?'

'Ga nou maar, Florence, voordat het echt gênant wordt,' drong Harold aan.

Florence wierp zowel hem als Mrs. Ryan een woedende blik toe, draaide zich met een ruk om en beende de veranda op, de treden af, naar het rijtuig dat op de oprijlaan stond te wachten.

'Opgeruimd staat netjes,' mompelde Edna toen het rijtuig de laan af ratelde. 'Met al die mooie kleren en die dikke laag poeder op d'r gezicht vind ik het maar een ordinair type.'

'Ik denk dat u wat te hard oordeelt, Mrs. Ryan,' wees Harold haar voorzichtig terecht. 'Maar bedankt voor uw steun. Het zou buitengewoon ongepast zijn geweest als ik haar alleen had ontvangen.'

Mrs. Ryan nam hem nieuwsgierig op. 'Hebt u met haar...'

'Nee! Florence Hardwick is gewoon een kennis van me. Meer niet.'

Edna snoof. 'Voor een kennis gedraagt ze zich wel erg vreemd. Om zomaar onaangekondigd op de stoep te staan en u te bepotelen.'

'Florence Hardwick is weduwe. Ze heeft al diverse onaangename schandalen veroorzaakt, en daar wens ik van verschoond te blijven. Ik ben gelukkig getrouwd, en dat heb ik Florence herhaalde malen duidelijk gemaakt. Net als dat ik niet ben geïnteresseerd in een affaire.'

Mrs. Ryan glimlachte, voor het eerst sinds hun kennismaking. 'Nou, daar hebt u vandaag ook geen misverstand over laten bestaan. Een sloerie, dat is het. Ik denk niet dat ze u verder nog zal lastigvallen.' Ze zette de theespullen op het blad. 'Maar pas op. Volgens mij is het een vileine roddelaarster. En een vrouw die wordt afgewezen kan erg gevaarlijk zijn.'

'Ik zal eraan denken, Mrs. Ryan.' Hij nam het blad van haar over. 'Dat schoteltje room was een geniale inval,' zei hij grijnzend.

'Tja, die poes komt niets tekort, als je het mij vraagt.'

Nog altijd grijnzend zette Harold de spullen van het blad op het aanrecht. Florence en Mrs. Ryan deden niet voor elkaar onder.

Edna Ryan keek op de keukenklok, meteen weer een en al zakelijkheid. 'Ik moet ervandoor, maar ik heb wat sandwiches voor u gemaakt, er zijn nog een paar scones, en in de provisiekast staan varkenskarbonaadjes.'

Er dansten pretlichtjes in haar ogen. 'Ik neem aan dat u vanavond niet echt een afspraak hebt en dat u er morgen nog bent?'

'Ik heb inderdaad geen afspraak, Mrs. Ryan. En tenzij ik vanmiddag vind wat ik zoek, ben ik bang dat u nog minstens een dag met me opgescheept zit.'

'Juist ja. Hoe dan ook, ik raad u aan vanavond gewoon in een bed te slapen. En mocht u toch eerder willen vertrekken, leg dan een briefje neer. Dan weet ik waar ik aan toe ben.'

Harold nam haar eeltige werkhand in de zijne en kuste de lucht erboven. 'Dank u wel, Mrs. Ryan. Wat had ik zonder u moeten beginnen?'

Er kwam een blos op haar volle wangen. 'Jaja, het is goed met u,' sputterde ze. 'Maar ik kan me de laatste keer niet heugen dat ik zo'n schik heb gehad.'

'Daar ben ik blij om. Dat tenminste íémand plezier heeft beleefd aan mijn ongemakkelijke situatie,' zei hij plagend.

Ze schoot in de lach. 'Een man in het nauw… Er zijn maar weinig dingen waar ik zo vrolijk van word.' Ze schudde hem de hand en pakte haar spullen. 'Veel succes met uw zoektocht.' Ze duwde de hordeur open.

Hij keek haar schommelende gedaante grijnzend na. De oude draak mocht dan vuur spuwen, ze had het hart op de goede plaats en hij was blij dat ze vriendschap hadden gesloten.

Eenmaal terug in het kantoor besloot hij bij het zien van de stapel papieren die hij nog moest doornemen dat hij beweging nodig had en wat frisse lucht om weer in de juiste stemming te komen. Hij stak zijn pijp op, liep de deur uit, en in plaats van zijn paard te zadelen voor een rit, beklom hij de heuvel achter het huis en trok hij de bush in die rechtstreeks achter Skye House begon en die hem zoals altijd een gevoel van vrijheid bezorgde.

Ruim een uur later was hij terug, hij zette een pot koffie en hervatte zijn zoektocht door de bankafschriften. Op de achtergrond klonk het tikken van de klok in de hal.

Het was al bijna middernacht toen een stijgende opwinding zich van hem meester maakte. Hij had de karbonades met puree koud laten worden, zette het bord opzij en bladerde gejaagd terug in de jaargang die hij op dat moment onder handen had. Het was hem opgevallen dat er regelmatig een bepaald bedrag van Christy's rekening werd afgeschreven, om precies te zijn elke zes maanden, vanaf augustus 1897. Toen hij latere afschriften erbij pakte, kwam hij het bedrag ook daarin tegen.

Hij pakte de souches van haar chequeboeken erbij en zocht gejaagd naar de corresponderende overschrijvingen. Het duurde niet lang of hij had ze gevonden. Het bewuste halfjaarlijkse bedrag werd overgeschreven op de rekening van Smithson & Son. Harold kon wel raden om wat voor bedrijf het ging, en hij zag zijn vermoeden bevestigd toen hij in de stapels kwitanties papieren vond met hun briefhoofd.

Wat nu, vroeg hij zich af, voor zich uit starend in het flakkerende licht van de olielampen. Als Christy er zo veel aan gelegen was om iets verborgen te houden, moest het wel erg belangrijk zijn. Toch kon het niet anders of iemand wist van haar geheime bergplaats. Al was het maar om haar geheim ook na haar dood veilig te stellen.

Hij maakte de kluis weer open, haalde de kopie van haar testament eruit en vouwde die open op het bureau. Helemaal aan het eind vond hij wat hij zocht:

Ik geef hierbij opdracht aan Mr. Charles Smithson van Smithson & Son – en in geval van zijn overlijden, aan zijn opvolger – om na mijn dood, en niet eerder, te handelen volgens de instructies in de brief die ik bij zijn bank in bewaring heb gegeven. Te dien einde legateer ik honderd pond als laatste overschrijving van mijn rekening aan het kantoor van Smithson & Son.

Bij het zien van de datum onder de handtekening besefte hij dat die overeenkwam met de datum van de eerste betaling. En hij besefte ook dat die eerste betaling had plaatsgevonden rond de tijd dat hij flarden had opgevangen van dat merkwaardige gesprek tussen Christy en Anne. Alles begon hem op een afschuwelijke, om niet te zeggen angstaanjagende manier duidelijk te worden.

Hij vouwde het testament weer op, deed het in de envelop en legde het terug in de kluis. Het was al erg laat, en ondanks een gevoel van triomf dat hij althans een deel van het raadsel had opgelost, maakte hij zich grote zorgen over de uitkomst van zijn zoektocht. Dat Christy zo veel moeite had gedaan om dit alles verborgen te houden beloofde niet veel goeds. En als zijn zoektocht zou uitpakken zoals hij vreesde, dan zagen zijn zwagers en hij zich geconfronteerd met een reusachtig moreel dilemma.

Hij ruimde behalve het bord met zijn nauwelijks aangeroerde avondeten ook alle papieren weg die hij niet meer nodig had, deed de laden weer in het bureau en sloot het geheime vak. De rekeningenboeken, controlestroken en chequeboeken deed hij vervolgens in een grote envelop, met daarbij de sleutel die hij in het bureau had gevonden, en het stukje papier uit het rozenhouten kistje.

Daarop draaide hij de pit van de lampen laag en liep naar Christy's slaapkamer om het kistje terug te zetten, boven op de kleerkast. Nadat hij de envelop met bewijsmateriaal in zijn plunjezak had gedaan stopte hij ook de sleutel van de kluis erin en liep met de canvas zak terug naar het kantoor.

Daar sloeg hij een deken om zijn schouders en installeerde zich in de diepe leren fauteuil voor een hazenslaapje. Over minder dan zes uur vertrok de veerboot. Die mocht hij niet missen.

14

Aan boord van de SS Southern Cross

Het schip lag aangemeerd in Lissabon, en Christy had besloten aan boord te blijven terwijl Anne met Kathryn en de anderen voor een excursie de stad in was gegaan. Op de bezorgde vragen van Kathryn had ze geantwoord dat ze na de Londense kou op het dek van het zonnetje wilde genieten, verdiept in een boek, in plaats van de Portugese hoofdstad opnieuw te bezoeken.

In werkelijkheid snakte ze naar een moment voor zichzelf, uitgeput als ze was door de achtbaan van emoties die de reis vanaf de allereerste dag was geweest. Ze had behoefte aan rust, om emotioneel althans enigszins op adem te komen. Zich koesterend in de zon, op het zo goed als verlaten schip, had ze het boek in haar schoot nog niet opengeslagen, maar nipte ze genietend van haar champagne en begon ze eindelijk te ontspannen.

Achteroverleunend in de comfortabele dekstoel die een attente steward voor haar onder een parasol had gezet, sloot ze haar ogen. Om haar mond speelde een wrange glimlach. Wat een verschil met de reis die ze als jong meisje had gemaakt! Het was nauwelijks te bevatten wat ze sindsdien had weten te bereiken. Het leven zat vol verassingen. Hoe had het haveloze, wereldvreemde kind dat in Port Dalrymple van de *Mary Elena* was gestapt ooit kunnen vermoeden dat haar leven zo'n dramatische en fortuinlijke wending zou nemen?

Die bewuste dag stond haar nog levendig voor de geest en terwijl ze daaraan terugdacht werd ze overspoeld door de beelden en de geluiden van het moment waarop ze met haar broers de loopplank af liep. Ze was bijna zestien, en net als haar broers werd ze nog verteerd door het recente verlies van haar vader.

'Blijf bij me in de buurt,' zei Finlay zacht toen ze op de kade stapten en merkten dat hun evenwichtsgevoel was aangetast door de tweeënnegentig dagen op zee.

Christy klampte zich vast aan zijn arm, want de kade leek te deinen en te steigeren onder haar voeten. Ook Jamie had moeite zich staande te houden en liet bijna de kist met zijn gereedschap uit zijn armen vallen.

Het was nog kil, zo vroeg op de ochtend, en Christy wikkelde de sjaal van haar moeder nog strakker om haar schouders. 'Hoe gaat het nu verder, Finlay?' vroeg ze in het Gaelic.

'Dat moet je mij niet vragen. Maar zo te zien heeft die man daar de leiding. Misschien kan hij ons vertellen wat de bedoeling is.'

Christy klampte zich nog altijd vast aan de arm van haar grote broer, terwijl ze probeerden dichter bij de man te komen die inmiddels was omringd door andere landverhuizers. Ze boden een haveloze, vervuilde aanblik, zwart van het kolenstof en verzwakt door ontberingen. Wat moesten de mensen die zich aan het eind van de kade hadden verzameld. wel niet van hen denken? In hun ogen moesten ze eruitzien als het uitschot van de maatschappij, dacht Christy.

Terwijl ze wachtten tot ook de laatste landverhuizers van boord waren gegaan keek ze naar de weldoorvoede, warm geklede Tasmaniërs die hen gadesloegen. Waren ze uit nieuwsgierigheid naar de kade gekomen of waren ze hier met een reden? Christy voelde zich hoe dan ook ongemakkelijk onder hun taxerende blikken.

Haar blik werd weer naar de potige man getrokken, die op een omgekeerd houten krat was geklommen en luidkeels om de aandacht vroeg.

Op slag werd het doodstil. 'Welkom in Tasmanië,' bulderde hij. 'De meesten van u spreken Engels, dus dat is de taal waarin ik me tot u zal richten.'

Hij wachtte tot het geroezemoes was weggeëbd en vervolgde: 'Wie van zijn leven hier een succes wil maken, zal zich van het Engels moeten bedienen. Dat wil overigens niet zeggen dat u geen Gaelic kunt spreken. U zult al snel merken dat hier heel veel Schotten wonen. Maar de meeste werkgevers spreken het niet, en als iemand u niet kan verstaan, ligt het niet voor de hand dat hij u in dienst neemt.'

Opnieuw ontstond er geroezemoes, en Christy voelde dat Finlay onrustig met zijn voeten schuifelde. 'Dus we moeten ons als Engelsen gedragen,' mompelde hij grimmig. 'Dan is er uiteindelijk niets veranderd.'

Moedeloosheid dreigde Christy te overweldigen. Het had er alle schijn van dat ze hier, aan de andere kant van de wereld, opnieuw in een land waren terechtgekomen dat werd geregeerd door de vijand tegen wie hun voorouders tijdens de jakobitische opstand hadden gevochten.

'De St. Andrew's Emigration Society heeft u uitverkoren voor een kosteloze overtocht omdat u voldoet aan de werkvereisten van deze kolonie, hetgeen betekent dat u kunt lezen en schrijven, en dat u zowel geestelijk als lichamelijk gezond bent.'

Behalve geroezemoes klonk er hier en daar gegrinnik, iets wat de spreker verkoos te negeren. Het kon niet anders of hij wist dat er tijdens de zeereis bijna zeventig opvarenden waren bezweken, en hij moest wel blind zijn om niet te zien hoe verzwakt en gedemoraliseerd de overlevenden waren. 'Helaas kunt u hier geen aanspraak maken op een kavel grond,' vervolgde hij, 'zoals de liefdadigheid in Canada dat ter beschikking stelt.'

Hij hief zijn hand om de protesten het zwijgen op te leggen. 'Maar er is werk genoeg, en op initiatief van de St. Andrew's Emigration Society is het plaatselijke bedrijfsleven naar de haven gekomen om u een contract aan te bieden.'

Christy keek naar de menigte bij de grote loods, en toen ze zag dat die inmiddels enorm was aangezwollen, kreeg ze weer een beetje hoop.

'Maar eerst moeten de verplichte procedures worden afgehandeld,' vertelde de spreker. 'Zodra die zijn voltooid zult u worden benaderd en ondervraagd door onze mensen daar.' Hij wees naar de menigte.

'De St. Andrew's Emigration Society heeft er ook voor gezorgd dat de inwoners van George Town en Patersonia ruimhartig kleren ter beschikking hebben gesteld. Aan de achterzijde van dat pakhuis daar vindt u de faciliteiten om het vuil van de reis van u af te spoelen.'

'En als niemand ons in dienst neemt? Wat dan?' riep Finlay.

'Dan krijgt u een week onderdak in de plaatselijke zendingspost. Daarna bent u op uzelf aangewezen. Ik zou u willen vragen me te volgen, dan kunnen we aan de slag met de registratie.'

Hij stapte van het krat en zette koers naar de havengebouwen, met in zijn kielzog de volgzame kudde haveloze landverhuizers, die troost putten uit de vertrouwde gezichten om zich heen en uit het feit dat ze met velen waren. Toen ze de vertegenwoordigers van het bedrijfsleven naderden, was Christy niet de enige die hen enigszins angstig gadesloeg, want op hun beurt werden de landverhuizers bekeken als vee op de markt dat door de geïnteresseerde kopers aan een grondige inspectie werd onderworpen.

'Maak een beetje voort,' beet Finlay haar toe. 'We moeten zorgen dat we vooraan komen. Dan hebben we meer kans op fatsoenlijk werk.'

Christy hield hem stijf vast terwijl ze zich gedrieën duwend en dringend een weg naar voren baanden. Dat viel niet mee, want dat deed iedereen, maar uiteindelijk stonden ze ver genoeg naar voren om te kunnen horen welke vragen er werden gesteld en welke instructies de landverhuizers meekregen wanneer hun registratie was voltooid.

Vol ongeduld schuifelde Christy met haar broers telkens een eindje naar voren. Het ging haar veel te langzaam. Terwijl ze zag hoe de mensen vóór hen aan het eind van de lange rij tafels door een deur verdwenen waarachter hun schone kleren waren beloofd, en de mogelijkheid om zich te wassen, vroeg ze zich af wat voor kleren zij zou krijgen. Haar leven lang had haar moeder haar kleren genaaid, of ze had de afdankertjes van anderen gedragen. Nu popelde ze om eindelijk de stinkende vodden af te leggen die ze al meer dan drie maanden droeg, al sinds hun vertrek uit Gilleasbuig Cove. Ze keek naar haar voeten, gestoken in de laarzen van haar moeder. Het leer was kaal gesleten, en de laarzen waren haar eigenlijk te klein. Toch was ze vastbesloten ze te houden, wat de inwoners van George Town en Patersonia ook zo ruimhartig hadden ingezameld.

Ten slotte stonden ze aan de tafel, voor een man achter een groot boek en een dikke stapel papieren. Omdat Finlay de oudste was lieten Christy en Jamie hem het woord doen. Hun namen werden afgevinkt op een lange lijst, hun vaardigheden genoteerd. Daarna moesten ze hun handtekening onder een formeel ogend document zetten.

Finlay las het zorgvuldig door, slaakte een diepe zucht en ondertekende ten slotte met merkbare tegenzin. Toen keerde hij zich naar zijn broer en zus. 'Dit document verklaart ons tot vrije burgers van Australië. Dus we hebben geen andere keus dan het te ondertekenen. Hoe sneller jullie dat doen, hoe eerder we hier weg kunnen.'

De man achter de tafel zette op zijn beurt zijn handtekening, druppelde er een klodder lak op en drukte er een zegel in. Toen gaf hij hun met een brede glimlach de papieren. 'Welkom als officiële ingezetenen van Australië,' zei hij met het lijzige lokale accent. 'En veel geluk in jullie nieuwe vaderland.'

Finlay ontfermde zich over de documenten en over Christy's weefgetouw, waarop ze zich weghaastten naar de loods, waar ze werden opgewacht door twee mannen in witte jassen. Dokters, zo bleek. Christy en haar broers werden bevoeld en beklopt, hun ogen, mond en oren werden aan een inspectie onderworpen, hun hoofd werd onderzocht op luizen. Ten slotte kregen ze ieder een stuk loogzeep, waarmee ze naar verschillende delen van het langgerekte, smalle gebouw werden gestuurd.

Na het vernederende onderzoek snakte Christy ernaar om zich te kunnen wassen, om eindelijk bevrijd te zijn van de luizen die haar jeuk bezorgden, van de vlooien die haar overal beten. Het eerste wat ze zag toen ze de vrouwenafdeling binnenkwam waren enorme stapels kleren en schoenen. Uit lange rijen hokjes met een deur kwamen haar wolken stoom tegemoet.

Een van de vrouwen die er de scepter zwaaiden nam haar taxerend op en koos een eenvoudige lichtblauwe wollen jurk voor haar uit, een stapeltje ondergoed dat er nogal verwassen uitzag, dikke kousen en een tweed jasje dat duidelijk betere tijden had gekend. Maar het was stuk voor stuk nieuwer en beter van kwaliteit dan alle kleren die Christy ooit had bezeten. De vrouw hield ze tegen haar aan, om te zien of de maat goed was, en drukte ze Christy toen in de armen. Na een misprijzende blik op de sjofele leren laarzen pakte ze een paar dat nauwelijks kaal gesleten was.

'Als het niet past, kom je maar terug als je je hebt gewassen.' Ze legde een dunne handdoek op de stapel kleren. 'Je oude spullen doe je in de kist in het hokje. Die worden verbrand.'

'De sjaal en de laarzen houd ik,' zei Christy op besliste toon. 'Die zijn van mijn moeder geweest.'

'Dan zou ik die sjaal maar goed wassen. Want jullie ongedierte willen we hier niet.'

Opnieuw vernederd ging Christy een van de hokjes binnen. De vloer bestond uit een plaat beton, met in het midden een gat als afvoerputje. Aan de muur hing een metalen bekken, naast de kraan lag een borsteltje, nog nat van eerder gebruik, en aan de binnenkant van de deur zaten haken om haar nieuwe kleren aan op te hangen.

Ze kleedde zich uit, deed haar vodden in de haveloze oude theekist en hing de laarzen van haar moeder zorgvuldig aan hun veters aan een haak, samen met de sjaal. Toen zette ze de kraan aan en slaakte een zucht van genot. Het water was zo heet dat ze zich er bijna aan brandde. Krachtig begon ze het ongedierte en het aangekoekte vuil van zich af te schrobben. De combinatie van heet water, loogzeep en de harde borstel deed haar huid gloeien, zodat haar hele lichaam uiteindelijk tintelde, van top tot teen. Ze droogde zich haastig af, wikkelde de dunne handdoek om haar haren en waste de sjaal van haar moeder, die ze vervolgens krachtig uitwrong.

Ze hing hem over de metalen wasbak om uit te druppen terwijl ze haar nieuwe kleren aantrok. De jurk was te groot, maar heerlijk warm; het ondergoed voelde vreemd onwennig – het hare was al uit elkaar gevallen nog voordat ze aan boord van de *Mary Elena* gingen – en het jasje paste perfect, alsof het voor haar was gemaakt.

De laarzen bleken verrassend comfortabel, dus ze hield ze aan en hing de oude, van haar moeder, aan de veters om haar hals. Toen ze haar haar begon droog te wrijven werd er op de deur geklopt, gevolgd door de kordate mededeling dat haar tijd om was. Gejaagd vouwde ze de natte sjaal op, ze pakte het stuk zeep en de handdoek en schoof de grendel van de deur.

'Nou, je ziet er al een stuk beter uit.' De vrouw glimlachte goedkeurend. 'En de kleren passen, zo te zien, prima.' Ze nam de zeep en de handdoek van Christy over en wees naar een deur aan de andere kant van het gebouw. 'Daarachter staan ze op je te wachten. Het ga je goed!'

Christy liep door de bewuste deur naar buiten en trof daar haar broers, die vol ongeduld naar haar uitkeken. Finlay pakte haar bij de arm en trok haar over de kade mee naar de wachtende menigte. Ze moest rennen om hem bij te houden.

'Wat hebben jullie met je haar gedaan?' bracht ze hijgend uit.

Finlay en Jamie streken met een spijtig gezicht over hun kaalgeschoren hoofd. 'Dat is vanwege de luizen,' antwoordde Jamie kortaf. 'Je mag blij zijn dat ze dat bij jou niet hebben gedaan.'

Daar was Christy inderdaad erg blij om, zonder zich af te vragen waarom vrouwen een andere behandeling kregen dan mannen. 'Maar verder zien jullie er goed uit.' Ze liet haar blik over hun uitmonstering gaan: broek, overhemd, stevige laarzen en een jasje geweven van een combinatie van wol en vlas. Dat laatste was aan de ruime kant, maar het zag er allemaal degelijk uit. Op hun hoofd droegen ze een breedgerande hoed van een donker, duurzaam materiaal dat de zweet- en slijtageplekken droeg van de vorige eigenaar.

'Dat kan best, maar ik had nooit gedacht dat ik nog eens in andermans kleren zou lopen,' mopperde Jamie.

'Het is beter dan de vodden die we hadden,' merkte Finlay op. 'En nu vrolijk kijken. Vrolijk en voortvarend. We moeten die mensen laten zien dat we van aanpakken weten. Maar dat we ook onze trots hebben. Dat we voor ons werk fatsoenlijk betaald willen worden.'

Christy deed haar ogen open en keerde terug naar het heden, waarin haar glas nog eens was bijgevuld en de parasol verplaatst, met de westwaarts reizende zon mee. Ze nipte van haar champagne, stond op voor een wandeling over het dek en ging ten slotte langs de reling staan.

Neerkijkend op de bedrijvigheid aan de kade, op de vele pakhuizen en opslagloodsen met daarachter de stad, enigszins vaag in de zomerse heiigheid, ging ze in gedachten naar Port Dalrymple en naar alle andere havens die ze sindsdien had bezocht.

Er kwam een uitspraak in haar op van een van de Franse hoeren met wie ze al die jaren geleden op de goudvelden bevriend was geraakt: '*Plus ça change, plus c'est la même chose*,' wat erop neerkwam dat alles veranderde, maar tegelijkertijd hetzelfde bleef.

Denkend aan Nadine besefte Christy hoezeer die uitspraak het trieste leven van haar vriendin samenvatte. Nadine was onvrijwillig in de prostitutie terechtgekomen, en die was uiteindelijk haar dood geworden.

Om niet in verdrietige herinneringen te blijven hangen liep Christy terug naar haar dekstoel, dronk haar glas leeg en ging in gedachten naar die eerste, verbijsterende uren in Tasmanië.

Finlay was hun rots in de branding geweest, hetgeen Christy had doen beseffen hoezeer hij op hun vader leek. Hij had de leiding genomen en gezorgd dat ze redelijk waren behandeld.

De dag was omgevlogen, in een roes van nieuwe beelden, geuren, geluiden. Christy kon aanvankelijk maar moeilijk wennen aan het vreemde accent van de Australiërs. Hun Engels was veel lijziger dan het hare, en bij sommige woorden legden ze de klemtoon anders, waardoor ze hen soms niet begreep.

Ze had het gevoel gehad dat ze werd gekeurd, toen ze taxerend was bekeken en vragen moest beantwoorden over haar gezondheid, haar achtergrond en haar vaardigheden. Het ontging haar niet dat sommige mannen haar verontrustend gretig opnamen, en dat die gretigheid niets te maken had met haar vaardigheden aan het weefgetouw. Ze zorgde dan ook dat ze dicht bij Finlay en Jamie in de buurt bleef. Zo kwam het dat ze alle drie werk vonden bij een groep ondernemers uit Hobart, aan de zuidkust van het eiland.

Finlay werd aangenomen door Mr. Jackson, een grote schapenboer. Als onderdeel van zijn loon kreeg hij kost en inwoning, en er werd hem een bonus in het vooruitzicht gesteld na het scheren, afhankelijk van de opbrengst van de wol.

Jamie kwam als jongste timmerman in dienst bij Mr. Williams, directeur van een succesvolle bouwonderneming die zojuist de aanbesteding had gewonnen voor een nieuw project in het centrum van de stad. Het loon was goed, maar hij moest zelf voor onderdak zorgen.

Omdat ze in de buurt van haar broers wilde blijven, was Christy met tegenzin in dienst getreden van het hoteliersechtpaar Keller, als hulp in de keuken. De betaling was net zo slecht als destijds in Portree, maar ze zou althans kost en inwoning hebben. Bovendien troostte ze zich met de gedachte dat ze later altijd nog op zoek kon gaan naar een betrekking die haar beter lag.

Ze waren niet de enigen die meteen werk vonden, en uiteindelijk reisden ze met een groep van vijftien landverhuizers naar het zuiden. De lange reis met paard en wagen was voor hen allemaal een openbaring, want het landschap in het hart van het eiland deed sterk aan de Hooglanden denken. Hoge bergen verhieven zich boven uitgestrekte stukken woeste grond begroeid met heide en wilde bloemen; de talloze reusachtige meren glinsterden net zo helder als de *lochs* bij hen thuis, en de zich aaneenrijgende heuvels werden afgewisseld door brede dalen, die zich eindeloos leken voort te zetten en de omlijsting vormden voor snelstromende rivieren.

Christy herinnerde zich die tocht nog heel goed, waarbij ze waren voorafgegaan door hun nieuwe bazen, die per rijtuig of te paard reisden. Het had bijna twee dagen geduurd voordat ze hun bestemming bereikten. Onderweg waren ze bij een herberg gestopt om te overnachten, en hoewel ze royaal te eten kregen waren er voor hen geen kamers beschikbaar en moesten ze overnachten in de hooischuur, naast de stallen. Maar het was er warm, het rook er heerlijk, en het was aanzienlijk geriefelijker dan aan boord van de *Mary Elena*. Dus ze vielen vrijwel onmiddellijk in een diepe slaap.

Tegen de tijd dat ze de zuidpunt van het eiland naderde, had Christy haar nieuwe vaderland al in de armen gesloten. Vruchtbare akkers met groenten en wintertarwe strekten zich uit tot aan de horizon. Er waren eindeloze appelgaarden en weids, mals grasland met wollige schapen, weldoorvoed vee en paarden met een glanzende vacht. Het was mei, en dus winter in deze zuidelijke hoek van de wereld, maar de hemel was stralend blauw, de lucht fris en schoon, en Christy besefte dat ze zich hier moeiteloos thuis zou kunnen voelen.

Nu glimlachte ze bij de herinnering, ze pakte haar ongelezen boek en liep naar binnen voor de lunch. Het jonge meisje van toen had aan het begin gestaan van een enorm avontuur, en ook al had ze tijdens haar reis door het leven naast liefde ook verdriet en verraad ontmoet, uiteindelijk was het allemaal goed gekomen. Uiteindelijk had ze haar plek in de wereld gevonden. En het geluk.

Sydney

Harold had de boot op het nippertje gehaald en geen hut meer kunnen bemachtigen. Voor een man als hij niet echt een probleem. Hij kon overal slapen. Nadat hij zijn paard in het ruim van de *Empress* had ondergebracht was hij op zoek gegaan naar een beschut hoekje op het bovendek. Daar had hij zich op een bank geïnstalleerd, hij had zijn hoed over zijn ogen getrokken en sliep al voordat de veerboot de haven uit voer.

In Sydney voelde hij zich niet echt thuis. De zeldzame keren dat hij er kwam was dat voor zaken, en zodra hij die had afgehandeld vertrok hij weer. Nu reed hij door de straten, gevuld met lawaaiige auto's, rijtuigen in alle soorten en maten en paard-en-wagens die vracht afleverden.

Op de stoepen, onder de luifels en overhangende balkons van de hoge gebouwen, wandelden drommen mensen langs de etalages of ze haastten zich voort, ongetwijfeld op weg naar een belangrijke afspraak. Harold nam zich voor nooit meer te klagen over de drukte in Melbourne. Net als zijn paard vond hij het lawaai en de jachtigheid van Sydney verontrustend en verwarrend.

Op bijna elke straathoek stond een hotel, in veel gevallen met op de stoep daarvoor stenen watertroggen en een stang of een balk om paarden aan vast te zetten. Harold koos voor het Victoria Hotel aan Pitt Street, hij zette zijn paard vast bij de trog voor de deur en ging naar binnen.

Het Victoria Hotel zag eruit zoals de meeste hotels in Australië: opgetrokken uit baksteen, met glas-in-loodramen, fraaie betegelde muren en langs elke verdieping een brede veranda, afgeschermd door een kantwerk van smeedijzer. Binnen was het vrij donker, maar de rode tegelvloeren glommen, er lag geen stofje op het glanzende meubilair, de traploper zag eruit alsof hij pas nog was geschuierd en de koperen roeden glommen als spiegels.

Harold kreeg een kamer op de eerste verdieping, met vanaf de veranda uitzicht op de drukke straat, en hij wist van de hotelier, ondanks het vroege uur, een groot glas koud bier los te krijgen. Nadat hij zijn paard in de stallen had ondergebracht beproefde hij de vering van het ijzeren bed, hij voelde aan de matras en controleerde of het beddengoed schoon was – het kon er allemaal mee door. Toen liep hij met zijn biertje naar buiten, de veranda op, en ging in een van de krakende rieten stoelen zitten, met de kaart van de stad die hij op de veerboot had gekocht op zijn knieën.

Met het lawaai van het verkeer onder zich ging hij op zoek naar de straat waar hij moest zijn. Die was snel gevonden. Hij keek op zijn horloge, sloeg haastig de rest van zijn bier achterover, haalde de envelop uit zijn plunjezak en stopte die in een diepe binnenzak van zijn drijverjas. Op weg naar de deur greep hij zijn hoed, hij deed de kamer op slot en haastte zich de trap af.

Al lopend moest hij nog herhaalde malen op de kaart kijken, want door het gedrang op de trottoirs raakte hij soms het spoor bijster. Hij liep door Hyde Park, naar William Street, en sloeg ten slotte af, een smalle zijstraat in: Rum Lane. De firma Smithson & Son was gevestigd in een huizenblok van vier verdiepingen hoog, dat een goed onderhouden, verzorgde indruk maakte vergeleken bij sommige andere huizen in de straat. Harold beklom de hoge stoep en liep door de dubbele deuren naar binnen. Daarachter lag een kleine vierkante hal.

Vanuit de hal gaf een deur toegang tot een lange, smalle gang, verlicht door een grote gaslantaarn aan het plafond. De muren waren voorzien van lambrisering en roomwit geschilderd, op de grond lagen glimmend gewreven eikenhouten vloerdelen. Aan zijn linkerhand ontdekte Harold een luik in de muur dat blijkbaar als receptiebalie dienstdeed. Hij drukte op de bel en wachtte af.

Uit een deur helemaal aan het eind van de gang kwam een man die de pensioengerechtigde leeftijd allang moest zijn gepasseerd. Zijn bleke gezicht verried dat hij zijn dagen voornamelijk op kantoor sleet. Hij was conservatief gekleed in een donker pak, wit overhemd met gesteven boord en vlinderdas. 'Goedemorgen. Waarmee kan ik u van dienst zijn?' vroeg hij met het voorname, geaffecteerde accent van een Engelse butler.

Harold haalde de envelop uit zijn binnenzak en legde het ontvangstbewijs en de sleutel op de glimmend gewreven balie. 'Met wie heb ik het genoegen? Mr. Charles Smithson?'

De man boog vluchtig zijn hoofd. 'Inderdaad.'

'Mijn naam is Harold Ross. Ik ben de schoonzoon van de houdster van deze kluis, en daar wil ik iets uit halen,' zei hij vastberaden.

Met zijn lange, bleke vingers pakte Charles Smithson het ontvangstbewijs van de balie, bekeek het zwijgend en schoof het stukje papier toen weer naar Harold. 'Het spijt me, Mr. Ross, maar mijn cliënt heeft me strikte instructies gegeven dat alleen zij de kluis mag openen.'

'Daar ben ik me van bewust,' zei Harold. 'Maar ze is momenteel in het buitenland, met mijn vrouw en mijn dochter. En ze worden pas over geruime tijd terugverwacht. Aangezien het om een dringende kwestie gaat, weet ik zeker dat ze het goedvindt dat ik de kluis open.'

'Hebt u een brief waarin ze daar toestemming voor geeft?'

Harolds geduld werd zwaar op de proef gesteld, maar het was van het grootste belang kalm te blijven en de indruk te geven dat hij de situatie volledig onder controle had. 'Nee, helaas niet. De crisis ontstond nadat ze naar Engeland was vertrokken. Maar zoals ik al zei, we hebben als familie de papieren uit die kluis dringend nodig.'

Het gezicht van Charles Smithson werd nog somberder, maar Harold zag wantrouwen glinsteren in zijn ogen. 'Het spijt me, Mr. Ross, maar ik ken u niet, en de houdster van de kluis was buitengewoon duidelijk in haar instructies.' Hij maakte aanstalten zich af te wenden.

Harold wist dat hij snel moest zijn. 'Mr. Smithson, ik zou u graag in vertrouwen nemen, zodat u begrijpt waaróm het zo belangrijk is dat ik toegang krijg tot de kluis.'

Charles Smithson trok een wenkbrauw op. 'U bent erg vasthoudend, Mr. Ross, en aangezien ik op dit moment toch niets te doen heb, laat ik me graag door u informeren.'

'Niet hier,' zei Harold met een blik op de vele deuren in de gang. 'Wat ik u ga vertellen, is uiterst vertrouwelijk.'

'Dat klinkt intrigerend,' zei Charles Smithson met een zweem van een glimlach. 'Als u even wacht, gaan we naar een van onze privéruimtes.'

Harold verplaatste ongeduldig zijn gewicht van de ene naar de andere voet totdat Smithson weer tevoorschijn kwam uit een deur, verder de gang in. Hij haastte zich naar hem toe. De kamer waarin hij werd binnengelaten deed hem denken aan de ontvangstruimte van een begrafenisondernemer.

Smithson nam plaats in een van de diepe leren fauteuils. 'We gebruiken deze kamer voor gesprekken met cliënten die een dierbare hebben verloren,' legde hij uit, alsof hij Harolds gedachten had gelezen. 'Mijn kantoor is begonnen als advocatenfirma, maar in de loop van de tijd hebben mijn zoon en ik onze activiteiten uitgebreid naar de balsem- en begraafsector.'

Harold was niet geïnteresseerd in de geschiedenis van de firma, maar hij vroeg zich wel af hoe Christy met Smithson in contact was gekomen. 'Kent u mijn schoonmoeder? Hebt u haar ooit ontmoet?' vroeg hij.

Een glimlach deed het bleke gezicht oplichten. 'Nou en of. Als mijn geheugen me niet bedriegt, kennen Christy en ik elkaar al meer dan veertig jaar.'

Harold fronste zijn wenkbrauwen. 'Maar ik weet niet beter of ze heeft altijd Baker, in Melbourne, als advocaat gehad.'

Smithson knikte vluchtig. 'Dat klopt. Maar soms heeft een mens behoefte aan het advies van een oude vriend, iemand die beschikt over een intiemere kennis van de omstandigheden.'

'Dus ze heeft u in vertrouwen genomen?'

'Natuurlijk. Al mijn cliënten nemen me in vertrouwen, Mr. Ross. Dat is mijn werk.'

'Als u al meer dan veertig jaar in Australië woont, hoe komt het dan dat u nog steeds zo Engels klinkt?' vroeg Harold nogal bot.

Smithson leek zich er niet aan te storen. 'Ik betwijfel of mijn uitspraak er in Londen nog mee door zou kunnen, maar hier vinden mijn cliënten het accent vertrouwenwekkend. Het heeft mijn carrière bepaald niet geschaad.'

'Hoe hebt u Christy leren kennen?'

Smithson stak een sigaartje op en gooide de gedoofde lucifer in een glazen asbak. 'Kort nadat ik was beëdigd als advocaat ben ik uit Engeland vertrokken, om precies te zijn naar de goudvelden in Victoria. Daar heb ik Christy voor het eerst ontmoet. Onze lange vriendschap is gebaseerd op vertrouwen, Mr. Ross, en uw verhaal moet wel erg overtuigend zijn om me ertoe te bewegen dat vertrouwen te beschamen.'

'Hebt u enig idee wat er in die kluis zit?'

Hij keek Harold recht in de ogen. Zijn uitdrukking was ondoorgrondelijk. 'Dat kan ik beter aan u vragen. En waarom u wilt dat ik u toegang tot de inhoud geef.'

Toen Harold van wal stak leunde Smithson achterover in zijn stoel en luisterde aandachtig, met zijn ogen tot spleetjes geknepen achter de omhoogkringelende rook van zijn sigaar. Zijn gezicht stond nog altijd ondoorgrondelijk.

Nadat Harold zijn verhaal had verteld viel er een langdurige stilte, waarin Smithson hem strak bleef aankijken terwijl hij zijn sigaar zorgvuldig uitdrukte in de asbak. 'Dat is inderdaad een serieus dilemma,' zei hij ten slotte nadenkend. 'Maar zonder haar toestemming kan ik het niet met mijn geweten en mijn beroepseer als advocaat in overeenstemming brengen om de kluis voor u te openen.'

'Kunt u in alle eerlijkheid verklaren dat u geen idee hebt wat erin zit?'

'Daar doe ik geen uitspraak over, want ook daardoor zou ik het vertrouwen van mijn cliënt beschamen.' De ogen vernauwden zich opnieuw tot spleetjes. 'En mocht u overwegen het recht in eigen hand te nemen, dan moet ik u waarschuwen: we beschikken over een uitstekend alarmsysteem.'

Het was iets wat Harold inderdaad had overwogen, maar omdat hij geen idee had waar hij in Sydney een kluizenkraker zou kunnen vinden, had hij de gedachte al snel weer laten varen.

Hij liet zich onderuitzakken in zijn stoel. 'Als haar zoons en ik deze zaak verliezen, sneuvelen er niet alleen reputaties, dan gaat ook het familiebedrijf ten onder.'

Smithson trok aan zijn onderlip, diep in gepeins verzonken. 'Een telegram naar het schip zou tot grote bezorgdheid leiden,' zei hij peinzend. 'Het is al erg genoeg dat deze zaak aanhangig is gemaakt, maar om dan zo ver weg te zitten en niets te kunnen doen... Dat zou een kwelling voor Christy zijn.' Ten slotte keek hij Harold aan. 'Wat is de naam van de eiser?'

Harold beantwoordde de vraag, ongeduldig hopend op een teken dat Smithson begon te zwichten.

'En zijn de antecedenten van deze persoon nagetrokken?'

'Daar is Baker mee bezig. Tot dusverre lijkt het erop dat de eis serieus is en geen oplichterij.'

Smithson stond op uit zijn diepe fauteuil. 'Christy mag dankbaar zijn met een man als u om haar belangen te behartigen. En ik zou willen dat ik u kon helpen, maar –'

'Maar dat kunt u! Maak die vervloekte kluis open en kijk wat erin zit. Als dat inderdaad de papieren zijn die ik zoek, dan kunt u Christy en haar familie helpen deze zaak te winnen.'

Smithson slaakte een diepe zucht. 'Ik heb bewondering voor uw vastberadenheid, Mr. Ross. Maar wat u vraagt druist in tegen alle principes die ik mijn leven lang heb gekoesterd.' Hij boog zijn hoofd, zuchtte opnieuw en keek Harold aan. 'Ik wil niet beweren dat ik de wijsheid van Salomo in pacht heb, maar ik beloof u dat ik er uiterst zorgvuldig over zal nadenken.'

Harold voelde een sprankje hoop opflakkeren. 'Dus u wilt in overweging nemen de kluis zelf te openen?'

'Ik zei dat ik zorgvuldig over het dilemma zal nadenken voordat ik een besluit neem.'

'En hoelang gaat dat duren?'

'Zo lang als ik daarvoor nodig heb,' antwoordde Smithson somber, zwaarwichtig. 'Kom vrijdag terug. Misschien ben ik er dan uit.'

'Maar dat duurt nog vijf dagen en –'

'Tot vrijdag, Mr. Ross.'

Harold verbeet zijn ongeduld, pakte de sleutel en het stukje papier en stopte de envelop weer in zijn binnenzak. Toen schudde hij Charles Smithson de hand. 'Mocht u al vóór die tijd tot een beslissing zijn gekomen, ik verblijf in het Victoria Hotel aan Pitt Street.'

Charles Smithson liet hem uit en liep vervolgens terug naar zijn kantoor dat uitkeek op de kleine binnentuin. Hij liet zich weer in zijn leren fauteuil vallen en staarde uit het raam. Maar wat hij zag, was niet het vierkante stukje plaveisel tussen hoge muren die de zon tegenhielden. In plaats daarvan doemde voor zijn geestesoog het beeld op van de outback, het ruige binnenland van Australië, en van het meisje dat daar zijn hart had gestolen. Ze had zijn liefde niet beantwoord, en met het verstrijken van de tijd was er een diepe, duurzame vriendschap tussen hen gegroeid.

Hij reikte naar de karaf, schonk zichzelf twee vingers whisky in en dronk genietend. Ondertussen draaiden zijn gedachten om de inhoud van de kluis. Hij had altijd geweten wat erin zat, en net als Christy had ook hij altijd gehoopt dat de inhoud nooit aan het licht zou komen. Nu was het aan hem om daarover een beslissing te nemen. En dat vervulde hem met angst.

15

Aan boord van de SS Southern Cross

Naarmate het schip vorderde richting Kaapstad, waar het zou aanleggen, nam de hitte toe en vermengde de geur van droge, stoffige aarde zich met het zilte aroma van de rusteloze Atlantische Oceaan. Veel passagiers werden getroffen door *mal de mer* en trokken zich terug in hun hut. Maar na de aanzienlijk ruwere omstandigheden die ze aan boord van de helse klipper had overleefd, had Christy nergens last van. Om verkoeling te zoeken zat ze tot diep in de nacht op het privébalkon van haar hut. Genietend van de rust, van het oplichten van de zee, en met haar blik op de sterren hoog boven haar liet ze haar gedachten de vrije loop.

De reis verliep voorspoedig, en de kapitein had er alle vertrouwen in dat hij het record zou verbreken en tegen het eind van de maand de Australische westkust al in zicht zou krijgen. Met haar handen om de kop thee die een steward haar had gebracht zocht Christy tussen de sterren naar Orion, zich herinnerend hoe verwarrend ze het destijds had gevonden dat het sterrenbeeld aan de Australische hemel ondersteboven stond.

Haar gedachten gingen terug in de tijd. Ze had destijds zo veel moeten leren, niet alleen wat er van haar werd verwacht, maar ook de talloze onbekende geuren, beelden en geluiden van haar nieuwe vaderland. Met een vertederde glimlach herinnerde ze zich hoe ze haar schaarse vrije uurtjes had doorgebracht met het verkennen van Hobart – de talloze kreken en waterwegen, de doolhof van smalle straten, de drukke haven, de kades met hun pakhuizen. Ze dacht aan die eerste keer dat ze de klokvogel had gehoord, en het gelach van de kookaburra's, aan de tochten die ze met Jamie in de bush had gemaakt, waar alles geurde naar eucalyptus, pijnbomen en gouden acacia's, aan de dag waarop ze Bellerive had ontdekt, tijdens een toeristisch tochtje met de veerboot.

Zelfs toen had ze al geweten dat ze ooit een huis zou hebben in de lieflijke buitenwijk, en met het verstrijken van de jaren was ze altijd blijven denken aan wat ze beschouwde als háár paradijs. Soms had ze eraan gewanhoopt of haar droom ooit zou uitkomen, want het leven was zwaar geweest, hard en zwaar. Het had haar mijlenver weggevoerd van die beschutte baai, haar in situaties gebracht waarin ze al haar moed bij elkaar had moeten rapen om staande te blijven. Maar de droom was gebleven, en uiteindelijk werkelijkheid geworden.

De plotselinge dood van haar man had haar hart gebroken, maar ze had zich in Skye House nooit alleen gevoeld. Hij leefde voort in het huis, en ze wist dat hij over haar waakte.

Ze liet zich sussen door haar herinneringen, die het altijd aanwezige verdriet om het verlies verzachtten, en ging in gedachten naar haar eerste jaren in Tasmanië, naar haar tijd in het Tasman Hotel.

Het hotel bestond nog steeds, in het centrum van Hobart, en het was in de loop der jaren nauwelijks veranderd, zij het dat het een nieuwe eigenaar had en dat de clientèle minder respectabel was. Het gebouw was opgetrokken uit rode baksteen, de twee bovenste verdiepingen waren voorzien van een diepe veranda afgewerkt met wit smeedijzer en gemeubileerd met comfortabele rotan stoelen. In Christy's tijd had het hotel een bar gehad, een chique eetzaal en een royale ruimte met boekenkasten langs de muren, gemeubileerd met lage leren banken en diepe fauteuils. Nu had het hotel wel drie bars en werden de kamers verhuurd aan zeelui, schapenscheerders en boerenknechten die naar de stad kwamen om hun loon te verdrinken.

De keuken bevond zich nog altijd aan de achterkant, waar ook een groentetuin lag, met daarachter wat struikgewas en de houten schuren waar een deel van het vrouwelijk personeel destijds was ondergebracht. Tegenwoordig werden ze gebruikt als opslagruimte.

Christy dacht aan de lange werkdagen, gevuld met dweilen, schrobben, hout en kolen sjouwen voor de haarden in de gastenkamers, met afwassen en groente schoonmaken voor de kok. In de zomer was de hitte in de keuken bijna ondraaglijk, en Christy was bijna bezweken in haar wollen jurk met dikke linnen schort. Onder het witte kapje dat bij haar uniform hoorde plakte haar haar aan haar hoofd.

Ze had nauwelijks een moment voor zichzelf gehad, en in het allereerste begin was ze 's avonds zo moe in bed geploft dat zelfs het dronken geschreeuw en gelal uit een nabijgelegen pub haar niet uit haar slaap had kunnen houden. Maar ze had goed te eten gekregen, ze had vriendschap gesloten met de andere meisjes en de kok had zelfs recepten met haar gedeeld en de keuken aan haar toevertrouwd wanneer ze erg veel last had van haar opgezette benen.

Geleidelijk aan had Christy het idee om ander werk te zoeken laten varen. Ze voelde zich thuis in het hotel, ze leerde nieuwe vaardigheden, en ook al had ze in Mrs. Keller een harde, veeleisende werkgeefster, ze genoot van de kameraadschap onder het personeel en werd tot over haar oren verliefd op Peter Keller, een neef van de hoteleigenaren.

Ze glimlachte bij de herinnering aan de lange, blonde Peter, die met zijn donkerblauwe ogen en aanstekelijke lach iedereen voor zich wist in te nemen. Hij was achttien, zat op een internaat in Sydney, maar kwam voor de vakantie naar Hobart. Daarna zou hij naar de stad terugkeren om er te gaan studeren. Christy en hij hadden zich onmiddellijk tot elkaar aangetrokken gevoeld.

Mrs. Keller was er bepaald niet gelukkig mee dat haar neef een keukenhulpje het hof maakte, maar het lukte Peter altijd weer om weg te glippen. Dan slopen ze samen het hotel uit, voor een wandeling door de zachte, fluweelzachte avonden van het eiland. Ze vertelden elkaar hun dromen en spraken urenlang over alles wat ze zouden doen wanneer ze eenmaal genoeg geld hadden gespaard. Terwijl de zomer ten einde liep en het moment van zijn vertrek naderde werd hun band steeds inniger, steeds serieuzer.

Christy sloot haar ogen bij de herinnering aan die laatste avond, toen ze de veerboot naar Bellerive hadden genomen, waar ze langs het water hadden geslenterd over het stuk grond dat daar nog braak lag. Ze dacht eraan hoe ze elkaar hadden gekust, allebei in tranen. Ze hadden elkaar stevig vastgehouden en gezworen dat ze ooit zouden trouwen en dat ze daar, op die prachtige plek, een huis zouden bouwen. Hij beloofde haar elke week te schrijven, want hij zou pas de volgende zomer weer naar het eiland komen. Op haar beurt deed Christy hem de belofte dat ze op hem zou wachten.

Met haar gedachten nog altijd in het verleden herinnerde ze zich haar verdriet, haar onbegrip toen zijn brieven uitbleven, en vervolgens het langzaam dagende besef dat ze voor hem niet meer dan een leuke afleiding had betekend in die lange, hete zomer; dat zijn beloftes niets hadden betekend. Ze dacht eraan hoe eenzaam ze zich had gevoeld, hoe leeg vanbinnen, want ze had zo in hem geloofd, ze was er zo zeker van geweest dat ze voor elkaar bestemd waren, zo zeker dat ze de dromen zouden verwezenlijken die ze allebei koesterden. Maar toen Mrs. Keller terloops opmerkte dat hij zich met een meisje uit Sydney had verloofd, moest Christy zich erbij neerleggen dat al zijn mooie woorden leugens waren geweest. Ze had gehuild in haar kussen, ze had gezworen dat ze nooit meer een man zou vertrouwen, laat staan dat ze ooit nog verliefd zou worden.

Christy glimlachte wrang, want natuurlijk was het toch gebeurd, natuurlijk was ze opnieuw verliefd geworden en was ze opnieuw bezeerd geraakt. Het was de onvermijdelijke cirkelgang van het leven, iets waar iedereen doorheen moest.

Jong en onervaren als ze was had ze haar verdriet verborgen door keihard te werken en alleen 's avonds gehuild, wanneer niemand het zag. Haar vrije uurtjes bracht ze door met Jamie, die onderdak had gevonden in een nabijgelegen logement.

Finlay kwam ongeveer eens per maand naar de stad. Dan gaf hij haar een deel van zijn loon en besteedde de rest van zijn geld aan drank. Hij was veranderd door het werk op de schapenfokkerij en zat liever met zijn maten in de pub dan dat hij met zijn jongere broer en zus optrok.

Christy en Jamie hadden geen andere keus dan accepteren dat ze uit elkaar groeiden.

Christy huiverde bij de herinnering aan die avond toen Finlay onverwacht naar de stad was gekomen, met een zware plunjezak over zijn schouder, een vastberaden trek om zijn mond. Het was herfst, ze waren ruim een jaar in Tasmanië, en Christy had zich in toenemende mate zorgen om hem gemaakt, om de rusteloosheid die bezit van haar grote broer had genomen.

'Ik ga naar de goudvelden,' had hij gezegd toen ze gedrieën op de veranda van Jamies logement zaten. 'Ik heb schoon genoeg van schapen, en van Jackson, die klootzak,' verklaarde hij grimmig. 'Hij heeft me belazerd met mijn bonus. Ik had veel meer moeten krijgen. Dat weet ik zeker.'

'Maar je kunt toch niet zomaar weggaan!' protesteerde Christy. 'Hoe moet het dan met ons?'

'Jamie is oud genoeg om op jou te passen,' antwoordde Finlay nors. 'Je kan niet van me verwachten dat ik kindermeid blijf spelen voor mijn kleine zusje. Ik moet eropuit, het goud achterna!' Zijn ogen schitterden van opwinding. 'Het ligt er! Net onder het oppervlak. Ik hoef het alleen maar op te graven. Er valt op de goudvelden veel geld te verdienen, en als ik dan rijk ben krijgen jullie een deel van de opbrengst. Dan kan Jamie in Bellerive dat huis bouwen waar je het altijd over hebt.'

Christy en Jamie begrepen dat het hopeloos was. De goudkoorts, die in heel Australië onrustbarende vormen aannam, had ook hun grote broer te pakken. Wat ze ook zeiden, ze zouden hem niet tot andere gedachten kunnen brengen. 'Dan gaan we met je mee,' zei Jamie.

Finlay schudde zijn hoofd. 'Meisjes hebben daar niets te zoeken,' zei hij minachtend. 'En jij hebt hier goed werk, Jamie. Pa zou hebben gewild dat je je leertijd afmaakt en op je zus past.'

Zowel Christy als Jamie reageerde verontwaardigd. Zij omdat ze heel goed voor zichzelf kon zorgen, en hij omdat hij weigerde verantwoordelijkheid te nemen voor zijn zus, die nota bene ouder was dan hij. Tegelijkertijd beseften ze dat Finlay gelijk had als het ging om Jamies werk. Nog een paar jaar, en hij zou als timmerman een goed inkomen hebben en misschien wel voor zichzelf kunnen beginnen.

Maar hun bezorgdheid bleef. Finlay was hun broer, zij drieën waren de enige overlevenden van hun gezin, en ze hadden beloofd bij elkaar te blijven. Het idee dat hij ver bij hen vandaan ging, dat ze hem misschien wel nooit meer zouden terugzien, was ontnuchterend en beangstigend.

Die hele nacht praatten ze op hem in, maar Finlay bleef bij zijn besluit, en toen de veerboot bij het eerste licht van de nieuwe dag de haven uit voer, was hij aan boord.

Christy huiverde, ondanks de hitte. Aanvankelijk was er af en toe een brief gekomen, waarin Finlay vertelde over zijn reis door Victoria naar de goudvelden, over de mensen die hij ontmoette, over de opwinding bij de vondst van zijn eerste klompje goud.

Maar na dat eerste kleine succesje leek het erop dat de rijke ader waarnaar hij op zoek was onvindbaar bleef. De tijd tussen zijn brieven werd steeds langer terwijl hij van veld naar veld trok, koortsachtig op jacht naar de rijkdommen waarvan hij zeker wist dat die op hem lagen te wachten. Christy had zich ernstig afgevraagd of ze hem ooit nog zouden terugzien.

Maanden verstreken, er kwamen geen brieven meer van Finlay, en Christy probeerde haar bezorgdheid te vergeten door keihard te werken. Ze was inmiddels opgeklommen tot hulpje van de kok. Sterker nog, doordat de kok tobde met haar gezondheid had Christy in de praktijk de leiding over de keuken; ze stelde de menu's samen en deed de bestellingen. Haar loon was gestegen, maar daar stond wel tegenover dat ze nog langere dagen maakte dan voorheen en dat Mrs. Keller nog hogere eisen aan haar stelde.

Bijna een jaar nadat Finlay op de veerboot was gestapt ontving Christy een brief van een advocaat, een zekere Charles Smithson uit Ballarat. Volgens het afzendadres hield hij kantoor boven een warenhuis aan Sturt Street. Hij nam contact met haar op namens Joseph O'Driscoll, aldus zijn brief. Deze O'Driscoll was behalve goudzoeker ook een goede vriend van Finlay.

Christy kon zich nog levendig de tegenstrijdige emoties herinneren die bij het lezen van de brief in haar waren opgekomen. Finlay had eindelijk goud gevonden, maar was bij een ongeluk ernstig gewond geraakt. Tot overmaat van ramp was zijn goudvoorraad gestolen, waardoor hij er in alle opzichten slecht aan toe was. Zelf had hij niet gewild dat er contact werd opgenomen met zijn familie, maar Smithson en O'Driscoll waren het erover eens dat die geïnformeerd diende te worden.

Christy was onmiddellijk met de brief naar de bouwplaats gegaan waar Jamie werkte, en de volgende dag bij zonsopgang stonden ze op het dek van de veerboot die hen over de Bass Strait naar Melbourne zou brengen. Terwijl ze Hobart steeds kleiner zagen worden, konden ze niet vermoeden welke dramatische wending hun leven zou nemen.

Na een onrustige nacht, gekweld door verwarde dromen, had Christy uitgeslapen en het ontbijt in haar hut laten komen. Ze zat bij de openslaande deuren naar haar privébalkon, genietend van het wazige panorama van de Zuid-Afrikaanse westkust, toen er driftig op haar deur werd getikt.

Ze fronste en wilde al opstaan om open te doen, toen Anne met een woedend gezicht kwam binnenstormen, wapperend met een velletje papier.

'Anne! Wat is er aan de hand?'

'Dit!' Ze smeet het papier zo hardhandig op de tafel dat het servies rinkelde. 'Dit walgelijke bericht werd net in mijn hut bezorgd.' Hijgend, met een gezicht als een donderwolk, sloeg ze haar armen over elkaar.

Christy pakte het telegram, want dat was het, en zag dat het uit Hobart, via Perth in het westen van Australië, naar Kaapstad was verzonden.

```
Verrukkelijk Harold in Bellerive te treffen *
Skye House een zaligheid * Goede reis * Florence
Hardwick *
```

Ze las het telegram nogmaals, besefte dat het niet de prettige boodschap was die de toon suggereerde, en begreep waarom haar dochter zo van streek was.

'Heb je Harold gevraagd om naar je huis te gaan?' vroeg Anne streng.

'Nee, waarom zou ik? Edna Ryan kwijt zich ongetwijfeld prima van haar taak, en de paarden staan bij Eric Patterson.'

'Wat doet hij daar dan?'

'Ik heb geen idee.' Christy fronste niet-begrijpend haar voorhoofd. 'Misschien moest hij voor zaken op het eiland zijn en besloot hij in Skye House te overnachten.'

'Al zijn bedrijven, zijn zakelijke contacten zitten op het vasteland,' zei Anne nijdig.

Daar was Christy zich van bewust, maar ze twijfelde er niet aan of het telegram was niets anders dan een kwaadaardige poging om onrust te zaaien. Ze had Harold leren kennen als een fatsoenlijke kerel, dol op zijn vrouw en zijn dochter, en ze kon zich niet voorstellen dat hij zijn gezinsleven in de waagschaal zou stellen voor een affaire met een vrouw als Florence. Anderzijds, de meeste mannen waren een gemakkelijke prooi, al helemaal wanneer ze te lang alleen werden gelaten. En Anne had al vóór hun vertrek haar vermoedens gehad omtrent een relatie met Florence.

'Misschien had hij behoefte aan een verzetje en besloot hij naar het eiland te gaan, voor een korte vakantie en om te kijken of in Skye House alles in orde was.' Christy hoorde zelf hoe ongeloofwaardig het klonk. 'Wat er ook aan de hand is, Anne, je mag je niet van streek laten maken door zoiets boosaardigs als dit telegram. Florence Hardwick is eropuit verdeeldheid te zaaien. Dat lijkt me duidelijk.'

Anne begon met gebalde vuisten door de hut te ijsberen. 'Natuurlijk is ze daaropuit,' snauwde ze. 'Volgens mij had ze tot voor kort nog nooit van Bellerive en Skye House gehoord! Maar de boodschap is glashelder. Harold en zij hebben elkaar daar ontmoet.'

Christy dacht koortsachtig na, op zoek naar een logische verklaring voor het feit dat Harold in Bellerive was, maar Annes geijsbeer maakte het haar onmogelijk haar gedachten te ordenen.

'Ga alsjeblieft zitten. Zo kan ik niet nadenken. En probeer je niet zo druk te maken.'

'Me niet zo druk te maken?' tierde Anne. 'Terwijl mijn man en die… die sloerie… En nog wel in jouw huis!'

'Dat wéét je niet. Alleen omdat Florence het suggereert hoeft het nog niet waar te zijn,' probeerde Christy haar te sussen, al wist ze zelf ook niet goed wat ze ervan moest denken.

'Anders zou ze dat telegram toch niet hebben gestuurd?'

Anne was van streek en trok daardoor voorbarige conclusies. Christy deed haar best om kalm en redelijk te klinken. 'Je wéét helemaal niet of Harold in Bellerive zit,' zei ze. 'En wat heeft een vrouw als Florence in vredesnaam in Tasmanië te zoeken? Ik dacht dat het uitgaansleven van Melbourne haar jachtterrein was.'

'Haar grootmoeder woont in Hobart.' Anne liet zich in een stoel vallen en staarde woedend naar de zee. 'Die heeft ze natuurlijk als excuus gebruikt om Harold daar te ontmoeten.'

'Nogmaals, Anne, dat wéét je niet. Het kan best zijn dat ze inderdaad bij haar grootmoeder op bezoek was, dat ze navraag heeft gedaan waar ik woon, en dat ze die informatie vervolgens heeft gebruikt om onrust te stoken.'

'Ik acht haar tot alles in staat.' Er blonken tranen in Annes ogen. 'Maar stel nu eens dat Harold wel degelijk in Hobart was. En dat ze elkaar daar hebben ontmoet. Is het dan niet erg toevallig dat ze allebei tegelijk in de stad waren?'

Christy wist dat er geen antwoord van haar werd verwacht, maar het baarde haar zorgen dat zij blijkbaar meer vertrouwen had in Harold dan zijn eigen vrouw. Want zonder vertrouwen was een huwelijk ten dode opgeschreven.

Het werd stil in de hut terwijl Christy het telegram nogmaals las. Florence was inderdaad sluw. En gevaarlijk. Want ze had de boodschap zo geformuleerd dat die maar voor één uitleg vatbaar was. Die constatering maakte dat ze de kwestie op slag met andere ogen zag.

'Ik ga Harold een telegram sturen.' Anne kwam overeind. 'Als ik niet binnen vierentwintig uur antwoord heb, weet ik dat hij niet thuis is.'

Christy pakte haar hand. 'Denk na voordat je zoiets doet, Anne. Lees het telegram nog eens goed door, laat de inhoud op je inwerken en stel jezelf dan de vraag wat erachter zit.'

'Dat lijkt me duidelijk.' Anne klonk verbitterd.

Christy hield haar hand nog altijd vast. Het deed haar pijn haar dochter zo van streek te zien. 'Dat is het zeker. Volstrekt duidelijk. Dit telegram is erop gericht om jou verdriet te doen, om bij jou twijfel te zaaien aan je eigen man. Maar er is een oud gezegde, en daar zou je je in dit geval aan moeten vasthouden.'

Anne fronste haar wenkbrauwen. 'Dit lijkt me niet het moment voor een zedepreek,' zei ze door haar tranen heen.

'Het is ook niet mijn bedoeling om te preken. Het gaat om een oude wijsheid. Die bij uitstek van toepassing is in deze situatie. Je bent van streek, daardoor heb je het niet door. Anders zou je me gelijk geven. "Geen groter toorn dan die van een versmade vrouw." Denk daar nou eens goed over na.'

Het bleef geruime tijd stil. Anne staarde naar het boosaardige telegram, ten slotte verfrommelde ze het en smeet ze het opnieuw op de tafel. 'Ik begrijp wat je bedoelt. Maar als Harold haar heeft versmaad, dan is dat blijkbaar net gebeurd. Anders zou ze dat telegram niet uit Hobart hebben verstuurd.'

'Zou je dan niet juist vertrouwen in Harold moeten hebben, in plaats van je door een vrouw als Florence zo van streek te laten maken? Ze wíl dat je je gekwetst voelt, ze wíl dat je boos bent. Ze probeert een wig tussen jullie te drijven, maar dat lukt haar alleen als jij haar daarvoor de kans geeft.'

'Ik wil best aannemen dat Florence eropuit is verdeeldheid te zaaien,' zei Anne grimmig. 'Maar voor mijn gemoedsrust moet ik weten waar Harold zit.'

'Het kan best zijn dat hij voor zaken op pad is, of dat hij bij je broers langs is gegaan,' opperde Christy. 'Beschuldig hem niet van overspel zolang je daar geen concrete bewijzen van hebt.'

'Jij hebt altijd een zwak voor Harold gehad,' zei Anne geërgerd. 'Maar ik ken mijn man, ik heb gezien hoe hij naar haar kijkt.' Ze beende de hut uit en gooide de deur met een knal achter zich dicht.

Christy slaakte een zucht. Gezien de afstand zou een telegram er lang over doen, en Harold kon overal zijn, van Wallagara tot Yarrabinda, van Melbourne tot Adelaide. Hij zou zelfs in Sydney kunnen zitten. Zijn zakelijke imperium besloeg de hele zuidoosthoek van Australië. Het zou dagen kunnen duren voordat Anne antwoord kreeg.

Ten prooi aan bezorgdheid staarde ze niets ziend naar de deinende zee. Het kon natuurlijk ook zijn dat Harold inderdaad naar Bellerive was gegaan, dat hij daar inderdaad Florence Hardwick tegen het lijf was gelopen. Maar wat had hij in Hobart te zoeken gehad, tenzij hij daar met Florence had afgesproken? Had ze haar schoonzoon dan toch verkeerd beoordeeld?

Ondanks haar groeiende twijfels weigerde ze daaraan toe te geven. Ze liet haar half opgegeten ontbijt staan en besloot zich aan te kleden. Het werd tijd om zelf ook een telegram te sturen. Baker zou wel weten waar Harold uithing.

De dagen daarop waren ze allemaal gespannen. Anne bleef kribbig, haar stemming varieerde van hoopvol tot wanhopig, en met elke dag dat bericht van Harold uitbleef werd ze meer kortaangebonden. Kathryn maakte zich zorgen, maar omdat ze haar niet konden vertellen dat ze in spanning zaten om haar vader, gebruikten Anne en Christy de hitte en de verschrikkelijke stormen tijdens het ronden van Kaap de Goede Hoop als excuus voor Annes merkwaardige gedrag.

Christy had echter niet de indruk dat Kathryn hen geloofde en het viel haar op dat haar kleindochter meer dan ooit het gezelschap van haar moeder zocht. Zelf was Christy ook gespannen. Haar bezorgdheid groeide naarmate de dagen verstreken en er geen bericht kwam, van Baker noch van Harold. Speelden ze onder één hoedje? Stelde Baker alvorens haar telegram te beantwoorden alles in het werk om Harold te pakken te krijgen en hem te waarschuwen?

Het leek wel alsof Annes twijfels en angsten besmettelijk waren, want Christy begon zich zelfs af te vragen of ze misschien een telegram moest sturen naar Edna Ryan, om haar te vragen of Harold in Skye House was geweest. Ze verwierp de gedachte onmiddellijk weer. Edna kon amper lezen en schrijven, telefoneren durfde ze niet, dus Christy ging ervan uit dat ze ook niet de moed zou hebben om naar het telegraafkantoor te gaan en een antwoord te sturen.

Christy voelde zich hoe langer hoe meer een gevangene in een gouden kooi, terwijl het luxe schip over een vredige zee opstoomde naar Madagaskar. Ze kon niets doen aan de gerezen problemen, daarvoor waren ze te ver van huis. De communicatie tussen het schip en het vasteland was traag en onbetrouwbaar, en rechtstreeks telefoneren met Melbourne was onmogelijk. Rusteloos en gefrustreerdheid wandelde ze eindeloos over het dek, ze deed mee met ringwerpen, ze speelde tennis, en de nachten bracht ze door in de dekstoel voor haar hut, want slapen kon ze niet.

Er waren sinds het telegram inmiddels drie dagen verstreken. Christie bracht haar vaste middagbezoek aan het kantoor van de purser, om te vragen of er post voor haar was. De purser overhandigde haar glimlachend twee brieven en een telegram. Met ingehouden adem scheurde ze de bruine envelop open.

```
Harold voor zaken in Sydney * Verwacht hem
spoedig terug * Voor dringende zaken te bereiken
in Victoria Hotel Pitt Street * Baker *
```

Met een zucht van opluchting dat haar vertrouwen in Harold niet misplaatst was geweest bedankte ze de purser uitbundig en haastte zich weg, op zoek naar Anne.

Die vond ze op het achterdek, in de schaduw van een brede luifel. Kathryn en de andere meisjes spetterden in het grote canvas zwembad. 'Hier fleur je van op.' Christy gaf haar het telegram.

'Er valt een last van me af,' fluisterde Anne. Ze las en herlas de paar regels en stopte het telegram toen terug in de envelop. 'Ik werd gek van de twijfels, en toen ik niets hoorde...'

'Dat begrijp ik, kindje. En ik moet bekennen dat ik me ook ging afvragen wat er toch aan de hand kon zijn. Maar hierdoor is alles duidelijk. We hoeven ons geen zorgen meer te maken. Dus laten we genieten van het laatste stukje van onze reis.'

Anne straalde, vervuld van nieuwe hoop. 'Wat slim van je om contact te zoeken met Baker.'

Christy haalde haar schouders op. 'Harold en hij werken nauw samen, dus dat leek me niet meer dan logisch. Bovendien waagt Harold zich zelden ver buiten Melbourne en weet Baker altijd wel een manier om hem te bereiken.' Ze legde haar hand op die van Anne. 'Ik weet zeker dat hij je bericht stuurt zodra hij weer thuis is.'

'Dat moeten we vieren,' verklaarde Anne. 'Een fles gekoelde champagne lijkt me gepast, vind je ook niet?'

'Champagne is altijd goed,' antwoordde Christy met een liefdevolle glimlach. 'Wat heerlijk om je weer vrolijk te zien, kindje.'

Anne grinnikte. 'Ik ben zo opgelucht. En zo dankbaar dat ik weer hoop mag koesteren,' bekende ze. 'Dank je wel dat jij je geloof in Harold níét was kwijtgeraakt. Hij mag blij zijn met zo'n schoonmoeder. Ik hoop dat hij dat beseft.'

'Vast niet.' Ze glimlachte en keek naar de meisjes in hun wollen badpak – donkerblauw met een wit met blauw gestreepte zeemanskraag en dito strook langs de zoom. 'Dat ziet er verrukkelijk uit,' zei ze vrolijk. 'Ik denk dat ik ook een duik neem.'

Anne keek haar ontzet aan. 'Dat meen je toch niet serieus?' vroeg ze, vervuld van afschuw. 'Je bent veel te oud om halfnaakt rond te lopen.'

'Dat zullen we nog weleens zien,' verklaarde Christy onbekommerd. Ze schonk haar dochter een ondeugende grijns, toen zette ze koers naar het winkeltje, om te zien of ze daar een badkostuum kon kopen.

Sydney

Harold voelde zich een gevangene in een stad die nooit sliep. Hij was inmiddels bijna een week in Sydney, want Smithson had hun ontmoeting al twee keer uitgesteld.

Om van de nood een deugd te maken had hij een bezoek gebracht aan zijn pakhuizen aan Darling Harbour. Verder was hij bij zijn plaatselijke bedrijfsleider langs geweest, om de boeken te controleren en nieuwe opdrachten te bespreken. Alles wees erop dat ze zich hadden ontwikkeld tot een van de voornaamste exporteurs van wol. Dat, in combinatie met het feit dat de wijngaarden in zowel de Hunter als de Barossa Valley steeds productiever werden en dat zijn nieuwe tabaksplantage nu al enorm winstgevend was, rechtvaardigde de conclusie dat zijn imperium bloeide.

Dat nam niet weg dat hij rusteloos begon te worden. Hij wilde naar huis. Maar zolang Smithson geen contact opnam was hij gedwongen in de stad te blijven. Waarom duurde het zo lang? Smithson hoefde alleen die vervloekte kluis maar te openen, om te controleren of Harold en zijn zwagers met de inhoud geholpen zouden zijn. Principes, gewetensbezwaren, dat was allemaal leuk en aardig, maar voor de goede zaak moest je daar soms tegenin durven gaan.

Zo zat Harold ook nu weer te piekeren, aan een biertje in de hotelbar, toen de eigenaar naar hem toe kwam. 'Er is telefoon voor je, kerel,' zei hij zacht. 'Ik hoop het telefoontje waar je al zo lang op wacht.'

'Dat hoop ik ook,' verzuchtte Harold. Hij haastte zich naar de receptie. 'Hallo? Smithson?'

'Nee, ik ben het. Baker.'

'O. Baker. Hallo.'

'Iets enthousiaster graag,' klonk het wrang.

'Sorry. Ik hoopte op antwoord van Smithson.'

'Heb je nog steeds niks gehoord? Zit je daarom nog in Sydney?'

'Zoals ik al zei, hij worstelt met zijn geweten. Dus ik zal geduld moeten hebben. Is er nog nieuws? En is het je gelukt uitstel te krijgen?'

'Nee, ze houden vast aan de oorspronkelijke datum. En ze blijven erbij dat hun aanspraak rechtsgeldig is. Ik heb alle documenten minutieus laten onderzoeken, maar we hebben helaas geen enkel bewijs kunnen vinden van het tegendeel. Sterker nog, ze hebben informatie boven tafel weten te krijgen die voor bepaalde mensen buitengewoon nadelig zou kunnen uitpakken.'

'Laten we dit verder niet via de telefoon bespreken,' zei Harold waarschuwend. 'Je weet maar nooit.' Hij slaakte een diepe zucht. 'Heb je ook nog goed nieuws voor me?'

'Hamish heeft de documenten gevonden, en er is me door een advocatenkantoor in Dubbo verzekerd dat ze gekopieerd zijn en dat het origineel veilig bij hen in de kluis ligt.'

'Van sommige dingen zou je wensen dat ze níét in een kluis lagen,' mopperde Harold. 'Als Smithson zijn geweten niet zo serieus nam, dan hadden we de stukjes van de puzzel misschien al in elkaar kunnen passen en deze hele zaak in de kiem kunnen smoren.'

Het bleef stil aan de andere kant van de lijn. Harold dacht al dat de verbinding was verbroken, maar ten slotte schraapte Baker zijn keel. Harold was op slag weer gespannen. 'De tijd begint te dringen. Kunnen we erop rekenen dat Smithson geen contact zoekt met zijn cliënt voor overleg?'

'Ze kennen elkaar al heel lang,' antwoordde Harold aarzelend. 'En zoals de zaken er nu voor staan, zou ik dat niet met zekerheid durven zeggen. Ik kan alleen maar geduld hebben. Maar het drijft me onderhand wel tot waanzin.'

'Dat begrijp ik. Trouwens, er is nóg iets wat je moet weten. Iets waardoor je uiterst voorzichtig zult moeten opereren.'

'Nog meer complicaties?'

'Nee, dit heeft niets met de zaak te maken,' antwoordde Baker snel. 'Na ons vorige telefoongesprek heb ik een telegram ontvangen, afkomstig van een zeker iemand in het hart van dit conflict. Ze vroeg naar je verblijfplaats.'

'Wat heb je geantwoord?'

'Omdat je inmiddels terug was uit Hobart, kon ik naar waarheid terugschrijven dat je voor zaken in Sydney zat, en dat je op korte termijn in Melbourne werd terugverwacht.' Harold wilde al een zucht van verlichting slaken, toen Baker vervolgde: 'Maar ik kreeg ook een telegram van je vrouw. En dat baart me veel meer zorgen. Het was bij je thuis afgeleverd. Ik kreeg het nu pas. Ze wil dat je haar onmiddellijk antwoordt.'

Harold voelde een tinteling van onbehagen. 'Wat schrijft ze nog meer?'

'"Gerucht over jou in Hobart. Stop. Bevestig verblijfplaats. Stop."'

Harold balde vloekend zijn vuist. 'Hoe wéét ze dat?'

'Ik heb geen flauw idee,' antwoordde Baker. 'Jij en ik zijn de enigen die wisten dat je naar Hobart ging. En Mrs. Ryan natuurlijk.' Hij schraapte zijn keel. 'Afijn, haar moeder moet mijn antwoord inmiddels hebben ontvangen. Dat zal haar althans enigszins hebben gerustgesteld. Maar misschien is het verstandig om haar zelf ook een telegram te sturen. Je weet hoe vrouwen zijn.'

'Breek me de bek niet open.' Een angstig voorgevoel maakte dat een ijzige kilte hem bekroop. Hij bedankte Baker, verbrak de verbinding en staarde minutenlang peinzend voor zich uit.

Hij twijfelde er niet aan of Edna bracht in geuren en kleuren verslag uit over iedereen die in Skye House over de vloer kwam. Maar het leek hem onwaarschijnlijk dat haar geroddel doordrong tot de hogere kringen van Hobart, laat staan dat het een oceaanstomer bereikte, midden op zee. Florence Hardwick daarentegen beschikte over andere middelen, en nadat hij haar min of meer het huis uit had gezet zou ze voor niets terugdeinzen om haar gram te halen. Bij de herinnering aan haar dreigende woorden twijfelde hij er niet aan of zij was het geweest die Anne had geïnformeerd.

'Vrouwen!' mompelde hij, gevolgd door een krachtterm. Hij trok zijn leren hoed diep over zijn ogen en beende driftig het hotel uit. Alsof hij al niet genoeg problemen had!

Voortvarend zette hij koers naar het telegraafkantoor, hij stormde de treden op en gaf een vermogen uit aan een telegram naar Anne, waarin hij haar liet weten waar hij zat. En dat niet alleen, hij verzekerde haar ook van zijn trouw, zijn toewijding, en schreef hoezeer hij verlangde naar haar thuiskomst. Toen het telegram was verzonden ging hij terug naar zijn hotel, klom weer op een barkruk en dronk zich een stuk in zijn kraag.

16

Aan boord van de SS Southern Cross

Ze lagen in de oude haven van Fort Dauphin, op Madagaskar, om kolen en proviand in te slaan. Vanwege de onrust op het eiland en de protesten tegen de Franse overheersers had de kapitein zijn passagiers afgeraden van boord te gaan. Er was misnoegd gereageerd, er waren zelfs luide protesten opgeklonken, waarop de meest avontuurlijken onder de mannelijke passagiers het advies van de kapitein aan hun laars hadden gelapt en alsnog aan wal waren gegaan.

Christy stond met haar dochter en kleindochter aan de reling, verlangend om de beperkingen van het schip althans even te kunnen verruilen voor de mooie zanderige baai voorbij Le Fort, waar een turkooisblauwe zee op de kust spoelde, met daarachter het weelderige groen van het regenwoud dat het hele eiland leek te bedekken. Niets wees op onlusten, er waren geen opstootjes op de kade, en er klonken nergens schoten.

'Het is zo oneerlijk!' mopperde Kathryn, kijkend naar de bijboot die een groepje mannen naar de kust bracht. 'Waarom zijn het altijd de mannen die de leuke dingen doen?'

'Waarom nemen Lucy en jij niet een duik in het zwembad?' vroeg Christy op haar beurt. In haar korset, petticoats en strak aangesnoerde japon bezweek ze bijna van de verstikkende hitte.

'Het is veel te warm om ook maar iets te doen,' verklaarde Anne. 'Ik ga naar mijn hut, voor een dutje onder de ventilator aan het plafond.'

'Goed idee,' zei Christy. 'Dat ga ik ook doen, en misschien neem ik later, als het wat is afgekoeld, ook nog een duik.'

'Lucy en ik gaan nu naar het zwembad,' zei Kathryn. 'Dus als jullie je nog bedenken, we zijn op het achterdek.'

De meisjes haastten zich weg en Christy liep naar haar hut, waar ze de vele lagen textiel van zich afpelde die ook aan boord van een schip gepast werden geacht, maar die ondraaglijk benauwend waren in de lome hitte van de tropen. Als jong meisje had ze niet veel kleren gehad en altijd hetzelfde gedragen, ongeacht het seizoen, maar tegen de tijd dat ze met de veerboot naar Melbourne vertrok had Mrs. Keller erop gestaan dat ze een korset, een petticoat, degelijk ondergoed en kousen droeg. Ze was toen bijna achttien, en haar figuur begon volwassen te worden.

Bij aankomst in Ballarat, midden in de zomer, was ze in haar verstikkende kleding zowat flauwgevallen van de hitte, totdat de Engelse echtgenote van een hoteleigenaar haar aan wat dunne katoenen jurken had geholpen.

Weer terug in het heden liet Christy het bad vollopen met lauw water, sponsde haar bezwete lichaam af en trok een nachthemd aan van dunne mousseline. De blinden naar haar privébalkon waren neergelaten, maar de deuren stonden open om van elk zuchtje wind te profiteren. De ventilator aan het plafond snorde geruststellend. Ze schonk een glas ijswater in uit de kristallen kan die haar steward had gebracht en strekte zich uit op de chaise longue. Het zou leuk zijn geweest om aan land te gaan en het eiland te verkennen. Het bood een exotische aanblik, maar als ze eerlijk was moest ze bekennen dat ze niet de energie had voor welk uitstapje dan ook.

'Je wordt oud,' mompelde ze. 'Oud en gemakzuchtig.'

Ze glimlachte wrang, dronk wat water en concludeerde dat ze oud noch gemakzuchtig was. Het kwam door de slopende, vochtige hitte van Madagaskar, te vergelijken met het klimaat in Queensland in het noorden van Australië. Want ook al was ze inmiddels gewend aan het koele, bijna Schotse klimaat van Tasmanië, ze voelde zich ook nog altijd thuis in de zinderende droge hitte van de outback, van de weidse leegte rond Wallangarra.

Ze sloot haar ogen en ging terug naar het verre verleden, toen ze nog jong en onvermoeibaar was.

Op de dag van aankomst in Melbourne was het rijtuig om vijf uur 's middags uit Flinders Street vertrokken, en tegen de tijd dat ze de stad eindelijk achter zich lieten zetten de zes paarden er stevig de pas in. De veren van het rijtuig kreunden, de geelgeschilderde wielen ratelden over het ruige terrein en de passagiers, die met hun bagage hutjemutje zowel in als boven op het rijtuig zaten, werden ruw door elkaar geschud.

Christy hield de plunjezak op haar knieën stevig vast, blij dat ze als een van de eersten was ingestapt, waardoor ze een plekje bij de deur had weten te bemachtigen. Zo kon ze tenminste naar buiten kijken en kreeg ze af en toe wat frisse lucht binnen, die ze dankbaar inademde, omgeven als ze was door de stank van dicht opeengepakte ongewassen lijven. De hitte was verstikkend, het zweet droop uit haar haren, over haar nek, in haar ondergoed, dat al snel doorweekt was. Volgens de koetsier was het ruim honderd kilometer naar Ballarat, waar hij de volgende morgen in alle vroegte verwachtte aan te komen. Christy hoopte vurig dat de temperatuur 's nachts wat zou dalen.

Toen ze, zo ver mogelijk weggekropen in haar hoekje, merkte dat de leren bekleding onaangenaam warm begon te worden, benijdde ze de Chinezen op het dak van het rijtuig. Die konden tenminste vrijuit ademen. Ze probeerde zich met haar lot te verzoenen en geduld te oefenen, maar in tegenstelling tot Jamie was ze een en al opwinding, zowel door hun korte verblijf in Melbourne als door het vooruitzicht dat ze nu spoedig bij Finlay zou zijn en met eigen ogen zou zien hoe het eraan toeging op de goudvelden waarover ze zo veel had gehoord.

Reizend door de verlaten uitgestrektheid van vruchtbaar grasland, ging ze in gedachten terug naar haar kennismaking met Melbourne. In de haven was het hun gelukt een ritje te krijgen op een ossenkar die naar de stad ging. Dat had hun weliswaar de wandeling en het geld voor de tram uitgespaard, maar de zestien ossen voor de brouwerswagen, hoog opgetast met vracht in jutezakken, kwamen slechts met een slakkengangetje vooruit.

Melbourne was een openbaring geweest, de bevolking zo fraai gekleed dat Christy pas goed besefte hoe sjofel en boers zij eruitzag in haar tweedehands wollen jurk, laarzen en jasje. Maar in haar opwinding over de rijkdom en de schoonheid van de drukke, bedrijvige stad was ze haar uiterlijk snel vergeten.

Melbourne was oneindig veel groter, voornamer en indrukwekkender dan Hobart. De stad ademde behalve rijkdom ook historie uit, hoewel ze nog pas zestig jaar bestond. De belangrijkste gebouwen waren opgetrokken uit roomwitte zandsteen en verfraaid met torens, pinakels en beeldhouwkunst. Op elke hoek stond wel een hotel, een restaurant, een café; winkels met in de etalage alles wat een mens zich maar kon wensen, omzoomden straten die breed genoeg waren voor de talrijke ossenwagens beladen met wol en andere vracht. Samen met Jamie had Christy zich vergaapt aan de sierlijke bruggen over de bruine Yarra River, aan de mensen die picknickten op de grazige oevers, zo groen en glad als een lap fluweel, of die in de met zonnevlekken bespikkelde schaduw van eucalyptusbomen, acacia's en pijnbomen wandelden. In de parken bloeiden exotische bloemen, op het kruispunt van de keurig onderhouden grindpaden stonden rijkversierde fonteinen, en statige ibissen pikten, hoog op de poten, naar de gemanicuurde gazons of cirkelden rond de oranjerieën in de hoop een lekker hapje te verschalken van de theehuizen daarbinnen.

En verder was hun tocht door de stad gegaan, door Collins Street, waar ze vol ontzag omhoog hadden gekeken langs de gevel van de Melbourne Club, van het Goode House en het Olderfleet. Vervolgens hadden ze de drukke straten verruild voor de serene stilte in de recentelijk voltooide St. James's Cathedral, opgetrokken uit zandsteen en blauwe hardsteen. En nog weer later waren ze in Bourke Street blijven staan kijken bij de indrukwekkende bouw van de toekomstige Houses of Parliament.

Christy's blik ging naar Jamie, die met zijn armen over elkaar en zijn kin op zijn borst in slaap was gevallen. Zijn voeten rustten op zijn gereedschapskist en haar weefgetouw. Hij had in Melbourne willen blijven, waar meer dan genoeg werk was voor een timmerman. Christy had er echter op aangedrongen zo snel mogelijk door te reizen naar Ballarat, voordat hun geld op was. Melbourne was prachtig, maar ook erg duur, zoals ze al snel had ontdekt. Jamie had een zuur gezicht opgezet bij het vooruitzicht dat ze meteen weer zouden vertrekken, en toen het haar niet lukte hem op te vrolijken, had Christy hem mokkend achtergelaten om zitplaatsen in het rijtuig te reserveren en iets te eten te halen.

De man die haar de plaatsbewijzen verkocht had haar gewaarschuwd voor het ruwe reisgezelschap, en terwijl ze haar blik onopvallend over haar medepassagiers liet gaan, begreep ze wat hij had bedoeld. De andere reizigers waren voor het merendeel mannen van onbepaalde leeftijd, met grijs haar, eeltige handen en kleren die tegen een stootje konden. Allemaal droegen ze een breedgerande hoed, doordrenkt met zweet en vuil, en stevige, stoffige laarzen met kaal gesleten neuzen. Er werd nauwelijks gesproken. De mannen waren erg zwijgzaam, groetten vluchtig door aan de rand van hun hoed te trekken en vielen vrijwel onmiddellijk in slaap nadat ze zich hadden geïnstalleerd. De enige geluiden in het rijtuig waren gesnurk en een slaperig gemompel.

Naarmate de reis vorderde, werd het geleidelijk aan steeds donkerder, en uiteindelijk kon Christy bijna niets meer zien door het raampje. Ten slotte viel ook zij in slaap, gewiegd door het deinen van het rijtuig, gesust door de verkoelende avondbries.

Het leek alsof er amper een paar minuten waren verstreken toen ze de koetsier hoorde roepen en besefte dat ze stilstonden. Inmiddels was het weer licht, en de andere passagiers stapten al haastig uit. Zo vlug als ze kon pakte ze haar plunjezak en volgde ze het voorbeeld van Jamie die uit het rijtuig sprong.

De Chinezen klauterden van het dak naar beneden, beladen met plunjezakken, spaden en pikhouwelen; vanonder hun vreemde kegelvormige hoeden zwaaiden hun lange staarten over hun rug. Christy kon haar blik niet van hen losmaken, gefascineerd als ze was door hun amandelvormige ogen en goudgele huid.

Een harde por in haar ribben deed haar opschrikken. Het was Jamie. 'Laten we zien of we ergens iets te eten kunnen krijgen,' zei hij met een langgerekte geeuw. 'Ik rammel.'

Christy hees haar plunjezak wat hoger in haar armen en keek om zich heen. Ze waren gestopt voor een groot hotel, met een veranda die schaduw bood aan een houten looppad langs de brede, stoffige straat. Aan de overkant zag ze eenzelfde pad van planken, met daarboven een luifel. De gebouwen die de straat omzoomden vormden een allegaartje van stijlen en afmetingen.

De zon kwam op, boven de daken van roestige golfplaten kleurde de hemel grijs, doorschoten met stralend roze. Ondanks het vroege uur was het al behoorlijk warm en heerste er grote bedrijvigheid zowel op de houten looppaden als op de straat, waar mannen te paard en zwaarbeladen karren, voortgetrokken door muilezels en boerenknollen, af en aan reden. Uit de smidse klonk het geluid van hamerslagen. En in de winkels, die ook al open waren, was bijna alles te koop, van tandenstokers tot enorme goudpannen; buiten, voor de deur, lagen spaden en pikhouwelen hoog opgetast, met daarnaast kruiwagens gevuld met blikken meel, suiker en rijst.

Een eindje verder in de straat verhieven zich twee gewichtig uitziende gebouwen. Terwijl Christy en haar broer het plankenpad af liepen om hun stijve spieren weer wat losser te maken besefte ze dat het geen deftige huizen waren, zoals ze aanvankelijk had gedacht, maar het postkantoor en het gemeentehuis.

Bij het warenhuis bleven ze staan. Boven een zijdeur hing een keurig houten bordje: C. SMITHSON, NOTARIS EN ADVOCAAT. De deur zat dicht, volgens een ander bordje ging het kantoor pas om negen uur open. Dus ze hadden alle tijd om het stadje te verkennen en op zoek te gaan naar iets te eten.

Afgaande op een verrukkelijke baklucht kwamen ze bij een roodgloeiend komfoor waarop lappen vlees sisten in de hete boter, met daarnaast een pan met uien en maiskolven. Jamie kocht twee kleine biefstukken met uien, een dikke plak brood en een maiskolf die droop van het vet. Daarmee installeerden ze zich op een bankje in de schaduw van een veranda.

Terwijl ze gretig toetastten, keek Christy nog altijd geboeid om zich heen en verwonderde zich erover dat er in Ballarat blijkbaar geen vrouwen en kinderen woonden. En dat de mannen in het stadje er allemaal hetzelfde uitzagen, in ruwe werkkleding, met een breedgerande hoed en een woeste baard, die bij sommigen wel bijna tot hun middel reikte. Vaak droegen ze alleen een hemd op hun broek, die omhoog werd gehouden door bretels of stukken touw. Hun kleren zagen eruit alsof ze in geen maanden met water in aanraking waren geweest, en voor de mannen gold hetzelfde.

Er waren ook veel Chinezen, die zich kwetterend in hun vreemde taal langshaastten. Exotische mannen, gehuld in lange gewaden en met lappen over hun hoofd, liepen met kamelen door de straten. Christy had zulke dieren nog nooit in het echt gezien, alleen op plaatjes in de oude, verbleekte prentenboeken op school. Beladen met goudzoekersgereedschap boden ze waardig voortdeinend een serene aanblik, maar onder de kleurige dekens versierd met franje oogde hun vacht sjofel en door de motten aangevreten, en het merkwaardige, brommende geluid dat ze maakten klonk alsof ze protesteerden tegen hun lot.

Toen Christy was uitgegeten waste ze haar gezicht en haar handen in een paardentrog, borstelde haar haar en bond het bij elkaar in een knot. Daarop liet ze Jamie met een fles bier bij hun spullen achter en trok ze eropuit om het stadje verder te verkennen.

Ballarat lag in een brede vallei, omgeven door licht glooiende heuvels, dichtbegroeid met bomen. Overal was te zien dat het goud de kleine stad welvarend had gemaakt. Zelfs het kleinste huisje zat goed in de verf en had blinkend schone ramen, de winkels waren ruim voorzien, en er was zelfs een parkje met keurig onderhouden gazons, schaduwrijke bomen, fleurige bloembedden en bankjes om aangenaam op te vertoeven.

Bij de rand van het stadje gekomen keek Christy uit over weids groen grasland, afgewisseld met groepjes eucalyptusbomen. Daarachter begon een nieuwe stad, opgetrokken uit canvas. Dat moest het domein van de goudzoekers zijn.

Ze schermde haar ogen af tegen de zon, die inmiddels boven de hoogste heuveltoppen was verschenen. Zou Finlay daar zijn, in een van die tenten? Of was hij vanwege zijn verwondingen naar de stad gebracht? Smithson was in zijn brief niet erg mededeelzaam geweest, dus ze wist niet wat ze moest verwachten. Maar ze hoopte vurig dat Finlay voldoende hersteld was om mee terug te gaan naar Tasmanië. En dat hij zich daartoe zou laten overhalen.

Ze slenterde terug naar Jamie. Al van een afstand zag ze dat haar broer in geanimeerd gesprek was gewikkeld met een grote, ruwe kerel met een verweerd gezicht, brede schouders en gespierde armen. Nadat de twee elkaar de hand hadden geschud, verdween de onbekende door de klapdeurtjes van een bar.

'Dat was Fred Harris.' Jamie leek aanzienlijk opgevrolijkt. 'Dit is zijn bar, en hij heeft me gevraagd of ik voor hem wil werken zolang we hier zijn.' Hij grijnsde. 'Ik heb gezegd dat we niet lang bleven, maar hij wil wat ramen laten verbreden, de vloer moet gerepareerd worden, en er is wat meubilair dat ik onder handen zou moeten nemen. Hij betaalt er goed voor.'

Christy glimlachte om zijn enthousiasme, blij dat zijn norsheid was verdwenen. 'Geweldig!' Terwijl ze het zei, sloeg de klok van het gemeentehuis negen uur. 'Wanneer begin je?'

'Nu.' Jamie pakte zijn gereedschapskist en hees zijn plunjezak over zijn schouder. 'Je hebt mij niet nodig als je naar die Smithson gaat. Dus dan kan ik net zo goed wat geld verdienen.'

Christy zag er als een berg tegen op om alleen naar de advocaat te gaan, maar ze wilde de stemming niet bederven door te eisen dat Jamie met haar meeging. 'Prima, ik ga wel alleen. Zodra ik weet hoe het met Finlay is, kom ik het je vertellen.'

Jamie haastte zich de bar binnen. Christy stopte het haar achter haar oren, streek haar jurk glad en pakte haar plunjezak en weefgetouw. Naarmate de zon hoger klom, steeg ook de temperatuur. In haar wollen jurk en strakke korset voelde ze zich duizelig van de hitte, maar zolang ze niet wist hoe het met Finlay was en zolang ze geen onderkomen hadden, viel daar niets aan te doen.

Ze liep naar de vers geschilderde deur, die inmiddels open bleek te zijn. Daarachter lag een kleine vierkante hal, met een steile, glimmend gewreven houten trap. Met haar spullen onder de arm beklom ze langzaam de treden. Haar voetstappen echoden in de stilte. Op de overloop aangekomen zag ze dat vandaar een trap naar de hoogste verdieping leidde. Eenmaal boven stond ze voor een glazen deur, met daarop C. SMITHSON. Aarzelend klopte ze aan.

Ze had zich de advocaat voorgesteld als een corpulente, al wat oudere man met een kalend hoofd. Maar hij zag eruit als een twintiger. Een slanke, rijzige verschijning met een langgerekt, bleek gezicht, waarin vriendelijke bruine ogen haar aankeken. Zijn hartelijke glimlach stelde haar onmiddellijk op haar gemak.

'Ik ben Christy MacInnes,' zei ze enigszins buiten adem nadat ze haar spullen twee trappen naar boven had gesjouwd. 'U hebt me een brief gestuurd, over mijn broer Finlay.'

'Inderdaad. Aangenaam u te ontmoeten,' zei hij met een voornaam Engels accent terwijl hij haar de hand schudde. 'Laat mij dat dragen. Het ziet er zwaar uit.'

Christy was onmiddellijk weer op haar hoede toen hij de spullen van haar overnam. Ze had niet verwacht dat ze met een Engelsman te maken zou krijgen, en hij klonk net als de mannen die voor de landheer en zijn rentmeester werkten.

Ze volgde hem aarzelend een sober ingericht kantoor binnen, slechts gemeubileerd met een bureau, twee stoelen en drie grote kasten. Het zonlicht werd gefilterd door de gedeeltelijk neergelaten blinden, de ramen die uitkeken op de straat stonden open. Aan het plafond hing een olielamp.

'U ziet er verhit uit, miss MacInnes. Kan ik u een verfrissing aanbieden?' Hij gebaarde met een slanke hand sierlijk naar een kan water en een fles brandewijn, boven op een van de gekraste, kaal gestoten kasten.

Ze vroeg om een glas water, want ze voelde zich nog altijd licht in het hoofd door de hitte. Nadat ze twee volle glazen had leeggedronken installeerde hij zich in zijn versleten leren stoel achter het stokoude bureau. De ingelijste diploma's en getuigschriften aan de muur daarboven waren Christy niet ontgaan. Haar blik gleed verder, naar de grote klok aan de muur, naar de planken met dikke wetboeken en een verzameling opgerolde documenten, dichtgebonden met roze lint. Het was allemaal onpersoonlijk, zonder ook maar iets wat getuigde van een privéleven.

'Hoe ernstig is mijn broer eraan toe?' Ze ging op het puntje van de enige andere stoel zitten. 'En waar is hij? Ik wil zo snel mogelijk naar hem toe.'

'Ze hebben hem gevonden op de bodem van een mijnschacht,' antwoordde Smithson. 'Het schijnt dat een van de sporten van zijn ladder verrot was en is bezweken onder zijn gewicht.' Hij keek haar ernstig aan. 'Uw broer had diverse botbreuken en een hersenschudding. Zijn vriend, Joseph O'Driscoll, heeft hem op zijn kar naar de stad gebracht en de vrouw van een hotelbaas betaald om voor hem te zorgen.'

'Van welk hotel?'

'Het Ballarat, hiertegenover.'

'Ik moet naar hem toe.' Ze wilde al opstaan.

'Hij is niet meer in het hotel, miss MacInnes. En waar hij wel is... dat weet niemand.'

Ze liet zich weer op de stoel zakken. 'Maar hij is ernstig gewond! Dan kan hij toch niet ver weg zijn? En Ballarat is geen grote stad. Iemand moet hem toch gezien hebben?'

'Het is hier een voortdurend komen en gaan van mensen,' antwoordde Smithson ernstig. 'En volgens Mrs. Harris was hij de avond voordat hij vertrok behoorlijk aan de beterende hand. Sterker nog, Joseph was bij hem op zijn kamer, en ze deden een wedstrijdje wie de ander als eerste onder de tafel wist te drinken. Dus het kan heel goed zijn dat hij heeft besloten verder te trekken, naar een ander veld. Ik heb begrepen dat Finlay nooit ergens lang bleef.'

'Maar u hebt hem toch zeker verteld dat u mij had geschreven?'

'Natuurlijk, maar hij stond erop dat ik u nogmaals schreef, om te zeggen dat hij onder geen enkele voorwaarde wilde dat u hierheen kwam.' Hij zuchtte. 'Die brief ligt nu waarschijnlijk in Tasmanië op u te wachten.'

Christy fronste en dacht koortsachtig na. 'Ik begrijp er niks van,' mompelde ze ten slotte. 'Hij kent me, hij moet hebben geweten dat ik hoe dan ook zou zijn gekomen, wat hij ook schreef. Dus waarom is hij zo overhaast vertrokken?'

Smithson schonk haar nog een glas water in. 'Het spijt me, miss MacInnes, maar daarop moet ik u het antwoord schuldig blijven.'

Christy nam peinzend een slok water. 'U schreef dat zijn goud was gestolen. Is dat voor of na het ongeluk gebeurd?'

'Volgens Joseph had hij het de ochtend van het ongeluk nog en was hij van plan het later op de dag in bewaring te geven bij de bank.' Smithsons bruine ogen leken de hare te ontwijken.

'Dus misschien wás het helemaal geen ongeluk,' zei Christy nadenkend. 'Een gebroken sport van een ladder, een val in een diepe schacht die dodelijk had kunnen zijn, goud dat plotseling verdwenen is... Het klinkt naar boze opzet.'

'Die mogelijkheid heb ik ook overwogen,' moest hij toegeven. 'En het zou hier niet het eerste ongeluk onder geheimzinnige omstandigheden zijn. Rivaliteit en afgunst liggen altijd op de loer. Vooral als er drank in het spel is, lopen de emoties soms hoog op.' Hij zuchtte. 'Maar ik begreep van Joseph dat uw broer erg geliefd was onder de goudzoekers, dat hij nooit opschepte over zijn vondsten en dat hij nooit agressief werd als hij had gedronken. En ik heb van diverse kanten gehoord dat hij iedereen die ziek werd of die het zwaar had de helpende hand toestak.'

'De verhalen over de goudvelden dringen ook tot Hobart door, Mr. Smithson. Goud maakt mensen inhalig.' Toen Smithson niet reageerde vervolgde Christy gejaagd: 'Ik moet met Joseph O'Driscoll praten. Waar is hij?'

'Op het goudveld bij Eureka,' antwoordde Smithson met merkbare tegenzin. 'Maar een jong meisje zoals u heeft daar niets te zoeken, en –'

'Ik ben bijna achttien,' zei ze kordaat. 'Misschien heeft Joseph of een van de andere goudzoekers een idee waar mijn broer naartoe kan zijn gegaan. Ik moet met ze praten.'

'Dan stuur ik Joseph bericht dat hij hierheen moet komen,' verklaarde Smithson met dezelfde kordaatheid.

Christy ging ongeduldig verzitten. 'Dat duurt te lang. Hoe ver is het naar het goudveld?'

'U kunt de tenten hiervandaan zien, maar ik raad u ernstig af er alleen heen te gaan.'

'Zo gevaarlijk zal het heus niet zijn.'

'Het zijn ruige, ongemanierde kerels, die goudzoekers. Niet gewend aan fatsoenlijk vrouwengezelschap.' Hij keek haar vriendelijk aan, toen slaakte hij een zucht van berusting. 'Maar als u per se naar ze toe wilt, dan ga ik met u mee.'

Christy deed haar ogen open toen er een welkome koele bries langs haar gezicht streek. De deuren stonden nog altijd open, de zon hing laag boven de horizon, de hemel begon donker te kleuren. Uit de ingewanden van het schip klonk het diepe dreunen van de scheepsmotoren, terwijl de *Southern Cross* Madagaskar achter zich liet en door de glasheldere zee ploegde. Maar in gedachten was Christy nog altijd bij haar eerste kennismaking met Ballarat.

Ondanks haar stekeligheid was Charles Smithson uiterst vriendelijk gebleven. Hij had naar haar jongere broer geïnformeerd, naar hun leven vóór hun komst naar Australië, en toen hij hoorde dat ze nog geen onderdak hadden, had hij hun twee kamers op de bovenste verdieping van zijn kantoor aangeboden. Ze konden zo lang blijven als ze wilden, op voorwaarde dat zij 's avonds voor hem kookte. Christy had zijn motieven aanvankelijk gewantrouwd, maar de kamers bleken schoon en gemeubileerd, en omdat ze haar broer bij zich had, omdat Mr. Smithson een respectabele indruk maakte en omdat het verblijf onder zijn dak hun niets kostte, ging ze uiteindelijk akkoord.

Ze stond op van de chaise longue en schoot een kamerjas aan over haar dunne nachtjapon. Nadat ze de blinden omhoog had getrokken liep ze haar privébalkon op.

Door haar tijd in Ballarat en Bendigo was haar leven ingrijpend veranderd. Ze had er een harde les geleerd omtrent de grillen van de liefde in al haar verschijningsvormen, ze was opnieuw verraden, opnieuw achtergebleven met een gebroken hart, en ze had de gruwelijke consequenties van haar naïviteit en goedgelovigheid onder ogen moeten zien.

Zich koesterend in de avondkoelte slaakte ze een diepe zucht. Ondanks haar leeftijd, ondanks alles wat ze sindsdien had meegemaakt, voelde ze diep vanbinnen nog altijd de pijn van de spijt, van het verdriet. Ze riep zichzelf tot de orde. Niet zo sentimenteel! Misschien zou een duik in het zwembad haar opvrolijken. Net toen ze naar binnen wilde gaan om haar badpak aan te trekken, werd er geklopt en zag ze dat er discreet een bruine envelop onder de deur door werd geschoven.

Enigszins angstig raapte ze hem op en ze aarzelde het telegram open te maken.

```
Harold heeft sleutel * Advies dringend gewenst *
Smithson *
```

Christy wankelde, haar hart ging wild tekeer, haar gedachten sloegen op hol, geconfronteerd met dat korte, grimmige bericht. Ze las het opnieuw, en toen nog eens, tot de woorden vervaagden.

Ze sloot haar ogen, het bonzen van haar hart dreunde door tot in haar hoofd. Dus Harold was wel degelijk in Bellerive geweest, niet omdat hij daar in het geheim met Florence had afgesproken, maar om in de intiemste bezittingen van zijn schoonmoeder te snuffelen. Christy had geen idee hoe hij de sleutel en het kluisnummer had gevonden, en hoe hij die informatie vervolgens had weten te koppelen aan het kantoor van Charles in Sydney. Ze was ervan overtuigd geweest dat ze alles zo goed had verstopt dat het verband nooit zou worden gelegd.

Maar ze had zich vergist, ze had een afschuwelijke misrekening gemaakt, en nu had Harold die arme Charles in een onmogelijke positie gebracht.

Ze merkte dat ze beefde, niet van de koele bries uit zee, maar door het besef dat er iets heel ergs aan de hand moest zijn. Anders zou Harold nooit zo ver zijn gegaan. Was Baker hier ook bij betrokken? Was zijn telegram een list geweest, bedoeld om Harolds bezoek aan Hobart geheim te houden? En hoe zat het met Hamish en James? Zagen ook zij zich geconfronteerd met een dilemma dat ze zonder Harolds hulp niet konden oplossen?

Blijkbaar hadden ze gedrieën besloten haar niets te vertellen, en hoewel ze begreep dat ze haar wilden ontzien, voelde ze toch woede oplaaien omdat ze in onwetendheid was gelaten. Tegelijkertijd besefte ze hoe onredelijk haar woede was. Wat had ze kunnen doen, zo ver van huis? Maar het stak haar dat Harold achter haar rug in haar spullen had gesnuffeld, en ze vroeg zich af wat hij tijdens zijn zoektocht nog meer had gevonden.

Ze las het telegram nogmaals. Hoelang had Charles met zichzelf geworsteld voordat hij besloot contact met haar te zoeken? Hij kende de inhoud van de kluis, hij wist hoezeer die niet alleen haar, maar ook haar hele gezin, haar familie, zou kunnen schaden. De arme Charles moest ten einde raad zijn geweest dat hij haar uiteindelijk dit telegram had gestuurd. Ze zou erop moeten vertrouwen dat hij zou doen wat juist was, ongeacht de gevolgen.

Terwijl de hemel steeds donkerder kleurde wikkelde ze de kamerjas strakker om zich heen en dacht eraan hoe Charles haar al die jaren geleden met zijn wijsheid had bijgestaan, hoe hij de papieren had opgesteld waarvan ze had gehoopt dat die haar de vrijheid zouden geven om door te gaan met haar leven; en dat ze de veiligheid van haar dierbaren zouden garanderen.

Maar de misstappen uit het verleden achtervolgden haar nog steeds, en ook al had ze geen idee wie het was die haar familie bedreigde, ze had wel een vermoeden in welke richting ze het moest zoeken. Het werd tijd om het verleden onder ogen te zien en om te vechten voor alles wat haar dierbaar was.

17

Sydney

Harolds geduld was op! Hij weigerde nog langer te wachten en beende driftig het kantoor van Smithson & Son binnen. Achter de balie zat een man van middelbare leeftijd. De zoon van Charles Smithson, concludeerde Harold, gezien de uiterlijke gelijkenis.

'Ik moet Charles Smithson spreken,' verklaarde hij gebiedend.

'Het spijt me, maar mijn vader is vandaag niet op kantoor.'

'Waar is hij? Ik moet hem dringend sprekend.'

Koele ogen namen hem taxerend op. 'Bent u Harold Ross?'

'Inderdaad. En ik heb er schoon genoeg van om hier in Sydney rond te hangen tot uw vader een besluit heeft genomen. Het gaat om een uiterst dringende kwestie, en ik heb al bijna twee weken verspild in deze vervloekte stad.'

De glimlach van Smithson jr. miste elke warmte. 'Mijn vader is, ondanks zijn leeftijd, nog een drukbezet man. Als de zaak inderdaad zo dringend is, zal hij ongetwijfeld contact met u opnemen zodra hij dat nodig vindt.'

Zijn frustraties verdringend besloot Harold dat hij geen andere keus had dan zijn noodplan in werking te stellen. Hij haalde een dikke envelop uit zijn binnenzak. 'Als ik hier dan vastzit, kan ik dit maar beter in bewaring geven,' zei hij nijdig.

'Zoals u wilt.' Smithson jr. schoof hem een formulier toe en wachtte geduldig terwijl Harold het invulde. 'Deze kant uit alstublieft,' zei hij nadat hij de huur van de kluis had geïncasseerd. Hij deed de deur naar het kantoor van het slot.

Harold volgde hem de gang door, een trap af, naar een zware stalen deur. Smithson jr. draaide aan het wiel in het midden van de deur, waarbij hij zo ging staan dat Harold niet precies kon zien wat hij deed, haalde vervolgens twee sleutels tevoorschijn en ontsloot een reusachtige kelder, met aan weerskanten kluisloketten. In het gedempte licht zag Harold de rijen kluizen uiteindelijk in de duisternis verdwijnen. Het zou onmogelijk zijn de nummers te lezen en erachter te komen welke kluis die van Christy was.

Smithson jr. opende een kluisloket, helemaal aan het begin van de kelder. Harold legde de kostbare envelop erin en deed het deurtje op slot. 63, stond erop. Met een zucht van verlichting stopte hij de sleutel in zijn vestzak. Naarmate hij langer in de stad verbleef, groeide zijn angst dat de envelop zou worden gestolen. Tegelijkertijd werd hem duidelijk dat de kluis van Christy, met nummer 4462, zich helemaal achter in de ruimte moest bevinden.

Zwijgend volgde hij Smithson jr. de trap weer op. Even later liep hij, nog altijd hevig gefrustreerd, terug naar zijn hotel om zijn paard te halen. Nu hij had gezien hoe de kluizen waren beveiligd begreep hij dat zelfs de meest gehaaide inbreker geen schijn van kans maakte ze open te breken. Dus het had geen zin om in de achterbuurten van Sydney op zoek te gaan naar een kluizenkraker.

Als Smithson sr. toch niet op kantoor was, kon hij net zo goed de stad uit rijden om een frisse neus te halen, besloot hij terwijl hij zijn paard zadelde. De talloze auto's en vrachtwagens braakten behalve kwalijke dampen een oorverdovende herrie uit, en Harold snakte naar rust.

Zijn paard moest ook niets hebben van alle drukte en het lawaai. Het schudde nerveus met zijn hoofd en schrok telkens wanneer er een uitlaat knalde of wanneer er mensen de weg op schoten, omdat ze niet het geduld hadden te wachten tot de verkeersstroom even luwde.

Harold hield de teugels stevig vast en praatte sussend op het dier in, terwijl de drukte geleidelijk minder werd en in de verte de eerste heuvels opdoemden. Die ochtend had het geregend, maar inmiddels was het droog. Alles glinsterde en rook fris, en naarmate hij de kwalijke dampen en het lawaai van de stad achter zich liet, werd de lucht schoner en ademde hij vrijer.

Hij ontdekte al snel dat Surrey Hills een oase van rust en stilte was. De voorstad van Sydney bestond uit met bomen en huizen omzoomde straten die zich steil omhoogslingerden, weg van de stad en de drukte; verkeer was er nauwelijks, ze kwamen alleen af en toe een wandelaar tegen. Toen Harold voelde dat zijn paard ontspande, liet hij zijn greep op de teugels verslappen.

Ondertussen werd hij echter nog steeds bestookt door bezorgde gedachten en was zijn gefrustreerdheid er niet minder om geworden. Zijn langdurige, moeizame radiocontact met James en Hamish was onbevredigend verlopen en in ruzie geëindigd, temeer omdat ze vanwege de open verbinding erg op hun woorden moesten letten.

Beide broers hadden toegezegd dat ze zo snel mogelijk naar Sydney zouden komen, om in alle openheid te kunnen praten over wat Harold had ontdekt en wat hij voornemens was te doen. Het was een gesprek waar Harold bepaald niet naar uitzag.

Smithson vormde met zijn besluiteloosheid een extra complicerende factor, en ook al besefte Harold dat hij de advocaat in een onmogelijke positie had gebracht, hij wenste dat die zou doorpakken en die vervloekte kluis zou openen. Harold had hem tenslotte volledig in vertrouwen genomen, en mochten de bewuste papieren inderdaad in de kluis liggen, dan zou Christy er zeker mee akkoord gaan dat hij ze gebruikte om de rechtszaak in de kiem te smoren. Hij begon schoon genoeg te krijgen van de hele kwestie, want ook al had hij gedaan wat hij kon, hij kreeg het gevoel dat de familie hem dat niet in dank afnam en hem liet aanmodderen. Maar als hij het allemaal alleen moest doen, zonder hulp van wie dan ook, zag hij zich geconfronteerd met een onmogelijke opgave.

Een snel luider wordend geraas deed hem opschrikken uit zijn gedachten. Voordat hij ook maar iets kon doen kwam er een auto in volle vaart met brullende motor over de kam van de heuvel aanscheuren.

Het paard schoot naar het midden van de weg, en het kostte Harold de grootste moeite om het onder controle te krijgen en bij de naderende auto vandaan te sturen.

De bestuurder trapte uit alle macht op de rem, de banden schuurden krijsend over de vochtige weg en de uitlaat knalde, terwijl de auto in een slip raakte en recht op Harold en zijn paard afkwam.

Het dier steigerde, hinnikend van pure doodsangst, met zijn benen in de lucht klauwend.

De auto raakte uit balans en scheerde op twee wielen rakelings langs de maaiende hoeven.

Harold ving een glimp op van het asgrauwe gezicht van de bestuurder, die wanhopig probeerde zijn wagen weer onder controle te krijgen. De remmen krijsten, de smalle banden glibberden over het dunne laagje water op het wegdek.

Harold klemde zich grimmig vast in het zadel, zijn paard steigerde, bokte en maakte de gekste capriolen.

Ten slotte kwam de auto met gillende banden tot stilstand. De chauffeur toeterde, schold en tierde, zwaaide met zijn armen en gaf uiteindelijk weer gas, waarop hij met brullende motor en knallende uitlaat de helling af scheurde.

Het paard steigerde opnieuw en kwam zo abrupt neer dat Harold bijna over zijn hoofd vloog. Voordat hij zijn evenwicht kon hervinden begon het dier te snuiven en te bokken en sprong met vier benen de lucht in, waardoor Harold uit het zadel werd geworpen.

Hij sloeg met een verpletterende smak tegen de harde grond, alle lucht werd uit zijn longen geslagen, en terwijl de hoefslagen van zijn op hol geslagen paard wegstierven, beukte hij met zijn hoofd tegen de stoeprand. Op slag werd alles zwart voor zijn ogen en verloor hij het bewustzijn.

Charles Smithson was moe, hij had een lange, enerverende dag achter de rug en begon zich af te vragen of het misschien welletjes was geweest, of hij er op zijn negenenzeventigste verstandig aan zou doen om met pensioen te gaan. Hij had die dag urenlang ingepraat op de inhalige nabestaanden van zijn cliënt. Ze vochten haar testament aan, en hij had geprobeerd hen tot andere gedachten te brengen. Maar ondanks het vooruitzicht dat een aanzienlijk deel van de erfenis zou opgaan aan notaris- en proceskosten, was hij er niet in geslaagd een einde te maken aan de onderlinge rivaliteit in de familie. Het besluit van de nabestaanden stond vast: ze zouden het testament voorleggen aan de rechter.

Na dat gesprek was Charles Smithson naar de begraafplaats gegaan, om bloemen op het graf van zijn vrouw te zetten en om met haar te overleggen, zoals hij dat hun hele huwelijk had gedaan. Ze had op haar unieke, bescheiden wijze beschikt over een wijs oordeel. Helaas kon ze dat niet meer met hem delen, maar door simpelweg over zijn problemen te praten kwam hij vaak zelf tot een oordeel.

Hoewel de serene rust op de begraafplaats hem goed had gedaan, maakte hij zich nog altijd zorgen over Christy, over het telegram dat hij haar onder druk van zijn geweten had gestuurd. Hij durfde zich haar reactie nauwelijks voor te stellen – wat moest ze zijn geschrokken! – en hij wenste dat hij eigenmachtig een besluit had kunnen nemen. Maar dan zou hij de belofte hebben verbroken die hij haar al die jaren geleden had gedaan – de belofte dat hij nooit, aan niemand zou vertellen wat er in de kluis zat – en hij was het aan hun vriendschap verplicht eerlijk tegen haar te zijn.

Langzaam beklom hij de stoep naar zijn voordeur. Die was nog open. Binnen trof hij zijn zoon achter de receptiebalie, verdiept in de boekhouding van hun begrafenisonderneming. 'Het is allang zes uur geweest, John. Hoogste tijd om naar huis te gaan,' zei hij vermoeid. 'Naar je gezin.'

John nam zijn vader liefdevol maar bezorgd op. 'Zo te zien heb je een vermoeiende dag achter de rug.' Hij sloot het rekeningenboek. 'Problemen met het testament van Jackson?'

Charles zuchtte. 'Waar een testament is, daar zijn nabestaanden,' zei hij wrang. 'Die arme Mrs. Jackson zou zich in haar graf omdraaien.' Hij zette zijn attachékoffer op de balie en wreef met zijn handen over zijn gezicht. 'Is er nog iets wat ik moet weten voordat ik naar boven ga?'

'Ja, je hebt bezoek gehad van een woedende Mr. Ross. Hij heeft een kluis genomen, om wat papieren in bewaring te geven.'

Charles trok een wenkbrauw op. 'O ja? Hm.' Hij pakte zijn attachékoffer weer op, terwijl John het stalen rolluik naar beneden liet en vergrendelde.

'Volgens mij was hij vooral geïnteresseerd in ons alarmsysteem.' John sloot de deur van het kantoor en stopte de sleutelbos in zijn zak. Toen keek hij zijn vader fronsend aan. 'Ik wou dat je het wat rustiger aan deed. Je ziet er erg moe uit. Kom vanavond bij ons eten. Margaret kookt altijd genoeg voor een weeshuis, en je bent meer dan welkom. Dat weet je.'

Charles klopte hem dankbaar op de schouder, trots op zijn liefdevolle, zorgzame zoon. 'Ik geniet altijd van de kookkunsten van je vrouw en van het gezelschap van mijn kleinkinderen, maar ik heb een hoop om over na te denken. Dus vanavond blijf ik rustig thuis. Misschien morgen, John. Maar in elk geval bedankt.'

Smithson jr. wilde al naar buiten lopen, toen hij in de zak van zijn jasje greep. 'Dat was ik bijna vergeten,' zei hij verontschuldigend. 'Een telegram voor je. Het kwam vanmorgen al. Is dit het bericht waar je op wachtte?'

Charles keek ernaar, knikte en wenste zijn zoon een goede avond. In plaats van de trap op te klimmen naar zijn privévertrekken liep hij zijn kantoor binnen. Hij deed de gaslampen en de haard aan, hing zijn hoed en zijn jas op en ging met een dubbele whisky in zijn gemakkelijke fauteuil zitten.

Hij nam een grote slok whisky en zette het glas zorgvuldig op het bijzettafeltje, en na enige aarzeling maakte hij het telegram open.

Connectie Ballarat bekend? * Zo ja, help Harold vechten * Zo nee, meer details * Christy *

Charles liet het telegram naar de tafel dwarrelen en verzonk in gedachten. Buiten viel de avond, het gas siste en pofte, de lampen flakkerden in de tocht die onder de deur door kwam. Christy had onmiddellijk in de gaten wat er moest zijn gebeurd. Het was iets waar ze jaren geleden al bang voor waren geweest. Maar naarmate de tijd verstreek, leek de dreiging weg te ebben, met als gevolg dat ze die min of meer waren vergeten.

Voor hem betekende het een enorme dreun dat het verleden alsnog dreigde schade aan te richten, maar hoe hard moest de klap bij Christy wel niet zijn aangekomen? Hij vond het afschuwelijk dat ze er moederziel alleen mee worstelde en wenste dat hij bij haar kon zijn, om haar te troosten en met raad en daad bij te staan.

Het kon niet anders of Christy miste de steun van haar echtgenoot verschrikkelijk. Een wijs mens, die innig veel van haar had gehouden, en omdat hij er destijds bij was geweest, omdat hij Christy in het diepst van haar narigheid had meegemaakt, zou hij begripvol hebben gereageerd. Hij zou zich opnieuw hebben bewezen als een rots in de branding van de roerige wateren die haar wachtten.

Wat ging er door haar heen? Hoe hield ze zich staande, gefrustreerd omdat ze zo ver weg zat, omdat ze in onwetendheid was gelaten, maar ook geschokt door het besef dat ze haar dochter en haar kleindochter openheid zou moeten geven over een aantal buitengewoon persoonlijke kwesties. Anne was al enigszins op de hoogte – dat was ook de reden waarom die papieren acht jaar eerder aan de andere waren toegevoegd – maar hij had geen idee wat Christy haar precies had verteld.

Daartoe gedwongen door Thomasina Brown zou Christy haar familie op het ergste moeten voorbereiden, en dat betekende dat ze niets meer kon achterhouden. Het deed Smithson pijn te beseffen hoe zwaar het Christy zou vallen om alles weer op te rakelen. Maar ze was een vechter, dat was ze al toen ze zijn kantoor in Ballarat was binnengestapt, waarna hij met haar naar het veld bij Eureka was gegaan, op zoek naar haar broer.

Het was iets wat hij zichzelf nog altijd verweet: dat hij haar niet had gewaarschuwd, dat hij niet voldoende een oogje in het zeil had gehouden, dat hij de ontwikkelingen niet al veel eerder een halt had toegeroepen. Hij had zich opgeworpen als haar beschermer, maar in die rol was hij jammerlijk tekortgeschoten, juist toen ze hem het hardst nodig had gehad.

Nadat hij zijn glas had leeggedronken trok hij de la van zijn bureau open, met daarin de sleutel van het kluisloket. Die had hij daarin gelegd toen hij, worstelend met zijn geweten, eindelijk had besloten Christy een telegram te sturen. Inmiddels was het moment aangebroken om de inhoud van de kluis opnieuw te bestuderen; de documenten waarmee hij hoopte te kunnen voorkomen dat Thomasina Brown naar de rechter stapte.

Toen hij enige tijd later op kantoor terugkwam liet hij zich vermoeid in zijn stoel vallen en spreidde de papieren uit op het bureau. Met zijn leesbril op het puntje van zijn neus nam hij de documenten zorgvuldig door, vergeleek feiten en formuleringen om er zeker van te zijn dat alles klopte, dat de documenten onweerlegbaar aantoonden dat Mrs. Brown geen enkele aanspraak kon maken op Wallangarra, ondanks haar zogenaamde bewijs van het tegendeel. Een bewijs waarvan hij niet begreep hoe het bij haar kon zijn terechtgekomen.

Maar terwijl hij de documenten terugdeed in de dikke, vaalgele envelop, knaagde er iets, een gevoel dat hij iets vergat; iets belangrijks. Hij staarde voor zich uit, pijnigde zijn hersens wat het zou kunnen zijn en kwam tot de conclusie dat hij te moe was om zich nog te kunnen concentreren. Als hij inderdaad iets belangrijks was vergeten, zou hem dat na een welverdiende nachtrust ongetwijfeld vanzelf te binnen schieten.

Hij deed de envelop in de bureaula, stopte de sleutel in zijn zak en zette zijn bril af. In de hoop het doffe bonzen van een beginnende hoofdpijn te verdrijven kneep hij in de brug van zijn neus en schonk hij zich nog een whisky in. Niet eens zozeer omdat hij daar trek in had. Het was meer een manier om het moment uit te stellen waarop hij Harold Ross opnieuw te woord moest staan. Zijn aarzeling om de inhoud van de documenten met hem te delen werd alleen maar groter. Hij was jarenlang hun bewaarder geweest, en inmiddels voelde hij zich er persoonlijk verantwoordelijk voor.

Wat Christy van hem verwachtte was het openen van een doos van Pandora. Ze vertrouwde erop dat hij de zaak buiten de rechtbank zou weten te houden. En uit de publiciteit. De kranten zouden zich gretig op het verhaal storten wanneer ze daar lucht van kregen. Smithson besefte dat hij er niet omheen kon Harold in vertrouwen te nemen, in de vurige hoop dat Christy's schoonzoon de informatie verstandig – en discreet – zou gebruiken.

Hij pakte een vel papier en begon een antwoord aan Christy op te stellen. Na diverse pogingen was hij eindelijk tevreden, schreef de tekst in het net en stopte het vel papier in zijn zak. Het telegraafkantoor was dag en nacht open, dus hij zou het telegram onmiddellijk versturen.

Bijna wankelend van vermoeidheid en met pijnlijke steken in zijn borst reikte hij naar zijn hoed en jas. Eenmaal buiten ontdekte hij dat het weer regende. Met zijn hoed diep over zijn voorhoofd getrokken ploeterde hij door de straten, waar nog een levendige drukte heerste, ondanks het late uur en het slechte weer. Gelukkig was het wel iets afgekoeld, waardoor hij vrijer kon ademhalen.

Nadat hij het telegram had verstuurd richtte hij zijn schreden naar het Victoria Hotel en beklom langzaam de trap naar de eerste verdieping. Daar klopte hij op Harolds deur. Geen antwoord. Hij voelde aan de kruk, de deur zat op slot. Nadat hij nogmaals had geklopt en even had gewacht, gaf hij het op. In zekere zin was het een opluchting dat hij de confrontatie tot de volgende dag kon uitstellen. Anderzijds wilde hij de kwestie zo snel mogelijk oplossen, en daarbij speelde Harold een belangrijke rol.

Terwijl hij de trap af liep kwam er een gedachte bij hem op. In plaats van rechtstreeks naar huis te gaan, liep hij naar de brede poort van het stalerf. Een knecht was bezig het erf aan te vegen, gadegeslagen door de paarden die hun hoofd door de halve deur naar buiten staken.

'Staat het paard van Mr. Ross op stal?' vroeg Smithson.

De knecht hief een verweerd gezicht naar hem op, getekend door jaren van keihard werken. 'Nee, helaas.' Hij kneep zijn ogen bijziend tot spleetjes. 'Mr. Ross is vanmorgen al vroeg vertrokken,' vervolgde hij met een sterk cockneyaccent. 'Daarna heb ik hem niet meer gezien.'

'Zou u hem dit willen geven als hij terugkomt? Zeg maar dat hij onmiddellijk contact met me moet opnemen. Hij kan me altijd bellen. Desnoods midden in de nacht.' Charles stopte een visitekaartje en een zes-pennystuk in de smoezelige hand van de stalknecht. 'Het is erg belangrijk.'

De stalknecht trok aan zijn haveloze pet. 'Komt voor mekaar.'

Langzaam liep Charles naar huis. Hij kon voorlopig niets doen. Zijn bed lonkte. Maar terwijl hij de binnendeur achter zich sloot besefte hij ineens wat er aan hem knaagde, waarom hij het gevoel had dat hij iets vergat. En in plaats van de trap op te klimmen liep hij zijn kantoor weer binnen, om de documenten nogmaals door te kijken.

De klok op de schoorsteenmantel sloeg middernacht toen hij de papieren eindelijk weer in de envelop deed en wegborg in de la van zijn bureau. Zijn grootste angst bleek werkelijkheid, want er ontbrak een cruciaal document. Als dat niet boven water kwam, zou Christy niet alleen Wallangarra kunnen verliezen, maar ook onherstelbare reputatieschade kunnen oplopen.

Onbeholpen, met stijve vingers liet hij de kristallen karaf bijna vallen en morste hij whisky op het bureau toen hij probeerde zijn glas nogmaals bij te schenken. Hij gaf het op, want zijn hoofd bonkte hoe langer hoe harder en whisky was niet de oplossing. Hij moest een hoofdpijnpoeder nemen en naar bed gaan. Dan was hij de volgende dag weer helder genoeg om te achterhalen wat Christy met dat cruciale document had gedaan.

Hij werkte zich overeind, deed de gaskachel en de lampen uit en liep naar de deur. Toen hij de trap naar zijn privévertrekken wilde beklimmen voelde hij zich plotseling erg duizelig. Wankelend omklemde hij de trapleuning en probeerde hij tegen de golf van duizeligheid te vechten, maar zijn benen lieten hem in de steek, alles werd zwart voor zijn ogen, en hij was al buiten kennis voordat zijn hoofd de grond raakte.

Ziedend van woede strompelde Harold in de stromende regen door de donkere, verlaten voorsteden van Sydney. Terwijl hij bewusteloos op de weg lag, was hij beroofd van zijn portefeuille en zijn zakhorloge. Hij had bovendien bonkende hoofdpijn, hij was tot op de huid doorweekt en zijn paard was op hol geslagen en had hem in de steek gelaten. Zijn hele lijf voelde beurs, en hij vervloekte de automobilist. Als hij hem ooit opnieuw tegenkwam, zou hij hem zo te grazen nemen dat die schoft het amper kon navertellen!

De hakken van zijn laarzen echoden op het plaveisel toen hij de slecht verlichte rand van de stad bereikte. Hij weigerde de twijfelachtige genoegens die hem door prostituees werden aangeboden en keek waakzaam om zich heen, mocht iemand in hem een gemakkelijk doelwit zien, zodat hij voor de tweede keer werd beroofd. Dat zal ze berouwen, dacht hij grimmig, want zijn handen jeukten.

Regen droop van zijn hoed in de kraag van zijn jas, de ijzige wind sneed door zijn natte overhemd en hij beefde van de kou, van woede, en van de schok dat zijn paard hem had afgeworpen en ervandoor was gegaan. Tegen de tijd dat hij bij zijn hotel was sloeg de klok twee uur. Hij liep rechtstreeks naar het stalerf, ongerust of zijn paard misschien was verdwaald.

Maar het dier had de weg teruggevonden en begroette hem met gehinnik. Hoe nijdig Harold ook was, de opluchting die hij voelde was overweldigend.

'Jij kon er niks aan doen, jochie,' zei hij zacht. Hij deed de staldeur open en liet zijn handen over het paard glijden, om te controleren of het dier geen verwondingen aan het akelige avontuur had overgehouden. Er ontbrak een hoefijzer, maar voor het overige was het paard er zonder een schrammetje van afgekomen. Wat van Harold niet kon worden gezegd.

Hij aaide het dier over de neus, klopte het op de hals en deed net de staldeur weer dicht, toen hij voetstappen achter zich hoorde. Met een ruk draaide hij zich om, onmiddellijk weer waakzaam.

Het was de stalknecht. 'Ho maar. Rustig aan!' De oude man hief zijn handen. 'Ik doe niks.'

Harold ontspande. 'Je liet me schrikken. Neem me niet kwalijk.'

'Uw paard is twee uur geleden komen aanlopen.' De stalknecht liet zijn blik over Harolds verfomfaaide verschijning gaan. 'U hebt zo te zien een ruige avond achter de rug.'

'Een beetje te ruig. Maar bedankt voor de goede zorgen.' Harold zocht in zijn zakken naar een fooitje, maar de dieven hadden hem tot op de laatste penny uitgekleed.

'Ik heb een boodschap voor u.' De stalknecht gaf hem het visitekaartje van Charles Smithson. 'Hij zei dat het dringend was. En dat u hem altijd kon bellen, desnoods midden in de nacht.'

Harold was op slag vervuld van nieuwe hoop. 'Bedankt! Tot morgenochtend!' Hij strompelde het erf af en haastte zich zo snel als hij kon naar het kantoor van Smithson & Son.

Rum Lane was in inktzwarte duisternis gedompeld. Op de tast zocht Harold zijn weg naar de voordeur. Het was inmiddels bijna drie uur, maar Smithsons boodschap liet aan duidelijkheid niets te wensen over. En dus bonkte Harold zonder aarzelen op de deur en trok aan de bel.

Het bleef stil. Vlakbij stroomde een goot over, het water gutste op de keien. Nergens brandde licht, de maan ging schuil achter de daken, de duisternis was compleet. Harold luisterde gespannen, met gespitste oren of hij voetstappen naar de deur hoorde komen, maar er gebeurde niets.

Terwijl hij opnieuw met zijn vuist op de deur bonsde, deed hij de brievenbus open en tuurde de donkere hal in. Ook daar was het zo donker dat hij niets kon zien, en hij hoorde ook niets. Hij voelde aan de deurknop, maar de deur zat op slot – hij had niet anders verwacht, blijkbaar hadden de Smithsons de gewoonte alles hermetisch af te sluiten – en dus drukte hij weer op de bel en hield die ingedrukt.

Smithson werd al een dagje ouder, misschien duurde het wat langer voordat hij beneden was, hield Harold zichzelf voor. Maar zelfs de diepste slaper moest onderhand klaarwakker zijn.

Dat bleek toen er aan de overkant een raam werd opengegooid. 'Hou op met die herrie, idioot!' riep een boze stem. 'Normale mensen slapen op dit uur!'

'Ik moet Smithson spreken. Het is dringend,' riep Harold terug.

'Die slaapt!' klonk het van de overkant. 'En als jij ophoudt met die herrie, kan ik ook weer slapen!' Het raam ging met een klap weer dicht.

Harold deed een stap naar achteren om langs de drie verdiepingen omhoog te kijken, in de hoop dat hij ergens licht zag aangaan. Maar alles bleef donker, het huis sliep.

Met een driftige ruk aan zijn hoed wendde hij zich af. Kloppen haalde niets uit, maar de telefoon misschien wel. Met die gedachte haastte hij zich door de regen terug naar het hotel.

In de hal brandde één gaslamp, de vlam stond laag. Harold liep op zijn tenen naar binnen. Het was bijna doodstil, de enige geluiden waren het murmelen van water in de leidingen en het zachte kraken en kreunen van een gebouw dat na de drukte van de dag tot rust kwam. Harold pakte de telefoon en vroeg de telefoniste hem door te verbinden met Smithsons kantoor, maar na lang wachten meldde de telefoniste dat er niet werd opgenomen, dat er blijkbaar niemand thuis was.

Harold zei nijdig dat er wel degelijk iemand thuis was. Dat wist hij zeker. Maar ook al liet hij de telefoon nog minutenlang overgaan, het leek erop dat de telefoniste gelijk had.

Harold liep naar zijn kamer en zag niet het telegram dat onder het bed woei toen hij de deur opendeed. Hij trok zijn doorweekte kleren uit, heel voorzichtig, want elke beweging bezorgde hem steken van pijn. Hij bestudeerde de kneuzingen op zijn bovenlichaam, verbaasd dat hij niets had gebroken, en slofte vervolgens naar de badkamer.

Na een heet bad kroop hij enige tijd later, gewikkeld in een grote handdoek, onder de dekens, nog altijd huiverend van de pijn en de emoties. Hoewel hij doodmoe was kon hij de slaap niet vatten, en dus lag hij in het donker naar het plafond te staren, zonder te begrijpen waarom Smithson hem die dringende boodschap had gestuurd en vervolgens de deur uit was gegaan.

Hij moest uiteindelijk toch in slaap zijn gevallen, want toen hij zijn ogen weer opendeed stond de zon al hoog aan de hemel en was het bijna negen uur. Hijgend van de pijn doordat hij te abrupt rechtop ging zitten liet hij zich uit bed glijden. Nadat hij zich langzaam, voorzichtig had aangekleed, merkte hij dat zelfs het afdalen van de trap hem moeite kostte. Alles deed hem zeer, al zijn spieren waren verkrampt, maar hij liet zich niet verleiden door de geur van koffie en gebakken bacon. In plaats daarvan liep hij de deur uit en zette koers naar Smithsons kantoor.

Smithson jr. kwam ook net aanlopen. Ze knikten elkaar kortaf toe. 'Uw vader heeft me een boodschap gestuurd. Ik moest dringend contact met hem opnemen,' zei Harold terwijl Smithson jr. de sleutel in het slot stak. 'Maar blijkbaar is hij daarna de deur uit gegaan.'

John Smithson fronste en ging Harold voor. 'Mijn vader was gisteravond doodop. Dus volgens mij is hij al vroeg naar bed gegaan.'

Harold volgde hem het vierkante halletje in en wachtte tot Smithson jr. de binnendeur van het slot had gedaan. 'Ik wou dat ik zo diep kon slapen,' mompelde hij.

Op het moment dat John de deur opendeed hield hij geschokt zijn adem in. Zijn vader lag onder aan de trap, asgrauw en angstaanjagend stil.

'Bel een ziekenwagen!' Smithson jr. haastte zich naar zijn vader toe en gooide zijn sleutelbos naar Harold. 'De telefoon staat in het kantoor.'

Harold bekeek de sleutels en wist na enig proberen de juiste te vinden. Binnen enkele ogenblikken had hij om hulp gebeld, toen stormde hij de trap weer af. Charles Smithson lag in de armen van zijn zoon en leek bij te komen. Hij zag er verschrikkelijk uit. Harold vreesde het ergste.

'Haal een glas water,' zei John. 'De keuken is aan de achterkant.'

Harold had het keukentje al snel gevonden en kwam net terug met het glas water toen het doordringende geluid van een bel de komst van de ziekenwagen aankondigde. Hij liep naar de voordeur, deed open en maakte ruim baan voor een dokter en twee ziekenbroeders met een brancard. Samen met John wachtte hij ongerust af terwijl Smithson sr. werd onderzocht.

De oude man was weliswaar bijgekomen maar maakte een verwarde indruk en zijn spraak was slepend. Hij werd vakkundig op de brancard gelegd en naar buiten gedragen. Aan het begin van Rum Lane stond een ziekenkoets te wachten. Voorzichtig werd de brancard met de patiënt door de brede achterdeuren naar binnen geschoven.

John duwde Harold de stoep op, deed de voordeur op slot en klom in de koets, naast zijn vader. De chauffeur liet de zweep knallen, de koets zette zich in beweging en de bel rinkelde om de weg vrij te maken naar het Sydney General Hospital.

Harold liep terug naar het hotel, zadelde zijn paard en reed met spoed naar het ziekenhuis, ondanks de protesten van zijn lichaam, waarin alle spieren en pezen het zwaar te verduren hadden bij het geroffel van de hoeven op de keien.

De zoon van Smithson liep nerveus te ijsberen voor de deur van de behandelkamer.

'Weet u al iets meer?' vroeg Harold.

Smithson jr. schudde zijn hoofd, zijn ogen stonden glazig van angst in zijn asgrauwe gezicht. 'Ik heb hem nog zo gezegd dat hij het rustiger aan moest doen,' zei hij zacht. 'Hij is bijna tachtig en hij heeft een zwak hart. Blijkbaar zijn de zorgen om Christy hem te veel geworden.' Hij stopte met ijsberen en keek Harold aan. 'Trouwens, laat ik me even voorstellen. John Smithson. Bedankt voor uw hulp, maar u had niet naar het ziekenhuis hoeven komen.'

'Ik ben bang van wel. Uw vader heeft een boodschap voor me afgegeven in het hotel. Hij moest me dringend spreken. En ik wil weten waarom.'

'Het heeft ongetwijfeld te maken met dat telegram van gisteren.' John stak zijn handen in zijn zakken, zijn blik ging bezorgd naar de gesloten gordijnen rond het bed, waarachter de dokters met zijn vader bezig waren.

'Wat voor telegram?'

'Het is afkomstig van de SS *Southern Cross*.'

Dus Smithson had niet naar hem geluisterd en Christy bij deze chaos betrokken, dacht Harold ziedend van woede. Hij durfde zich haar reactie nauwelijks voor te stellen. Wat moest ze zijn geschrokken! 'Wat stond erin?' vroeg hij. 'In dat telegram?'

John schudde zijn hoofd. 'Geen idee. Ik heb het niet opengemaakt.'

'Ik moet het zien. Het is misschien wel onze enige hoop om deze afschuwelijke kwestie op te lossen.'

'Ik moet eerst weten hoe mijn vader eraan toe is. Eerder ga ik hier niet weg. En voordat u het vraagt, de sleutel van het kantoor krijgt u niet. Dus u zult geduld moeten hebben.'

Harold zuchtte, haperend, oppervlakkig, met moeite zijn groeiende ergernis en machteloosheid bedwingend. 'Ik heb al twee weken geduld gehad! En als uw vader in dat telegram toestemming krijgt om die kluis te openen, dan wil ik de papieren die daarin liggen.'

'Dat bepaal ik,' zei John grimmig. 'Ga weg, Mr. Ross. Ik heb nu geen tijd voor u!'

Woedend liet Harold zich op een stoel vallen. Hij weigerde te vertrekken, sloeg zijn armen over elkaar en nam zich voor John Smithson niet uit het oog te verliezen totdat hij wist wat er in dat telegram stond.

18

Aan boord van de SS Southern Cross

Het schip had een paar uur aangemeerd gelegen bij het eiland Mauritius, en Christy was blij dat Anne eindelijk bericht had ontvangen van Harold; een telegram waarin hij haar zijn liefde had betuigd, maar ook uiting had gegeven aan zijn spijt over de afstand die tussen hen was gegroeid. Anne ontleende er het vertrouwen aan dat haar terugkeer de zo vurig begeerde nieuwe start voor hun huwelijk zou inluiden.

Inmiddels waren ze weer op volle zee, op weg naar de westkust van Australië. De Indische Oceaan was stralend blauw en zo glad als een spiegel, de hitte zorgde voor een verblindende, trillende heiigheid aan de horizon. Christy zou ervan hebben genoten als ze niet zo bezorgd was geweest over wat er misschien op datzelfde moment in Sydney gebeurde.

Sinds ze niet alleen Charles, maar ook Harold en Baker een telegram had gestuurd, had ze zich steeds vaker in haar hut teruggetrokken, niet in staat om gezellig te doen, doordat de afschuwelijke situatie waarin ze verzeild was geraakt haar volledig in beslag nam. Er moesten beslissingen worden genomen; beslissingen met ingrijpende gevolgen. Het was een last die Christy niet langer alleen kon dragen, maar nu Anne eindelijk weer gelukkig was, moest ze extra voorzichtig omspringen met de gevoeligheden van haar dochter.

Toch zou ze haar niet volledig kunnen ontzien. Als deze strijd onvermijdelijk bleek, zou ze haar dochter en kleindochter deelgenoot moeten maken van de problemen. Hoe dichter ze bij Australië kwamen, en hoe langer het duurde voordat ze antwoord kreeg op haar telegram, hoe meer ze tot de conclusie kwam dat het moment was aangebroken om in elk geval haar dochter in vertrouwen te nemen. Ook al zag ze haar reactie met angst en beven tegemoet.

Ze at met lange tanden haar vieruurtje, toen een klop op de deur haar deed opschrikken uit haar gepieker. 'Wie is daar?' riep ze kortaf.

'Ik ben het, oma,' klonk de stem van Kathryn. 'Mag ik binnenkomen?'

Als ze haar wegstuurde zou haar kleindochter zich ongerust maken. En de situatie was zonder dat al ingewikkeld genoeg. 'Natuurlijk, lieverd,' antwoordde ze geforceerd opgewekt.

Kathryn zag er beeldig uit in een groene dagjapon die de kleur van haar ogen en de warme koperglans van haar haar nog beter tot hun recht deed komen. Haar stralende glimlach verdween echter op slag toen ze Christy zag. 'Wat is er, oma?' Ze haastte zich naar haar toe. 'Bent u ziek?'

Christy wist met moeite een glimlach tevoorschijn te toveren. 'Gunst, is het zo erg?' grapte ze beverig.

Kathryn ging naast Christy's stoel op haar hurken zitten en pakte haar hand. 'U ziet er belabberd uit. Moet ik de scheepsarts laten komen?'

'Nee, kindje. Doe geen moeite. Ik heb gewoon last van de hitte.'

Kathryn keek om zich heen, naar de kleren die her en der verspreid lagen en het onopgemaakte bed. 'Moeder en ik maken ons zorgen,' zei ze ernstig, met een blik op Christy's gekreukte jurk. 'De laatste dagen lijkt het wel alsof u ons ontloopt. Het is niks voor u om u te verstoppen in uw hut.' Ze keek naar het nauwelijks aangeroerde vieruurtje. 'En zo te zien eet u ook niet goed.'

'Dat valt best mee,' protesteerde Christy verstrooid. 'Maar met die hitte heb ik gewoon niet zo veel trek. Ik mankeer niks. Echt niet.'

'Ik ga moeder halen.' Kathryn was de deur al uit voordat Christy haar had kunnen tegenhouden.

'O...' Ze liet zich kreunend achterover zakken in haar stoel. 'Ik kan het niet.' Ze sloot haar ogen. In gedachten zag ze het gezicht van haar dierbare echtgenoot voor zich. Kon ze maar met hem praten! Kon hij haar maar helpen, haar *darach* – haar eik. Ze had meer dan ooit behoefte aan zijn wijsheid.

Terwijl ze luisterde naar het zachte dreunen van de scheepsmotoren, naar de fluweelzachte streling van de zee tegen de stalen romp, meende ze een fluisterende stem te horen: *Je moet sterk zijn, Christy. Ik ben bij je.*

Ze glimlachte, haar op hol geslagen hart kalmeerde terwijl de angst wegebde dankzij het besef dat hij, net als tijdens zijn leven, nog altijd naast haar stond. Die wetenschap gaf haar nieuwe kracht, en ze kwam haastig overeind om een schone jurk aan te trekken en haar kapsel te fatsoeneren.

Bij het zien van haar gezicht in de spiegel begreep ze waarom Kathryn zo bezorgd had gereageerd. Haar ogen stonden dof, er lagen donkere kringen onder, haar wangen waren ingevallen en er klopte een adertje in haar kaak. Ze leek stokoud. En zo voelde ze zich ook.

Ze had haar haar opgestoken in een nonchalante knot en zat net haar gezicht te poederen toen de deur openvloog. 'Zie je nou wel?' zei ze uitdagend, om haar schrik te verbergen. 'Ik mankeer niks. Het is gewoon de hitte die me parten speelt.'

'Je ziet er vreselijk uit,' zei Anne plompverloren. 'Ik ga de dokter halen.'

Christy pakte haar bij de arm. 'Nee, Anne. Ik hoef geen dokter. Het zou al helpen als jullie ophielden je zorgen te maken.'

'Vind je het vreemd dat ik me zorgen maak?' vroeg Anne. 'Je komt al dagen je hut niet uit. Blijft dat zo, de rest van de reis?'

'Ik vind het gewoon prettig om hier van het uitzicht te genieten. De zee is zo schitterend blauw. En dankzij de ventilator is het hier minder heet en kan ik genieten van mijn thee.' Als om haar woorden te onderstrepen stopte ze een minuscule komkommersandwich in haar mond.

'Het is niets voor jou om alle gezelligheid aan je voorbij te laten gaan.' Annes gezicht stond bezorgd. 'We hebben je sinds Madagaskar nauwelijks gezien. Je laat de maaltijden in je hut bezorgen, en op Mauritius ben je nota bene niet eens even mee van boord gegaan.'

'Het is heet, ik ben moe van de lange reis en ik heb gewoon behoefte aan wat tijd voor mezelf.' Christy koos haar woorden zorgvuldig en schonk haar dochter een matte glimlach. 'Maar weet je wat? Kom straks terug om me een poosje gezelschap te houden. Ik heb nog iets met je te bespreken voordat we thuis zijn. Iets belangrijks.'

Annes blik werd op slag wantrouwend. 'O? Wat dan? Heb je soms een of andere afschuwelijke ziekte onder de leden? Je gaat toch niet dood, hè?'

'Nee, ik ben niet ziek,' antwoordde Christy ferm. 'Maar ik ben wel geschokt door je reactie. Je klinkt eerder verontwaardigd dan bezorgd.'

Anne werd vuurrood. 'Neem me niet kwalijk, zo bedoelde ik het niet. Ik maak me oprecht zorgen. Je doet raar, je ziet er slecht uit. Bovendien heb je de nare gewoonte om dingen geheim te houden en dan ineens met de vreselijkste onthullingen te komen.' Ze fronste. 'Het lijkt wel alsof je daar plezier in hebt.'

Christy begreep dat haar neiging om dingen geheim te houden frustrerend moest zijn voor haar familie. Maar het was zo'n ingesleten gewoonte dat ze die niet meer kon veranderen. 'Het spijt me als ik jullie soms tot wanhoop drijf, en ik kan je verzekeren dat ik het niet doe omdat ik dat leuk vind,' zei ze berouwvol. 'Maar er zijn nu eenmaal dingen die ik liever voor mezelf houd. Totdat ik er niet meer onderuit kan om openheid van zaken te geven.' Ze stak haar kin naar voren en ontmoette de niet-begrijpende blik van haar dochter. 'En nu is er iets wat ik beslist met je moet bespreken, Anne. Vandaag nog.'

'Ga je gang.'

'Nee, het is iets tussen jou en mij. Dus ik stel voor dat jullie eerst thee gaan drinken en dat jij daarna terugkomt.'

Kathryn fronste haar wenkbrauwen. 'Waarom kunt u het ons nu niet vertellen?'

'Omdat ik er nog niet klaar voor ben. Ik wil er goed over nadenken voordat ik iets zeg.'

'Dat klinkt alsof het ernstig is,' zei Kathryn.

'Dat is het ook,' gaf Christy toe. 'Maar niet iets waar jij je mooie hoofdje over hoeft te breken.' Ze liep naar de deur van de hut om duidelijk te maken dat het gesprek ten einde was.

Kathryn sloeg haar armen over elkaar. 'Behandel me niet als een klein kind, oma. Ik merk aan u dat u zich grote zorgen maakt. En als u mama iets te vertellen hebt, dan gaat dat mij ook aan.'

Christy moest zich beheersen om niet uit haar slof te schieten. 'Het spijt me als je je niet serieus genomen voelt. Dat was niet de bedoeling. Maar wat ik met je moeder te bespreken heb, gaat jou oprecht niets aan. Dus ik zou het op prijs stellen als je dat wilt accepteren.'

Christy zocht de blik van haar dochter, in de hoop dat die haar zou bijvallen.

Anne slaakte een diepe zucht en schoof haar arm door die van haar dochter. 'Kom mee, Kathryn,' zei ze. 'Je oma houdt van drama. Dat zijn we van haar gewend. Ik kom na de thee terug, en jij gaat met Lucy naar dansles in de balzaal. Daarna zien we elkaar weer.'

Kathryn aarzelde nog, maar Anne loodste haar voortvarend de hut uit, waarna ze de deur met een bezorgde blik op haar moeder achter zich dichttrok.

Christy slaakte een diepe zucht, om lucht te geven aan de opgekropte spanning, blij dat ze even de tijd had om zich voor te bereiden op wat ongetwijfeld een moeilijk gesprek zou worden. Ze ruimde de hut op, zette haar nauwelijks aangeroerde vieruurtje buiten bij de deur en ging aan de reling staan om verkoeling te zoeken in de zwakke bries die vanaf de turkooisblauwe zee kwam aanwaaien.

Met haar ogen gesloten, haar gezicht geheven naar de zon, was het alsof hij naast haar stond – kaarsrecht, in zijn volle lengte, haar rots in de branding: haar beste vriend, haar steun en toeverlaat, haar man. Hij zou haar helpen zich staande te houden in de naderende storm, net zoals hij dat al die jaren geleden had gedaan, in Queensland.

Sydney

Harold was de hele ochtend in het ziekenhuis gebleven; hij had het komen en gaan van dokters en verpleegsters gadegeslagen en zich hoe langer hoe meer zorgen gemaakt, nog altijd volslagen onwetend van wat er met Charles Smithson aan de hand was.

Het liep al tegen het middaguur toen er een dokter naar John Smithson toe kwam. Smithson sr. had een lichte beroerte gehad, hij had moeite met praten en geen kracht in zijn rechterhand. Maar zijn kansen op volledig herstel waren goed, aldus de dokter.

'Mag ik naar hem toe?' vroeg John bezorgd.

'Heel even dan. Niet langer dan een paar minuten,' antwoordde de dokter ernstig. 'Hij heeft absolute rust nodig.'

Harold mocht niet mee, dus hij begon met zijn handen in zijn broekzakken door de gang te ijsberen. Zijn geduld werd tot het uiterste op de proef gesteld. Door het frustrerende besef dat het antwoord op alle vragen waarmee hij worstelde ergens in Smithsons kantoor lag, was de pijn van zijn gekneusde spieren nog moeilijker te verdragen.

Het gordijn rond het bed schoof even open, en John kwam tevoorschijn. 'Hij is erg in de war en moeilijk te verstaan. Maar volgens mij vraagt hij naar u.'

Harold haastte zich naar het bed, geschokt te zien dat Smithson jaren ouder leek te zijn geworden. Zijn ogen lagen diep in hun kassen, zijn ingevallen gezicht leek enigszins scheef te zakken, zijn bovenlip was blauwachtig van kleur. 'Hier ben ik, Mr. Smithson,' zei hij zacht.

'Ross?' klonk het slepend.

'Ja, Mr. Smithson. Harold Ross.'

'Sleutel,' wist de patiënt uit te brengen. Hij hief zijn goede hand van het laken en wees naar zijn jasje, dat over een stoel hing.

Harold wachtte ongeduldig af terwijl John de sleutel tevoorschijn haalde, nam hem dankbaar in ontvangst en boog zich dichter over de zieke. 'Geeft u me toestemming om die papieren te gebruiken?'

'Ja.' Het antwoord kwam moeizaam. Kwijl droop langs de kin van de patiënt. 'In bureau.' De bleke hand pakte Harold bij de mouw van zijn jasje. 'Niet... compleet,' bracht hij haperend uit, waarbij hij Harold doordringend aankeek. 'Er ontbreekt iets.'

Harold en John bogen zich nog dieper over hem heen. 'Wat ontbreekt er?'

Charles sloot zijn ogen en leek nog dieper weg te zinken in het kussen, alsof het gesprek hem volledig had uitgeput. Zijn antwoord klonk zo zacht dat Harold het niet verstond.

'Wat zei u?' Hij bracht zijn oor dicht bij de mond van de oude man, maar hoorde slechts onbegrijpelijke klanken, verweven in een fluisterende zucht. Hij keek John aan. 'Verstond jij dat?'

Smithson jr. schudde zijn hoofd. 'We begrijpen het niet, pa.' Zijn oor raakte bijna de scheve mond van zijn vader. 'Wat ontbreekt er?'

Ze zagen dat Smithson zich tot het uiterste inspande, dat zijn lippen probeerden een woord te vormen. 'Att... sst,' wist hij uit te brengen.

John fronste zijn wenkbrauwen. 'Een attest?' vroeg hij. 'Ontbreekt er een attest?'

Maar Charles had zijn ogen inmiddels gesloten, zijn mond was opengezakt, zijn handen rustten krachteloos op het laken.

'Arme kerel. Vandaag zal hij niets meer kunnen zeggen, ben ik bang.' Harold richtte zich op en keek John aan, die van de zorgen ook ineens jaren ouder leek. 'Het spijt me dat het zo moest gaan, maar je hebt gehoord wat hij zei? Dat ik die papieren mocht inzien?'

John knikte, zij het met tegenzin. De hand van zijn vader rustte in de zijne. 'Ja.'

'Laten we dan naar kantoor gaan. Je kunt hier op dit moment toch niets doen.'

'Ik blijf bij hem tot hij naar de afdeling is gebracht. En daarna moet ik mijn familie inlichten. Dus ik ben voorlopig nog niet op kantoor.'

'Wanneer wel?'

'Dat weet ik niet precies. Ik ben nog wel een paar uur bezig.'

Harold wilde zijn horloge pakken, toen schoot het hem te binnen dat het was gestolen, net als zijn portefeuille. Hij liet een nijdig gebrom horen. 'Dan zie ik je om twee uur op kantoor.'

Zonder het antwoord af te wachten schoof hij het gordijn weg en beende de zaal uit. Hij moest geld van de bank halen en eerst wat eten, met een pot koffie erbij, voordat hij op zoek ging naar een nieuw horloge. En daarna ging hij zich voorbereiden op wat hij mogelijkerwijs zou aantreffen in Christy's papieren.

Toen hij bijna een uur later terugkwam op zijn kamer, lag daar een telegram op het bed. Hij scheurde het gejaagd open.

```
Reken op je * Charles en Baker hebben alle
benodigde informatie * Christy *
```

Aan boord van de SS Southern Cross

Christy scheurde het telegram van Charles open. De moed zonk haar zo mogelijk nog verder in de schoenen, want nu wist ze zeker wat de oorzaak van alle commotie was. Ze stopte het telegram in haar zak, in nerveuze afwachting van haar dochter.

Anne klopte een uur later op de deur van de hut. Haar hele houding straalde afstandelijkheid uit. 'Wat is er allemaal aan de hand, moeder?'

Christy haalde diep adem, vurig biddend om de kracht die ze voor dit gesprek nodig zou hebben. Toen pakte ze de hand van haar dochter. 'Ik doe een beroep op je begrip, Anne. En ik heb je steun nodig,' begon ze zacht. 'Er zijn problemen gerezen, en we moeten het hebben over de belofte die ik je destijds in Londen heb gedaan.'

Anne verbleekte zichtbaar, haar blik werd op slag wantrouwend. 'Wat voor problemen?'

Christy hield haar hand stijf vast. 'Dat zal ik je zo allemaal uitleggen, lieverd. Maar eerst moet ik je waarschuwen dat ik de belofte die ik je in Londen heb gedaan misschien zal moeten verbreken.'

Anne werd asgrauw. Op zoek naar houvast omklemde ze krampachtig Christy's hand. 'Maar waarom dan?' vroeg ze fluisterend. 'Wat is er gebeurd?'

Christy trok haar naast zich op de chaise longue. 'Iemand is achter ons geheim gekomen en bedreigt de familie.'

Anne schudde haar hoofd, in haar ogen glinsterden tranen van woede. 'Je zei dat niemand ervan wist! Behalve papa,' bracht ze schor uit. 'Je had die papieren goed verstopt. Niemand zou ze ooit kunnen vinden.'

'En dat geloofde ik ook oprecht,' zei Christy ernstig. 'Maar het gaat niet om de papieren die jij acht jaar geleden hebt gevonden. Blijkbaar heeft degene die ons bedreigt belastende informatie gevonden. Misschien in de vorm van een ander document. Of van een brief waarvan ik geen weet heb.'

Anne rukte haar hand los en schoot overeind. 'Wie is dat dan die ons bedreigt?' schreeuwde ze woedend, met gebalde vuisten. 'En wat moet ik me bij die bedreiging voorstellen?'

Christy had moeite met het vinden van de juiste woorden, want ze tastte net zozeer in het duister als haar dochter. Bovendien, wát ze ook zei, ze wist dat ze Anne ermee zou bezeren. 'Dat is mij ook nog niet duidelijk,' bekende ze. 'Maar ik vermoed dat het eigendomsrecht van Wallangarra, en misschien zelfs van Yarrabinda, in twijfel wordt getrokken.'

Anne fronste haar voorhoofd. 'Maar hoe kan dat dan? Die zijn allebei al jaren in handen van de familie.'

'Ik vermoed dat degene die de problemen veroorzaakt verre familie is van je vader. Maar nogmaals, het is niet meer dan een vermoeden.'

'Van papa?' vroeg Anne beverig. 'Maar hoe kan dat dan?'

'Niet van papa,' antwoordde Christy teder. 'Van je biologische vader.'

'Nee!' bracht Anne hijgend uit. Ze liet zich weer op de chaise longue zakken.

Christy zag aan haar gezicht dat ze koortsachtig nadacht, en ze zette zich schrap voor de storm die nu elk moment kon losbarsten.

'Maar wat heeft die persoon dan met onze familiebezittingen te maken? En hoe zijn ze erachter gekomen dat jij en mijn vader... Je zei dat hij dood was. Dat je obscene geheim met hem was gestorven.' Woede had de lijnen van haar gezicht verscherpt, haar ogen stonden hard. 'Of was dat ook weer een leugen?'

Christy schudde haar hoofd. 'Hij is allang dood en begraven.'

'Hoe is ons geheim dan uitgekomen?'

Christy beet op haar lip, want dat was de vraag die ook haar kwelde. 'Ik weet het niet. Ik heb geen idee. En speculeren heeft geen enkele zin.'

'Dus blijkbaar wordt die belastende informatie nu gebruikt om ons te chanteren. Maar waarom wordt het eigendomsrecht op Yarrabinda en Wallangarra in twijfel getrokken?'

'Het is te complex om daar nu verder op in te gaan, Anne. Al was het maar omdat ik ook niet weet met welke vorm van bedreiging we te maken hebben,' antwoordde Christy. 'Wat ons ook te wachten staat, we moeten er bij terugkeer in Melbourne op voorbereid zijn. En dat is de reden waarom ik Kathryn misschien ook in vertrouwen zal moeten nemen.'

'Over mijn lijk,' bracht Anne hijgend uit. 'Zij hoeft niet te weten wat voor walgelijke dingen jij ooit hebt gedaan. Ik verbied je om haar ook maar iets te vertellen.'

'Anne, ik begrijp en respecteer je behoefte om Kathryn te beschermen, en ik hoop oprecht dat het niet nodig zal blijken te zijn. Maar als deze dreiging niet ongedaan kan worden gemaakt, als onze familie voor de rechter wordt gedaagd, dan komen we allemaal in de schijnwerpers van de publieke belangstelling te staan. En dan moeten jullie het hele verhaal kennen. Dan moeten jullie precies weten wat er destijds is gebeurd.'

'Wat bedoel je daar nou weer mee? Ik dacht dat je me alles al had verteld.'

'Ik heb je verteld wat je wilde horen. En omdat je je niet bijster geïnteresseerd toonde in je biologische vader, noch in de omstandigheden waaronder je bent verwekt, heb ik die informatie verzwegen.'

Anne keek haar opnieuw wantrouwend aan. 'Verzwégen?' herhaalde ze woedend. 'Ik wil alles weten! Het hele verhaal! Voor de draad ermee!'

Christy schrok van haar grofheid maar kon haar die, gezien de omstandigheden, niet kwalijk nemen. 'Het is geen fraai verhaal, Anne, en je was destijds toch al zo van streek dat het me beter leek je niet alles te vertellen.'

Anne wierp haar een kille blik toe. 'Zo erg kan hij niet geweest zijn. Je bent tenslotte bij hem in bed gekropen!' beet ze haar moeder toe.

Christy begreep dat ze simpelweg niet wilde geloven dat haar vader niet deugde. Dus ze besloot zijn goede kanten te benadrukken en zijn ware aard voor zich te houden.

'Ik was jong en naïef, bovendien leed ik nog onder een gebroken hart. Maar je vader wist me te betoveren. Hij gaf me het gevoel dat ik bijzonder was. Ondanks zijn tekortkomingen – en dat waren er vele – was hij buitengewoon charmant. Echt een man om verliefd op te worden.'

Anne toonde zich tevreden met het antwoord en zweeg, in gedachten verzonken. 'Hoelang weet je al van de huidige problemen?' vroeg ze ten slotte.

'Twee dagen.' Christy's blik ging naar de bruine envelop op het nachtkastje. 'Toen kwam er een telegram uit Sydney. Afkomstig van een man die al meer dan veertig jaar mijn vertrouwenspersoon is. Het telegram betrof de sleutel van een van zijn kluisloketten.'

Anne fronste haar wenkbrauwen. 'Maar als hij jou een telegram heeft gestuurd, dan weet hij blijkbaar ook van ons geheim.' Ze schoot opnieuw met gebalde vuisten overeind. Haar ogen schitterden van woede. 'Wie weten er nog meer van? Vertel op! Aan wie heb je het nog meer verteld?'

'Charles was erbij toen ik destijds in de problemen kwam.' Christy keek wantrouwend naar Annes vuisten, bang dat ze in haar woede niet zou terugdeinzen voor geweld. 'Ik heb geen geheimen voor hem.'

'Voor wie eigenlijk wel?' Anne klonk verbitterd. 'Het verbaast me dat je geen advertentie in de krant hebt gezet, om het aan heel Australië te vertellen.'

Christy zweeg. Ze wist dat het zinloos zou zijn om te reageren.

Huilend van wanhoop sloeg Anne haar handen voor haar gezicht. 'Als dit bekend wordt zijn we de risee van het hele land.' Ze hief met een ruk haar hoofd op, haar betraande ogen fonkelden dreigend. 'Kathryn is niet langer welkom op de universiteit en Harold... die wil niks meer met me te maken hebben als hij eenmaal weet wie ik ben. Je hebt mijn hele leven kapotgemaakt!' tierde ze. 'Ik haat je!'

Christy probeerde haar duidelijk te maken dat Harold het waarschijnlijk al wist, dat hij juist zijn uiterste best deed om haar te beschermen.

'Ik luister niet meer naar je!' schreeuwde Anne. 'Je bent een leugenaar. Ik wou dat ik dood was.'

Wat ze ook zei, wat ze ook deed, ze zou haar dochter niet kunnen kalmeren. Anne gedroeg zich als een koppige peuter. En dus slikte Christy haar weerwoord in en wachtte ongeduldig tot de woede en de stortvloed van tranen wegebden.

Ondertussen werd ze overspoeld door wroeging en schaamte over haar jeugdige onbezonnenheid, waarmee ze haar dochter zo veel pijn en verdriet had gedaan. Ze had haar belast met het stigma van het bastaardschap, dat zijn schaduw nu ook over de volgende generatie dreigde te werpen. Ze hoopte vurig dat Charles snel op haar antwoord zou reageren door nauw samen te werken met Harold en Baker, zodat de rampzalige dreiging kon worden afgewend.

Het maakte haar radeloos dat ze zo ver van huis was en niets kon uitrichten; dat ze het aan anderen moest overlaten om haar strijd te voeren. Maar terwijl ze naar haar dochter keek, die wanhopig probeerde met de situatie in het reine te komen, besefte ze dat ze hier haar eigen strijd te voeren had.

Toen Anne haar emoties weer enigszins onder controle had deed Christy geen poging meer om haar hand te pakken of kalmerend op haar in te praten. Daar zou Anne niet van gediend zijn, en dat kon Christy wel begrijpen. 'Harold weet het waarschijnlijk al.' Ze gaf haar dochter Charles' eerste telegram. 'Sterker nog, hij moet het al hebben geweten voordat hij dat telegram naar jou stuurde. Dus het is duidelijk dat zijn gevoelens voor jou er niet door zijn veranderd.'

'Daar weet je niets van,' zei Anne nijdig. 'Dat zeg je alleen maar in de hoop dat ik me koest houd.'

'Ik weet het zeker,' sprak Christy haar tegen. 'Als je het telegram leest, zie je dat het Harold was die de sleutel heeft gevonden, de juiste conclusies heeft getrokken en ermee naar mijn vriend Charles is gegaan.'

Anne las het telegram en keek haar moeder toen stuurs aan. 'Ik begrijp het niet. Waarom is die sleutel zo belangrijk?'

'Die sleutel hoort bij een kluisloket dat ik al veertig jaar heb, bij het kantoor van Charles. Daarin zitten de papieren die ik heb bewaard als garantie mocht er ooit iets als dit gebeuren,' antwoordde Christy.

'Dan begrijp ik niet waarom je Kathryn verder nog iets zou moeten vertellen.' Anne droogde snotterend haar tranen met een doorweekte zakdoek. 'Als die vriend van je een eind aan de dreiging kan maken door die papieren te gebruiken, dan hoeft Kathryn niet te weten hoe beschamend jij je destijds hebt gedragen.'

'Dat staat nog te bezien,' verzuchtte Christy. 'Degene die ons bedreigt kan alsnog naar de rechter stappen, ongeacht de bewijzen die wij kunnen overleggen.'

'Waarom zou hij dat doen?'

Christy haalde haar schouders op. 'Uit hebzucht. Om alsnog aanspraak te maken op iets waarop de persoon in kwestie recht denkt te hebben. Of om een grote som zwijggeld van ons te eisen. Het gaat allemaal om geld, Anne. En voor geld zijn sommige mensen tot alles bereid.'

Anne liet zich weer op de chaise longue ploffen, haar betraande gezicht stond ernstig, nadenkend. 'Als de hele familie wordt bedreigd, dan moeten James en Hamish het ook weten.' Hevig geschokt keerde ze haar betraande ogen naar Christy, toen barstte ze opnieuw in snikken uit. 'O, de schande is onverdraaglijk!' jammerde ze. 'Echt onverdraaglijk!'

'Beheers je, Anne,' zei Christy kordaat. 'Jij hoeft je nergens voor te schamen. Wat er is gebeurd, is louter en alleen mijn verantwoordelijkheid. Je wordt nog ziek als je je zo overstuur maakt.'

'Ik haat je!' beet Anne haar toe. 'Ik schaam me voor je. En ik weet zeker dat de rest van de familie er net zo over denkt.'

Christy voelde een steek van spijt, van berouw, maar ook van angst. 'Ik hoop dat ze genoeg van me houden om me mijn jeugdige onbezonnenheid en naïviteit te vergeven,' zei ze verdrietig. 'En ik heb alle vertrouwen in Harold. Hij is helemaal naar Hobart gegaan, op zoek naar die sleutel, en hij doet er alles aan om ons te beschermen. Vandaar dat hij nu in Sydney is, bij mijn vriend Charles.'

Anne keek haar geschokt aan. 'Dus hij is wél in Hobart geweest! En jij wist dat?'

'Nee. Althans, nog niet toen dat telegram van Florence kwam. Maar ik kan je verzekeren dat hij niet voor háár in Hobart was. Zijn enige drijfveer was de familie. Hij wilde alles op alles zetten om te zorgen dat we ons konden verdedigen.

'En wat je broers betreft...' Christy glimlachte vluchtig. 'Hamish zal wel woest zijn en tekeergaan als een olifant in een porseleinkast. En

James is ongetwijfeld de rust zelve en probeert Harold en Charles te helpen om te zorgen dat de zaak vóór onze thuiskomst is opgelost. Ze zullen best geschrokken zijn, maar ik geloof er heilig in dat de familieband sterk genoeg is om stand te houden, welke vorm de dreiging ook mag aannemen.'

'Maar het is allemaal zo beschamend,' hield Anne snikkend vol. 'Ik denk niet dat ik ze ooit nog in de ogen kan kijken.'

'Het zal voor ons allebei moeilijk zijn, de hereniging met de familie.' Christy klonk verdrietig. 'Maar hoe je broers ook over mij zullen oordelen, jou zullen ze niet in de steek laten. En Harold zou je nooit de rug toekeren om iets waar je geen enkele schuld aan hebt. Daarvoor ken ik hem goed genoeg.'

'Maar de maatschappij doet dat wel,' jammerde ze snotterend. 'Ik zal altijd besmet blijven door de schande van mijn afkomst.'

Christy besefte dat ze in een kringetje ronddraaiden, maar ze reikte Anne een schone zakdoek aan en gaf haar de tijd om weer enigszins tot bedaren te komen.

'Ik wacht op antwoord van Baker en Harold,' zei ze ten slotte. 'Dan weten we of we Kathryn moeten inlichten. En als dat zo is, moet je proberen kalm te blijven en even niet aan jezelf denken. Je dochter heeft je steun nodig.'

'Ze zal zich tegen me keren,' klaagde Anne. 'Ik weiger hieraan mee te werken en ik verbied je haar ook maar iets te vertellen.'

'Heb je dan helemaal niets geleerd van alle verhalen die ik jullie de afgelopen maanden heb verteld?' vroeg Christy vermoeid. 'Het gaat niet om jou, Anne. Het gaat om onze familie, het gaat erom dat we ons samen, als één man tegen de dreiging teweerstellen. Kathryn zal het ons – jou en mij – nooit vergeven als de zaak in de openbaarheid komt en ze ontdekt dat wij haar al die tijd in onwetendheid hebben gehouden.'

'Dan zal ik ervoor zorgen dat ze er nooit achter komt,' snauwde Anne. 'Als je ook maar iets tegen haar zegt, praat ik nooit meer met je.'

Christy haalde diep adem en deed haar uiterste best om haar dochter niet te zien als een uilskuiken met oogkleppen op. 'Dat zou weleens onmogelijk kunnen zijn, Anne,' zei ze kordaat. 'Kathryn is niet gek. Je kunt zoiets niet voor haar verzwijgen. Al helemaal niet als de rest van de familie er wel van weet en duidelijkheid eist zodra we aan wal stappen.'

'Dan stuur ik ze allemaal een telegram dat ze hun mond moeten houden.' Anne wrong nerveus de handen in haar schoot.

'Doe toch niet zo naïef,' zei Christy scherp. 'Als ze het tij niet weten te keren, is het onvermijdelijk dat de pers er lucht van krijgt en dat er een schandaal van komt.'

Ze dwong Anne haar handen stil te houden. 'Ik beloof je dat ik niets tegen Kathryn zal zeggen zolang ik nog geen antwoord heb van Harold en Baker.'

'Weer een belofte waar je je toch niet aan houdt,' merkte Anne nijdig op. 'Ik weiger mijn dochter hierin te laten betrekken.'

'Die beslissing is misschien niet aan jou,' zei Christy scherp. 'Mocht het antwoord van Harold en Baker mijn ergste vermoedens bevestigen, dan heb ik geen andere keus dan Kathryn in te lichten. Ongeacht jouw gevoelens.'

Anne verfrommelde de zakdoek in haar gebalde vuist. 'Ik had het kunnen weten! Ik had kunnen weten dat je mijn gevoelens zou negeren,' zei ze verbitterd. 'Kathryn is míjn dochter, en ík bepaal wat goed voor haar is.'

'Ik ben oud en wijs genoeg om dat zelf te bepalen.' Kathryn schoof het dunne gordijn weg voor de openslaande deuren en kwam de hut binnen. Ze zag asgrauw.

Christy voelde dat al het bloed wegtrok uit haar gezicht, en het ontging haar niet dat ook Anne spierwit werd. 'Hoelang sta je daar al?' wist ze gesmoord uit te brengen.

'Lang genoeg om te horen wat jullie al die jaren voor me hebben verzwegen.' Het was Kathryn aan te zien dat ze vocht tegen haar tranen.

'O, lieverd!' Anne strekte snikkend een hand naar haar uit. 'Ik kon er niks aan doen. Je oma...'

Kathryn negeerde haar smekende hand en keek van de een naar de ander. 'Ik ben geschokt! Door jullie allebei! Maar ik weet nu tenminste waar die ruzie over ging.'

'Je had ons niet mogen afluisteren,' bitste Anne, nog altijd hevig ontdaan.

Kathryn ging stijfjes op een stoel zitten en streek haar jurk glad over haar knieën om zichzelf de tijd te geven in het reine te komen met haar emoties. 'Nee, dat had ik inderdaad niet mogen doen,' bekende ze ten slotte. 'Maar ik maakte me zorgen. Oma deed de laatste dagen zo vreemd en ze wilde per se met jou onder vier ogen praten. Ik was bang dat ze misschien toch ziek was.' Ze stak uitdagend haar kin naar voren. 'En ook dat jullie weer ruzie zouden krijgen. Dus ik besloot om in de buurt te blijven.'

'We hebben geen ruzie,' protesteerde Anne.

'Ach moeder, je voert al jaren een soort verbale oorlog,' luidde Kathryns vernietigende repliek. 'Probeer het maar niet te ontkennen. Je bent voortdurend uit op ruzie.'

'Je hebt geen idee hoe verschrikkelijk het is om te moeten leven met zo'n schande.' Anne snikte in haar zakdoek. 'Door wat ik had ontdekt, kon ik mijn moeder amper meer in de ogen kijken. En nu deze afschuwelijke kwestie... Ik... ik wilde je alleen maar beschermen en –'

'Zo is het wel genoeg, moeder. Met tranen en hysterisch gejammer schieten we niks op. Je heb altijd alles en iedereen de schuld gegeven als er iets misging. Behalve jezelf. Maar het wordt tijd dat je eens goed naar jezelf kijkt, naar de manier waarop je met anderen omgaat. En wat lef en doorzettingsvermogen betreft, zou je een voorbeeld moeten nemen aan oma.'

'Hoe dúrf je zo'n toon tegen me aan te slaan?' tierde Anne verontwaardigd.

'Dat durf ik omdat jij te egocentrisch bent om er ook maar één moment bij stil te staan wat dit voor de rest van de familie betekent.' Kathryn knipperde de tranen weg die in haar ogen brandden. 'Het verbaast me niet dat je verbitterd bent – het is beschamend wat oma heeft gedaan – maar je bent niet de enige die het stigma van het bastaardschap zal moeten dragen. Dat geldt voor mij net zo goed.'

Ze keerde zich naar Christy, die haar angstig aankeek. 'Ik heb altijd van u gehouden. Ik keek naar u op, ik bewonderde u, maar ik heb me in u vergist. En toch… ik kan het gewoon niet bevatten… dat u alles wat ik net heb gehoord jarenlang hebt verzwegen.'

'Dat deed ik om je moeder te beschermen,' stamelde Christy. 'Ik ben geen slecht mens, Kathryn. Wat ik heb gedaan, deed ik uit liefde.' Haar stem beefde. Haar blik rustte op het betraande gezicht van haar kleindochter. 'Het was de bedoeling dat niemand er ooit achter zou komen.'

'Maar het geheim is ontdekt,' antwoordde Kathryn. 'En nu moet mijn vader alles op alles zetten om de problemen die u hebt veroorzaakt op te lossen.'

'Dat is niet eerlijk, Kathryn.' Christy's keel werd dichtgesnoerd door tranen. 'Ik heb geen greep op wat er thuis gaande is. En als je moeder niet…' Ze beet op haar lip, beschaamd dat ze in haar radeloosheid de schuld bij haar dochter legde.

Kathryn keerde zich met een ijzige blik in haar groene ogen naar Anne. 'Wat heb je gedaan, moeder?'

'Ik was op zoek naar haar opalen…' Anne verschoof onrustig in haar stoel. 'En toen vond ik in haar kluis wat papieren. Toen ik moeder daarmee confronteerde, zag ze zich gedwongen alles op te biechten.' Ze schoof naar de rand van de chaise longue, gretig om zich te rechtvaardigen. 'Kun je je voorstellen hoe het is om te ontdekken dat je vader, de man die je altijd hebt aanbeden, niet je echte vader is? Dat je moeder je al die jaren heeft voorgelogen? Besef je wel hoe het voelt als alles waarin je altijd hebt geloofd van het ene op het andere moment in rook opgaat?'

'Door alles wat ik net heb gehoord, weet ik precies hoe dat voelt,' antwoordde Kathryn. 'Als dit bekend wordt, word ik alsnog geweigerd door de universiteit en krijg ik waarschijnlijk nooit de kans om leraar te worden.' Ze veegde driftig haar tranen weg, vechtend om haar emoties onder controle te houden.

'O Kathryn, het spijt me zo,' fluisterde Christy, gekweld door het intense verdriet van haar kleindochter. 'Ik heb nooit gewild dat jij hierin betrokken zou raken.'

'Nee, maar dat is toch gebeurd.' Ze keek naar haar oma en haar moeder, allebei met tranen in hun ogen, en slaakte een beverige zucht.

'Toch hou ik nog steeds van jullie,' zei ze toen zacht. 'En oma heeft gelijk. We moeten als familie één front vormen en samen de dreiging onder ogen zien. Maar dan moeten we ophouden met ruziën over bij wie de schuld ligt.'

Anne barstte in snikken uit, schoot overeind en knielde bij de stoel van haar dochter om haar te omhelzen. Christy's ogen ontmoetten die van Kathryn terwijl ze haar een kus toeblies. Ze had in haar leven talloze moeilijkheden overwonnen, maar deze strijd zou ze niet kunnen winnen zonder de liefde van haar kleindochter en zonder haar familie die zich achter haar schaarde.

Ze zuchtte beverig. Het moment naderde waarop ze haar verhaal zou moeten vertellen. Een verhaal waar ze niet trots op was, want ook al was ze het slachtoffer geworden van een man die haar wreed had bedrogen, het gevoel van schuld drukte als een loden last op haar. Ze was niet van plan geweest haar dochter en haar kleindochter ooit over haar beschamende verleden te vertellen, en als ze dat geboortecertificaat bij de rest van de documenten in de kluis bij Charles had bewaard, zou Anne het nooit hebben gevonden. En dan zou zij al het verdriet uit het verleden niet hoeven op te rakelen.

Maar dat was hoe dan ook onvermijdelijk geweest, dacht ze, starend naar de mousselinen gordijnen die opbolden in de bries uit zee. De dreiging van een rechtszaak zou hoe dan ook hebben bestaan; de familie zou zich hoe dan ook hebben moeten verdedigen. En zij zou hoe dan ook gedwongen zijn geweest alles op te biechten aan haar onverzoenlijke dochter en haar geschokte kleindochter. Met als gevolg dat ze hen misschien beiden was kwijtgeraakt.

De avond viel, sterren verschenen aan de hemel, en geleidelijk aan bedaarden de gemoederen. Kathryn hielp haar moeder overeind en kuste Christy op de wang. 'Ach lieve oma. Wat moet het zwaar zijn geweest om dat geheim zo lang met u mee te dragen. Daar was erg veel moed voor nodig.'

'Dus je vergeeft het me?' vroeg Christy.

'Natuurlijk.' Kathryn kuste haar nogmaals en deed een stap naar achteren. 'Maar van nu af aan geen geheimen meer. Morgenochtend wil ik het hele verhaal horen. Alles wat er is gebeurd en waardoor we in deze situatie zijn terechtgekomen. Denk erom dat u niets achterhoudt. Ik ben geen klein kind meer. Sterker nog, ik weet meer van de wereld dan jullie denken.'

Terwijl Kathryn haar arm door die van haar moeder schoof en met haar de hut uit liep, stapte Christy met een diepe zucht naar buiten, het dek op. Het was een frisse avond. Naarmate ze dichter bij Australië kwamen, naderden ze ook de winter op het zuidelijk halfrond. Een zegen, na de hitte in de tropen.

Er trok een huivering door haar heen, als reactie op alle emoties. En daarvan was het einde nog lang niet in zicht. Ze stak haar kin naar voren en rechtte haar schouders, vastberaden zich staande te houden en haar dierbaren niet teleur te stellen.

Kathryn had er recht op alles te weten, maar waar moest ze beginnen? Het verhaal dat ze te vertellen had was een web van leugens, bedrog, verraad, en zij zat erin gevangen. Net zoals ze destijds gevangen had gezeten, op de goudvelden van Eureka.

19

Sydney

Harold liep net de trap af om Baker te bellen toen de deur openvloog en Hamish kwam binnenstampen. Smerig, onder het stof en zichtbaar slecht gehumeurd wierp hij Harold een dreigende blik toe en zette vervolgens koers naar de bar. 'Eerst een koud biertje,' bromde hij. 'Ik loop sinds Quilpie al in de stofwolken van duizend stuks vee.'

'Was de reis zonder die koeien niet sneller en aangenamer geweest?'

'Natuurlijk! Maar het vee moest naar elders worden gebracht vanwege de droogte. Ik kreeg een aantrekkelijk aanbod voor het verplaatsen van de kudde, en toen besloot ik twee vliegen in één klap te slaan. De koeien staan in de verzamelweiden, mijn drijvers houden een oogje in het zeil.'

Hij leunde op de bar, zette een gelaarsde voet op de koperen reling en veegde met een smoezelige zakdoek het zweet van zijn voorhoofd terwijl zijn biertje werd getapt. 'Is James er al?'

'Nee, maar ik heb voor jullie allebei een kamer geboekt,' zei Harold met een blik op de klok boven de bar. 'Ik heb afgesproken dat we over een minuut of tien Christy's papieren kunnen inzien. Dus drink op, dan gaan we.'

Hamish sloeg het schuimende bier gretig achterover, gevolgd door een whisky. 'Dus die ouwe is eindelijk verstandig geworden? Het mocht tijd worden.' Hij smeet wat geld op de bar. 'We hebben al genoeg tijd verspild met rondhangen en duimendraaien.'

Harold moest zich beheersen om niet nijdig te reageren. Tenslotte was híj het geweest en niet Hamish die noodgedwongen in Sydney had rondgehangen. Hij zei tegen de eigenaar waar ze naartoe gingen, voor het geval dat James in de tussentijd arriveerde. Toen verlieten ze het hotel.

Onder het lopen praatte hij Hamish bij, en hij zette zich schrap voor de onvermijdelijke uitbarsting.

'Die vervloekte idioot,' tierde Hamish. 'Hij had ma erbuiten moeten laten. Ze wordt gek van de zorgen op die boot. Denk je dat ze het aan Anne en Kathryn heeft verteld?'

'Dat lijkt me onvermijdelijk,' antwoordde Harold. 'Als we er niet in slagen de zaak vóór hun terugkeer op te lossen, kunnen we onmogelijk voor ze geheimhouden wat er aan de hand is.'

'Ik wou dat ik bij dat gesprek kon zijn,' mompelde Hamish. 'Dan wist ik waar we staan en dan hoefden we het niet allemaal zelf uit te zoeken. Volgens mij kan ma het hele probleem in een handomdraai oplossen.'

'Dat denk ik ook.' Harold slaakte een zucht terwijl ze wachtten op een opening in het drukke verkeer. 'Maar ik maak me vooral zorgen om mijn vrouw en mijn dochter. Het zal een vernietigende slag voor ze betekenen als onze ergste angst werkelijkheid wordt.'

'Ma zorgt dat alles goed komt. Dat weet ik zeker,' zei Hamish vol vertrouwen.

Ze haastten zich naar de overkant, waar Harold bleef staan, ineenkrimpend van de pijn in zijn ribben. 'Je moeder staat haar mannetje. Dat heeft ze al meermalen bewezen. Maar ik ben bang dat dit voor haar toch ook een harde klap is. En dat ze misschien niet opgewassen zal blijken te zijn tegen de gevolgen.'

Hamish tuitte zijn lippen. 'Nee, daar heb je gelijk in. En die zus van me is wel zo'n vervloekte huilebalk. Maakt overal een drama van. Kerel, ik begrijp niet hoe je het met haar uithoudt. Je verdient een standbeeld.'

'Het is goed met je.' Harold had niet de minste behoefte om zijn lastige, humeurige vrouw met haar broer te bespreken. De pijn in zijn ribben negerend vervolgde hij zijn weg. 'Laten we hopen dat er iets in die papieren staat waardoor de reputatie van je moeder wordt gered, en waardoor Wallangarra in de familie blijft. Heb je de kopieën van de eigendomsaktes bij je?'

Hamish klopte op de zak van zijn lange drijverjas. 'Beryl heeft ze aan de voering vastgespeld, zodat ik ze niet zou verliezen.'

Harold zei niets, maar in gedachten nam hij zijn hoed af voor de vrouw van Hamish, die haar man zo goed kende. Bij het kantoor aan Rum Lane gekomen zagen ze dat de voordeur al openstond, dus ze liepen rechtstreeks naar binnen.

John Smithson zag er verschrikkelijk uit. Harold voelde zich even schuldig dat hij hem bij het bed van zijn vader had weggehaald. Hij stelde hem voor aan zijn zwager, waarop Hamish en Smithson jr. elkaar met een taxerende blik de hand schudden.

'Hoe is het met je vader?' vroeg Harold.

'Die sliep toen ik wegging.' John stond inmiddels achter de receptiebalie. 'Ze hebben hem een zwaar kalmerend middel toegediend, dus we kunnen vandaag niet meer naar hem toe.' Hij ging zijn bezoekers voor naar zijn vaders kantoor, nam de sleutel van Harold over en opende de la van het bureau.

Harold haalde de envelop eruit en zou hem het liefst ter plekke hebben geopend. Maar hij wist zich te beheersen. 'Heb je nog nagedacht over dat ontbrekende attest?'

John streek vermoeid over zijn gefronste voorhoofd. 'Ik heb zijn hele bureau doorzocht, plus alle archiefkasten, ik ben zelfs naar boven gegaan, om zijn privévertrekken te controleren. En ten slotte heb ik ook nog in de kluis gekeken. Maar ik heb niets kunnen vinden.' Hij gaf Harold een dikke bruine envelop. 'Toen ik toch beneden was, ben ik zo vrij geweest uw kluisloket te openen. Want ik heb zo'n vermoeden dat u dat niet meer nodig hebt.'

Harold ontweek zijn blik terwijl hij de envelop in de diepe zak van zijn drijverjas liet verdwijnen.

John pakte een map van het bureau en gaf die aan Hamish. 'Ik heb niet de tijd gehad het door te kijken, maar volgens mij is dit de jarenlange correspondentie tussen mijn vader en uw moeder. Ik heb het telegram dat ze hem vanaf het schip heeft gestuurd er ook bij gedaan.'

Hamish sloeg de map open, las het telegram en keek John niet-begrijpend aan. 'Wat bedoelt ze met de connectie Ballarat? Dat mens van Brown woont in Adelaide, en voor zover wij weten is ze daar geboren en getogen.'

'Uw moeder heeft mijn vader meer dan veertig jaar geleden in Ballarat leren kennen,' verduidelijkte John vermoeid. 'Dat is de enige connectie die ik kan bedenken.' Hij streek met een bleke hand over zijn afgetobde gezicht, getekend door bezorgdheid en uitputting. 'Het spijt me, maar ik moet naar huis, naar mijn vrouw en kinderen.'

Harold stopte het dikke pakket in zijn jaszak, bij de envelop die hij uit Bellerive had meegebracht, en schudde Smithson jr. hartelijk de hand. 'Bedankt voor alles,' zei hij oprecht. 'Doe je vader de groeten. Ik hoop dat hij snel weer opknapt.'

'De dokter zegt dat het wel even zal duren voordat hij weer helemaal de oude is. Mijn vader is een man op leeftijd en hij heeft roofbouw op zijn lichaam gepleegd door zijn inzet voor zijn werk, zijn cliënten. Wanneer hij het ziekenhuis uit mag, komt hij bij ons in huis.'

Hij deed de voordeur open en gaf Harold zijn kaartje. 'Als Christy hem na haar terugkeer wil opzoeken, kan ze me op dit adres bereiken.'

Ze schudden elkaar nogmaals de hand en gingen aan het eind van Rum Lane ieder hun eigen weg.

'Aardige kerel. Ondanks die zachte vrouwenhanden,' mompelde Hamish. 'Het is wel zonde dat die ouwe uitgerekend nu in de lappenmand terecht is gekomen. Volgens mij weet hij net zo veel als ma en had hij deze hele puinhoop ook in een ommezien aan kant kunnen maken.'

Daarin moest Harold hem gelijk geven, maar dat hield hij voor zich. 'Wat mij zorgen baart is dat ontbrekende attest,' zei hij in plaats daarvan. 'Charles probeerde uit alle macht er nog iets over te zeggen, maar hij was te ver heen om het onder woorden te kunnen brengen.'

'Nou ja, dat ding moet toch ergens zijn,' opperde Hamish. 'Misschien heeft Baker het.'

‘Ik wilde hem net bellen toen jij kwam.’ Harold keek op zijn nieuwe zakhorloge. ‘Maar het is nog vroeg. Dus ik zal het nu even doen.’

Terwijl Hamish naar de stallen liep om zijn plunjezak te halen, liep Harold naar binnen, bestelde bier en sandwiches op zijn kamer en belde naar Melbourne. Het duurde geruime tijd voordat er werd opgenomen, en Harold wilde al naar het huisadres bellen, toen de verbinding alsnog tot stand kwam.

‘Baker? Met mij, Harold.’

‘Het spijt me, Mr. Ross, Mr. Baker moest naar een cliënt in Echuca. Ik verwacht hem niet voor morgen terug. U spreekt met zijn secretaris. Kan ik een boodschap aannemen?’

‘Zeg dat hij me belt zodra hij terug is. Het gaat om een uiterst dringende kwestie.’ Hij legde de hoorn op de haak en zag dat Hamish inmiddels ook naar binnen was gekomen. ‘Ik neem aan dat je dat hebt gevolgd?’ Op het norse knikje van zijn zwager vervolgde hij: ‘Laten we ons om te beginnen maar eens in die papieren verdiepen. Om te zien wat we daarin aantreffen. Het zou weleens een lange avond kunnen worden.’

Hamish haalde zijn sleutel bij de receptie en volgde Harold de trap op. In de kamer van zijn zwager gooide hij zijn plunjezak in een hoek, gevolgd door zijn hoed, en trok hij zijn drijverjas uit. Met enige moeite speldde hij de eigendomsaktes los en gooide ze op het bed, net als de map met correspondentie.

‘Zo te zien hebben we heel wat te lezen,’ zei hij met een blik op de stapel paperassen die Harold uit de grote envelop had gehaald en bij de documenten uit Bellerive legde. ‘Hoe gaan we dat aanpakken?’

‘Misschien kun jij met de brieven beginnen. Die zijn wat meer privé. Dat vind ik meer iets voor jou, als haar zoon.’

‘Met haar kluis en het bureau van pa had je anders ook geen scrupules,’ merkte Hamish op. ‘Ik ben nieuwsgieriger naar wat Smithson al die tijd voor haar in bewaring heeft gehad.’

Harold wilde al protesteren, toen de deur openging en James binnenkwam met een vaatje bier en een fraai leren valies. Hij werd op de voet gevolgd door het meisje van de bar, met drie glazen en een grote schaal met sandwiches.

Zijn blik ging naar de stapel papierwerk op het bed. 'Dus Smithson is eindelijk gezwicht?' Hij zette het vaatje bier op de tafel en zijn valies op de grond, nam zijn hoed af en trok zijn jas uit. 'Hebben jullie alles al doorgekeken?'

'Nee, we wilden net beginnen met lezen,' antwoordde Harold. 'Fijn dat je kon komen.'

'Waar bleef je zo lang?' bromde Hamish.

'Clarice is met spoed naar het ziekenhuis gebracht vanwege een dreigende miskraam.' Hij gaf het meisje dat de glazen en de schaal met sandwiches op tafel had gezet een fooi. Toen ze weg was trok hij de deur achter haar dicht en liet zich in een stoel vallen. 'Gelukkig bleek het loos alarm, maar ze moet de rest van de zwangerschap wel in het ziekenhuis blijven. Ik vond het vervelend om weg te gaan. Gelukkig begrijpt ze dat het niet anders kan, en ze heeft haar moeder bij zich. Dus ze redt zich wel.'

'Afijn, je bent er.' Hamish werd ongeduldig van huiselijke prietpraat, die hij volstrekt oninteressant vond. 'Dus laten we beginnen, om te zien of we duidelijkheid in deze chaos kunnen scheppen. Hoe eerder dat lukt, hoe eerder we weer naar huis kunnen.'

Ze schonken zichzelf een glas bier in, pakten een paar sandwiches, en nadat ze het papierwerk onderling hadden verdeeld, zochten ze ieder een plek om te gaan lezen.

Het werd stil in de kamer, de avond viel, documenten werden uitgewisseld, al dan niet begeleid door kreten en krachttermen, en – soms verhit – besproken. Tegen de tijd dat het weer licht werd, wisten ze genoeg van Christy's verhaal om de vele stukjes van de puzzel in elkaar te kunnen passen. Ze keken elkaar aan; hun grootste angst was werkelijkheid geworden. De strijd om Wallangarra te behouden, en om Christy's geheim te beschermen, had pas kans van slagen als dat attest werd gevonden. En als dat inderdaad de redding bracht die ze ervan verwachtten.

Aan boord van de SS Southern Cross

Christy had bij wijze van uitzondering een slaappil genomen, maar ze had erg vreemd en onsamenhangend gedroomd. Toen ze om middernacht met bonzend hart was wakker geschrokken had het laken zich stijf om haar heen gewikkeld en was haar kussen klam van het zweet.

Wanneer ze de kluis openmaken ontbreekt er nog iets! Het ging om een document dat een cruciaal bewijsstuk vormde en dat ze helemaal was vergeten in haar geschoktheid vanwege dat eerste telegram van Charles, gevolgd door de emotionele confrontatie met haar dochter en kleindochter. De tijd die ze daardoor verloren had laten gaan zou fataal kunnen blijken te zijn.

Ze had de dekens afgeworpen, gejaagd haar kleren aangeschoten en zich naar het kantoor van de purser gehaast om opnieuw een telegram naar Baker en Charles te sturen, waarin ze hun opdroeg samen te werken om het document boven tafel te krijgen.

Enigszins gekalmeerd was ze naar haar hut teruggekeerd, maar eenmaal in bed vroeg ze zich af wat haar destijds had bezield om dat attest niet bij de andere spullen op te bergen die ze bij Charles in bewaring had gegeven. Ze was duidelijk niet volledig toerekeningsvatbaar geweest toen ze die beëdigde verklaring aflegde; haar wereld verkeerde in rep en roer, haar leven was een voortdurende strijd om zich staande te houden. Naarmate de jaren verstreken, had ze weleens overwogen het attest elders op te bergen, maar vervolgens had ze het doelbewust uit haar gedachten gezet. Ze wilde het nooit meer zien, en ze weigerde haar nieuwe leven te laten overschaduwen door het verleden.

Blijkbaar was ze toch in slaap gevallen, want toen ze haar ogen weer opendeed werd het al licht. Haar hoofd voelde wazig, alsof het was gevuld met watten, haar oogleden waren zwaar en gezwollen terwijl ze keek naar de hemel die roze kleurde en de zee die van donkerblauw in turkoois veranderde. Ze zag als een berg tegen de dag op en vroeg zich af waar ze de moed vandaan moest halen voor het gesprek met Anne en Kathryn. Een gesprek dat onvermijdelijk was. Ze hoopte vurig dat ze niet te slecht over haar zouden denken, dat ze zouden begrijpen hoezeer ze de wanhoop nabij was geweest.

Ze liet zich uit bed glijden, ging naar het piepkleine badkamertje en kleedde zich met de grootste zorg. Als ze er goed uitzag, voelde ze zich misschien alleen al daardoor wat zekerder van zichzelf. Het was kil, dus ze koos een eenvoudige japon en sloeg de sjaal van haar moeder om haar schouders. Ook die zou haar helpen zich sterker te voelen.

Het ontbijt gebruikte ze in haar hut, vastbesloten de maaltijd recht te doen zodat ze de dag met een helder hoofd tegemoet kon treden. Terwijl ze de gepocheerde eieren en beboterde toast wegspoelde met sterke thee, ging ze in gedachten zorgvuldig na wat ze haar dochter en kleindochter moest vertellen. De chronologische volgorde van de gebeurtenissen stond in haar geheugen gegrift, en sommige beelden deden haar nog altijd huiveren, maar Kathryn had gelijk. Dit keer zou ze alles moeten vertellen, zonder ook maar iets weg te laten uit angst anderen te bezeren of zichzelf in een ongunstig daglicht te plaatsen. Het was haar schuld dat haar familie in deze afschuwelijke situatie was beland, en dus had ze de dure plicht om volledig openheid van zaken te geven.

Na het ontbijt liep ze met een kop thee naar buiten, naar haar privébalkon. De zon hing als een gloeiende bal boven de horizon, maar de wind was fris en herinnerde eraan dat in Australië de winter zijn intrede had gedaan. Ze dacht aan haar zoons, die in haar afwezigheid ongetwijfeld alles op alles zetten om rampspoed te voorkomen, en ze hoopte vurig dat haar laatste telegrammen nog op tijd zouden komen.

De komst van Kathryn en Anne deed haar opschrikken uit haar gedachten. Ze haastte zich hen te begroeten. Kathryn zag eruit alsof ze die nacht geen oog had dichtgedaan, Annes gezicht stond afgetobd, haar tred was onvast en het was haar aan te zien dat ze had gehuild.

'Heb je wel geslapen, kindje?' vroeg Christy aan haar kleindochter, terwijl ze Anne ondersteunden en in een stoel hielpen.

'Nee, nauwelijks,' antwoordde Kathryn. 'Moeder was erg van streek.'

'Ik heb geen oog dichtgedaan!' jammerde Anne. 'Alles bleef maar door mijn hoofd spoken. Ik dacht dat ik gek zou worden!'

'Je moet proberen flink te zijn, lieverd,' zei Christy kordaat. 'Je bent niet de enige die het moeilijk heeft, en niemand is ermee geholpen als jij jezelf volledig overstuur maakt.'

Anne keek haar stuurs aan. 'Dat kan jij makkelijk zeggen. Jij hebt geen overgevoelige zenuwen.'

'Jij ook niet!' kaatste Christy terug. 'Maar zo werk je je dochter op haar zenuwen. Vooruit, kop op en schei uit medelijden te hebben met jezelf.'

'Ik had het kunnen weten!' Anne snotterde in haar zakdoek en wierp haar moeder een woedende, dreigende blik toe. 'Ik had kunnen weten dat ik van jou geen medelijden hoef te verwachten.'

Christy ging er niet op in, maar keerde zich naar haar kleindochter. 'Ik hoop dat jullie wat hebben gegeten? Met een volle maag kun je alles beter aan.'

'Moeder was niet in de stemming om naar de eetzaal te gaan, dus ik heb een licht ontbijt in de hut laten komen. Maar eerlijk gezegd hadden we niet veel trek. Geen van beiden.'

'Ik kon geen hap door mijn keel krijgen, laat staan dat ik de andere passagiers onder ogen kon komen,' zei Anne huiverend. 'Het is allemaal zo vreselijk! Ik ben er letterlijk ziek van.'

'Doe alsjeblieft niet zo dramatisch, moeder.' Kathryn klonk een beetje scherp. 'Ik begrijp dat het niet gemakkelijk voor je is, maar we zijn allemaal van streek. Dus je moet proberen flink te zijn.'

Nog voordat Anne kon reageren, stak Christy van wal. 'Jullie hebben er recht op te weten hoe deze situatie heeft kunnen ontstaan. Geef me alsjeblieft de kans mijn verhaal te doen.'

Ze ademde diep in. 'Ik heb jullie verteld over die eerste tijd in Tasmanië, toen mijn broers en ik in Hobart zaten. Nu pak ik de draad weer op in Ballarat. Daar was Finlay naartoe vertrokken, om zijn geluk op de goudvelden te beproeven. Hij zat er inmiddels al ruim een jaar.'

Kathryn maakte het zich gemakkelijk op de chaise longue, Anne bette haar tranen, hield haar ogen neergeslagen en zuchtte af en toe zacht, meelijwekkend.

Christy trok de sjaal van haar moeder dichter om zich heen. 'Ik had een brief gekregen van een zekere Charles Smithson, een Engelse advocaat die nog niet zo lang in Australië woonde. Hij schreef dat Finlay ernstig gewond was geraakt, dat hij bovendien was beroofd en onze hulp hard nodig had. Maar tegen de tijd dat we in Ballarat aankwamen was Finlay alweer vertrokken. Niemand wist waarheen. En dat leek ook niemand te kunnen schelen.'

'Hij moet toch vrienden hebben gehad?' opperde Kathryn. 'Vroegen die zich dan niet af waar hij was gebleven?'

'Goudzoekers hebben geen echte vrienden,' antwoordde Christy. 'Alleen rivalen. Want ook al streden ze samen voor goedkopere vergunningen en een eerlijke prijs voor hun goud, uiteindelijk was het ieder voor zich. Ze hielden hun vondsten geheim en waakten angstvallig over hun eigen stukje grond.'

Voor een beter begrip moest ze haar dochter en kleindochter een duidelijker beeld schetsen van het leven op de goudvelden. 'Wie op stelen werd betrapt moest voor een goudzoekerstribunaal verschijnen en bungelde nog geen drie uur later aan een boom. Er werd regelmatig gevochten, meestal om de meisjes in de bars. Of met de Chinese goudzoekers; daarvan kwamen er steeds meer. En ook de drank was er de oorzaak van dat het in de pubs maar al te vaak op geweld uitliep. De wereld van de goudzoekers was een keiharde mannengemeenschap, waar zwaar werd gedronken en waarin zich maar heel weinig vrouwen staande wisten te houden, tenzij ze hun geld verdienden met het oudste beroep.'

Kathryn zette grote ogen op. 'Allemachtig,' fluisterde ze. 'Dat klinkt als het Wilde Westen, maar dan zonder cowboys en indianen.'

'Wild was het zeker,' moest Christy haar gelijk geven. 'Maar ik voelde me er op een merkwaardige manier thuis, ik begreep wat die mannen dreef. Want ik was ook op drift, op zoek naar mijn bestemming, naar een toekomst. Net als voor de goudzoekers gold voor mij dat alles wat me ooit had gebonden was weggevallen; dat ik vrij was om te gaan en te staan waar ik wilde. Die vrijheid zorgde voor een bedwelmende sensatie, een gevoel dat ik gretig omhelsde.'

'Je doet het voorkomen alsof je een soort zigeuner was.' Anne snoof misprijzend.

Christy glimlachte. 'Dat was ik misschien ook wel. In die periode van mijn leven voelde ik me op mijn gemak met een zwerversbestaan, En hoe gelukkig ik ook ben met het leven dat ik nu leid, ik vind het nog altijd fijn om mijn horizon te verbreden, om nieuwe ervaringen op te doen.'

Ze ging verzitten, vastbesloten zich niet op een zijspoor te laten leiden. 'Probeer je de goudkoorts voor te stellen. Hoe het voelde om daardoor bezeten te zijn. In die eerste jaren lag het goud letterlijk voor het oprapen. Zo ook in de omgeving van stadjes als Ballarat. Die belofte van onmetelijke rijkdom veroorzaakte de eerste trek naar de goudvelden. Mannen raakten bezeten door de mogelijkheid een fortuin te vergaren in slikvelden en in het slib van rivieren, of diep onder de grond, in waterwegen, rijk aan goud, die door vulkanische activiteit en een eeuwenlang proces van verzanden begraven waren geraakt. Maar zoeken naar goud is zwaar en slopend werk, in gruwelijk onherbergzame streken. Veel van de mannen kwamen al snel tot het inzicht dat ze een krankzinnige droom najoegen en gingen weer naar huis.

'Anderen zwierven onvermoeibaar verder, met een plunjezak op hun rug, hun gereedschap over hun schouders of aan het zadel van hun paard gebonden. Ze sleten hun dagen met modder en schalie zeven en wassen, en als ze geluk hadden zagen ze de felbegeerde glinstering in hun goudpan. Een enkeling had dat geluk, maar de meesten vonden nooit meer dan een paar gram goud, waarvan ze de opbrengst al snel hadden uitgegeven aan drank, vrouwen en tabak. Toch bleven ze in hun droom geloven.

'Ze lieten de beschaving achter zich, ze wasten zich niet, lieten hun baard staan. Ze liepen altijd in dezelfde ongewassen kleren. Ze vergaten hun vrouw, hun kinderen, hun thuis, hun familie, het werk dat ze hadden opgegeven. Ze zwierven door de meest verlaten gebieden ter wereld, in de greep van een belofte die met het verstrijken van de jaren steeds ongrijpbaarder werd.'

'Wat verdrietig,' zei Kathryn zacht. 'Is het met Finlay ook zo gegaan?'

'Mijn broer was ook volledig bezeten door de goudkoorts, en ik vermoed dat hij zich, net als ik, thuis voelde in het zwerversleven. Alle goudzoekers die ik heb gesproken hadden het over de vrijheid om door de leegte van de outback te trekken.' Ze nam een slok thee. Die was koud en bitter geworden, dus ze belde om koffie.

'Hebt u hem ooit gevonden?'

'Het ging andersom. Hij heeft mij gevonden,' antwoordde Christy verdrietig. 'Maar het was geen vreugdevolle hereniging. Het geluk had hem in de steek gelaten, en een paar uur na het weerzien was hij weer verdwenen. Voorgoed. Ik heb hem nooit meer teruggezien.'

'Misschien zwerft hij nog steeds door de outback,' zei Kathryn. 'En misschien heeft hij uiteindelijk toch goud gevonden.' Ze klonk weemoedig.

Christy betwijfelde dat hij nog leefde. Bij dat laatste weerzien was Finlay nog maar een schim geweest van de gespierde jonge man die uit Hobart was vertrokken. De dag waarop hij plotseling op Wallangarra was verschenen moest hij nog dertig worden, maar Christy had haar broer bijna niet herkend.

Zijn verwarde baard reikte tot zijn middel; zijn laarzen werden door eindjes touw bij elkaar gehouden, de gaten waren dichtgestopt met oude kranten; zijn kleren hingen als vodden om zijn lichaam en hij zat onder de etterende wonden, waardoor hele lappen huid loslieten. Zijn ooit vuurrode haar was gebleekt door de zon, zijn ogen waren flets geworden, zijn gezicht zag net zo rood en verweerd als de grond in de outback.

Christy verdrong haar tranen bij de herinnering; ze had hem gesmeekt om te blijven, om haar de kans te geven voor hem te zorgen. Maar de goudkoorts gunde hem geen rust. Hij was diezelfde nacht weer vertrokken, zonder afscheid te nemen.

'Hij was niet meer de oude Finlay. Een dolende ziel. Zoals hij waren er tallozen. Maar hoe berooid hij ook was, hij werd nog altijd gedreven door zijn droom. Ik hoop dat hij uiteindelijk rust heeft gevonden.'

Het werd stil in de hut. Een stilte die werd verbroken door de komst van de koffie die Christy had besteld. Kathryn schonk in en ging rond met de schaaltjes cake en koekjes. 'Ik heb in de bibliotheek wat oude litho's van Ballarat en Bendigo gezien, en van de Eureka Stockade. Maar hoe moet ik me het leven daar voorstellen, oma?'

Christy's blik werd wazig, en terwijl ze haar eerste kennismaking met de goudvelden beschreef, werd ze teruggevoerd naar het verleden.

Terwijl de wagen door de ongeplaveide hoofdstraat ratelde, wees Charles naar de vele nieuwe gebouwen die in het hele stadje in de steigers stonden. Ten slotte lieten ze de bebouwing achter zich en reden ze door de verlatenheid van een brede dieprode en stralend groene vallei tussen glooiende heuvels, bedekt met een kantwerk van kreken, delfsporen en mijnschachten.

Het blauw van de hemel was verbleekt, de lucht trilde in zinderende hittegolven boven de donkerrode aarde, waardoor het leek alsof de weinige bomen en de tenten in de verte oprezen uit een weidse binnenzee. De klaaglijke kreet van een eenzame kraai voegde zich bij het rinkelen van het tuig en het kraken van de wagenwielen. Hoog aan de hemel zweefde een arend, speurend naar prooi.

Ondanks de grote zwarte paraplu die Charles haar had geleend bezweek Christy bijna van de hitte. Ze voelde het zweet zich onder haar korset verzamelen en langs haar huid druipen. Het mocht een wonder heten als ze deze dag overleefde.

Blijkbaar had Charles in de gaten dat ze zich verre van prettig voelde, want hij gaf haar een leren waterzak. 'Ik stel voor dat u Mrs. Harris in het Ballarat Hotel om kledingadvies vraagt,' zei hij tactvol. 'Ik weet zeker dat zij u aan een uitmonstering kan helpen die geschikter is voor deze hoge temperaturen.'

'Ik heb geen geld om kleren te kopen.' Christy klonk nerveus, gegeneerd dat ze een onderwerp als dit moest bespreken met iemand die ze nauwelijks kende.

'Ze kan u vast wel iets lenen,' stelde hij haar gerust. 'Myrtle Harris is van alle markten thuis. Trouwens, ze kan ook uitstekend met naald en draad overweg en ze verdient een goed inkomen met het kleden van de meisjes in de Red Rooster Saloon.' Bij het zien van Christy's niet-begrijpende gezicht verduidelijkte hij blozend: 'Dat is een bar die voorziet in een bepaald soort vermaak.'

'We blijven maar kort, dus kleren zijn onze laatste zorg,' liet Jamie zich horen. 'Zodra we Finlay hebben gevonden, gaan we terug naar Melbourne.'

Charles trok zijn wenkbrauwen op. 'O? Ik dacht dat u hier werk had gevonden. En trouwens, ik sluit niet uit dat het wel even gaat duren voordat we weten waar Finlay naartoe is gegaan.'

'Het is heel vriendelijk van u dat u ons onderdak hebt verschaft,' zei Jamie. 'En ik ben blij dat ik werk heb. Maar mocht Finlay onvindbaar blijken, dan gaan mijn zuster en ik terug naar Melbourne.'

Het was Christy echter niet ontgaan dat de kansen op werk en een fatsoenlijk inkomen in Ballarat voor het oprapen lagen. Bovendien voelde ze zich aangetrokken door het ruige, weidse landschap. Dat sprak haar meer aan dan het jachtige, lawaaiige Melbourne. 'En als ik nou eens wil blijven?' vroeg ze uitdagend.

'Dan ga ik alleen terug.' Hij keek haar strak aan, met zijn armen over elkaar geslagen.

Christy voelde paniek opkomen bij het vooruitzicht alleen achter te blijven, maar ze besloot de dreigende woorden van haar broer voorlopig te negeren. Hij was blijkbaar nog altijd chagrijnig. Gelukkig leek ook Charles te beseffen dat hij er beter het zwijgen toe kon doen. Kalm en geconcentreerd loodste hij paard en wagen tussen de obstakels door waarmee de vallei bezaaid was – boomwortels, kreken, hobbels en diepe kuilen.

Christy keek naar het woud van tenten dat zich kilometers ver leek uit te strekken. Toen ze dichterbij kwamen zag ze ook de primitief opgetrokken schuren die dienstdeden als winkel of bar, en de provisorische hutten opgetrokken uit boombast en geplette petroleumblikken. Sommige hutten waren simpele koepelvormige bouwsels van gevlochten wilgentakken, waterdicht gemaakt met riet, modder en stukken schors. De zogenaamde *humpies*, zoals ze later ontdekte.

Er waren ook onderkomens van stroken zeildoek, die over een boomtak waren gehangen en met touw en houten pinnen in de grond waren vastgezet. In het geval van de wat 'luxere' optrekjes was nog te zien dat ze ooit wit waren geweest. Maar alles in de vallei was bedekt met het rode stof dat door de wind werd meegevoerd. De bladeren van de weinige eucalyptusbomen die zich hadden weten te handhaven trilden als zilveren munten in de verschroeiende bries.

Christy was onder de indruk van de bedrijvigheid in deze stad van tenten. Mannen stonden met goudpannen in rivieren en kreken, of ze schepten modder uit diepe kuilen in grote houten kisten, die ze vervolgens leegden in goudwastroggen, zoals Charles ze noemde, waarin de modder werd gezeefd en gespoeld. Niemand schonk ook maar enige aandacht aan hen, en Christy luisterde vol belangstelling naar Charles' uitleg over het gebruik van goudpannen, modderkisten en goudwastroggen.

'Dat is Bakery Hill.' Hij wees naar een lage heuvel. 'Daar kwamen de goudzoekers in december 1854 bij elkaar om trouw te zweren aan de vlag van het Southern Cross. En daar zie je de overblijfselen van de Eureka Stockade, de opstand waarbij de goudzoekers de strijd aangingen met de politie en de regeringstroepen. Wie niet sneuvelde werd gearresteerd, en op het hoofd van degenen die wisten te ontsnappen werd een prijs gezet. Maar hun rebellie tegen een oneerlijk rechtssysteem is nog altijd een baken van hoop voor de werkers. De mannen van de Eureka Stockade eisten een eerlijke beloning, zonder te worden gestraft met boetes en een woekerprijs voor hun vergunning. Inmiddels maakt de vakbond in heel Australië een enorme groei door.'

'U weet veel meer van de geschiedenis dan ik,' zei Christy.

'Toen ik hier kwam heb ik alles gelezen wat ik maar te pakken kon krijgen. Als u dat wilt kan ik u wel een paar boeken lenen. Dit continent heeft een buitengewoon interessante geschiedenis.'

'Wat is dat daar?' Ze wees naar iets wat eruitzag als een reusachtig houten fort.

'Dat zijn de overblijfselen van het oude regeringskamp. Sommige gebouwen zijn nog steeds in gebruik, want politietoezicht is hard nodig. De laatste tijd zijn er steeds meer problemen met de Chinezen. Dat worden er steeds meer en ze weigeren te accepteren dat ze een vergunning moeten kopen om naar goud te mogen zoeken.'

Hij trok aan de teugels, de kar kwam tot stilstand. 'Als het goed is moet Joe hier ergens zijn.' Hij hielp Christy van de wagen.

Ze sloeg het stof van haar jurk, maar besefte al snel dat het vergeefse moeite was. Joseph O'Driscoll had zijn kamp opgezet in de schaduw van een groepje gom- en eucalyptusbomen. Zijn tent bestond uit een strook canvas, gespannen tussen vier palen, met jutezakken als muren en een reep vliegengaas als deur. Tussen de bomen hing een stuk touw als waslijn. Het meubilair bestond uit een primitief houten rolbed, een tafel en een stoel. Voor de tijdelijke woning lag een ring van stenen met in het midden een bergje as. Op de sintels stond een kantineblik met daarin een donkere vloeistof. Christy bukte en zag huiverend dat er dode vliegen en mieren in dreven.

Charles ging op zoek naar Joseph, en terwijl de vliegen ergerlijk rond hun hoofd zoemden schopte Jamie naar de resten van het vuur. 'Wij waren op Skye beter af dan die lui hier,' mopperde hij. 'Je moet wel gek zijn om te kiezen voor een leven als dit.'

'Dat komt ervan als je de goudkoorts krijgt. En ik heb liever niet dat je as in mijn thee schopt.'

Christy draaide zich met een ruk om, op slag betoverd door twee donkerblauwe ogen met pretlichtjes die haar vanuit een lachend gezicht aankeken. Zijn haar was gitzwart, het glansde blauwachtig in de zon, als de veren van een Vlaamse gaai. Hij nam zijn breedgerande hoed af en veegde met zijn zakdoek over zijn hoekige gezicht. Zijn wenkbrauwen waren net zo dicht en donker als zijn wimpers en zijn baard, zijn kleren waren vuil en versleten, maar ze oogden verrassend elegant en combineerden perfect met zijn welgevormde postuur.

Charles stelde hem voor. 'Dit is Joseph O'Driscoll.'

'Kom, kom, niet zo formeel.' Joseph schudde hun de hand. 'Zeg maar Joe. Kan ik u een kop thee aanbieden, miss MacInnes? U moet het wel afschuwelijk warm hebben in die kleren.'

Christy knikte, met stomheid geslagen. Ze kon haar ogen niet van hem afhouden. Zijn glimlach onthulde regelmatige witte tanden en kuiltjes in zijn wangen.

'Het is bushthee: dik, zwart, sterk, met wat suiker en eucalyptusblad voor meer smaak en aroma.' Hij hurkte naast de ring van stenen, pookte in de as en trok een lelijk gezicht toen hij in de ijzeren pot keek. 'Hm, aan aroma geen gebrek, zo te zien. Maar die vis ik er wel uit.'

Christy rilde bij de gedachte dat ze het weerzinwekkende brouwsel zou moeten drinken, maar ze was te beleefd – en te diep onder de indruk – om zijn aanbod af te slaan.

'Ga in de schaduw zitten, miss MacInnes.' Charles pakte haar bij de arm en loodste haar naar de stoel die onder de bomen stond. 'Hier is het wat koeler en hebt u minder last van vliegen.'

Dat laatste betwijfelde Christy, terwijl ze driftig de vliegen wegjoeg die voortdurend op haar gezicht neerstreken en rond haar strohoed zoemden. Ondanks de paraplu was de hitte nog altijd verstikkend. Haar kleren waren doorweekt, het korset schuurde langs haar huid, maar al haar ongemakken ten spijt had ze alleen maar oog voor Joe.

Vanuit de schaduw sloeg ze hem gade. Hij praatte met Jamie en Charles, gooide vers hout op het vuur – dat alles met de sierlijkheid van een balletdanser. Zijn lange, gespierde armen en benen waren volmaakt in harmonie met zijn lichaam, terwijl hij zich aan het vuur wijdde en haar nadrukkelijk negeerde.

Ze verschoof rusteloos, wilde niets liever dan hem opnieuw in de ogen kijken, zich koesteren in de warmte van zijn glimlach. Tegelijkertijd voelde ze zich in verwarring gebracht, want het was nog maar kort geleden dat ze zich elke nacht in slaap had gehuild om het verraad van Peter Keller.

Het zou de hitte wel zijn. Die had haar beneveld. Ze verdrong haar verontrustende gevoelens en concentreerde zich op de reden waarom ze hier waren. 'Ik begrijp dat u mijn broer hebt gevonden, Mr. eh... Joe.'

'Dat klopt. En dat was schrikken, want hij lag er akelig bij, in een onnatuurlijke houding, en hij had van alles gebroken. Ik dank God op mijn blote knieën dat ik nog op tijd kwam. Want hij was er echt verschrikkelijk aan toe.'

Hij keek haar aan, en zijn donkere, door dichte wimpers omkranste ogen leken tot in het diepst van haar ziel te kijken. 'Maar we hebben hier een goede dokter. Die heeft hem weer opgelapt. En Myrtle Harris is een geweldige verpleegster.' De grijns die hij Christy schonk gaf haar een gevoel alsof er een zwerm vlinders in haar maag wervelde. Daarop wijdde hij zich weer aan het vuur, roerde met een takje in de zacht pruttelende thee en viste met een tinnen lepel de dode insecten eruit.

'Heb je enig idee waar hij naartoe kan zijn gegaan?' wist ze ten slotte moeizaam uit te brengen, want haar keel werd op raadselachtige wijze dichtgesnoerd.

Joe leunde op zijn hurken naar achteren en begon zijn aardewerken pijp te stoppen. 'Wie zal het zeggen? Hij kan overal zijn,' antwoordde hij lijzig, alvorens een lucifer af te strijken aan de hak van zijn laars en de brand in de tabak te jagen. Hij trok aan de pijp en blies een rookpluim omhoog. 'Er is in dit geweldige land overal goud te vinden en Finlay had zich vast voorgenomen om daar rijk mee te worden.'

'Maar hij hád al goud gevonden,' merkte Christy op. 'En dat is gestolen. Op de dag van dat zogenaamde ongeluk.'

De pretlichtjes verdwenen uit de blauwe ogen, de donkere wenkbrauwen raakten elkaar bijna boven de lange, rechte neus. 'Denk je dat ik dat ongeluk heb verzonnen?' vroeg hij zacht.

'Nee,' zei ze haastig. 'Maar het is allemaal wel erg toevallig, dat zijn ladder brak en dat het goud verdween, uitgerekend toen hij gewond op de bodem van die schacht lag.'

'Je hebt gelijk.' Zijn ogen stonden nog altijd ernstig. 'Dat hebben Charles en ik ook tegen elkaar gezegd. Maar hier wantrouwt iedereen elkaar. En zonder bewijs konden we niets doen.'

'Wat is er met zijn concessie gebeurd? Hij moet een vergunning hebben gehad, en als er op zijn stukje grond goud is gevonden, dan was het vast veel waard.'

'Hij heeft zijn concessie aan mij gegeven,' antwoordde Joe. 'Want hij dacht dat hij de ochtend niet zou halen. Charles was erbij.'

'Maar hij heeft de ochtend wél gehaald,' zei Christy. 'Waarom heb je hem zijn concessie dan niet teruggegeven?'

'Tegen de tijd dat ik weer naar de stad kwam, was hij met de noorderzon vertrokken. Als hij die concessie terug had gewild, had hij me wel weten te vinden. We waren maten, hij had er alleen maar om hoeven vragen.'

Christy fronste peinzend haar voorhoofd. Ze kende haar broer goed genoeg om te weten dat Finlay nooit een veelbelovende schacht zou hebben opgegeven. 'Heb je sindsdien nog meer goud gevonden, Joe?' vroeg ze aarzelend.

'Ja, er zit hier wel wát in de grond, maar het is niet veel.' Hij haalde een klompje goud uit zijn zak. Het glinsterde in het zonlicht toen hij het omhooghield. 'Beschouw het maar als een welkomstgeschenk in Ballarat.'

Voordat ze wist wat ze moest zeggen, had hij het al in haar schoot gegooid. 'Dank je wel,' stamelde ze. 'Dat had toch niet gehoeven –'

'Finlay zou hetzelfde zou hebben gedaan.' Hij schonk de stroperige thee in tinnen mokken en deelde ze rond. 'Voorzichtig.' Hij boog zich over haar heen en keek haar diep in de ogen. 'Het spul is gloeiend heet. Pas op dat je je vingers niet brandt.'

Ze werd vuurrood en kon pas weer ademhalen toen hij zich had afgewend. Doelde hij op de thee, of was het een indirecte waarschuwing om niet door te vragen? Ze voelde zich uit haar evenwicht gebracht en vroeg zich af of ze hem kon vertrouwen.

'Ik heb bij iedereen navraag gedaan,' zei hij tegen Charles. 'Maar je weet hoe ze zijn. Of ze nou iets weten of niet, iedereen houdt zijn mond stijf dicht. Als hij voldoende was hersteld om ertussenuit te knijpen, kan hij inmiddels wel kilometers ver weg zijn.'

'Daar heb ik miss MacInnes voor gewaarschuwd.' Charles' gezicht stond ernstig. Hij blies in zijn thee, nam aarzelend een slokje en brandde zijn lippen. 'Maar hij weet dat ik zijn zus heb geschreven, dus dat is onze enige hoop: dat hij voor háár naar Ballarat terugkomt.'

'Dat zou natuurlijk geweldig zijn, maar ik zou er niet te vast op rekenen,' zei Joe. 'Finlay wilde niet dat zijn familie hierheen kwam. Daar heeft hij geen enkel misverstand over laten bestaan.' Hij keek Christy aan. 'Het spijt me, meidje. Dat meen ik echt. Maar de waarheid moet gezegd worden.'

Christy vroeg zich af of hij de waarheid sprak. Maar blijkbaar was Charles het met hem eens. Dus ze had geen andere keus dan Joe te geloven.

'En jij?' Joe keerde zich naar Jamie, die wat tussen de tenten had rondgezworven. 'Lijkt het jou wat, een leven als goudzoeker?'

Jamie schudde zijn hoofd, liet zich op de grond ploffen en pakte zijn tinnen mok. 'Nee, dat is niks voor mij. Ik ben timmerman en ik ga mijn geluk beproeven in Melbourne.'

Joe schoot in de lach en sloeg hem op de schouder. 'Melbourne is een geweldige stad. Daar valt meer dan genoeg te verdienen. Ik ben er geweest. Ik heb de dames gezien met hun kostbare juwelen en fraaie kleren, de mannen in hun rijtuigen voortgetrokken door zorgvuldig gefokte raspaarden. Het goud heeft de mensen rijk gemaakt. Rijker dan ze ooit hadden kunnen denken. En ze weten niet hoe snel ze hun geld moeten uitgeven.'

'Heb jij goud gevonden?'

'Nou en of,' antwoordde Joe fluisterend. 'Maar daar praat ik liever niet over. Zelfs de bomen hebben hier oren.' Hij dronk zijn gloeiend hete thee op en gooide de drab in de vlammen. Het vuur siste. 'Ik wens jullie alle goeds,' zei hij toen. 'Maar de klok staat niet stil, ik moet weer aan het werk. Doe Melbourne de groeten, meidje. En geef een paar van die verrukkelijke vrouwen een kus van me, Jamie.'

Christy wist zich te beheersen en er niet uit te flappen dat ze in Ballarat wilde blijven. Ze kwam overeind, maakte een knicks en haastte zich achter haar broer en Charles aan, die al naar de kar liepen.

Terugkerend uit het verleden ontdekte ze dat haar koffie koud was geworden en dat haar dochter en kleindochter alle cake en koekjes hadden opgegeten. Het liep al tegen het middaguur, zag ze tot haar verbazing. Dus ze belde om de lunch rond één uur in haar hut te laten serveren.

'Charles lijkt me erg aardig,' zei Kathryn. 'Wat fijn dat u zo'n goede vriend had gevonden op wie u kon rekenen. Maar die Joe, met zijn Ierse charmes... Die vertrouw ik niet helemaal.'

'En terecht. Trouwens, dat klompje goud heb ik nog steeds,' vertelde Christy. 'Omdat ik het niet van Finlay had gekregen, voelde het niet goed om het te verkopen. Dus het zit thuis in een kistje, met wat andere spulletjes uit die tijd.' Voor haar geestesoog zag ze het jute buideltje met dertig zilveren munten, maar ze verdrong het beeld uit alle macht.

'Jij bent blijkbaar in Ballarat gebleven. Maar hoe is het verder met Jamie gegaan?' vroeg Anne. 'Is hij inderdaad naar Melbourne teruggegaan? Heeft hij je alleen gelaten?'

'Hij is uiteindelijk teruggegaan, maar pas nadat hij mij had geholpen een bedrijfje op te zetten.'

Anne nam haar wantrouwend op. 'Wat voor bedrijfje? Je gaat me toch niet vertellen dat je zo'n meisje werd... zo'n meisje in een bar... Die schande zou ik niet overleven.'

'Kom op, Anne,' zei Christy nijdig. 'Nu doe je me toch echt tekort. Niet dat ik op die meisjes neerkijk. Integendeel. Ze werkten keihard, onder de zwaarste omstandigheden. Wat die niet allemaal te verduren kregen om hun geld te verdienen. Ik had er bewondering voor hoe ze zich schikten in hun lot en ondanks alles de moed erin hielden.'

'Moeder! Hoe kan je nou zoiets zeggen?' Anne hijgde van verontwaardiging.

'Ik zal het je nog sterker vertellen, ik raakte goed bevriend met ze. Vooral met Nadine, een Frans meisje. Ze was maar twee jaar ouder dan ik. Haar man sloeg haar, daarom liep ze bij hem weg. Nellie Simpson van de Red Rooster ontfermde zich over haar, en het slot van het liedje was dat ze in de bar ging werken.' Christy slaakte een spijtige zucht. 'Dat is haar dood geworden. Vreselijk. Ik miste haar ontzettend, want ze was een goede vriendin van me, met een geweldig gevoel voor humor. We hebben samen heel wat afgelachen.'

'Hoe is ze aan haar eind gekomen?' vroeg Kathryn.

'Een van Madam Nellies klanten was een afschuwelijke bruut. Nellie koppelde hem doorgaans aan Big Sadie. Die wist wel raad met hem. Maar Sadie was ervandoor gegaan, en de andere meisjes waren al bezet. Zo kwam het dat Nadine met hem meeging. En toen heeft hij haar doodgeslagen.' Christy's stem brak. 'Arme Nadine. Ontsnapt aan een gewelddadige echtgenoot en vervolgens alsnog vermoord door een bruut. Het is jaren geleden, maar ik denk nog altijd vol liefde aan haar terug.'

'Wat vreselijk.' Anne huiverde. 'Ik kan me gewoon niet voorstellen dat je vriendschappelijk met dat soort mensen omging.'

Christy haalde haar schouders op. 'Vrienden vind je overal. En op de goudvelden waren maar zo weinig vrouwen dat we als vanzelf naar elkaar toe trokken. Trouwens, het mag dan een harde wereld zijn geweest, de mensen waren niet allemaal slecht. Ik leerde al snel het kaf van het koren te scheiden, en dankzij Charles en Joe, die een oogje in het zeil hielden, voelde ik me er niet onveilig.'

'Maar hoe verdiende u uw geld, oma?' drong Kathryn aan.

'Toen ik naar de goudvelden kwam zag ik meteen dat de kansen er voor het grijpen lagen. Wat dat betrof verschilde ik niet zo veel van de mannen. Maar in plaats van de outback of de woestijn in te trekken, op zoek naar goud, wilde ik in goud betááld worden.' Ze glimlachte. 'Dus ik wist Jamie zover te krijgen dat hij een soort schuur voor me bouwde, aan de rand van de goudvelden bij Eureka. En hij bouwde niet alleen een schuur, hij timmerde ook de hoogstnoodzakelijke meubels. Met wat hij in het hotel verdiende betaalde hij bovendien mijn vergunning voor het eerste jaar. En zo begon ik een gaarkeuken annex wasserij.'

'Een wasserij?' Anne hijgde van afschuw.

Christy haalde haar schouders op. 'Het was een eerlijke broodwinning, en de mannen voeren er wel bij. Ze hadden eindelijk schone kleren en fatsoenlijk te eten.'

Ze glimlachte bij de herinnering aan haar primitieve onderkomen, aan haar slaapkamertje helemaal achterin, met een zware grendel op de deur en tralies voor de ramen. Haar dagen sleet ze binnen achter het fornuis en buiten bij het vuur waarop ze enorme tobbes water aan de kook bracht. Tussen de gombomen aan de achterkant van haar bedrijfje waren waslijnen gespannen. Wanneer de hete woestijnwind kwam opzetten – en dat gebeurde heel vaak – moest ze vliegensvlug de was binnenhalen voordat alles werd bedekt met een laagje rood stof.

Toen de stijgende werkdruk haar te veel werd, nam ze de dochter van een van de barmeisjes in dienst om de strijk te doen. Het was zwaar werk, zeker in de gruwelijke hitte, maar een kans om te ontsnappen aan een leven zoals haar moeder dat leidde, die haar geld verdiende op haar rug. Tegen de tijd dat Christy uit Ballarat vertrok, verkocht ze het bedrijfje voor een zacht prijsje aan haar strijkhulp. Jaren later, toen ze naar Ballarat terugkeerde, was er een hotel verrezen op de plek waar ooit de bescheiden schuur had gestaan. De strijkhulp was een respectabele ondernemer geworden, met vier potige zoons en een echtgenoot die een belangrijke positie bekleedde in het stadsbestuur.

Christy verdrong de herinnering om zich weer op haar verhaal te concentreren. 'Charles kwam twee keer in de week langs om te zien of alles goed ging, Joe was er bijna elke avond. En het ging goed. Ik werd voornamelijk in goud betaald en Madam Nellie raadde me aan een weegschaal en een kleine pikhouweel te kopen, om de juiste hoeveelheid goud te kunnen afbikken. Dan kon niemand me ervan beschuldigen dat ik mijn klanten bedroog. Tegen het eind van het eerste jaar had ik al een mooi bedrag op de bank staan.

'Een deel van dat geld gebruikte ik om de schuur uit te breiden met slaapplaatsen voor wie niet in een tent wilde. Voor een shilling en negen penny's per nacht, of voor een half apothekers-ons goud, kregen ze een schoon bed, avondeten en ontbijt.'

'Was u niet bang om uw huis te delen met zulke ruwe kerels?' vroeg Kathryn.

'Ik had een zware grendel op mijn deur en tralies voor mijn raam. Eerlijk gezegd voelde het wel een beetje als een gevangenis. Hoe dan ook, de meeste mannen behandelden me met respect. Ze wisten dat ze bij mij niks hoefden te proberen, dat ze konden vertrekken zodra ze voor problemen zorgden. Dus dat lieten ze wel uit hun hoofd, ook omdat Joe regelmatig langskwam.'

'U werd verliefd op hem, hè?' Kathryn keek haar aan.

Christy knikte. 'Hij was zo charmant en wist iedereen voor zich in te nemen. En hij kon je aankijken met een blik... Die gaf je het gevoel dat je bijzonder was. En waardoor je je veilig voelde. Veilig en beschermd.' Ze slaakte een diepe zucht. 'Hij vertelde ook de mooiste verhalen over Ierland. En hij kon me aan het lachen maken. Dat alles maakte hem onweerstaanbaar voor een eenzaam jong meisje dat haar familie miste en nog altijd treurde om haar eerste liefde.'

'Ik moet het vragen, oma.' Kathryn klonk bijna verontschuldigend. 'Is Joe mijn grootvader?'

Christy keek naar Anne voordat ze antwoord gaf. 'Ja, hij is je grootvader. En ik was zo verliefd op hem dat ik dacht dat we samen oud zouden worden.'

'Waarom is dat dan niet gebeurd?' Anne klonk gespannen, op haar wangen brandden vurige rode vlekken.

'Omdat Joe geheimen had,' antwoordde Christy zacht. 'Geheimen die ik pas ontdekte toen ik niet meer terug kon.'

Het was Anne aan te zien dat ze nog meer wilde vragen, maar Christy hief haar hand. 'De lunch kan elk moment gebracht worden, en het verhaal is te lang, te complex om afgeraffeld te worden. Bovendien heb ik behoefte aan een adempauze. Het is slopend om terug te keren naar het verleden.'

20

Sydney

Hamish en James waren naar hun kamer gegaan om een paar uurtjes slaap te pakken na de lange, ook in emotioneel opzicht uitputtende nacht waarin ze de vertrouwelijke documenten van hun moeder hadden doorgenomen. Tot overmaat van ramp waren ze tot de ontdekking gekomen dat ze de dreiging van een rechtszaak daarmee niet in de kiem zouden kunnen smoren. Integendeel, de documenten leken alleen maar te bevestigen dat er wel degelijk sprake was van een bloedverwantschap en dat Thomasina Brown dus aanspraak kon maken op Wallangarra.

Harold lag languit op bed, de dubbele deuren naar de veranda stonden open om de tabakslucht en de doordringende geur van gemorst bier kwijt te raken. Buiten stond een kille wind, en door het verkeerslawaai kon hij niet in slaap komen, maar hij was te moe en te stijf om weer overeind te komen. Dus hij trok de deken over zich heen en begroef zijn hoofd onder het kussen.

Uiteindelijk moest hij toch in slaap zijn gesukkeld, want hij schrok wakker omdat er op zijn deur werd gebonsd. 'Niet nu!' riep hij.

'Er is telefoon voor u!' Het was de stem van de hoteleigenaar.

'O. Ik kom eraan!' Gesmoord vloekend werkte Harold zich uit bed, schoot zijn kleren aan en stormde de overloop op. In zijn haast viel hij bijna van de trap. Zonder acht te slaan op de veelbetekenende blik van de hotelier greep hij de hoorn en drukte die tegen zijn oor. 'Hallo! Met wie spreek ik?'

'Met Baker. Je zei dat ik je met de grootste spoed moest bellen.'

Beneveld als hij was door bier en uitputting, duurde het even voordat Harold weer helder kon denken. 'Weet jij iets van een attest? Een of andere verklaring onder ede? Heeft Christy die soms bij jou in bewaring gegeven?'

'Ze heeft in de loop der jaren verschillende verklaringen onder ede afgelegd. Dus welke bedoel je?'

Harold omklemde de hoorn nog strakker. Baker kon soms zo traag van begrip zijn. 'De verklaring die verband houdt met de kwestie waar we op dit moment aan werken,' zei hij grimmig.

'Ik heb hier niets uit die periode,' drong de stem van Baker door de statische ruis. 'Die verklaring moet bij Smithson zijn. Hij behartigde destijds haar belangen.'

Harold legde in korte bewoordingen uit wat er met Smithson aan de hand was. 'Dus op hem kunnen we geen beroep doen, en zijn zoon is geen notaris. Bovendien weet die niets van de hele kwestie. Maar die verklaring is van cruciaal belang, Baker. We moeten hem zien te vinden.'

'Zoals ik al zei, ik heb hem niet, en hij zat niet tussen de papieren in de kluis in Bellerive. Althans, niet toen we die hebben leeggehaald voor de gerechtelijke verificatie van het testament. Trouwens, waarom is die verklaring zo belangrijk? Met wat er bij Smithson in de kluis zit moet je toch genoeg hebben om de aanspraken te kunnen weerleggen?'

'Nee, met die papieren komen we er niet. Integendeel,' zei Harold, zorgvuldig zijn woorden kiezend in het besef dat de hotelier aandachtig meeluisterde, ook al deed hij alsof hij geconcentreerd de stoep aanveegde. 'Ik heb geen idee wat dat attest behelst, maar Charles leek te vinden dat het van cruciaal belang was.'

'Het spijt me, Harold, ik wou dat ik je kon helpen. Ik zal voor de zekerheid alle papieren doornemen die ik van haar heb, maar eerlijk gezegd verwacht ik niet dat het iets oplevert.' Het bleef even stil. 'Ze had me een telegram gestuurd,' vervolgde hij toen bezorgd. 'Met allerlei vragen waarop ze antwoord wilde. Ze is inmiddels volledig op de hoogte, dus ik hoop dat zij met iets komt waarmee we zijn geholpen.'

'Ik zal haar vanochtend nog een telegram sturen, om te vragen naar het ontbrekende document. Met een beetje geluk is haar antwoord op tijd binnen, voordat de procedure definitief in gang wordt gezet.'

'Zijn haar zoons daar ook?'

'Ja.'

'Wanneer denk je uit Sydney te vertrekken? De hoorzitting is al over een week, en dan moeten we in Adelaide zijn.'

'Daar ben ik me van bewust,' antwoordde Harold kortaf. 'Maar als we die vervloekte verklaring niet vinden, ziet het er somber uit. Kun je Browns advocaten niet zover krijgen dat ze ons wat meer tijd geven?'

'Nee, helaas niet. Ze weten dat ze ons bij de kladden hebben, dus ze houden voet bij stuk.'

Harold zuchtte gefrustreerd. 'Goed. Dan zullen we moeten bluffen. Want zoals de zaken er nu voor staan zijn we aan de verliezende hand. Ga op zoek naar dat attest, Baker. Ondertussen stuur ik Christy een telegram.'

Hij verbrak de verbinding en sjokte de trap op om zijn hoed en zijn jas te halen. Het had weinig zin de broers wakker te maken, want hij had geen nieuws te melden.

Toen hij enige tijd later, terug van het telegraafkantoor, weer in bed kroop, werd hij overmand door een gevoel van falen. Hij was tekortgeschoten, hij had Christy teleurgesteld, en er was niets meer wat hij nog voor haar kon doen. De enige optie die hem restte was alles wat ze hadden ontdekt voor iedereen verborgen houden en Thomasina Brown zo veel zwijggeld bieden dat ze de zaak liet rusten. Het was een optie die hem met weerzin vervulde.

Aan boord van de SS Southern Cross

De lunch was rommelig verlopen, zonder de aandacht die de maaltijd verdiende; het eten was nauwelijks aangeroerd. Uiteindelijk keken ze zwijgend toe terwijl de bediening de tafel afruimde en koffie serveerde.

Christy had behoefte om haar benen te strekken, dus ze liet haar dochter en kleindochter met hun koffie in de hut achter en liep twee keer het dek rond. Ze was toegekomen aan het moeilijkste gedeelte van haar verhaal. Met wat ze op het punt stond te vertellen zou ze haar dochter onvermijdelijk verdriet doen en haar elke illusie ontnemen die ze misschien nog omtrent haar biologische vader had gekoesterd. Christy liep naar de reling en liet haar blik over de zee dwalen. Ze zag ertegen op om terug te gaan naar de hut, om Anne onder ogen te komen.

Joseph O'Driscoll had met zijn charme, zijn glimlach, zijn zangerige Ierse accent haar hart veroverd, maar uiteindelijk had hij het ook gebroken. En daar had ze een hoge prijs voor betaald. Een prijs die nu dreigde te worden doorgegeven aan de volgende generatie. Met een diepe zucht begon ze aan de terugweg naar de hut. Over een paar dagen waren ze in Melbourne, en ze hoopte vurig dat haar telegrammen waren bezorgd en dat de ontvangers hadden gedaan wat ze hun had opgedragen.

'Neem me niet kwalijk, maar er is zojuist een telegram voor u binnengekomen.'

Opgeschrikt uit haar gedachten pakte ze het telegram van de jonge officier aan. Met een gemompeld 'Dank u wel' scheurde ze de envelop open. Het telegram was afkomstig van Baker, die de eisen van Thomasina Brown zakelijk onder woorden bracht en haar liet weten dat de hoorzitting in Adelaide zou plaatsvinden, twee dagen nadat de *Southern Cross* er had aangelegd. Geen woord over het attest. Gefrustreerd verfrommelde ze het telegram. Hij moest haar instructies inmiddels toch hebben ontvangen?

In plaats van terug te gaan naar de hut zette ze koers naar het kantoor van de purser, om te vragen of ze Baker kon bellen. De purser reageerde beleefd, maar toonde zich onvermurwbaar. Rechtstreeks telefoneren was niet mogelijk. Dus stuurde ze opnieuw een telegram, met korte, bondige instructies, waarna ze met een stijgend gevoel van paniek terugkeerde naar de hut.

Anne en Kathryn zaten zachtjes te praten toen ze binnenkwam, en keken vol verwachting naar haar op. Christy liep linea recta naar de karaf met brandewijn en schonk zichzelf een stevige borrel in, die ze in twee teugen achteroversloeg.

'Allemensen,' fluisterde Anne. 'Wat is er in vredesnaam aan de hand?'

Christy vertelde hun over het telegram. 'En voordat jullie het vragen, ik ken geen Thomasina Brown, ik heb haar nog nooit ontmoet, en ik heb geen idee hoe ze op het idee is gekomen dat ze aanspraak kan maken op Wallangarra. Maar als Baker doet wat ik hem heb gezegd, moet hij een eind aan deze afschuwelijke kwestie kunnen maken.'

Christy liet zich in een stoel vallen en gooide het verkreukelde telegram op tafel. 'Ik hoop dat hij snel antwoord stuurt. Het is om gek van te worden... al die onzekerheid.'

'Dus als dat document niet wordt gevonden, komt er een hoorzitting. Dan wordt alles openbaar, en daar moeten wij bij zijn.' Kathryn slaakte een diepe zucht. 'Onze hele reis is bedorven, maar wat ik het allerergste vind is dat moeder en u zo ongelukkig zijn. Ik wou dat ik iets kon doen. Dat ik u kon helpen.'

'Dat is lief van je, maar er is niemand die nog iets kan doen. En ik kan niemand verwijten maken, want uiteindelijk is het allemaal mijn schuld.'

Ze legde uit waarom uitgerekend dat ene document niet bij de rest van de papieren was opgeborgen. Toen schonk ze zichzelf een kop sterke koffie in, om het effect van de brandewijn teniet te doen. Ze moest helder zijn om haar treurige verhaal te vervolgen, en gezien de laatste ontwikkelingen was het belangrijker dan ooit dat haar dochter en kleindochter alles te horen kregen en waren voorbereid op wat hun te wachten stond.

Kathryn hield de hand van haar moeder stevig vast, terwijl Anne eruitzag alsof ze opnieuw in tranen zou uitbarsten. 'Wat een nachtmerrie,' verzuchtte ze beverig. 'Ik durf er nauwelijks aan te denken wat ons bij thuiskomst te wachten staat. Het is onverdraaglijk!'

'Wat het ook is, moeder, we zullen het samen, als familie, onder ogen zien.'

Christy wenste dat haar dochter zich zou vermannen, dat ze haar gejammer zou staken, maar ze zei niets, gaf haar een schone zakdoek en begon aan het volgende hoofdstuk van haar verhaal.

'Het was op de goudvelden niet alleen maar ploeteren en zwoegen. Er werden ook dansavonden en paardenrennen georganiseerd, en soms waren er feestjes die spontaan ontstonden. En dan had je ook nog de rondreizende verkondigers van het Woord die voor vermaak zorgden. Er werd naar ze geluisterd, maar ze werden ook voortdurend in de rede gevallen. Wat het feesten betrof, ik heb geen idee waar we de energie vandaan haalden om na een lange werkdag nog te dansen. Maar we waren jong en sterk, en we hadden de behoefte om stoom af te blazen.

'Nadat Jamie was vertrokken zag Charles zichzelf als mijn beschermer, en naarmate de maanden verstreken, kwam hij steeds vaker langs, altijd met een klein cadeautje – bonbons, een haarlint, een veer voor op mijn zondagse bonnet.' Ze glimlachte wrang. 'Dat vond Joe natuurlijk niet leuk. De twee mannen waren totaal verschillend. Dat ze elkaars aanwezigheid verdroegen, kwam door mij. En door Finlay. Doordat ze die allebei kenden. Ik probeerde Joe duidelijk te maken dat Charles gewoon een goede vriend was, dat hij alleen maar aardig wilde zijn. Maar volgens Joe was ik naïef en probeerde Charles me voor zijn neus weg te kapen. Dat leidde tot een verschrikkelijke ruzie tussen Joe en mij.'

'Maar hij had gelijk, waar of niet?' vroeg Kathryn. 'Charles was verliefd op u.'

Christy knikte. 'Ja, en dat wist ik ook eigenlijk wel. Maar toen ik besefte dat hun rivaliteit steeds sterker, steeds vijandiger werd, moest ik eerlijk zijn en Charles zo voorzichtig mogelijk duidelijk maken dat ik zijn gevoelens niet beantwoordde. Het deed mij ook erg veel verdriet, want hij was zo'n goed mens, zo zorgzaam, zo eerlijk over zijn gevoelens. Maar liefde laat zich nu eenmaal niet dwingen.'

Christy's hand beefde, haar kopje ratelde tegen het schoteltje. 'Hij was diep gekwetst en zei dat ik niet gelukkig zou worden met Joe. Hij zinspeelde erop dat Joe niet deugde, dat hij misschien zelfs een rol had gespeeld bij Finlays ongeluk – of in elk geval bij de diefstal van het goud. Maar dat wilde ik niet geloven. Ik dacht dat hij uit wrok, uit teleurstelling probeerde Joe zwart te maken. Dus ik heb hem gezegd dat hij ons met rust moest laten. Dat hij alles bedierf.'

Er brandden tranen in haar ogen bij de herinnering aan zijn verdrietige gezicht, aan de gekwetste blik in zijn ogen, aan zijn hangende schouders, zijn strompelende tred toen hij wegliep. 'Toen ik zag hoeveel pijn ik hem had gedaan wilde ik die laatste harde woorden terugnemen. Ik wilde hem zeggen dat het me speet, dat hij me dierbaar was als vriend, als steun en toeverlaat. Maar toen stond Joe ineens voor mijn neus, hij nam me in zijn armen, kuste me, en toen hij me eindelijk losliet, was Charles verdwenen.'

Christy's stem brak, maar ze schraapte haar keel, vastberaden om door te zetten, om zich niet door emoties te laten overmannen. 'Daarna ging Charles me uit de weg, en nog geen maand later had hij zijn kantoor opgedoekt. Pas veel later hoorde ik dat hij naar Adelaide was vertrokken. Zonder afscheid te nemen. Daar heb ik zo veel verdriet van gehad. Ik denk dat het een bewuste keuze was. Om me te laten voelen hoeveel pijn ik hém had gedaan.

'Het was zo vreemd dat ik hem niet langer om raad kon vragen, en bovendien miste ik zijn gezelschap. Met als gevolg dat ik hoe langer hoe meer naar Joe trok. Wanneer ik er nu op terugkijk, zie ik dat het vanaf dat moment de verkeerde kant uit ging, dat ik toen mijn greep op de situatie begon te verliezen.'

Christy dacht aan die zoele zomeravond, een paar weken nadat Charles was weggegaan. De hemel was bezaaid met sterren, ze schitterden zo helder dat het leek alsof je maar omhoog hoefde te reiken om ze te plukken. Ook in haar ogen schitterden sterren terwijl Joe en zij dansten op de verrukkelijke, romantische muziek die naar buiten zweefde door de openstaande ramen van het nieuwe huis dat die dag was opgeleverd. En toen hij het eenvoudige ringetje om haar vinger schoof, met de vraag of ze met hem wilde trouwen, was haar geluk compleet.

'Kort na het vertrek van Charles vroeg Joe me ten huwelijk, en ik zei ja. Hij gaf me een ring die hij uit een reep tin had gehamerd, met de belofte dat hij nog vóór ons trouwen een echte voor me zou kopen. In de buurt van Quilpie stond een boerderij te koop, had hij gehoord. Voor een spotprijsje. Daar zouden we een veefokkerij kunnen beginnen en een gezin stichten.

'Ik had geen moment overwogen om uit Ballarat weg te gaan en mijn bloeiende bedrijf op te geven, maar het idee om elders een nieuw bestaan op te bouwen, samen met Joe, sprak me aan. Terwijl hij het avontuurlijke leven schetste dat we tegemoet gingen, en uitlegde wat een buitenkans, wat een geweldige investering de boerderij betekende, werd ik steeds enthousiaster.'

Christy dacht eraan hoe Joe haar had overgehaald haar bedrijf te verkopen, aan het goud dat hij haar had laten zien, waarmee hij zijn aandeel in de fokkerij en in de aanschaf van nieuwe koeien zou betalen.

'Ik wist niets van de veefokkerij,' vervolgde ze haar verhaal. 'Maar Joe stelde me gerust. Voordat de goudkoorts bezit van hem nam, had hij op een fokkerij gewerkt. Dus hij wist genoeg om de fokkerij op te zetten, en om ons te helpen met de bedrijfsvoering zouden we ervaren boerenknechten in dienst nemen. Ik schaam me te moeten bekennen dat ik zo verblind was door verliefdheid dat ik amper nadacht over de consequenties. Dus toen hij een paar dagen later kwam vertellen dat hij per telegram een bod had gedaan en dat het was geaccepteerd, was ik net als hij door het dolle heen en ging ik aan de slag om mijn bedrijf te verkopen.

'Joe wilde zo snel mogelijk trouwen om aan ons nieuwe leven op Wallangarra te kunnen beginnen. Dus hij vroeg een rondtrekkende dominee, die toevallig net in de stad was gearriveerd, om het huwelijk te sluiten.'

Anne trok haar wenkbrauwen op. 'Zo te horen had hij verdacht veel haast. En was jij wel erg onnozel om je zo'n belangrijk besluit te laten opdringen.'

'Dat besef ik nu ook, maar ik had niemand die ik om raad kon vragen. En zelfs al was Charles nog in de buurt geweest, dan had ik waarschijnlijk toch niet naar hem geluisterd,' zei ze somber.

'Dus je gaf je aan hem,' zei Anne plompverloren. 'En vervolgens nam hij de benen.'

'Ik gaf me inderdaad aan hem,' bekende Christy blozend. 'Maar hij liet me niet in de steek. Integendeel, we zijn getrouwd.'

'Jullie zijn getrouwd?' bracht Anne verbijsterd uit. 'Maar ik dacht... Je zei...'

'Ik weet wat ik heb gezegd, en daar was geen woord van gelogen. Laat me alsjeblieft het hele verhaal vertellen. Dan wordt alles duidelijk.'

De beelden en geluiden van het mijnstadje stonden haar nog levendig voor de geest. Haar omgeving verdween naar de achtergrond en ze werd teruggevoerd naar het verleden.

Een zinderend hete zomerdag, de tent van de prediker was opgezet aan de rand van Ballarat. In het stadje heerste een uitgelaten stemming, want gezien het geringe aantal vrouwen gebeurde het niet vaak dat er een bruiloft werd gevierd. Het leek wel alsof de hele bevolking was uitgelopen, inclusief een deel van de Chinezen.

Madam Nellie en haar meisjes hadden een tweewielig rijtuigje voor de bruid geregeld en versierd met linten, papieren bloemen en rinkelende belletjes. Myrtle Harris had een lap botergele mousseline die Christy van een rondtrekkende venter had gekocht omgetoverd in een trouwjurk, gevoerd met witte katoen tegen het doorschijnen.

Myrtle deed ook het haar van de bruid, vlocht linten en wilde bloemen door Christy's krullen en hielp haar ten slotte in de jurk. Met een boeket van wilde kangoeroepoot, rode lampenpoetser en bleekroze Australische malve betrad Christy nerveus het houten looppad, luidkeels toegejuicht door de toegestroomde nieuwsgierigen. Na een korte rit in het rijtuigje – Fred, Myrtles man, fungeerde als koetsier en zou haar ook weggeven – arriveerde ze bij de enorme tent, versierd met wimpels, vlaggetjes en glinsterfolie die normaliter alleen met Kerstmis werd gebruikt.

'Weet je het zeker, meidje?' vroeg Fred met zijn zware cockneyaccent.

'Ja, heel, heel zeker,' antwoordde ze ademloos. 'Ik wou alleen dat Charles en mijn broers erbij waren.'

'Tja, ze missen wel wat,' zei Fred. 'Je ziet er prachtig uit, lieverd. Joe boft maar.'

Op het moment dat ze de grote tent binnenkwamen zette Madam Nellie de eerste akkoorden in op de stokoude, gruwelijk valse piano die ze uit haar saloon naar de trouwlocatie had gezeuld. De gemeente draaide zich als één man naar de ingang, waar Christy het geïmproviseerde middenpad tussen de rijen houten banken betrad. Ze herkende de dominee – hij bezocht het stadje regelmatig en was ondanks zijn hel-en-verdoemenispreken een van Nellies beste klanten – maar ze had slechts oog voor Joe. Hij wachtte op haar bij de tafel die als altaar dienstdeed. Een knappe, rijzige verschijning in zijn geleende pak.

De dominee genoot er zichtbaar van zo'n talrijk en geboeid gehoor te kunnen toespreken. Hij liet zich volledig meeslepen door zijn preek, riep de gelovigen op te bekennen dat ze onwaardige zondaars waren die heulden met de duivel, in de stellige zekerheid dat ze na hun dood tot in alle eeuwigheid zouden branden in het hellevuur.

Uiteindelijk boog Joe zich naar voren. 'Luister eens, vriend, we zijn hier voor een huwelijk. Dus hou het een beetje vrolijk.'

De dominee gehoorzaamde, en toen bruid en bruidegom hun trouwbeloftes hadden uitgesproken en elkaar hadden gekust, stuurde hij haastig een van zijn assistenten rond met een emmer om de offerandes van zijn ongebruikelijk grote gehoor in te zamelen.

Christy en Joe tekenden het register en kregen een fraaie akte waarop stond dat ze nu man en vrouw waren. Madam Nellie werkte zich rommelig maar enthousiast door een vrolijk variéténummer, terwijl Christy aan de arm van Joe de tent verliet, onder luid gejuich en donderend applaus. Toen ze buiten kwamen werden ze bijna omvergelopen door de stormloop op het hotel, waar de receptie werd gehouden. Een huwelijk maakte dorstig, vooral wanneer de temperatuur tot bijna veertig graden steeg, zoals in de tent.

Christy klemde zich lachend aan Joe vast, en toen ze naar hem opkeek durfde ze nauwelijks te geloven dat deze knappe, charmante man háár tot vrouw had gekozen.

Hij kuste haar luchtig op de lippen en tilde haar op. 'Je bent een prachtige bruid,' zei hij met zijn lippen tegen haar wang. 'En ik wil dat de hele stad ziet dat je mijn vrouw bent!'

In zijn armen voelde Christy zich volmaakt veilig, terwijl hij haar door de hoofdstraat droeg, begeleid door een koor van gelukwensen, schor gefluit en gejoel van gouddelvers die al de nodige glazen ophadden van het alcoholische brouwsel dat ze zelf stookten, ergens diep in de bush.

Joe droeg Christy de treden van het Ballarat Hotel op en zette haar voorzichtig weer neer, waarop hij door zijn makkers werd meegetroond naar de bar. Op haar beurt werd Christy omringd door Nellies meisjes, kwetterend als een zwerm parkieten, opgewonden door het huwelijk en blij dat ze bij wijze van uitzondering niet hoefden te werken.

Christy zweeg en dacht terug aan het afgunstige kirren waarmee ze haar jurk hadden bewonderd, aan hun bezweringen dat ze zich gelukkig mocht prijzen met een man als Joe, aan dat moment waarop ze had gemeend een vertrouwd gezicht te zien in de menigte op het houten looppad, terwijl om haar heen de meisjes giechelden en grove grappen maakten over haar huwelijksnacht.

Reikhalzend, op haar tenen, had ze haar blik koortsachtig over de luidruchtige mensenmassa laten gaan, op zoek naar dat dierbare gezicht waarvan ze had gedacht dat ze het nooit meer zou zien. Maar toen de bel werd geluid, ten teken dat het feest begon, en de gasten het hotel binnenstroomden, besefte ze diep teleurgesteld dat ze zich moest hebben vergist. Het was natuurlijk ook dwaas geweest om te denken dat hij er zou zijn. Tenslotte had hij haar maar al te duidelijk gemaakt dat hij niets meer met haar te maken wilde hebben.

Christy knipperde met haar ogen om de beelden te verdrijven, en ze besefte dat haar dochter en haar kleindochter haar verbijsterd aanstaarden. Om te voorkomen dat ze haar onderbraken, wachtte ze hun vragen niet af maar vertelde haastig verder.

'We sliepen die nacht in mijn pension. Dat voelde vreemd, omdat het niet langer van mij was. Na een royaal ontbijt laadden we onze spullen op Joe's wagen, we spanden de paarden in, en daar gingen we. Het kostte ons bijna een week om in Quilpie te komen, en vandaar was het nog bijna een halve dag naar Wallangarra. Nadat we de hele reis op de grond hadden geslapen, onder een stuk zeildoek, verlangde ik naar een warm bad en een fatsoenlijk bed.'

'Zag het er toen al net zo uit als nu?' vroeg Anne.

'Het leek er niet op! Het oude echtpaar dat er woonde kon het werk niet meer aan. De boerderij bestond uit een verzameling schuren, bij elkaar gehouden door een veranda die op instorten stond, zo verrot was het hout. De horren waren kapot, het ongedierte kon ongehinderd naar binnen vliegen en kruipen, het dak bestond uit roestige golfplaten die in geen jaren waren gerepareerd of vervangen.'

Ze slaakte een zucht. 'De meubels waren bij de koop inbegrepen, maar dusdanig aangetast door termieten dat we geen andere keus hadden dan ze te verbranden. Het vee was verkocht, de werktuigen en machines stonden weg te roesten, de windmolen was zo stokoud dat hij nauwelijks meer water uit de put wist te halen.'

'Het verbaast me dat u de koop dan toch hebt laten doorgaan,' merkte Kathryn op.

'Dat had ik ook bijna niet gedaan. Sterker nog, Joe en ik kregen een verschrikkelijke ruzie toen we over het land reden en zagen hoezeer het was verwilderd, hoeveel werk het zou zijn om het weer bruikbaar te maken. Maar ik wist niets van het boerenleven. Vergeet dat niet. Het was van meet af aan een hopeloze onderneming.'

'Waarom hebben jullie die boerderij dan toch gekocht?' vroeg Anne.

'Omdat we nergens anders heen konden. En ik wilde per se niet terug naar de goudvelden. Ik had gezien wat het met mannen deed als de goudkoorts ze in zijn greep kreeg. En daar wilde ik Joe voor behoeden. En mezelf. Bovendien had ik toen al het vermoeden dat ik in verwachting was.'

Ze keek Anne aan. 'Joe wist de prijs nog een eind naar beneden te krijgen door de verkopers duidelijk te maken dat ze van niemand een beter bod hoefden te verwachten. Ik had met die oude mensen te doen, maar om de boerderij weer op te lappen en om vee te kunnen kopen hadden we elke penny van ons spaargeld hard nodig. Hoe dan ook, uiteindelijk werden we het eens en gingen we naar Charleville om de papieren te tekenen.'

Christy merkte dat ze een droge mond had, en dat haar hand beefde toen ze een glas water inschonk. Ze gunde zichzelf een moment om een paar slokjes te nemen en haar gedachten te ordenen.

'Pas toen we allebei hadden getekend, bekende Joe dat hij niet zo veel geld had als hij mij had doen geloven. Hij stelde voor dat ik de boerderij betaalde, en dat hij zijn spaargeld zou gebruiken voor de aanschaf van een kudde en van alles wat we nodig hadden tot de fokkerij winstgevend zou zijn.'

Ze slaakte een beverige zucht. 'Ik was geschokt. Tenslotte had ik het goud gezien dat hij had gevonden. Maar een groot deel daarvan was opgegaan aan de bruiloft, zei hij. En aan de aanschaf van een wagen en paarden en proviand om ons de eerste maand door te helpen. Daar stond ik dan. De papieren waren getekend, de notaris keek ons wantrouwend aan, en het oude echtpaar wachtte op hun geld. Ik kon geen kant uit. Dus ik ging naar de bank – samen met de notaris – en na eindeloos wachten op een telegram van het filiaal in Eureka kreeg ik het geld.'

'En toen? Deed Joe wat hij beloofde? Kocht hij een nieuwe kudde?'

'Eerst moesten we het huis bewoonbaar zien te maken. Dus we waren dag en nacht bezig met repareren, verbouwen, schoonmaken, het verwijderen van ongedierte – spinnen, slangen, schorpioenen. Gelukkig hoefden we geen hout te kopen. Dat haalden we uit de bush rond de boerderij. Maar het gereedschap dat de oude boer en zijn vrouw hadden achtergelaten was zo verroest dat we het niet meer konden gebruiken. Dus dat moesten we allemaal nieuw aanschaffen. Tot overmaat van ramp hadden we snuitkevers in onze rijst en in het meel, en werd de suiker opgevreten door ratten, mieren, wombats en opossums. Met als gevolg dat onze voorraden snel opraakten. En dat niet alleen, we moesten bovendien metalen vaten aanschaffen om onze nieuwe voorraden in op te slaan. Vervolgens ontdekten we dat ook de nieuwe palen onder het huis werden aangevreten door termieten.

'Joe gebruikte het metaal van de verroeste gereedschappen en machines om er de palen mee in te pakken, maar toen begon het natte zomerseizoen, en daarmee kwamen de muggen en de vliegen. Dat betekende dat we nieuwe horren moesten kopen en dat we fatsoenlijke goten en regenpijpen moesten aanleggen, en regentonnen om het water in op te slaan. Tegen de tijd dat de windmolen was gerepareerd en Anne was geboren, had Joe geen penny meer en leefden we van mijn spaargeld.'

'Maar waarom verkocht u de boerderij niet gewoon? Waarom kocht u niet een kleiner huis in de stad?' vroeg Kathryn. 'Zo te horen stopten jullie het ene gat met het andere. En dan had u ook nog een klein kind om voor te zorgen. U moet wel wanhopig zijn geweest.'

'De boerderij was bij lange nog niet verkoopbaar. Er zou niemand in geïnteresseerd zijn geweest. En we waren inderdaad wanhopig. Ik omdat ik nu ook Anne had om voor te zorgen, en Joe omdat zijn droom van een toekomst als rijke veeboer een illusie was gebleken.'

'En toen? Wat hebben jullie toen gedaan?' vroeg Anne.

'Toen ben ik naar Charleville gegaan, naar een boer die in de buurt woonde, en die heb ik om raad gevraagd. Hij adviseerde me goed stamboekvee te kopen om mee te fokken. Daar ging een groot deel van mijn spaargeld aan op. Geholpen door de drijvers van de boer wisten we het vee in het enige stuk graasland te krijgen dat we hadden vrijgemaakt van giftig onkruid. Bovendien zetten ze een van hun reservemolens bij ons neer. Daardoor konden we water oppompen uit de put die we hadden geslagen, en het vee te drinken geven.'

'Zo te horen nam jij de leiding. Wat deed Joe ondertussen?' vroeg Anne.

'Door de slagregens stond het gras tot aan onze knieën. Het was mals en sappig, en daar kwamen kangoeroes en wallaby's op af. Dus er moest een omheining komen, hoog genoeg om ze buiten te houden. Ik zei tegen Joe dat hij nog meer hout moest hakken om palen van te maken, en ik kocht gaas om daartussen te spannen.'

Ze zweeg even, zoekend naar de beste formulering om Annes vraag te beantwoorden. 'Joe had zijn vertrouwen in het project verloren. Hij liep voortdurend te mopperen en te klagen, en hij dreigde zelfs om weg te gaan, naar Avoca, in Victoria. Daar zou volgens de geruchten ook goud in de grond zitten. Volgens mij voelde hij zich opgesloten in dat kleine huis, met een vrouw die altijd doodmoe was, en een huilend kind. Hij verlangde terug naar zijn vrijheid, naar zijn leven als goudzoeker.'

'Dus hij liet je in de steek, en jij bleef alleen op de boerderij achter?' vroeg Anne bezorgd.

'Nee, zo'n vaart liep het niet. Toen we het graasland hadden omheind was mijn geld ook bijna op. En omdat Joe zelf allang platzak was, kon hij nergens heen. Ik nam een voorbeeld aan de Aboriginalvrouwen, bond Anne in een doek op mijn rug en ging naar de stad. Daar vond ik werk als kok in een pub. Ondertussen zorgde Joe voor het vee.'

Ze grijnsde bij het zien van hun van afschuw vervulde gezichten. 'De klandizie was ruw volk, en ik moest keihard werken. Maar dat was ik gewend. En ik kwam tenminste weer onder de mensen, ik maakte vrienden en ik had weer wat geld op zak.

'Na een tijdje wist ik mijn baas over te halen me te laten experimenteren met mijn geitenvleesstoofpot – op Wallangarra waren die vervloekte geiten nog altijd een plaag. Afijn, de stoofpot bleek zo'n succes dat ik regelmatig wat geiten bij elkaar dreef. Ik slachtte en vilde ze, het vlees verkocht ik aan de pub, de huiden aan de looier. De vrouwtjes gaven lekkere, voedzame melk, dus daar hield ik er twee van, en één tamme bok. Anne moest even wennen aan de smaak, maar dat duurde niet lang en toen groeide ze als kool.'

'Ik vind het nog steeds lekker,' bekende Anne. 'Ook al kan je het tegenwoordig bijna nergens meer krijgen.'

'Hoelang heeft het geduurd voordat Wallangarra financieel iets opleverde?' vroeg Kathryn.

'Tegen de tijd dat we er anderhalf jaar zaten begon de kudde zich aardig uit te breiden. Maar toen zei Joe dat hij er definitief genoeg van had, dat hij zo niet wilde leven, dat hij terug wilde naar Ballarat. Anne en ik maakten geen deel uit van zijn plannen, dat was duidelijk. Hij wilde dat ik hem genoeg geld gaf voor de reis. Zodra hij goud had gevonden, zou hij me terugbetalen.'

Ze zuchtte. 'Maar ik geloofde hem allang niet meer. Wat hij ook zei. Hij had zo veel beloftes gedaan en verbroken. Ik liep ook nog altijd met die tinnen trouwring. Het ding sneed in mijn vinger. Als ik hem geld gaf, zag ik hem waarschijnlijk nooit meer.'

'Zo te horen miste je daar niks aan. Je redde je prima zonder hem,' zei Anne.

'Hij was wel mijn man, en ik dacht destijds nog dat ik me alleen niet staande zou weten te houden.' Christy ging in gedachten terug naar Joe's laatste dag op Wallangarra.

Het was hartje zomer, de hitte zinderde boven het vergeelde gras, de kreken vielen steeds verder droog. De gombomen verwelkten en zelfs de vogels zwegen, op af en toe het eenzame gekras van een kraai na.

'Ik hou het hier niet langer uit!' foeterde Joe. 'Je hebt ergens geld verstopt! En daar heb ik recht op. Ik ben je man!'

'Dat heb ik zelf verdiend,' riep ze terug, met een snikkende Anne op haar heup. 'Bovendien heb ik dat geld nodig om voor je dochter te kunnen zorgen.'

'Maar ik heb je al gezegd dat ik het terugbetaal, achterlijk wijf! Er zit daar goud in de grond. Zo veel goud dat we schatrijk kunnen worden. Rijker dan we ooit hadden kunnen dromen. Maar dan moet ik wel geld hebben om spullen aan te schaffen.'

'Dat zal je dan zelf moeten verdienen!' schreeuwde ze om boven het gejammer van Anne en het blaten van de geiten uit te komen. 'Je staat al bij me in het krijt voor het huis, en het vee, en voor zo ongeveer alles wat we de afgelopen maanden hebben gekocht. En waag het niet het paard en de wagen mee te nemen. Die heb ik nodig.'

'Ik bepaal zelf wel wat ik meeneem!' Hij sloeg met zijn vuist op de keukentafel. 'Ik ben je man. Jij hebt nergens recht op. Je moet alleen maar doen wat ik zeg.'

Ze dook ineen voor zijn geheven vuist, met de snikkende Anne dicht tegen zich aan gedrukt. Toen werd de deur opengegooid. 'Schoft! Blijf van haar af! Of ik doe je wat!'

Christy en Joe keken als verlamd naar de twee mannen die de keuken binnenkwamen. 'Is alles goed met je, Christy? Hij heeft je toch niet geslagen?'

Verwonderd, vol ongeloof, keek ze hen aan. En toen het eindelijk tot haar doordrong wie haar redders waren, lieten haar benen haar in de steek.

Christy keerde terug naar het heden. 'Ik was zo blij dat ze er waren, maar even later stortte mijn wereld in,' zei ze zacht. 'Want ze openden me de ogen voor de ware aard van mijn man. Of liever gezegd, van de man met wie ik dacht getrouwd te zijn. En dat niet alleen, ze lieten hem arresteren.'

Sydney

Harold zat met Hamish en James in de bar toen de telefoon in de hal begon te rinkelen. De eigenaar van het hotel liep erheen, het drietal spitste de oren, in de hoop dat het Baker was die belde om te zeggen dat hij het attest had gevonden.

'Harry! Ene John Smithson voor je aan de lijn. Hij klinkt nogal geagiteerd.'

Harold haastte zich naar de telefoon, op de hielen gevolgd door de twee broers. 'John! Met Harry.'

'Ik heb de hele dag in het ziekenhuis gezeten en kom nu pas op kantoor. Er zijn hier vanochtend twee telegrammen bezorgd voor mijn vader, hoor ik van mijn secretaris.'

Harold rolde geërgerd met zijn ogen. 'Ja? En?'

'Het ene is afkomstig van je schoonmoeder, het andere van haar advocaat. Ene Baker. De inhoud is ongeveer hetzelfde. Dus ik ben rechtstreeks naar onze bank gegaan, om de brief te halen die ze daar ooit in bewaring heeft gegeven.'

'Wat staat erin?'

'Dat weet ik niet. Ik heb hem niet opengemaakt.'

'Doe dat dan onmiddellijk!' bulderde Hamish, die meeluisterde.

'Er staat met zo veel woorden op de envelop dat hij pas na haar dood mag worden geopend. En ik ben niet gemachtigd om tegen die instructies in te gaan,' zei hij stijfjes.

'John!' Hamish griste Harold de telefoon uit handen. 'Waar ben je?'

'Op kantoor.'

'Blijf daar,' blafte Hamish. 'We zijn binnen vijf minuten bij je.'

Hij gooide de hoorn op de haak en rende naar buiten, de regen in, zonder hoed of jas, met James en Harold in zijn kielzog. Ze moesten alles op alles zetten om hem bij te houden, want voor iemand met zijn gezette postuur kon Hamish verrassend hard lopen.

Bij het kantoor in Rum Lane viel licht naar buiten door de geopende voordeur. Ze stormden naar binnen. John stond al in de hal op hen te wachten. Na één blik op het gezicht van Hamish stierf het protest op zijn lippen en overhandigde hij gedwee beide telegrammen en de ongeopende brief.

James en Harold lazen de paar regels van Christy en de iets informatievere tekst van Baker. Ondertussen scheurde Hamish de envelop open en haalde er een brief en een officieel ogend document uit. Ze bogen zich er gedrieën overheen.

Al snel slaakte Hamish een juichkreet en stak triomfantelijk zijn vuist in de lucht. James stampte lachend met zijn voet op de grond, en Harold pakte John bij de schouders en danste met hem door de hal. 'Ze heeft het voor elkaar!' riep hij terwijl Smithson jr. hem verschrikt aankeek. 'Christy heeft het onweerlegbare bewijs geleverd dat Thomasina Brown geen poot heeft om op te staan.'

John was merkbaar geschokt door hun luidruchtige uitbundigheid. 'Mag ik het ook lezen?' vroeg hij bijna angstig.

Hamish gaf hem het attest waardoor de dreigende ramp was afgewend. 'Doe het wel snel,' bulderde hij. 'Want het is de hoogste tijd voor een borrel.'

21

Aan boord van de SS Southern Cross

De avond viel. Christy was doodmoe, maar het verhaal was nog niet uit. Na een korte wandeling over het dek keerde ze enigszins verkwikt terug naar haar hut, waar ondertussen twee telegrammen bleken te zijn bezorgd.

Ze begon met het telegram van Baker, die haar liet weten dat hij na bestudering van haar testament tot de conclusie was gekomen dat het attest moest zijn opgeborgen bij haar laatste brief, die ze bij de bank van Smithson & Son in bewaring had gegeven. Hij had Smithson onmiddellijk geïnformeerd en hem gevraagd de bewuste papieren uit de bankkluis te halen.

Met een zucht van verlichting maakte ze vervolgens Harolds telegram open. Ze hadden het attest, liet hij haar weten, en ze zouden de volgende dag in alle vroegte naar Melbourne vertrekken. Hij sloot af met liefs van zijn twee zwagers en hemzelf voor hen drieën en met de wens dat Baker een rechtszaak in de kiem zou weten te smoren. Eind goed, al goed.

Ze gaf de telegrammen aan haar dochter en kleindochter en begon door de hut te ijsberen. 'Maar daarmee is de kwestie helaas nog niet ten einde,' zei ze zacht. 'We kunnen pas opgelucht ademhalen wanneer Thomasina Brown het zwijgen is opgelegd.'

'Baker laat haar ongetwijfeld iets ondertekenen om te voorkomen dat ze naar de pers stapt,' zei Anne. 'Hij weet drommels goed hoeveel schade ze kan aanrichten als ze niet wordt gemuilkorfd.'

Christy glimlachte mat. 'Je schildert haar af als een dolle hond. Daar geloof ik niets van. Volgens mij denkt ze oprecht dat ze aanspraak kan maken op Wallangarra.'

Ze zweeg, dacht na en kwam tot een besluit. 'Ik ga in Adelaide van boord.'

'Waarom?' vroeg Anne verbijsterd.

'Als ik Thomasina Brown juist heb ingeschat, dan wil ik met haar praten.' Ze hief haar hand om protesten het zwijgen op te leggen. 'Ik zal Baker een telegram sturen om hem te laten weten wat ik van plan ben, en om hem te vragen een ontmoeting onder vier ogen te regelen.'

'Dat lijkt me erg onverstandig,' zei Anne. 'Daar kan alleen maar narigheid van komen.'

'Daar geloof ik niets van,' zei Christy nogmaals. Toen liep ze de hut uit.

Toen ze even later terugkwam, had ze iets te drinken besteld en geregeld dat het diner in de hut werd geserveerd. Zodra ze weer onder elkaar waren, hief ze haar glas. 'Op Harold, Baker en Charles. Mijn dappere ridders! Mijn redders in de nood.'

Kathryn giechelde. 'Ik kan me die oude Baker niet als ridder voorstellen. Maar papa is altijd mijn held geweest. Dus daar drink ik op.'

Anne nipte van haar glas. 'Als je overmorgen al van boord gaat, kun je maar beter je verhaal afmaken. Ik wil wel weten wie die verrassende bezoekers waren en waarom Joe werd gearresteerd.'

Christy dronk genietend van de verrukkelijke, gekoelde wijn en pakte een canapé van het zilveren schaaltje. Bizar, dacht ze, knabbelend op het plakje gerookte zalm en het krokante, licht gezouten koekje. Ze werd omringd door luxe, terwijl ze al die jaren geleden volledig berooid was geweest en zich angstig had afgevraagd of ze wel voor haar dochtertje en zichzelf zou kunnen zorgen.

'Op mijn trouwdag dacht ik Charles te herkennen, in de menigte bij het hotel. Maar toen ik hem nergens meer zag, besloot ik dat mijn verbeelding me parten had gespeeld. Wat ik niet wist, was dat hij er in Adelaide achter was gekomen dat Joe niet de man was voor wie hij zich uitgaf. Dus hij was naar Ballarat teruggegaan om me voor hem te waarschuwen. Maar bij zijn aankomst was het huwelijk net voltrokken. Het was te laat. Hij kon er niets meer tegen doen.'

'Maar waarom kwam hij dan later alsnog helemaal naar Quilpie?' vroeg Kathryn.

'En waarom wachtte hij zo lang? Je was onderhand al bijna twee jaar uit Ballarat weg.' Anne klonk nijdig.

'Charles is geen snelle beslisser,' antwoordde Christy met een wrange glimlach. 'Nog steeds niet. Daarom heeft hij ook zo lang geaarzeld voordat hij me dat eerste telegram stuurde. Hij had onweerlegbare bewijzen in handen dat Joe niet deugde, dat hij een schurk was, maar hij had van Myrtle gehoord – ik was met haar blijven corresponderen – dat ik in verwachting was. Daardoor wist hij niet goed wat hem te doen stond.'

'Wat waren dat voor bewijzen?' vroeg Anne.

'Hij had ontdekt dat Joe al getrouwd was, dat hij een gezin had in Adelaide, en dat hij zijn vrouw en zijn kinderen in de steek had gelaten om naar goud te gaan zoeken.'

Er viel een verbijsterde stilte, waarin Christy opnieuw genietend van haar wijn dronk en nog een canapé verorberde. 'Zijn vrouw stond er met hun vier kinderen helemaal alleen voor, en het viel voor haar niet mee om de eindjes aan elkaar te knopen. Goeiig als hij is, wist Charles een betrekking voor haar te regelen als huishoudster van een wijnboer in de Barossa Valley. Daar hadden ze kost en inwoning, de kinderen konden er naar school, en het schoolgeld werd ingehouden op haar loon.'

'Dat was erg aardig van hem,' zei Anne. 'Maar waarom deed hij dat? Hij was haar toch niets verplicht?'

'Charles heeft nu eenmaal een groot, warm hart. En dat is een kostbaar goed, Anne.'

'U zei dat er die avond twee bezoekers waren op Wallangarra,' zei Kathryn. 'Was Jamie de andere bezoeker?'

Christy schudde haar hoofd. 'Nee, Jamie had inmiddels een succesvol bestaan opgebouwd in Melbourne, als eigenaar van een snel groeiend timmermansbedrijf. We schreven elkaar af en toe, maar we hadden weinig gemeen en we zagen elkaar pas weer toen ik met je grootvader naar Yarrabinda verhuisde.'

Ze zweeg, denkend aan haar jongere broer die altijd zo boos was geweest om de onrechtvaardigheid van het lot, maar die zijn woede had weten om te zetten in een vurige ambitie om een succes van zijn leven te maken.

'Hij trouwde met een meisje uit Aberdeen. Ze was met haar ouders naar Australië geëmigreerd. Helaas stierf ze in het kraambed. Jamie is de rest van zijn leven alleen gebleven. Hij bouwde een bloeiend bedrijf op en werd beschouwd als een van de beste meubelmakers in Australië toen hij plotseling overleed aan een hartaanval. Het gebeurde toen hij van Yarrabinda op weg was naar huis. Hij had een bureau voor me gemaakt, als verlaat huwelijkscadeau. Het begint na al die jaren wat sleets te worden, maar het is me nog altijd heel dierbaar.'

'Wat is er met zijn erfenis gebeurd?' vroeg Anne. 'Ik neem aan dat die naar jou is gegaan?'

'Nee. Hij heeft zijn geld nagelaten aan het James MacInnes College voor houtbewerking. Ik weet toevallig dat het een onderdeel vormt van de universiteit van Melbourne en dat het wordt gezien als een van de meest gerenommeerde vakopleidingen in Victoria.'

Ze nam nog een slok wijn en zette haar glas neer. 'Maar ik dwaal af. In de Barossa Valley leerde Charles een bedrijfsleider kennen op een wijnboerderij die hoopte ooit zijn eigen wijngaard te hebben.'

Er verscheen een vertederde glimlach op haar gezicht. 'Een jonge man met een droom, die altijd was blijven zoeken naar het meisje dat hij liefhad, maar dat hij door toedoen van zijn bemoeizieke tante was kwijtgeraakt. Hij was de zoon van immigranten uit Beieren, die de religieuze vervolgingen en pogroms in hun vaderland waren ontvlucht om in de wijnstreken van Australië een nieuw leven te beginnen. Maar het noodlot sloeg toe, en de ouders verdronken op zee, tijdens een gruwelijke storm. De zoon overleefde en werd liefdevol opgenomen in het gezin van de broer van zijn vader. Hij heette Peter. Peter Keller.'

Kathryn hield verrast haar adem in. 'Dat was opa! Hoe is het mogelijk?'

'Volgens mij heeft het lot Charles en hem bij elkaar gebracht. En daardoor Peter en mij ook weer. Ik dacht dat ik voor hem niet meer dan een zomerflirt was, en hij dacht dat ik hem was vergeten omdat ik zijn brieven niet beantwoordde. Maar zijn tante had onze brieven verstopt, zowel de zijne als die van mij. Aan hem schreef ze dat ik niet meer in het hotel werkte en dat ze niet wist waar ik naartoe was gegaan. En mij vertelde ze dat hij zich had verloofd. Kort daarna kreeg ik die brief van Charles, over Finlay die een ongeluk had gehad, en toen vertrok ik inderdaad uit Hobart.'

'Dus ik neem aan dat Charles aan papa heeft verteld hoe wanhopig je situatie was, en dat ze toen samen naar Wallangarra zijn gegaan,' zei Anne. 'Wat moet dat een schok voor je zijn geweest.'

'Dat was het zeker. Maar nog niet zo schokkend als de ontdekking dat mijn man al met een ander getrouwd was, en dat onze huwelijksplechtigheid pure oplichterij was geweest.'

Christy slaakte een diepe, haperende zucht. 'Joe had de dominee judasgeld betaald om de plechtigheid te leiden en te zorgen voor een vervalste huwelijksakte.' Ze keek naar de belletjes in haar champagne. 'Ik heb ze nog, dertig zilveren munten, opdat ik nooit vergeet hoe gemakkelijk ik me voor de gek heb laten houden. En die tinnen trouwring heb ik ook nog.'

Ze slaakte opnieuw een zucht. Zou Harold dat geld op zijn zoektocht zijn tegengekomen? En welke verklaring had hij daarvoor bedacht? 'Charles is direct na de plechtigheid naar de dominee gegaan. Hij heeft hem recht in het gezicht gestompt – zoiets had hij nog nooit gedaan – en hem een bekentenis laten tekenen. En hij heeft het geld teruggeëist. De dominee wist niet hoe snel hij zich uit de voeten moest maken. Ze hebben hem in Ballarat nooit meer teruggezien.

'En Joe...' Ze glimlachte spijtig. 'Voordat ze naar Wallangarra kwamen waren Charles en Peter eerst bij het politiebureau langs geweest. Dus het duurde niet lang of er verschenen drie agenten om Joe te arresteren. Charles en Peter stonden erop dat hij niet meteen de gevangenis in ging, maar eerst voor de rechter in Charleville werd geleid om een beëdigde verklaring af te leggen.

'Blijkbaar besefte hij dat het spel uit was, want hij gaf toe dat hij onder valse voorwendselen met me was getrouwd en dat Wallangarra uitsluitend met mijn geld was gekocht, ook al stonden de eigendomsaktes op naam van ons beiden. Omdat we niet getrouwd waren had hij ook geen enkel recht op mijn bezittingen. Dat attest heeft ons nu gered. Daardoor maakt de zaak van Thomasina Brown geen schijn van kans voor een rechtbank.'

'Ik vind het moeilijk te accepteren dat O'Driscoll zo door en door slecht was.' Anne huiverde. 'En ik hoop vurig dat ik geen van zijn nare eigenschappen heb geërfd.'

'Natuurlijk niet.' Christy pakte haar hand. 'Je bent mijn dochter, de kleindochter van Anne en Angus MacInnes, en je hebt het bloed van de Vikingen in je aderen. Bovendien is hij nooit echt je vader geweest. Die rol nam Peter op zich, vanaf het eerste moment dat hij je zag.'

'Hij was een geweldige vader,' zei Anne met tranen in haar ogen. 'Ik mis hem zo.'

'We missen hem allemaal,' zei Christy. 'Maar ik geloof er heilig in dat hij nog altijd bij ons is, dat hij over ons waakt en wacht tot we ons bij hem voegen. Zorg dat hij trots op je kan zijn, Anne. Hij hield heel erg veel van je en hij wilde dat je gelukkig zou zijn, dat je een vervuld leven zou leiden.'

Anne knikte en snotterde in haar zakdoek. Toen richtte ze haar betraande ogen op haar moeder. 'Ik neem aan dat Joe naar de gevangenis ging wegens bigamie. Dat was zijn verdiende loon. Wat een schoft! Ik hoop dat ze hem heel lang achter de tralies hebben gezet.'

Christy knikte, en dat was de enige onwaarheid in het treurige verhaal. Anne had al genoeg om mee in het reine te komen, dus Christy besloot aan niemand te vertellen dat er in Ballarat een getuige naar voren was gekomen die onder ede een verklaring had afgelegd, waardoor Joe tot de galg was veroordeeld wegens een poging tot moord op

Finlay en de diefstal van zijn goud en zijn concessie. De verklaring was later, toen hij op Wallangarra verscheen, door Finlay zelf bevestigd.

'Maar wie is nu eigenlijk die Thomasina Brown?' vroeg Anne.

'Dat is Joe's kleindochter. Maar ik heb geen idee hoe ze aan de oorspronkelijke eigendomsakte van Wallangarra is gekomen.'

'O, mam...' Anne slaakte een zucht. 'Ik ben zo afschuwelijk tegen je geweest. Nu begrijp ik waarom je me destijds, toen ik dat geboortebewijs had gevonden, niet de waarheid wilde vertellen. Ik heb bewondering voor je moed, voor de kracht waarmee je je staande hebt weten te houden, ondanks alle tegenslagen. Denk je dat je me ooit kunt vergeven?'

Christy spreidde haar armen en trok haar dochter tegen zich aan, dankbaar dat de kloof was gedicht, hun hechte band eindelijk hersteld.

Christy sliep voor het eerst sinds dagen weer rustig en ongestoord, in haar dromen beleefde ze opnieuw de gelukkige jaren die ze met Peter had beleefd. Aanvankelijk was ze op haar hoede geweest; kopschuw, bang om opnieuw in de liefde teleurgesteld te worden. Maar Peter liet zich niet ontmoedigen. Hij nam zijn intrek in een van de bijgebouwen, en terwijl hij haar hielp Wallangarra op te knappen begon ze geleidelijk aan te beseffen dat hij haar nooit zou bedriegen, dat hij altijd van haar was blijven houden en dat zijn liefde voor haar een stevige basis zou vormen voor een gezamenlijke toekomst.

Ze trouwden een jaar na Joe's arrestatie, en het duurde niet lang of Anne kreeg twee broertjes. Alleen de komst van een jongeman die beweerde dat hij een zoon was van Joe en dat hij daarom recht had op een deel van de fokkerij dreigde een schaduw over hun geluk te werpen. Hamish was destijds een jaar of vijf geweest. Peter maakte de zoon van Joe duidelijk hoe de vork in de steel zat, en daarop was de jongeman vertrokken. Ze hadden nooit meer iets van hem gehoord. Christy had zich altijd afgevraagd of Hamish, die op die hete zomerdag een dutje deed op de veranda, hun gesprek misschien had opgevangen. Maar omdat hij er nooit iets over had gezegd, was ze het uiteindelijk vergeten.

Tegen de tijd dat Wallangarra zo goed draaide dat ze de fokkerij aan een betrouwbare bedrijfsleider konden overlaten, hadden ze Peters droom in vervulling doen gaan door Yarrabinda te kopen, waar ze hadden gewoond en gewerkt totdat James voldoende ervaring had om de wijngaard over te nemen. Van Hamish was al heel jong duidelijk dat zijn hart uitging naar de veefokkerij. Vandaar dat ze de leiding van Wallangarra uiteindelijk aan hem hadden overgedragen, waarna ze zelf hun intrek namen in het huis dat Peter voor Christy in Bellerive had laten bouwen. Daar kon hij zich wijden aan zijn andere droom: het fokken van raspaarden. Hij had zich gehouden aan alle beloftes die hij Christy had gedaan, en ze waren samen innig gelukkig geweest.

Terwijl de *Southern Cross* twee dagen later langzaam afstevende op de kade in Adelaide, stond Christy naast Anne en Kathryn aan dek. In de zee van gezichten die naar hen opkeken zocht ze dat van Baker.

'Daar staat Harold!' Anne wees opgewonden. 'En daar heb je Hamish en James! En Baker is er ook. We hebben een compleet welkomstcomité.'

Zodra de loopplank was neergelaten rende Harold naar boven om Anne in zijn armen te sluiten en haar te kussen tot ze snakte naar adem. 'Het spijt me dat ik zo stom ben geweest,' zei hij zacht. 'Kunnen we samen opnieuw beginnen?'

'Ja! O, Harold!' antwoordde ze beverig. 'Ik hou van je! En ik ben je zo dankbaar voor alles wat je de afgelopen weken hebt gedaan.' Ze kusten elkaar opnieuw hartstochtelijk, en ten slotte trokken ze ook Kathryn in hun omhelzing. Ze waren opnieuw een gezin, de toekomst lachte hun toe, de schaduwen van het verleden waren verdreven.

Christy sloeg hen glimlachend gade, toen liep ze de loopplank af, naar haar zoons, die haar in hun armen sloten. Meer kon ze zich niet wensen. Haar jeugdzonden waren vergeten en vergeven, en ze was opnieuw het kloppende hart van haar gezin.

Epiloog

Christy had erop gestaan dat ze Thomasina Brown onder vier ogen sprak. Tegen de tijd dat ze de privéruimte verliet die de advocaten in Adelaide ter beschikking hadden gesteld, schudde ze haar glimlachend de hand. 'Je opa is destijds overgebracht naar Eureka, om daar alsnog terecht te staan. Mocht je zijn graf willen bezoeken, hij ligt niet op de begraafplaats van de goudzoekers bij de oude velden, maar wel daar vlakbij.'

'Nu ik weet wat hij u heeft aangedaan en waarom hij is opgehangen, denk ik niet dat ik nog naar zijn graf ga.'

Thomasina's ogen waren net zo blauw als die van Joe, haar haren net zo gitzwart. Ze was bijna vijfentwintig. Tussen de papieren die na Joe's terechtstelling naar haar oma waren gestuurd, had ze kopieën gevonden van de huwelijksakte en van de eigendomspapieren van Wallangarra. Omdat haar oma het verleden achter zich wilde laten had ze de envelop nooit opengemaakt. Ze was hertrouwd en had de herinnering aan de man die haar en haar kinderen zo slecht had behandeld volledig verdrongen. Na haar dood waren haar spulletjes, waaronder de envelop, op een zolder terechtgekomen en vergeten. Totdat Thomasina hem had gevonden.

'Het spijt me oprecht dat ik u zo veel last heb bezorgd, Mrs. Keller,' zei ze ernstig. 'En ik weet gewoon niet hoe ik u moet bedanken voor het studiefonds voor onze twee jongens.'

'Dat is wel het minste wat ik kan doen,' verklaarde Christy. 'Tenslotte was jouw moeder een halfzus van mijn dochter, en ik voel me in elk geval ten dele verantwoordelijk voor wat je opa destijds heeft gedaan. Bedankt dat je al die papieren hebt willen tekenen. Ik vertrouw je volledig. Ik weet zeker dat wat er is gebeurd, tussen ons blijft. Maar je weet hoe advocaten zijn. Die willen altijd alles zwart op wit.'

Thomasina knikte. 'Ik denk niet dat onze wegen elkaar nog zullen kruisen, maar ik ben blij dat ik u heb leren kennen.' Ze draaide zich om, haastte zich de treden af en was bijna onmiddellijk verdwenen in de mensenstroom op het trottoir.

Christy schonk haar zoons, die geduldig hadden gewacht in de enorme ontvangstruimte, een warme glimlach. 'Zijn Harold en de anderen al vertrokken?' Ze ging tussen hen in lopen en gaf hun beiden een arm.

James knikte. 'Het lijkt wel een pasgetrouwd stel. Innig gelukkig dat ze naar Melbourne de hut voor zich alleen hebben. Anne gedroeg zich ronduit frivool. Erg verontrustend allemaal. Maar volgens mij is Kathryn enorm opgelucht dat haar ouders elkaar weer hebben gevonden, en dat zij tijdens de laatste etappe onbezorgd kan genieten met haar vriendinnen.'

Christy schoot in de lach. 'Laten we heel chic gaan lunchen, rijkelijk besproeid met champagne. Dan kunnen jullie me precies vertellen wat er allemaal is gebeurd terwijl ik weg was. En daarna moet je een rijtuig voor me huren, Hamish. Ik wil naar mijn andere kleinkinderen. Het wordt tijd dat we elkaar als familie wat vaker zien, en het leek me leuk om met de jongens in de bush te gaan kamperen.'

Ze keek op naar haar reus van een zoon en giechelde bij het zien van de strenge uitdrukking op zijn rood aangelopen gezicht. 'Jij mag ook mee, gekkerd,' zei ze plagend. 'Ik weet hoe heerlijk je het vindt om eropuit te trekken en naar mijn verhalen te luisteren. En er valt nog een hoop te vertellen.'

'Hm, jou kennende zit je weer vol ondeugende plannen. Dus ik denk dat ik inderdaad maar beter mee kan gaan.' Met pretlichtjes in zijn ogen gaf hij haar een zoen op de wang, waardoor haar hoed scheef kwam te staan. 'Je bent geweldig, ma. En ik ben er trots op dat ik je zoon ben. Maar mag het van nu af aan alsjeblieft wat rustiger?'

Christy trok haar jongens giechelend tegen zich aan. 'Ik doe mijn best, maar ik kan niks beloven. Het leven is nog altijd één groot avontuur, dus denk maar niet dat je gezapig achterover kunt leunen. Jullie krijgen nog heel wat met me te stellen.'

Lees ook van Tamara McKinley:

Jenny Sanders krijgt Churinga, een afgelegen schapenfarm in de Australische outback, als afscheidscadeau van haar man. Een cadeau dat hij haar niet zelf meer heeft kunnen geven, want pas na zijn tragische dood hoort ze erover. Omdat ze niet weet waar ze met haar verdriet naartoe moet, vertrekt ze naar Churinga. Zo is ze tenminste op een plek waar haar man van hield.

De overweldigende natuur en rust maken indruk op Jenny, maar Churinga blijkt ook een geheim te herbergen. Er hangt een sfeer van mysterie rond de vorige bewoonster van Churinga, ene Matilda Thomas. Hoe langer Jenny op Churinga is, hoe meer ze het gevoel heeft dat Matilda nog steeds aanwezig is. Dan ontdekt ze de vele dagboeken van Matilda, en al lezend wordt ze in een schokkend verhaal getrokken. Ze vraagt zich af of de erfenis van Churinga een zege is of een vloek...

Paperback, 424 blz. | ISBN 978 90 261 4320 5